미스티

대본집 1

대본집

1

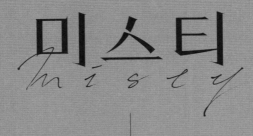

크리에이터 글Line & 강은경

극본 제인

알에이치코리아

〈미스티〉 대본집을 출간하며

벚꽃이 꽃망울을 머금던 2016년 3월.
저에게 처음으로 드라마를 가르쳐주신 강은경 선생님께서
이런 질문을 하셨습니다.

부부란 어떤 관계일까,
사랑이란 또 어떤 걸까.
이 쉽고도 어려운 화두가 〈미스티〉의 시작이었습니다.

하지만 어떤 부부도, 어떤 사랑도
한두 마디의 단어로 쉽게 정의내릴 수 없는 것처럼
답을 찾는 일은 생각보다 어려웠습니다.
그리고 때때로 안개에 갇힌 듯 더디고 헤매는 날들도 많았습니다.

그럴 때마다 기꺼이 길잡이 되어주셨던 강은경 선생님,
함께 머리를 맞대고 고민해주었던 동료작가 주현, 선영.
사랑이라는 단어 하나에도 수많은 행간과 감정의 결들이 있듯
때로는 길을 열어주는 선생님으로,
때로는 같은 길을 가는 선배로, 동료로

글Line과 함께 치열하게 고민했던 숱한 시간들이 있었기에
사랑이라는 허울 뒤에 숨어있는 질투, 자존심, 이기심, 희생, 자기애와 같은
수많은 감정의 편린들이 오롯이 드러나는
진짜 어른들의, 진짜 사랑을 이야기하는 〈미스티〉가
세상 밖으로 나올 수 있었습니다.

그리고 지금, 다시 벚꽃이 터지는 4월입니다.
누군가를 사랑하기 좋은 날,
〈미스티〉에 담아낸 사랑의 의미가 작은 울림이 되길 바라며
드라마 〈미스티〉를 사랑해주신 모든 분들께 머리 숙여 감사드립니다.

일하는 엄마의 부재를 묵묵히 견뎌준 소중한 딸 내영이와
언제나 의지가 되어준 남편 성민 씨에게 깊은 사랑을 전하며,

— 작가 제인

용어 정리

S	Scene. 장면이라는 의미로, 동일 시간 동일 장소에서 이뤄지는 행동, 대사가 하나의 씬으로 구성된다.
INSERT	인서트. 화면 삽입. 무언가에 집중시키거나, 자세히 설명하기 위한 장면을 삽입하는 것으로, 특정 부분을 확대하는 클로즈업을 통해 이뤄지는 경우가 많다.
E	Effect. 효과음. 주로 화면 밖에서의 소리를 장면에 넣을 때 사용한다.
F	Filter. 전화 수화기를 통해서 들려오는 소리.
OL	Overlap. 오버랩. 현재 화면이 흐릿하게 사라지면서 다음 화면이 서서히 등장해 겹치게 하는 기법. 소리나 장면이 맞물린다.
플래시백	Flash Back. 과거에 나왔던 씬을 불러오는 것. 주로 회상하는 장면이나 인과를 설명하기 위해 넣는다.
플래시컷	Flash Cut. 화면과 화면 사이에 인서트로 삽입한 빠르게 움직이는 화면. 화면의 속도를 증대시키거나 시각적인 충격 효과를 창출하기 위해 사용된다.
프레임인	Frame In. 피사체가 카메라 화각 안으로 들어오는 것.
프레임아웃	Frame Out. 피사체가 카메라 화각 바깥으로 벗어나는 것.
페이드아웃	Fade Out. 화면이 서서히 어두워지는 기법.
페이드인	Fade In. 어두웠던 화면이 서서히 밝아지는 기법.
몽타주	각기 다른 시간과 장소의 컷들을 이어붙인 장면.
CUT BACK	각기 다른 화면을 번갈아 대조시키는 기법으로, 주로 같은 시각 두 장소에서 일어나는 사건이나, 각기 다른 시점을 설명하기 위해 사용한다.
DIS	디졸브. 하나의 화면이 다음 화면과 겹치면서 장면이 전환되는 것을 말한다.

차
례
❖

일러두기

- 이 책은 제인 작가의 대본 집필 형식을 최대한 살려 편집했습니다.

- 대사는 어감을 살리는 데 비중을 두어, 한글 맞춤법 규정과 맞지 않는 부분이라도
  유지하였습니다.

- 대사의 강약과 호흡을 표현하기 위한 의도로 대사 및 지문의 줄 바꾸기를 유지하였습니다.

- 대사 중간에 말이 끊기는 것을 표현하기 위해 마침표를 생략한 부분이 있습니다.

- 대사 중간의 말줄임표는 대사 사이 호흡의 길이를 표현하기 위한 것으로,
  온점 두 개, 세 개, 네 개 등으로 다양하게 표기되어 있습니다.

- 씬 넘버 뒤의 N은 저녁, D는 낮을 의미합니다.

- 본 책에는 최종 대본을 담았습니다. 따라서 방송되지 않은 부분이 포함되어 있거나
  방송과 다를 수 있습니다.

제 1 부

균열

龜裂

S#1. 도로 일각. N

눈 덮인 도로. 그 위로 저벅저벅 걸어가는 허름한 단화.
허름한 점퍼를 입은 강기준(50세. 남)의 뒷모습을 따라 사건 현장으로
다가선다.
그 위로 E. 사이렌 소리 점점 가까워지면서

S#2. 사고 현장. N

폴리스라인 앞에 차렷 자세로 서 있는 정복경찰들.
강기준, 거침없이 폴리스라인 뚫고 들어간다.

경찰1	(뒤따르며) 교통사곱니다. 피해자 신원은 현재 조회 중입니다.
강기준	(사체 앞으로 다가선다. 지극히 일상적인 느낌으로 살펴보는.
	사체가 누구인지는 보여지지 않은 채로 부분 부분만, 그 위로 계속)
경찰1	워낙 급커브길에 눈까지 와서 사고가 난 거 같습니다.
강기준	(쓱 사고 현장을 훑는 시선)

눈에 덮인 도로. 가로등을 들이받은 채 불에 타다 만 자동차.
강기준, 차창으로 차량 내부 들여다보는데 제일 먼저
에어백 터진 게 눈에 들어온다.
다시 시선 옮겨 차량 내부 살피는데

그때 반짝! 하는 무엇 (스치듯 짧게).

강기준   피해자 건가...?
경찰1   예? (강기준을 보면)
강기준   (조용히 무언가 꿰뚫는 눈빛으로 어느 한곳을 물끄러미 보는 데서)

S#3. 경찰서 앞.

와서 멈춰 서는 연예인용 밴 한 대. 거기서 내려서는 한 여자,
희고 가느다란 다리, 세련되고 고급스런 정장차림의 뒷모습.
또각또각 계단을 올라 우산 툭툭 털어 접는 손.
화면을 등진 채 꼿꼿한 자세로 형사1 앞으로 다가서는 그녀,
기다렸던 형사1, 멈칫 그녀를 알아본 듯 살짝 황송한 느낌으로

형사1   이쪽 입니다.
           (앞장선다, 이미 포스부터 밀리는 느낌으로 앞장서면)
그 녀   (또각또각 그 뒤를 따라 들어서면)

S#4. 경찰서 안.

한쪽 문을 밀고 들어서는 강기준의 뒷모습으로 연결.
웅성웅성하는 분위기 가운데,
"봤냐, 진짜 이뻐?" "포스 완전 장난 아닌데요?" 등등등
서장, 최 과장 등 나이 지긋한 고참부터 새파란 신입(박성재)까지
호기심과 기대에 들뜬 얼굴로 웅성웅성대고
누구는 괜히 거울을 들여다보며 옷매무새를 만지는데 그때

강기준   선 보러 가냐?

박성재	아, 아닙니다! (머쓱해지는)
강기준	일들 하자, 쫌! (지나쳐오는 그 옆으로)
최 과장	(쓱 따라붙으며) 아무래도 자네 혼자 상대하기 힘들 거 같지?
	전 국민을 상대루 말빨 세워 먹고 사는 여자 아냐,
	어떻게, 내가 좀 도와주까?
강기준	그러실래요?
최 과장	그럼 그럼! 사안이 사안이니만큼 나도 발 벗고 나서야지,
강기준	(딱 걸음 멈추고 보더니) 옆방 취조실에 강간미수범 대기 중인데,
	과장님이 그쪽 좀 맡아주세요. 거기도 오늘 안에 끝내야 해서요,
최 과장	(뭐?)
강기준	사안이 사안이니만큼, 부탁드리겠슴다 그럼!
	(그리고는 쎄하게 돌아선다. 한심한 인간들! 가면)
일 동	(뒤에서 키득키득)
최 과장	(일동 향해. 쏩! 조용 안 해? 하는 표정에서)

S#5. 경찰서 참고인 조사실.

강기준, 문 열고 들어선다.
탁자 앞에 앉아 있는 그녀, 쓱 시선 들어 강기준을 본다. 혜란이다.
범접할 수 없는 세련미. 숙련된 품격과 우아함이 밴 자세.
이곳이 경찰서라는 사실에도 전혀 주눅 들지 않는 당당한 눈빛.
온몸에서 뿜어져 나오는 아우라.
취조실을 마치 그녀의 회의실인 듯 분위기를 압도하고 있다.

강기준	(그녀 앞에 마주 앉으며) 고혜란 씨. 맞습니까?
혜 란	(조용하고 침착한 눈빛으로 본다) 네. 맞습니다.
강기준	먼저 출석요구에 응해주셔서 감사합니다, 많이 바쁘실 텐데..
혜 란	(말 끊고) 늦어도 30분 안에 끝내주셨으면 합니다.
	그래야 뉴스 시간에 맞출 수가 있거든요.

INSERT〉조사실 옆방, 청취룸.
"캬….! 포스 죽인다!" 오글오글 머리를 맞대고 취조실 상황
구경하는 형사들, 감탄이 터지고
다시 참고인 조사실〉

강기준	(밀리지 않는다. 여유 있게) 그렇게 매사에 정확하게 사십니까?
혜 란	노력하는 편입니다.
강기준	그럼 기억력도 좋으시겠군요?
혜 란	그러길 바랍니다.
강기준	(본다)
혜 란	(어떤 감정도, 동요도 느낄 수 없는 객관적인 눈빛으로 마주 보면)
강기준	(툭) 사람이 죽었습니다.
혜 란	(동요 없다. 보며) 그래서요?
강기준	(눈은 혜란을 향한 채, 파일 속에서 한 장의 사진 꺼내 놓는)

사진. 환하게 웃고 있는 재영이다.

강기준	이 남자, 누군지 아십니까?
혜 란	(사진 본다. 표정을 알 수 없는 그 시선에서)

S#6. INSERT〉바닷가.

푸른 바다. 넘실대는 파도.
스치듯, 엉기듯, 파도 속으로 나타났다 사라지는 남녀의 다리.

S#7. 다시 참고인 조사실.

강기준	아십니까?

혜 란   (조용한 눈빛 위로 E. 두근! 심장이 뛰는 소리에서)

S#8. 과거 몽타주. (꿈)

1. 어느 골목. N
   가로등 아래 여자의 볼을 쓰다듬는 남자의 떨리는 손길
   순간, 스치듯 손목 안쪽의 문신 스쳐 지나가고
   (E. 두근두근! 심장 박동. 호흡소리 점점 빨라진다)
2. INSERT〉호텔 분장실
   쭉,..내려가는 원피스 지퍼. 하얗게 드러나는 여자의 등. 그 위로
   (바람처럼 스치듯 지나가는 남자의 목소리 E.
   '잠깐만' '가만 있어봐' 떨림과 두근대는 호흡들)
3. 어느 모텔 룸. N
   툭, 바닥으로 떨어지는 남자의 셔츠,
   드러난 근육질의 몸을 쓰다듬는 여자의 손길.
   (E. 시트가 바스락거리는 소리. 커튼이 바람에 날리는 소리)
   여자의 이마에, 콧등에, 귓불에 닿는 남자의 입술
   (E. 훅훅 끼치는 달뜬 숨소리들이 뒤엉키면서)

S#9. 호텔 분장실.

(앞 씬과 엇갈리면서 이어지는 메이크업 장면들)
여자의 이마를, 콧등을, 귓불을 스치는 메이크업 브러시.
브러시가 스칠 때마다 마치 사랑에, 욕망에 달뜬 여인처럼
여자의 얼굴이 화사하게 피어난다.
그 위로 E. 남녀의 숨소리, 신음소리 점점 거칠어지고
주변의 모든 소음들을 삼켜버린다. 그 위로 절정에 다다른 듯...

재영E   사랑해... (스친다)

        거울 속, 사랑에 달뜬 여자의 입술이 달싹거린다.
        눈썹이 꿈틀거린다. 기다란 속눈썹이 흔들린다. 그 위로

미주E   언니.., 언니이...? (좀 더 크게) 혜란 언니...!

        눈을 감고 있던 혜란, 미주(여. 25세. 메이크업 담당)의 목소리에
        번쩍 눈 뜬다. 일순 모든 달콤했던 소리들이 사라지면서 훅!!!
        현실의 소음이 밀려들어온다.
        혜란 멍한 눈빛으로 보면 메이크업 브러시를 든 미주,
        괜찮냐는 표정으로 쳐다보고 있다.

혜란E   (이런...깜빡 졸았다. 얼굴이 화끈하다) 미쳤나봐...!
미 주   꿈 꿨어요?
혜 란   (표정 수습하며) 잠깐 깜박했나봐.
미 주   (농담) 너무 긴장감 없으신 거 아니에요?
        아무리 매년 받는 상이라지만, 그래두 상한테 예의가 있지.
혜 란   그러게 (웃는데)
미 주   (마무리하며) 다 됐어요.
혜 란   어, 그래.

        혜란, 거울 속 자신을 본다. 빈틈없이 완벽하고 아름답다.
        모습에서 쿵! 블랙 화면 위로.
        자막, 〈제1부 균열(龜裂)〉

S#10. 호텔 그랜드볼룸.

        자막, 〈한 달 전〉

중앙 단상에 〈올해의 언론인상〉 플래카드 걸려 있고
클래식 교향악단이 조율 중이다.
혜란, 수상자들을 위한 원형 테이블 중앙에 앉아 있다.
그 뒤로 웅 팀장과 곽 기자 등 자리 잡으며 앉는다.

곽 기자	(혜란 등 톡톡) 선배!
혜 란	(뒤돌아보면)
곽 기자	(넙죽 충성 경례) 미리 축하합니다!
혜 란	(겸손한 미소) 왜 이래? 난 시상하러 온 거야.
윤송이	(뒤에서) 시상한다고 올라가서 수상까지 하고 내려온 게 몇 번째야?

혜란 뒤돌아보면, 취재진 이름표 단 윤송이 서 있다.

혜 란	(옆자리 내주며) 일찍 왔네?
윤송이	(옆에 앉으며) 데스크가 가래서 오긴 왔는데 솔직히 재미없어.
	(헤드 카피 읽듯) 고혜란 5년 연속 올해의 언론인상 수상!
	이변은 없었다! 너무 뻔하잖아? 짜고 치는 고스톱도 아니구.
혜 란	(몸에 밴 우아한 겸손) 요즘 난다 긴다 하는 후배들이 얼마나 많은데.
	어떻게 될지 몰라 (하는데)
윤송이	하긴, 요즘 한지원이 핫하긴 했지?
혜 란	(한지원? 살짝 굳지만 이내 미소로) 지원이도 열심히 했지.

S#11. 호텔 분장실.

미 주	(황당, 당황) 예? 언니가.. 오늘요?

메이크업 도구 정리하던 미주 보면,
지원 거울 앞에 앉는다. 혜란이 앉았던 바로 그 자리다.

| 지 원 | 응, 그러니까 좀 화사하게 부탁해, 미주 씨? |
| 미 주 | (뭐지? 이 상황은? 떨떠름한 표정으로 메이크업 시작하는데) |

젊고 앳된 지원의 얼굴, 화사하게 피어나면서
E. 터지는 박수.

S#12. 호텔 그랜드볼룸 무대.

〈올해의 언론인상〉 시상식 한창 진행 중이다.
축하와 박수, 음악 소리가 한데 어우러진 축제 분위기.

| 남 사회자 | 엄정하고 공정한 시선으로 우리 시대 언론인이 가져야 할 자세를 제시한 올해의 언론인!
이제 대상 수상자만 남겨놓고 있습니다. |
| 여 사회자 | 올해는 과연 어떤 분이 영광의 수상자가 될지 기대되는데요, |

S#13. 호텔 그랜드볼룸 무대 뒤.

혜란, 김 기자(남. 42세) 수상자 이름이 적힌 카드 들고 대기 중이다
혜란, 기대에 찬 얼굴로 매무새 만지는데

김 기자	누굴 거 같애?
혜 란	(당연히 나 아냐? 그러나 예의상) 글쎄요.
김 기자	(밀봉된 카드 들어 보이며) 궁금해서 내가 아까 살짝 뜯어 봤거든. (의미심장) 이따가 너무 놀라지 마?
혜 란	(뭐지, 이 말의 의미는...? 미묘하게 굳지만 여전히 미소 위로)

E. 터지는 박수

S#14. 호텔 그랜드볼룸 무대.

긴장된 표정으로 김 기자와 무대에 오른 혜란, 객석 보다가 멈칫.
INSERT〉 객석. 혜란의 자리
풀 메이크업, 화려한 차림새의 지원,
혜란이 앉았던 바로 그 자리 정중앙에 당당하게 앉아 있다.

지 원	(INSERT〉 혜란 봤다. 미소로 까딱, 고개 인사)
혜 란	(지원이 왜 내 자리에..? 설마.. 살짝 불안해지는 눈빛 끝자락)
김 기자	(혜란에게) 자, 그럼 발표할까요?
혜 란	(불안 감추고 미소로) 네. 시상하겠습니다.
	올해의 언론인. 그 주인공은....

E. 교향악단. 두두두두.
혜란의 떨리는 손끝. 결심한 듯 탁, 펼쳐지는 카드.
순간 카드 안에 적힌 이름이 그녀의 시선에 박힌다.

혜 란	(마른침 꿀꺽. 상기된 눈빛으로 빤히 카드를 쳐다본다)
사람들	(응..? 왜 저러지? 살짝 술렁이는 가운데)
지 원	(INSERT〉 쓰윽 턱 끝 치켜든 채 혜란을 본다)

E. 두두두두.... 고조되고

김 기자	(쓱 옆에서 카드를 가져다 보더니 씩 미소)
혜 란	(김 기자를 본다)
김 기자	(혜란을 쳐다보며) 고. 혜. 란!

E. 와... 함성. 쏟아지는 박수와 쏟아지는 축하음악! 그 위로

여 사회자	네, 역시 이변은 없었네요.

남 사회자	5년 연속 올해의 언론인상을 차지하신 고혜란 앵커, 축하드립니다!
	올해의 언론인으로 선정된 고혜란 앵커는 사회부 기자로 출발,
	9시 뉴스의 메인 앵커로서.... (소개 멘트 이어지고)

혜란, 김 기자로부터 상패와 꽃다발 받는다.
지원, 우아한 자태로 무대 위로 올라와 꽃다발 건넨다.

여 사회자	아! 한지원 기자가 올라오네요!!!
혜 란	(흘끗 지원을 본다. 너 뭐야? 하는 눈빛 살짝 스친다)
지 원	(격 없이 꽃다발을 안기며 포옹까지)
혜 란	(살짝 불편하지만, 능숙하게 친한 연기를 해 보이는 가운데)
남 사회자	아! 선후배가 함께 한 모습, 참 보기 좋은데요?
	(넉살. 감탄) 특히 우리 한지원 기자, 언제 봐도 참 아름답습니다!

터지는 플래시. 나란히 투샷으로 잡히는 혜란과 지원.
혜란의 미모를 단번에 제압하는 지원의 젊음,
그 싱그러움이 주는 아름다움에서.

S#15. 호텔 분장실.

수북한 꽃다발들.
그 옆에서 태블릿PC로 기사 검색 중인 미주,
실시간으로 올라오는 뉴스들. 혜란의 수상 기사와 사진들이다.
모두 지원과 함께 찍은 투샷으로, 지원에게 포커스가 맞춰져 있다.
한눈에도 혜란보다 젊고 싱그럽다. 그 아래로 댓글들 보인다.
〈한지원 넘 이쁜 거! 고혜란 의문의 1패?〉
〈고혜란 앵커 마이 했다 아이가! 우리 지원이 누나 좀 봅시다〉
〈수상은 고혜란, 주인공은 한지원〉 등등등...

미 주	아.. 어뜩해.. (걱정하는데)
혜 란	(탁! 그 태블릿PC 채 가서 본다)
미 주	언니.. (보면)

주르륵, 사진 훑는 혜란의 손가락.
툭툭툭, 보이는 사진들. 모두 지원 중심이다.
심지어 혜란의 얼굴 한귀퉁이가 잘린 사진도 있다.
미주, 옆에서 어쩔 줄 모른 채 혜란의 눈치를 보면

혜 란	(기자 이름 확인하고 전화 거는) 윤 편집장님? 고혜란입니다.
	기사 봤어요. 내용 좋던데 담당기자가 누구예요?
	(사이) 아! 사진이요? (시선으로 얼굴이 잘려진 사진을 보며)
	실시간으로 올리다보면 그럴 수도 있죠.
	(미소로) 다음 주 내로 점심식사 같이 하시죠?
	윤 편집장님이 좋아하실 만한 맛집 하나 수배해놓을게요, 네!
	(미소로 전화 탁! 끊는 순간 표정 싸해진다) 개새끼들... (그때)
지 원	뭐 언짢으신 일 있으세요? (옆으로 쓱 다가서면)
혜 란	(전혀 아무 일 없다는 듯 태블릿PC 미주한테 툭 넘기며)
	아니. 오늘처럼 좋은 날 그럴 리가.
지 원	(툭) 그렇게 좋은 거면 좀 물려주시죠?
혜 란	(그제야, 뭐? 지원을 쳐다보면)
지 원	(깍듯. 정중하지만 말에 가시가 있는)
	선배님이 워낙 출중하셔서 저 같은 후배한텐 통 기회가 안 와서요.
혜 란	때가 되면 어련히 기회가 갈라구.
	(넌 아직 그럴 만한 실력이 안 되잖아!)
지 원	하기사 그 나이에도 꿋꿋하게 버티고 계셔주셔서 여자 앵커들 입지가
	좀 넓어지긴 했죠, 그 점은 감사드려야겠네요.
혜 란	(그 나이에도? 눈빛 쎄해지지만, 그러나 표정 좀 더 여유 있게)
	실력 있는 후배한테 칭찬을 들으니 더 잘해야겠단 생각이 드네,
	좀 더 열심히, 그리고 좀 더 오래.

지 원   (뭐라구..? 쳐다보는데 그때)

올리는 혜란의 전화.

혜 란   (핸드폰 한 번 본 뒤) 모처럼 좋은 얘기 나누고 싶었는데, 미안.

혜란, 우아하게 나가고 지원, 어이없다는 듯 피식...

S#16. 호텔 로비 − 호텔 앞까지 연결.

혜란 쭉 걸어 나오면서 핸드폰 받는다.

혜 란   (받으며) 네, 고혜란입니다.
간호사F   (다급한) 빨리 오셔야겠어요!
혜 란   왜요, 무슨 일 있어요? (하는데)

수화기 너머로 E. 우당탕탕...
"이년아! 당장 안 와?!" "보호자 불러!" 등등 소란스럽다.
혜란, 피곤한 한숨.. 핸드폰 끈 뒤 다시 누르면서 걸음 옮긴다,

혜란F   어, 곽 기자. 나, 일 좀 보고 들어가야 될 거 같다.
(문 밀고 밖으로 나오면서)
원고 나오는 대로 메일로 좀 보내줘. 리허설 전엔 도착할 거야.
웅 팀장 자식, 입 나오지 않게 좀 부탁해?

대기 중인 택시에 올라탄다. 문 탁!! 닫고 출발하면.

S#17. 법정 안.

방청석에 앉아 있는 외국인들.
새까만 얼굴, 새까만 손톱, 초라한 행색.
한눈에도 필리핀, 방글라데시 등지의 외국인 노동자들이다.
피의자석에 캄(남. 26세), 고개를 푹 숙인 채 앉아 있다.
변호사석에 태욱 자리한 채 검사 변우현을 보고 있는 위로,

변우현   방글라데시에서 불법 입국한 노동자 캄은 자신을 고용한 환일철강의
대표 최병만을 무자비하게 폭행, 전치 12주의 상해를 입힌 바, 본 검사
는 피의자 캄에게 구속 1년. 형집행 후 본국으로의 추방을 구형하는 바
입니다.

방청석의 동료 노동자들, 억울하다는 듯이 자신들의 언어로 뭐라 뭐라
고함친다.

재판장   (시끄럽다. 땅땅!) 변호인. 변론하세요.
태 욱   그전에 원고 측에 확인하고 싶은 게 있습니다.
변우현   (뭘 확인해? 보면)
태 욱   왜 맞았습니까? 최병만이.
변우현   변호인은 사건의 개요를 모르시나 본데,
태 욱   (준비된 자료 브리핑) 제가 말씀드리죠.
환일철강의 대표 최병만은 피의자 캄에게 무려 1년치의 월급을 주지
않았습니다. 캄의 폭행은 정당한 노동의 대가를 지불해달라는 애원이
고 간청이었습니다. 캄의 월급은 고국의 가족들에겐 쌀이고 물이었으
니까요.
변우현   어떤 이유도 폭행을 정당화하진 않습니다.
태 욱   물론이죠. 때린 놈은 혼나야죠. 근데 맞은 놈도 맞을 짓 했음, 같이 혼나
야죠? 법은 모두에게 공평한 거니까요. 안 그렇습니까, 변우현 검사님?
변우현   (눈으로. 형!)

태 욱   (여유 있게 보는. 왜?)

S#18. 법정 앞.

변우현   그러니까 형은 최병만이를 노동법 위반으로 걸겠다. 맞죠?
태 욱   굳이 그쪽에서 잘잘못을 따져보자니까.

          태욱과 변우현, 겉으론 나이스하게 웃고 있으나 속은 팽팽한.
          그 뒤로 정기찬, 또 시작이군, 하는 표정이다.

변우현   합의로 끝내면 간단할 텐데요.
태 욱   제때 월급 췄음 더 간단했지.
변우현   네, 알겠습니다. 고소장 접수되면 사실관계 확인해볼게요.
태 욱   그래. 고생해라.
변우현   네. (예의 바르게 인사하고 돌아서며 쓰벌...)
태 욱   (정기찬에게) 그럼 우린 고소장 접수하러 갈까요?
정기찬   (절레절레) 또 이렇게 판을 키우면 어쩌자는 겁니까아...
태 욱   죽어라 일한 애들 코 묻은 돈까지 떼먹고, 그 돈으로 1인실에서 팔자
          좋게 영양제나 맞고 있는데, 삼부 이자는 받아내야
          우리 사무실 월세 내죠. (앞서가면)
정기찬   (따라가며) 아이고 두야...

S#19. 요양원 혜란모 병실.

          3인실 병실. 두 개의 침상은 자리 비웠고
          혜란모 멀쩡한 얼굴로 과자 봉지째 뜯어 먹으면서 드라마 본다.
          혜란, 올라오는 짜증을 누르고 섰다.

혜 란	이럴려구 바쁜 사람 불러낸 거야?
혜란모	(안 듣는 건지, 못 듣는 건지, 드라마만 보는)
혜 란	(손목시계 보고) 오늘은 뭐야? 빨리 말해. 들어가봐야 해.
	메이크업 고치고, 뉴스 원고 읽고 정리하려면 숨 쉴 시간도 없어.
혜란모	(그제야 혜란 본다. 빤히 보다가 불쑥) 탄수화물 먹었니?
혜 란	?
혜란모	왜 이렇게 부었어? 피부과 안 갔어? (갑자기 퍽퍽 등짝 때리며)
	어이구 메친년, 어이구 메친년..! 이년아, 니가 언제까지 스물다섯일 거
	같애? 어어어, 하다 보면 금방 서른이구 마흔이야!
	한창때 안 가꾸면 여자 늙는 거 순간이라구 했어, 안 했어!
혜 란	(엄마 손 막으며) 엄마...!
혜란모	(다짐하는) 너, 확실하게 하구 있지?
혜 란	뭐얼...!
혜란모	피임 말이야! 덜컥 애부터 들어서면 안 돼.
	그럼 니 인생 그길로 쫑나는 거야. 지금이 니 인생에서 얼마나 중요한
	땐데 애한테 발목 잡혀서 주저앉을래? (하다가 간절하게)
	혜란아. 너 성공해야 돼.
	보란 듯이... 응? 엄마 말 알지...?
혜 란	(돌겠다) 엄마... 제발 정신 좀...!!
혜란모	(귀엣말하는. 은밀하고 섬뜩한) 걱정 마.
	니 비밀은.. 엄마가 무덤까지 갖구 갈 거야.
혜 란	(멈칫. 비밀...?)
혜란모	넌 그냥 이쁘게, 꽃같이 그렇게 살아..
혜 란	(엄마를 잡고 있던 손을 툭, 놓친다. 싸하게 굳으며)
	그게... 무슨 말이야? 엄마..? (설마..? 하는데)
혜란모	(손가락으로 쉿!) 조용해요. 우리 딸은 내가 아는 거 몰라요.
	(하더니 이내 쌩까는 눈빛으로 과자를 먹는다)
혜 란	(뭐지...? 쎄하게 굳는 눈빛으로 엄마를 본다. 시선 길게 주다가)

S#20. 방송국 전경. N

전면에 〈고혜란의 뉴스나인〉 광고판 붙어 있고
사람들 정신없이 바삐 오가는 가운데.

S#21. 방송국 보도국 1팀.

〈고혜란의 뉴스나인〉 이라 적혀 있고 곽 기자를 비롯한 기자들,
원고 작성하느라 분주한데 바쁘게 들어오는 웅 팀장.

웅 팀장	고혜란! 국장님이 헤드라인 순서 바꾸라고....(하다가)
	고혜란 어디 갔어? 아직 안 왔어?
곽 기자	(자리에서 벌떡 일어나) 급한 일 때문에 좀 늦으시겠답니다.
웅 팀장	이번엔 또 뭔데? 상 받으셨다고 자축이라도 하러 가셨나?
	또 남편인지 뭔지 하는 놈한테 쪼르르 달려간 거야? 이것들이 진짜!
곽 기자	에이.. 상도 받고 좋은 날인데 그냥 좀 넘어가시죠?
웅 팀장	좋은 날 좋아하네. 맑음 다음엔 흐림인 거 모르냐?
곽 기자	(? 보면)
웅 팀장	젠장할! 누가 이뻐서 그 상 준 줄 아나,
	그동안 수고했다! 유종의 미를 거두라는 국장님의 깊은 뜻도 모르고..
곽 기자	예? (무슨 말이지..? 보면)
웅 팀장	됐고. 1분이라도 늦으면 마이크 뺄 거니까 그렇게 알라고 해!
	(하고 돌아서다가 흠칫! 보면)
혜 란	(바로 뒤에 서서 웅 팀장 쳐다보고 있다)
곽 기자	(혜란을 보면)
웅 팀장	(살짝 벌쭘해서) 국장님이 헤드라인 순서 바꾸래서..
혜 란	(웅 팀장 손에 든 원고를 가져와 들여다보며)
	조용히 차분하게 말해도 알아들을 걸 왜 그렇게 고함치구 그래요?
	그러다 혈압 터지면 누구 좋으라구.

	(쓱 웅 팀장 보며) 안 그래요?
웅 팀장	(아유 이걸 그냥.. 쎄하게 보다가 홱 가버리고)
혜 란	(원고 들고 자리로 오면)
곽 기자	어디서부터 들었어요?
혜 란	(대수롭지 않게) 유종의 미. 거기부터.
곽 기자	괜찮으세요?
혜 란	(원고 내용 훑어보면서) 유종의 미야 언제나 중요한 거 아니겠니?
	사람은 자고로 뒷모습이 아름다워야지.
	(마저 원고 탁탁 챙겨 나가며) 스튜디오에서 보자!
	(돌아서서 나가는 그녀의 뒷모습, 진심 당차고 아름답다)
곽 기자	(씩 웃으며, 역시 멋진 뇨자! 눈빛 발사하는 데서)

S#22. 방송국 분장실. N

혜란 쭉 걸어 들어오면서 미주를 향해

혜 란	오늘은 좀 밝게 가자!
미 주	(재빨리 어두운 컬러의 정장 내보이며)
	이거, N 사 쪽으로 넘어가는 거 겨우 뺏어온 건데요 언니,
혜 란	(상관없다, 행거에 걸린 옷들 중에 직접 탁탁 골라서)
	이걸로! 최대한 생동감 있게! 오케이?
미 주	네! 언니! (준비하는 가운데)
혜 란	(이 새끼들.... 다 죽었어...! 하는 느낌으로 거울 속 자신을 보면)

S#23. 뉴스나인 스튜디오. N

웅 팀장E	레디!

방송 직전이다.
FD. 카메라마다 큐시트 착착 붙이고, 데스크에 원고 놓고
카메라맨들 자기 위치 잡는 모습들 일사분란하고
분장과 의상 마친 혜란, 막 데스크에 앉아 인이어 꽂는데

S#24. 뉴스나인 부조. N

웅 팀장을 비롯, 기술팀장, 오디오팀장 등 방송 준비하다가 스튜디오에
나타난 혜란 보고 "오오! 고혜란 오늘 죽이는데?"
술렁거리며 기분 좋은 찬사들 쏟아지는 가운데,

웅 팀장   (못마땅, 빈정거림) 어이구 고혜란 앵커, 너무 힘주신 거 아닙니까?
          이건 뭐 뉴스 하러 나온 건지, 패션쇼를 하러 나온 건지, 응?
혜 란   (시선 원고에 둔 채) 웅 팀장님.
          오늘 헤드라인 묻지 마 살인사건으로 바뀐 건 아시죠?
웅 팀장   (빈정빈정) 그런데요?
혜 란   (똑바로 화면 보며) 옷 얘기로 잡담할 분위기 아니잖아요 지금!
          사람이 둘이나 죽었는데,
웅 팀장   (또 한 방 먹었다! 뻘쭘해지는 그 옆에서)
기술팀장   3분 전입니다! 시그널 스탠바이 하시구요!

S#25. 뉴스나인 스튜디오. N

지원, 카메라 선배들에게 예의바르게 인사하며 맞은편에 앉는

웅 팀장E   (일부러 더) 야! 한지원! 떨지 말구 잘해봐! 팍팍 밀어줄 테니까.
지 원   (부조가 있는 곳 향해 꾸벅) 감사합니다!
혜 란   (표정 전혀 읽히지 않는 눈빛으로 원고를 체크하는 위로)

E. 시작되는 시그널

혜 란   (웅 팀장 소리 무시하고 카메라 향해 고개 든다)
시청자 여러분 안녕하십니까.
고혜란의 뉴스나인, 시작하겠습니다.

S#26. INSERT1〉 혜란모 병실. N

텔레비전에서 혜란이 진행하는 뉴스가 방송 중이다.
혜란모와 병실 환자들 사이좋게 모여 앉아 뉴스 본다.

혜란모   (입가에 미소 번진다) 꽃 같네, 우리 딸...

S#27. INSERT2〉 거리. N

신호등에 멈춰 선 태욱의 차 안으로
운전 중인 태욱과 조수석의 정기찬 보인다.
거리 한쪽 커다란 전광판으로 펼쳐지는 뉴스나인의 혜란 모습.

정기찬   역시, 언제 봐도 멋지십니다. (슬쩍 태욱 보면)
태 욱   (전광판의 혜란을 보고 있다. 물끄러미 바라보는 눈빛)
정기찬   아이구 우리 변호사님 아직두 와이프를 그런 눈빛으로 보시네..
참, 대단하십니다. 흐흐흐 (웃으면)
태 욱   (그 말에 표정 감추듯 시선 돌리는데 뒤에서 빵!
얼른 앞을 보면 파란불, 표정 없이 출발하는 데서)

S#28. 뉴스나인 스튜디오. N

온에어 불 들어와 있고, 지원 리포팅 중이다.

지 원   (리포팅하는) 이처럼 묻지 마 범죄는 피해자와 피의자 사이에
         원한이나 금전 등 명확한 이유가 없는 경우가 대부분으로,
         주로 여성이나 노인들을 범죄 대상으로 삼고 있어
         많은 경각심을 불러일으키고 있습니다.

혜 란   (지원을 똑바로 보며) 그렇군요. 잘 알겠습니다.

웅 팀장E   (인이어) 좋다, 한지원! 아주 깔끔하다!

지 원   (마무리하려는 듯 원고를 정리하는데 그때)

혜 란   (불시에 툭) 그래서. 관련 정책사항으론 어떤 것들이 나와 있습니까?

지 원   (멈칫) 네?

웅 팀장   (INSERT〉부조〉) 뭐야? 저거 또 왜 저래? (원고에 없다)

혜 란   경각심보다 중요한 건, 범죄에 무방비로 노출되어 있는 노인과 여성들
         을 보호할 구체적인 방안이 아닙니까?
         그 대비책에 대해서 취재된 바 없습니까, 한 기자?

지 원   (당황. 감추고. 임기응변) 우선 골목길 치안 강화와 함께 여성들의 안심
         귀가 도우미 서비스를 운영하고 있구요,

혜 란   그건 이미 시행되고 있는 걸로 알고 있는데요, 그런데 이게 어느 정도
         실효성이 있느냐 하는 것도 짚어봐야 할 문제 아니겠습니까?

지 원   최근에 가로등을 확대 설치하고, 편의점 등을 임시 대피장소로 지정하
         는 등의 대책도 추가 마련 중인 걸로 알고 있습니다.

혜 란   그런 것들 역시 사후약방문에 불과한 조처들로 보이는데요, 이런 범죄
         에 대한 좀 더 근본적인 대책 마련이 시급한 거 같은데 그 부분에 대해
         서는 취재가 안 된 겁니까?

지 원   (멈칫..! 혜란을 본다, 어쩌라구?)

혜 란   (이 자리 물려달라며? 해보라니까?)

S#29. 뉴스나인 부조. N

웅 팀장 아, 저 미친년 진짜! (하는데)

보도국 막내, 급하게 들어와 웅 팀장에게 페이퍼 전달하는

웅 팀장 (쓱 보고. 인이어로) 고혜란. 그거 스킵하고 프롬포터 읽어!

S#30. 뉴스나인 스튜디오. N

혜 란 그 부분 역시 취재가 안 돼 있는 겁니까 한지원 기자?
지 원 (치욕적으로) 그런 부분에 대해서는 좀 더 알아봐야 할 것 같습니다.
웅 팀장E (인이어) 고혜란! 안 들려?!
혜 란 그렇군요, 기회가 된다면 관련정책 사항과 함께
근본적인 대책 마련에 대한 심층취재도 부탁드려보겠습니다.
이상 한지원 기자였습니다.
(정면으로 몸 돌리고 카메라 응시하며) 방금 들어온 소식입니다!
지 원 (혜란 본다. 이런 식으로 나오시겠다...? 노려보면)
혜 란 (지원은 이미 안중에 없는 듯, 노련하게 뉴스 전하는)
지난 6월, 첫 출전한 US 오픈에서 우승컵을 거머쥐며 세계의 이목을
집중시킨 무서운 신인, 케빈 리 선수가 PGA 투어에서 또 한 번의 우승
신화를 이뤄냈습니다.
지 원 (그대로 홱!! 원고 챙겨 밖으로 나온다)
스탭들 (흘끔흘끔 지원을 쳐다보는 가운데)
웅 팀장 (INSERT〉 부조)) 어우 고혜란 저걸 그냥 확!

모니터 화면〉 PGA 경기 장면.
우승컵을 들고 환호하는 케빈 리에게 맥주가 쏟아진다.
그러나 선글라스와 깊이 눌러쓴 모자 때문에 그의 얼굴은 자세히 보이

지 않는다. 그 위로

혜란E   케빈 리에 대해 알려진 사실은 그가 한국계라는 것뿐, 세계 골프 역사
         에 파란을 일으킨 케빈 리에게 세계가 놀라움과 찬사를 보내고 있습
         니다.

S#31. 보도국 국장실. N

        혜란, 장 국장과 단독 면담 중이다.

장 국장   거 왜 그래? 후배 물 먹이니까 좋냐?
혜 란   시청자를 대신해 좀 더 자세한 질문을 한 겁니다.
         기자라면, 당연히 대답했어야 했구요.
장 국장   자꾸 그렇게 꼬장꼬장하게 구니까 꼰대 소리나 듣는 거야,
혜 란   제대로 가르치고 싶은 선배의 충고라고 해두죠.
장 국장   (기획안 툭 던지며) 읽어봐.
혜 란   (눈으로. 뭡니까, 이게?)
장 국장   휴먼 기획안이야.
혜 란   휴먼이요?
장 국장   그래. 고혜란이 이름 걸고. 멋있게 한 번 해봐.
혜 란   (숨이 훅! 막혀오는 느낌, 최대한 표 안내려고 애쓰며)
         그럼 뉴스나인은요?
장 국장   앵커가 고혜란 하나야? 유능한 인재들 많잖아?
혜 란   후임이... 벌써 정해진 겁니까?
장 국장   상대 채널이 젊은 피로 수혈하고 나서 반응이 좋아.
         이러다간 먹히는 것도 시간 문제야.
혜 란   그러다 고정 시청층까지 이탈하면 어쩌구요?
장 국장   언제까지 단골장사만 할거야? 새 손님도 받아야지.
혜 란   (열 받아서) 고혜란의 뉴스나인으로 7년입니다.

동시간대 1위. 신뢰도평가 1위.

그거 전부 다 제가 만들어낸 거 아시잖아요!!!

장 국장　　건방진 자식..

니 얼굴 세워줄려구 한지원이한테 돌아갈 상까지 **뺏어서** 쥐어줬더니

뭐? 다 니가 잘해서 그런 거야?

혜 란　　　국장님!

장 국장　　시끄럽고! (눈으로 휴먼 기획안 가리키며)

내일 개편회의 때까지 구체적인 안들 마련해서 갖구 와.

혜 란　　　(차갑게 식는 눈빛에서)

S#32. 태욱의 사무실. N

정기찬　　게임 끝났어요,

(달랑 책상 두 개. 3인용 응접세트 하나 갖춘 소박한 사무실)
책상 앞에서 수북한 월급명세서와 고용인 명부 장부를 들여다보는
태욱과 한쪽에 앉아 컵라면 휘휘 젓고 있는 정기찬,

정기찬　　솔직히 주먹은 법보다 가깝고

제일 직빵은 머니머니해도 머니(money)잖아요.

태 욱　　　(여전히 장부에 코 박은 채) 그러게요.

정기찬　　맨날 까이고 깨지고. 이젠 더 팔릴 쪽도 없어요.

태 욱　　　그러게요.

정기찬　　이래선 변호사님 성공 못하십니다. 평생 요 모양 요 꼴이라구요.

태 욱　　　(그 말에 고개 든다) 성공하면 뭐하게요?

정기찬　　한 번뿐인 인생, 폼나게, 제대로, 막, 대차게, 어?

태 욱　　　지금도 폼나게 제대로 막, 대차게 살고 있는 거 안 보입니까?

정기찬　　(픽이나) 그럼요. 월세도 폼나게 네 달치밖에 안 밀렸고

야식도 막 대차게 컵라면으로 때우시고!

태 욱	저녁때 오므라이스 드셨잖아요.
정기찬	(답답하다) 앵커님께서는 바가지 같은 거 안 긁으십니까?
	잘 나가던 변호사님께서 하루아침에 로펌 때려치고
	국선으로 뺑뺑 도는 거.. 거기다 툭하면 야근에 툭하면 밤샘에,
	저어어어언혀 불만 없으시데요?
태 욱	글쎄요, 뭐 별로.. (전혀 무성의한 표정과 대답)
정기찬	(쩝.. 말을 말자, 말을 말어! 후루룩 컵라면 먹으면)
태 욱	... (장부를 보고 있는 눈빛... 조용히 가라앉는 느낌에서)

S#33. 거리 & 택시 안. N

밤거리를 달리는 택시 뒷좌석.
창밖 응시하는 혜란. 수만 가지 생각이 몰려온다.

지 원	(INSERT〉) 그렇게 좋은 거면 물려주시지 그러세요?
웅 팀장	(INSERT〉) 유종의 미를 거두라는 국장님의 깊은 뜻도 모르고..
장 국장	(INSERT〉) 상대 채널이 젊은 피로 수혈하고 나서 반응이 좋아.
혜 란	(나직한 한숨, 고단하다. 눈을 감는다, 그 위로)
재영E	사랑해..

스르르, 잠이 드는 혜란.
그 위로 E. 쿵, 쿵.. 심장이 뛰는 소리...
헉, 헉... 거친 숨소리

S#34. 혜란의 꿈 몽타주.
(** 아주 짧게짧게, 찰나로 툭툭...)

1. 바다

물 속. 노골적이고 대담하게 엉키는 남녀의 몸

2. 어느 골목
   거침없이 키스를 나누는 남녀 (얼굴은 보일 듯 말 듯)
3. 호텔 룸
   격정적이고 뜨거운 정사. 문득문득 스치는 남자 손목의 문신
   (재영E (달뜬) "사랑해...혜란아..")
   절정에 다다른 혜란의 얼굴에서, 순간.

S#35. 택시 안. N

운전수　　(뒤돌아보며) 손님?

　　　　　혜란, 흠칫 깨면 택시 이미 서 있다.
　　　　　아직도 반은 꿈속 절정의 순간에, 반은 여기가 어디지? 하는,
　　　　　몽롱한 눈빛으로 운전수를 빤히 쳐다본다.
　　　　　운전수도 그런 혜란을 빤히 쳐다보면,

혜란T　　(또 같은 꿈이다. 돌겠다) 정말 왜 이러니... 욕구 불만이야?
혜 란　　(재빨리 가방을 열어 카드를 내밀면)
운전수　　(씩... 미소. 카드 찍으며) 고혜란 씨죠? 뉴스 잘 보고 있습니다?
혜 란　　(당황) 아, 네.... (재빨리 카드 돌려받은 뒤 서둘러 내리는 데서)

S#36. 혜란의 집 거실. N

　　　　　캄캄한 집안. 달각, 스위치를 켜는 손.
　　　　　하나둘 켜지는 불. 드러나는 거실.
　　　　　고급스런 가구들. 완벽하고 아름다운 집.
　　　　　그녀가 지나쳐 오는 거실 벽 한쪽에 걸린

혜란과 태욱의 웨딩사진이 보이고, 사진 속 혜란 활짝 웃고 있다.

혜 란   (지친다. 테이블 위에 핸드백 툭 던져버리고

         널브러지듯 소파에 털썩 앉는다. 몸을 깊이 소파에 묻는다)

재영E   ... 사랑해.

혜 란   (나직이) 미치겠다 진짜... (팔로 눈을 가리는데 그때)

거실 너머 나타나는 누군가의 뒷모습,

사륵.. 옷자락 소리에 혜란, 멈칫 고개 돌려 보다가

순간 화들짝 놀라서 일어선다.

거실 맞은편에 서서 바라보고 있는 태욱모,

화려하진 않지만 기품 있는 차림새. 온화한 듯 하나 매서운 눈빛.

혜 란   어머님...!

태욱모   오늘 약속 있는 거 잊었니? 시간 맞춰 왜 안 왔니?

혜 란   네? (하다가 아차) 아, 네, 그게...

태욱모   약은 주방에 뒀다.

혜 란   네.

태욱모   (쓱... 혜란의 위아래를 훑는 시선 끝에 끌끌...)

         몸이 차면 애가 서질 못한다고 그렇게 말을 했는데.

혜 란   (짧은 스커트가 신경 쓰인다, 살짝 손으로 치마 끝 만지는...)

태욱모   늬들, 날은 잘 맞추고 있는 거지?

혜 란   (미치겠다. 이런 얘기...) 네...

태욱모   태욱이는 아무 문제없다는데 대체 뭐가 잘못된 건지 원,

         (가방 챙기며) 나올 거 없다. (현관으로 가는)

혜 란   ... (표정 없는 눈빛으로 보면)

S#37. 혜란의 집 주방. N

식탁 위에 놓여 있는 한약 상자.
그 옆에 놓인 탁상 달력. 오늘 날짜에 붉은 동그라미.

혜 란   (답답한 한숨으로 쳐다보는데)

그때 인기척 들리고, 혜란 소리 나는 곳 보면

S#38. 혜란의 집 거실. N

들어오는 태욱. 서재로 향하는데

혜 란   (주방에서 나오며) 어머님 오셨었어.
태 욱   (? 돌아보면)
혜 란   (쟁반에 한약 담은 그릇 받쳐 들고 다가와) 일수 찍는 것도 아니고
          따박따박… 참 잘도 돌아와. 그치? (한약 그릇 내미는데)
태 욱   (받지 않고) 나중에. (들어가는데)
혜 란   (태욱의 등에 대고) 어쨌든 난 줬어.
태 욱   (서재 문고리 잡고 멈칫. 보면)
혜 란   나는 노력했다구.
태 욱   (그대로 들어가는데)

탁, 닫히는 문. 감도는 정적.
한약 쟁반을 들고 선 혜란, 닫힌 문을 보다가

S#39. 혜란의 집 주방. N

개수대 안으로 쏟아지는 한약.
혜란, 수도꼭지 튼다. 촥, 쏟아지는 물줄기.
개수대 안으로 빨려 들어가는 한약. 혜란 표정 없이 쳐다보는 데서.

S#40. 태욱의 서재 안. N

넥타이 풀고, 재킷 벗어 한쪽에 대충 던져둔 뒤 책상 앞에 앉는다.
컴퓨터 전원을 켜면 시작화면으로 뜨는 혜란의 얼굴.
(10년 전 환하게 웃던 그녀 얼굴)
태욱, 말없이 그 얼굴 아련한 듯.. 잠시 바라보다가
이내 일하는 화면으로 탁! 바꾸는 데서.

S#41. 피트니스 센터. D

E. 경쾌하고 비트 있는 음악과 함께.
이른 새벽. 오랜 운동으로 다져진 건강하고 아름다운 혜란,
땀으로 흠뻑 젖은 채 트레드밀을 전력질주하면서 TV 본다.

INSERT〉TV 화면〉
상단 오른 쪽에 CNN 자막 떠 있고 인터뷰 중인 코치의 얼굴,
그 뒤로 골프 모자 푹 눌러쓴 채 기자들 마이크 피해
차에 올라탄 후 사라지는 케빈 리 모습 보인다.
흥분한 얼굴로 기자들에게 둘러싸여 인터뷰하는 케빈 리 코치.
자막, 〈케빈 리는 어떤 언론에도 등장하지 않을 겁니다.
오직 필드에서만 그의 존재를 확인할 수 있습니다.〉

혜란, 트레드밀 정지 버튼 누른다.
헉헉... 숨을 고르며 CNN 화면 주시하는 혜란의 얼굴에서

S#42. 방송국 로비.

로비 전면에 대형 TV들 설치되어 있고,
한지원의 모닝뉴스, 생방 중이다. 출근하는 혜란, TV 속 지원 본다.
그 앞으로 혜란, 표정 없이 언제나처럼 당당하게 지나쳐간다.

S#43. 모닝뉴스 스튜디오.

지원, 데스크에 앉아 아침 뉴스(10분짜리 짧은 뉴스) 진행 중이다.
장 국장, 웅 팀장 흐뭇한 얼굴로 모니터링 하는 중이다.

지 원   (자신감 넘치는)... 시청자 여러분, 좋은 하루 되십시오.
          지금까지 한지원이었습니다.

카메라 꺼지고, 지원 데스크에서 나온다.

웅 팀장   아! 때깔 좋다!!! 젊으니까 그냥 막 화면 밖으로 튀어나오는구나!
          역시 고혜란이랑은 해상도부터 다르지 않습니까?
장 국장   (끄덕끄덕. 흡족한) 개편회의 소집해. (가면)

S#44. 보도국 회의실.

기다란 회의용 탁자 놓여져 있고 웅 팀장 이하, 곽 기자, 한지원,
스포츠국 손 팀장(남. 44세. 스포츠국 팀장), 고 선배(남. 42세)등

모여 떠들썩하다. 혜란, 들어와 자리에 앉는다.

고 선배 도대체 케빈 리 정체가 뭐야?
         얼마나 대단하길래 온갖 매체가 다 달려들었는데도
         이렇게 건져오는 게 없어들?
곽 기자 PGA통이라고 불리는 선배도 미국까지 날라갔는데,
         그림자도 못 보고 왔답니다.
손 팀장 사장까지 지금 케빈 리한테 미쳐가지구,
         케빈 리 출전하는 방송권 전부 다 따내라는 특명까지 내리셨잖어.
웅 팀장 사장까지?
혜 란   ... (듣는 위로)
고 선배 누구든 케빈 리만 잡아오면 특종에 단독에 최초 보도에, 1타 3피,
         잘하면 팀장 털고 국장 승진하는 데 가산점까지, 아! 군침 도네 이거.
웅 팀장 (국장 승진? 그 말에 꽂힌다)
혜 란   (말없이 듣는 뒤로)
장 국장 (문 밀고 들어오면서) 아침부터 분위기들 좋구만.
일제히   (돌아보는 가운데)
장 국장 (자리에 앉으며) 다음 주 개편 준비들 잘 돼가고 있어?
손 팀장 다들 케빈 리 쫓느라구 개편이구 뭐구,
장 국장 지난주에 교양국과 별개로 자체 제작하는 휴먼프로그램
         얘기한 거 있지? 그거 진행은 고혜란이 맡기로 했어.
일제히   (멈칫... 슬쩍 고혜란 쪽을 쳐다본다. 자기들끼린 이미 얘기된 듯)
지 원   (쓱. 혜란 본다. 들었어요? 하는 눈빛)
곽 기자 (살짝 당황한 듯) 그럼 뉴스나인은...
장 국장 (지원 보고) 한지원. 너 할 수 있겠어?
지 원   제가요? (뻔히 판 깔아준 거 알면서 최대한 겸손하게)
         저야 뭐, 맡겨만 주시면 목숨 걸고 해야죠, 열심히 하겠습니다!
혜 란   (시니컬한 조소... 스치는 위로)
웅 팀장 이야! 이거 파격인데요! 한지원이라니 신의 한숲입니다 국장님!
         이렇게 우리 뉴스나인이 젊은피로 또 살아나나요?

손 팀장	축하해 한 기자.
고 선배	(눈짓으로 축하의 눈빛 쏘는데 그때)
혜 란	케빈 리 뉴스나인 단독 인터뷰.. 그거면 될까요?

순간 회의실 분위기 일순 반전되면 일제히 혜란을 돌아본다.

지 원	(? 혜란을 본다)
곽 기자	(??? 혜란을 보면)
웅 팀장	어이 고혜란,
장 국장	지금 뭐라 그랬어? 케빈 리 단독 인터뷰?
혜 란	다음 주 월요일, 개편 날짜에 맞춰 단독으로 진행해볼 생각인데..
	그렇게 되면 뉴스나인은 제가 좀 더 맡아야 하지 않을까 싶은데요.
웅 팀장	(띵! 본다)
손/고/곽	(일제히 혜란을 본다. 보다가 일제히 장 국장을 돌아본다)
지 원	(얼른 장 국장을 돌아보면)
장 국장	(한쪽 눈썹 쓰윽.. 치켜뜨며 본다, 급 관심 가는 눈빛)
혜 란	(표정 없이 장 국장을 보면)

S#45. 보도국 국장실.

웅 팀장	야! 고혜란, 너 너무 막 던지는 거 아냐?
장 국장	(고심하는 눈빛 위로 계속)
웅 팀장	아무리 그 자리에서 밀려나기 싫어두 그렇지,
	이미 한지원으로 가기로 내정된 마당에 너, (하는데)
장 국장	(자르듯) 구체적인 소스는 있고?
혜 란	핫라인도 없이 그렇게 지르진 않죠, 국장님.
웅 팀장	대체 그 핫라인이라는 게 누군데?
	스포츠라인 한기섭이? 아니면 올댓골프 박창철이?
혜 란	(무시, 장 국장 보며) 어떡할까요, 국장님?

	케빈 리 단독 인터뷰 잡아올까요, 말까요?
웅 팀장	(흘끗 장 국장을 본다)
장 국장	그걸 질문이라구 해? 당연히 잡아와야지,
웅 팀장	국장님, 그럼 한지원이는...
장 국장	CNN도 못 하는 걸 JBC 보도국은 한다.
	뉴스나인 안방마님 고혜란 능력 한 번 제대로 보여줘.
웅 팀장	하지만 국장님,
장 국장	만약 그거 못 해내면 뉴스나인뿐만 아니라 아예 보도국에서
	책상 뺄 각오로, 어?
혜 란	(씩 웃으며) 알겠습니다.
웅 팀장	(허! 기가 막힌 듯 혜란을 보는 데서)

S#46. 보도국 1팀 자리.

웅 팀장	아주 발악을 하는구나!
	잘난 척, 고상한 척, 개폼은 다 잡더니 막상 짤린다니까 쫄리냐?
	어디서 그런 뻥카를 날려? 케빈 리? 개망신 한 번 제대로 당해볼래?
혜 란	사내자식이 힘 한 번 못 써보고 나한테 앵커 자리 뺏기더니
	7년간 절치부심해서 꺼낸 카드가 겨우 한지원?
	웅 팀장, 넌 그래서 안 되는 거야!
지 원	(조금 떨어진 쪽에서 흘끗 쳐다보면)
웅 팀장	어제 상 줬잖아? 이쪽에서 그만큼 성심성의껏 레드카펫 깔아줬음
	적당히 웃으면서 손 흔들어주고 퇴장하는 거야.
	그게 덜 쪽팔린 거다, 너?
혜 란	진짜 쪽팔린 건 너처럼 민다고 밀려나는 거야.
	난 가도 내가 가고, 관둬도 내가 관둬.
웅 팀장	(이씨! 뭐라 하려는데)
혜 란	(곽 기자 향해) 웹닷컴 퀄리파잉 명단 좀 부탁하자.
	그동안 출전했던 거 모니터 다시 할 거니까 자료도 좀 같이!

(그리고는 홱! 돌아서서 가면)

곽 기자   옙! (일단 대답한 뒤, 쓰윽 웅 팀장 눈치 보며 따라 나간다)

웅 팀장   아우 저이쉬!!!!! (쿵! 엄한 책상만 발로 쿵! 차면)

조금 떨어진 곳에 서서 보고 있는 지원, 쎄한 눈빛에서.

S#47. 스포츠국 편집실.

혜란, PGA 경기 장면 모니터 하는데
곽 기자, 하드디스크 들고 들어와 한쪽에 내려놓는다.
(* 미처 문은 못 닫았다)

곽 기자   골프 채널까지 뒤질 수 있는 건 다 뒤졌어요.

혜 란   땡큐.

곽 기자   근데 진짜 연줄 있는 거 맞아요?

혜 란   있긴 뭐가 있어. 지금부터 찾아봐야지.

곽 기자   (오마이 갓...!) 선배!! (했다가 잔뜩 낮춰) 진짜루 뻥카였어요?
어쩔라구요?

혜 란   걱정 마 데려다 앉혀놓으면 되는 거야!
(그러면서 자료 화면 뒤적거리는 모습에서)

S#48. 그 앞 편집실 복도 일각.

한쪽에 느긋한 표정으로 팔짱 끼고 선 지원
허! 역시 뻥카였어? 이게 죽을라구! 열 받는 미소로 쳐다본 뒤
홱! 돌아서서 가버리면.

S#49. 다시 편집실 안.

혜란, 스톱과 줌인, 플레이를 되풀이하며 경기 장면 모니터 한다.

혜 란   (마음이 급하다. 빠르게 되감고. 다시 보기.
               한 장면도 놓치지 않으려 미간에 주름이 바짝 잡힌다)

               그때, 한 남자의 뒷모습 눈에 들어온다.
               근육 잡힌 등. 골프채를 쥔 채 자세 잡는 손.
               그 위로 문신 같은 게 보인다.

혜 란   (? 어쩐지 눈에 익다. 클로즈업 하는데 그때)
고 선배   어이 고혜란,
혜 란   (? 돌아보면)
고 선배   (문 앞에 서서 다소 불쾌한 기색으로) 너 양아치냐? 구역도 없어?
               왜 보도국이 스포츠국에 와서 자료를 선점하는 건데?
               우린 늬들 한 꼭지밖에 안 되니까 선배고 구역이고 없다, 그거냐?!
혜 란   같은 뉴스나인끼리 선후배 따지고 구역 따질 거 뭐 있어요?
               특종이면 잡구 보는 거지,
고 선배   그래, 너 고혜란이지 그치? 잠시 깜빡했네.
               대체 이번엔 장 국장한테 또 뭘로 약친 거냐? 어?
곽 기자   (한쪽에서 어? 얘기가 이상해진다? 흘끔 쳐다보면)
혜 란   (흘끗 돌아보며) 무슨 뜻이에요?
고 선배   하기사 원래 고혜란이가 그런 걸로 유명했지,
               줄 거 있음 쌔끈하게 주고, 받을 거 있음 확실하게 받구!
혜 란   (이새끼 진짜! 쓱 일어나 고 선배 앞으로 바싹 다가선다)
고 선배   (순간 움찔! 혜란의 기세에 뒤로 물러날 뻔한 걸 겨우 버티고 서서)
               왜? 뭐?
혜 란   맞아요, 내가 원래 그런 걸로 유명하지,
               쌔끈하게 실력으로 주고. 화끈하게 인정받고.

선배는 그게 안 되서 그 나이에도 직함 없이 현장 뛰지만.

고 선배 (불끈!) 너 말 다했냐?

혜 란 선배면 뭐 하나라도 선배답게 좀 굴어봐,
반 실력이든, 인품이든, (보며) 유치해서 못 들어주겠네 진짜!
반 (그리고는 그대로 툭! 치며 밖으로 나가버린다)

고 선배 (모욕감에 홱! 보다가 괜히 엄한 곽 기자한테) 뭘 봐 새꺄!!!

곽 기자 (얼른 모니터로 고개 돌리면)

S#50. 방송국 화장실.

거울 앞에 선 혜란. 불쾌하다. 열 받는 듯 숨을 몰아쉬는데
안으로 들어오는 지원과 시선 마주친다.

혜 란 (흘끗 보더니 무시. 수도꼭지 틀고 손을 닦는다)

지 원 (픽! 뭔가 무시하는 눈빛으로 수도꼭지 틀어 닦는데 튀는 물방울)

혜 란 (물방울이 번지는 스커트 가만히 보면)

지 원 (페이퍼 타올 쓱 뽑아 건네며) 닦으세요.

혜 란 닦으세요, 가 아니라 죄송합니다야.

지 원 (보면)

혜 란 나한테 너, 죄송하라구.
반 함부로 물을 튀긴 것도, 주인 허락 없이 내 자리 탐낸 것도.

지 원 선배도 처음 그 자리에 앉을 때 주인 있었잖아요.
반 그때, 죄송했어요?

혜 란 (뭐? 기막힌 듯 보면)

지 원 영원한 게 어딨어요? 그 자리, 선배만 앉으란 법 없잖아요?

혜 란 (보면)

지 원 욕심 부리지 마세요. 그 나이에.. 추해요. (나가려는데)

혜 란 지원아.

지 원 (돌아보면)

혜 란	니 젊음이 실력 같지?
지 원	?
혜 란	(씩 웃으며) 그래서. 내가 비켜주면 앉을 자신은 있니?
	자신 있음 한 번 앉아보든가.
지 원	그래 보려구요, (전혀 지지 않는 눈빛으로 돌아서서 나가면)

그때, 물 내리는 소리 들리고
이연정 (여. 42세. 아나운서. 변우현의 아내) 화장실에서 나온다.

이연정	(수다) 아우 시원해. 똥이나 욕심이나 비우고 사는 게 편해. 그치?
혜 란	(말 섞고 싶지 않다. 대충 눈인사하고 나가려는데)
이연정	(손 닦으며) 다이어트 하니? 꺼칠해 보인다?
혜 란	아뇨.
이연정	(힐끗 혜란 보고) 여자 나이 서른다섯 넘었으면 눈가에 주름도
	좀 잡히고 허릿살도 늘고 그래야 인간답지.
	늙을까봐, 조마조마, 전전긍긍..
	아우, 난 그런 사람들 좀 흉하더라?
혜 란	(나 들으라고 하는 소리다. 피식)
이연정	(거울에 몸 요리조리 비춰보며) 나, 좀 쪘지?
혜 란	네.
이연정	상관없어. 아등바등할 땐 몰랐는데 내려노니까 확실히 맘은 편해.
	허리는 2인치 늘었지만 행복지수는 100인치쯤 늘어났달까?
	뭐. 니가 불행해 보인다는 말은 아니구.
혜 란	요즘 라디오 시보 하신다구요?
이연정	(이게!) 어.
혜 란	수고가 많으시네요. 그럼, (가려는데)
이연정	참. 자기네 부부, 같이 올 거야?
혜 란	(? 멈칫)
이연정	(눈치 챘다) 어머. 설마 모르고 있었어?
혜 란	아뇨. 알고 있어요. 같이 가야죠.

혜란, 태연한 얼굴로 립스틱 바른다. 선명하고 붉은 입술...

S#51. 호텔 레스토랑. N

고급 레스토랑. 태욱, 뚜벅뚜벅 걸어 들어오는데
앞에 와서 멎는 발. 보면, 혜란이다.
붉은 입술. 성장을 한 차림새. 위압적일 만큼 아름답다.

태 욱	(살짝 당황하는 눈빛)
혜 란	(태욱 마음 느낀다. 그러나 개의치 않는) 시간 딱 맞춰 왔네, 당신?
태 욱	(대구 없이 빤히 보면)
일행들	(한쪽에서 흘끔거리며 그들을 보는 가운데)
혜 란	최선을 다해. 아직은 부부야. 나한테 예의를 갖춰.
	(그리고는 방긋 미소를 지으며 일행들을 향해 손을 흔들어 보인다)
태 욱	(그런 혜란 본다. 불편하고 나직한 한숨에서)

S#52. 룸 안. N

고기를 써는 소리, 샐러드를 집는 소리, 잔이 부딪치는 소리들
아내들, 미모로 기를 죽이는 혜란을 흘긋흘긋 본다.

오선주	(샘난다. 일부러) 강 검사님. 어머머. 주책. 제가 이래요.
	지금은 변호사님이죠? 강 변호사님은 좋으시겠어요.
	혜란 언니는 갈수록 이뻐지니..
태 욱	(짐짓.. 예의상 미소로) 네..
혜 란	(먹기 좋게 자른 고기 한 점, 태욱의 접시 위에 놓아준다)
이수정	어머... 두 분 사이 너무 좋으시다. 부부 금슬이 너무 좋으면
	애가 안 들어선다는데...

태 욱	(순간 자기도 모르게 눈빛 흔들리는..)
혜 란	(그런 태욱의 눈빛 감지했다. 미소로 얼른)
	일부러 늦추고 있는 중이에요.
태 욱	(그 말에 혜란을 돌아본다, 빤히 쳐다보는 위로 계속)
이수정	그래도 나이가 있는데...
	겉으로야 아직은 젊지만, 여자 몸 나이는 따로 있는 거잖아?
혜 란	그러게요, 안 그래도 몸부터 좀 만들어보려구요. (미소)
태 욱	(그런 혜란을 빤히 쳐다보는 가운데)
이연정	그나저나 이번에도 애아빠 사건 변호 맡으셨다면서요?
	우리 이이가 번번이 이기는 것두 미안하다구 맨날 죽는 소리야.

남자들, "그래?" "야, 변우현이 살살해라, 태욱이 울겠다"
태욱, 그제야 혜란에게서 시선 떼고 와인 한 모금 하는 위로 계속

변우현	태욱이 형. 저 진짜 죽겠어요.
	제대로 싸워보지도 못하고 그냥 이기는 거, 형한테 면목이 없어요.
이연정	(혜란에게) 어뜩하니.. 속상하지..?
혜 란	(미소로) 속상하죠..
이연정	(그럼 그렇지!)
혜 란	특권층 눈치 보느라 구속영장 발부받고도 모른 척,
	법과 정의는 권력에 엎드리고 충성하는 도구가 돼버린
	오늘의 세태들이 참, 속상하고 안타깝죠.
	(변우현 보고) 이겨도 이긴 게 아니라 개운하진 않죠?
이연정	(불쾌한. 뭐래?)
혜 란	그래도 이 사람의 소신, 응원해요 전.
	(자연스럽게 태욱의 팔짱 끼며) 결국엔 이 사람이 이길 거라는 것도 믿
	구요. 당신도 그렇지?
태 욱	(다시 혜란을 본다. 물끄러미 쳐다보는 눈빛, 진짜냐고 묻는다)
혜 란	(그런 태욱을 짐짓 미소로 마주 본다. 보다가 쓱 시선 피하며 와인 한
	모금 들이키면)

이연정　　　(쿡... 웃음 터지는 데서)

S#53. 레스토랑 파우더룸. N

오선주　　　강변, 완전 똥 씹은 표정이던데, 봤어요?

　　　　　　　여자들, 바지런하게 화장 고치고 립스틱도 새로 바른다.

이수정　　　소문이 소문이 아닌가봐. 애들 아빠 말로는 별거 중이라던데?
오선주　　　그러구두 남죠. 우리끼리 얘기지만 여자가 저정도 자리에 올라가려면
　　　　　　　좀 독하겠어요? 남자들, 독한 여자 질리잖아요.
오선주　　　(연정에게) 뉴스나인, 그것도 원래 언니 꺼였담서요?
이연정　　　아유. 다 지난 일이야. 난 진즉에 잊었어.
　　　　　　　나한텐 남편과 가정이 우선이야,
혜 란　　　(INSERT〉 칸막이 건너서, 다 듣고 있다... 표정에서)

S#54. 혜란의 집 전경. N

　　　　　　　각각 두 대의 차로 따로 들어오는 태욱, 혜란 부부.

S#55. 태욱의 서재. N

　　　　　　　태욱, 옷 벗는데 벌컥 열리는 문. 혜란이다.

혜 란　　　그렇게 못 참겠니? 기어이 표를 내야 했어?
　　　　　　　대단한 걸 해달라는 것도 아니고 그냥, 적당히 넘어가주면 될 일을!
태 욱　　　(옷 도로 입고 책상에 앉아 판례집 꺼낸다)

혜 란	(그 태도에 더 화가 나고) 국선? 소신? 정의?
	까불지 마. 집안 짱짱하고 마누라 월급에 밥 굶을 걱정 없으니까
	배가 부른 거잖아. 그렇게 잘난 척하니까 당신 너, 니가 진짜
	잘난 거 같지?
태 욱	(여전히 시선은 판례집에)....
혜 란	웃기지 마. 지 마누라 마음 하나 못 읽으면서 당신이 누굴 변호해?
태 욱	.....
혜 란	내가 무슨 맘으로 사는지. 배란일마다 찾아오는 니 엄마를.
	내가 어떤 맘으로 견디고 있는지. 당신이 알아?
태 욱	(그 말에 고개 들어 본다. 담담하게) 그럼 그만해.
혜 란	(뭐? 보면)
태 욱	너, 그만두는 거 쉬운 애잖아.
	그래서 뱃속에 생긴 아이를..
	태어나겠다고 생긴 우리 아이를,
	그렇게 가차 없이 단호하게! 몰인정하게...! (거기까지 하다가)
혜 란	(보면)
태 욱	(이내 추스르듯)
	난 너한테 바라는 거 없어. 너도 나한테 바라지 마.
	내가 해줄 수 있는 최선은, 내가 필요 없어졌다고 할 때까지
	기다려주는 거야. 널 선택한 책임이니까. 근데, 그 이상은 안 해.
혜 란	(굳어 보는데)

S#56. 혜란의 집 드레스룸. N

혜란, 거울 앞에 서서 자신을 본다.
아름답게 차려입은 옷. 완벽한 메이크업.
혜란, 모멸감에 거칠게 옷 벗는다. 지퍼에 손이 안 닿는다.
끙끙대며 지퍼를 내리려다 문득 전신거울에 비친 자신을 본다.
아름다운 여자. 그러나 지퍼 하나 내려줄 사람 없는 삶.

혜 란   (손 툭 떨군다, 그 위로) 더럽게 힘드네, 사는 거...

혜란, 화장대 연다. 술병이 그득하다.
쪼그리고 앉아 잔도 없이 병째 한 모금... 또 한 모금 마신다.
벗다 만 원피스. 줄어가는 술. 깊어가는 밤.. 스르르 눈이 감긴다.
그 모습에서.
(꿈처럼, E. 넘치는 파도소리... 들려오다가, 점점 잦아들면서 다급한 발
자국 소리로 변해가면서)

S#57. 요양원 전경. (새벽)

다급하게 뛰어가는 담당의와 의료진들

S#58. 혜란모 병실. (새벽)

E. 한 번 더! 세게! 등등 긴박한 소리들 오가고
혜란모, 의식을 잃은 상태다.
담당의. 혜란모 옆에 서서 CPR 중이다. 그 위로 울리는 핸드폰 소리.

S#59. 혜란의 집 드레스룸.

혜 란   (놀라서 벌떡 일어나며, 울리는 핸드폰 찾아 귀에 댄다)
         네, 고혜란입니다. (하다가 번쩍 눈 뜨며) 뭐?
곽 기자F 케빈 리가 지금 한국에 오고 있다구요!
         비행기 승객 명단 방금 확인했어요, 두 시간 뒤 도착이래요!
혜 란   (순간 재빨리 일어나 화장대 앞으로 가서 보면)

혜란, 어제 잠든 차림 그대로다.
퉁퉁 부은 얼굴. 번진 아이섀도.

S#60. 방송국 주차장.

곽 기자, ENG 카메라 어깨에 메고 급하게 차에 오른다.

곽 기자　출근 시간이라 강변이랑 올림픽 엄청 막힐 거예요!
　　　　　다른 데서 채 가기 전에 빨리 오세요! 전 먼저 출발해요!

S#61. 다시 혜란의 집 드레스룸.

혜 란　(미치겠다! 재빨리 머리며 화장 매만지면서) 알았어! 지금 가!

S#62. 혜란의 집 거실.

대충 갈아입고 가방 매며 뛰어나오는 혜란...
막 신발 신으려고 하는 순간 잡는 손. 태욱이다.

태 욱　혜란아...!
혜 란　(? 보면)
태 욱　어머님..

S#63. 혜란모 병실.

호흡기 단 채, 죽은 듯 누워 있는 혜란모.

| 의 사 | (통화) 쇼크가 왔었어요! 일단 심폐소생은 했는데.. |
| | 오래 못 버티실 거 같습니다. |

S#64. 다시 혜란의 집 거실.

태 욱	가자... (앞서는데)
혜 란	(다리가 붙어 움직이지 않는다)
태 욱	(? 돌아본다) 혜란아.
혜 란	(빤히 쳐다보는 눈빛에서)

플래시백〉 국장실.

혜 란	케빈 리. 뉴스룸에 앉혀놓겠습니다.
	제가 누군지. 어디까지 해낼 수 있는지 보여드린 다음에,
	웃는 얼굴로 가겠습니다.
장 국장	(흡족) 기대하지. 제대로 보여줘봐.

다시 혜란의 집 거실〉

태 욱	(한 번 더) 혜란아..! (하는데)
혜 란	나... 안 돼. 게스트 섭외해야 해.
태 욱	(뭐? 빤히 쳐다본다)
혜 란	내가 간다고 엄마가 살아나진 않아.
태 욱	고혜란! 너.. 대체 바닥이 어디니? 어디까지 갈 거야!
혜 란	(본다. 보다가 그대로 손을 빼낸다. 그리고 달려 나가면)
태 욱	...! (그런 혜란을 본다. 시선에서)

S#65. 도로 & 혜란의 차 안.

운전하는 혜란. 독으로, 악으로, 올라오는 눈물을 참는다.
갈림길이다. '공항' 이정표 보인다. 시선에서.
핸들 위에서 망설이는 손. 머뭇대는 혜란의 차.
뒤에서 빵빵거리는 차들. 빨리 가라고 상향등을 번쩍인다.
혜란, 공항 방면으로 핸들 확 꺾는 데서,

S#66. 혜란모 병실.

혜란모의 얼굴 위로 하얀 시트 드리워진다.
태욱, 말없이 그 옆에 서서 바라보는 위로

간호사E   특별히 남기신 말씀은 없었습니다.

S#67. 공항 입국장 앞.

E. 비행기 도착 안내방송 들리고 우르르 나오는 입국객들.
흐트러진 머리. 눈물로 얼룩진 아이섀도. 번진 립스틱.
엉망인 몰골의 혜란, 악착같이 눈물을 참으며 입국객들 좇는데.

웅 팀장E   아주 발악을 하는구나?
혜 란   (이를 악문다. 나직이) 알아..
태욱E   고혜란! 너 대체 바닥이 어디니..? 어디까지 갈 거야!
혜 란   알아...!

혜란, 극도의 슬픔과 피로감으로 어지럽다.
색색의 옷을 입은 입국객들, 크고 작은 캐리어가 눈앞으로 달려들었다,

멀어졌다 한다. 정신을 차리려 애쓰는 혜란.
그때 누군가의 캐리어에 걸려 휘청, 넘어지는데

재 영   (얼른 잡으며) 괜찮으세요?! (선글라스 벗는데)
혜 란   죄송합니다. 괜찮아요... (하다가 굳는)....!

플래시백〉 혜란의 꿈
호텔 룸. 성급하고 달뜬 사랑의 몸짓들.
E. 파도 소리. 숨소리. 심장소리. 그 모든 것들이 한데 뒤섞이면서
여자를 안는 남자. 비로소 얼굴이 보인다. 재영이다.
그 남자에게 안긴 여자. 마침내 드러나는 얼굴. 혜란이다.
여자의 등을 휘감은 재영의 손목에 선명한 문신.
입국장 앞〉
손목 문신을 따라가면 환한 표정으로 혜란을 보는 남자. 재영이다.

재영E   (속삭이는) 사랑해... 혜란아...
혜 란   (믿을 수 없는 눈빛으로 빤히 재영을 본다)
재 영   (역시 뜻밖이란 눈빛으로 혜란을 빤히 쳐다보는 데서)

S#68. 경찰서 참고인 조사실. (현재)

강기준   누군지, 아십니까?

테이블 위에 놓여진 사진. 케빈 리(재영)이다.

혜 란   (동요 없이) 프로골퍼 케빈 리잖아요.
강기준   어떻게 아는 사입니까?
혜 란   제가 최초로 단독 보도했습니다.
강기준   그 전에는, 모르셨습니까?

혜 란	네.
강기준	(그 눈빛 빤히 쳐다보며) 그렇군요.
	그럼, 이분이 누군지도 아시겠네요?

강기준, 테이블 위에 또 한 장의 사진 올려놓는다.
한 여자(서은주)의 사진이다.

S#69. 공항. (한 달 전)

넘어지면서 올이 나간 스타킹. 엉망인 몰골의 혜란에서

은주E	어머... 고혜란...?

혜란, 소리 나는 곳 돌아보면 선글라스를 낀 여자(은주)

혜 란	(누구지? 쳐다본다)
은 주	(선글라스 벗으며 밝은 미소로) 혜란이 맞구나!
혜 란	(알아본다... 그 위로)
재 영	아는 분이야?
혜 란	(뭐지? 둘이 아는 사이야? 재영과 은주를 쳐다보면)
강기준E	누군지 알아보시겠습니까?

S#70. 경찰서 조사실. (현재)

테이블 위에 놓인 은주의 사진, 그 환한 미소 위로,

혜 란	서은주네요.
강기준	(본다) 고혜란 씨와 어떤 사이시죠?

은 주   (플래시백) 공항) 내 고등학교 동창이야, 고혜란이라구,

강기준   친했던 사입니까?

은 주   (플래시백) 공항) 우리 짝꿍이었어.

          둘이 일 년 내내 딱 붙어 다닐 정도로 완전 단짝 친구.

혜 란   (담담하게) 아뇨, 같은 반이었지만

          그냥, 이름만 아는 정도... 였습니다.

강기준   두 사람이 부부사이라는 건 언제 아셨습니까?

혜 란   (그 말에 시선 들어 강기준을 보면)

          다시 공항〉

은 주   (빙긋 웃으며 재영의 팔짱을 끼며)

          인사해 혜란아. 이쪽은 우리 남편.

혜 란   (남편...? 다시 재영을 본다)

강기준   (플래시백) 조사실) 단독 취재 전이었습니까, 이후였습니까?

재 영   (혜란을 본다. 속을 알 수 없는 미묘한 미소를 지으며)

          안녕하세요, 은주 남편, 케빈 리.. 입니다.

혜 란   !!! (쿵..!! 케빈 리..? 니가...?)

          순간, 혜란의 머릿속으로 지나가는 편린 같은 단상들.

          CUT BACK1〉 케빈 리 우승의 순간.

          모자를 눌러쓴 채 맥주세례를 맞는 재영의 옆모습.

          저 멀리 갤러리들 틈에서 기뻐하던 은주.

          CUT BACK2〉 편집실. 화면 속 익숙한 재영의 뒷모습.

          스윙을 날리는 손. 그 손목에 선명한 문신.

          다시 공항〉

          그때 그 모습처럼 환하게 웃고 있는 은주,

그 옆에 선 재영의 모습.

그들을 바라보는 혜란. 하얗게 굳어 보는 데서.

제 2 부

도발

挑發

S#1. 캠코더 화면.

레코딩 중임을 알리는 빨간 빛이 깜빡깜빡하고
캠코더 뷰파인더에 가득 찬 혜란의 얼굴.
표정 하나, 눈빛 하나, 흔들림 없이 고요하고 당당하고,
그래서 더 아름답다.

S#2. 경찰서 청취룸.

이젠 아예 자리 잡고 죽 둘러앉은 최 과장 이하 고참들과 박성재.
마치 9시 뉴스 시청하는 자세다.

박성재	확실히 화면보다 실물이 열 배는 더 이쁜 거 같습니다!
	혹시, 녹화한 거 몇 장면만 캡쳐 좀 떠가면 안 될까요?
최 과장	잘리고 싶으면 해보든가 어디.
박성재	아, 옙. (얼른 꼬리 내리면)
강기준E	고혜란 씨?
일제히	(시선 다시 건너편으로 향하면)

S#3. 경찰서 참고인 조사실.

혜란, 테이블 위에 놓인 사진 본다.
환하게 웃고 있는 재영의 사진, 옆에 나란히 놓인 은주의 사진.

강기준　두 사람이 부부라는 건 언제 아셨습니까?
혜 란　취재하면서 알게 됐습니다.
강기준　서은주 씨와 여고 동창이었는데, 그전엔 모르셨습니까?
혜 란　고등학교 졸업 후 만난 적이 없었으니까요.
강기준　케빈 리 씨는요?
혜 란　(본다)
강기준　매사에 정확하시고, 기억력도 좋으신 편이시라니 다시 묻겠습니다.
　　　　케빈 리 씨는 그전에 만난 적이 한 번도 없으십니까?
혜 란　(탁자 위에 놓인 재영의 사진 본다)
재영E　(달뜬 목소리) 사랑해... 사랑해, 혜란아. (여운처럼 맴돌면서)

S#4. 이하 과거〉 바다.

(*1부. 혜란의 꿈속에 등장하는 바로 그 장소.
그러나 사랑은 식었고, 떠났다)
비구름이 몰려오는 하늘. 바다는 거칠게 요동치고

S#5. 모텔 룸.

텅 빈 룸. 흐트러진 시트, 바닥에 떨어진 베개만이
그곳이 한 때 격정적인 사랑의 장소였음을 보여줄 뿐.
창밖으론 투둑투둑, 소나기가 흩뿌리기 시작한다.

S#6. 어느 골목. N

촤아.... 비가 쏟아진다. 가로등 아래 수북한 담배꽁초.
또 한 대의 꽁초를 발로 비벼 끄며 초조하게 기다리는 남자.
재영이다. 두 눈은 붉게 충혈되어 있고 수염은 꺼칠하게 자라 있다.
그때 E. 또각또각 하이힐 소리.
재영 보면, 가로등 아래 한 여자 나타난다. 혜란이다.

혜 란   (그대로 재영을 스쳐 지나가는데)
재 영   (팔목 잡는) 얘기 좀 해.
혜 란   (잡힌 팔 뺀다) 내 얘긴 끝났어. (가는데)
재 영   하나만 묻자.
혜 란   (멈춰 선 채)
재 영   (아프게 묻는) 너. 내가. 그저 그렇고 그런 별 볼 일 없는 놈이라 이러는
         거냐...?
혜 란   (일말의 망설임도 없다) 어.

재영, 우산을 쥔 손이 툭...
비가 재영의 머리로, 어깨로, 사정없이 떨어진다.

혜 란   (감정 없이 젖어가는 재영을 본다. 보다가) 이재영.
재 영   (보면)
혜 란   나는 너 버렸어. 너두 나 버려.
         나쁜 년. 잘 먹고 잘 살아라 해버려. 나는 그럴 거야.
재 영   나 버리고 너. 얼마나 잘 살 거 같냐...?
혜 란   ... 너랑 있는 거보다는.
재 영   (울컥하는 눈빛)
혜 란   (흔들림 없이 똑바로 마주 본다)
재 영   (그녀 마음을 바꿀 수 없다는 걸 안다. 겨우 감정 누른 채)
         그래, 가라.

근데 너. 내가 지켜본다. 얼마나 잘 사는지, 어디까지 갈 수 있는지
지켜볼 거니까, 그니까 너.. 꼭 잘 살아라.

혜 란　(담담하게) 그래, 그럴 거야.

혜란. 뒤돌아보지 않고 그대로 간다.
텅 빈 골목. 쏟아지는 비.
그 빗속에 초라하게 서 있는 재영에서.

S#7. 공항 입국장 앞.

자막,〈한 달 전〉
깔끔한 매무새, 젠틀한 미소, 부드러운 눈빛의 재영,
엉망인 혜란을 본다.

혜란E　(충격으로) 이재영...?
재 영　괜찮으세요?
혜란E　재영아....
재 영　(마치 처음 보는 사람을 보듯, 표정에 변화 없다)
혜 란　(차마 입이 떨어지지 않는다. 입술만 달싹이다 간신히 떼려는데)
은주E　여보?

혜란 보면, 선글라스를 낀 여자 (은주) 다가와 재영의 팔짱 낀다

혜 란　(여보....? 이 여자가 이재영의 와이프...?)
은 주　(재영에게) 누구? 아는 분이야?
재 영　(혜란 똑바로 보며) 아니. 부딪혀서 넘어지시는 바람에..
혜 란　(날 몰라...? 재영 보면)
은 주　어머 (넘어지셨구나, 하다가) 어머! (알아보는 눈빛으로 본다)
혜 란　(? 은주 보면)

은 주   맞지? (선글라스 벗으며 밝은 미소로) 혜란이! 고혜란!
혜 란   (? 보다가 점점 알아보는 눈빛)

          엉망인 몰골의 혜란, 하얗게 굳어 보면
          나란히 서 있는 환하고 밝은 재영과 은주의 모습에서.

S#8. 공항 일각.

          곽 기자, 다급하게 전화 건다.
          하지만 벨소리는 엔서링으로 넘어가고.

곽 기자   (통화) 선배 왜 안 받아요? 도착했어요? 지금 어딨는 거예요?

S#9. 공항 입국장 앞.

혜 란   (놀란) 서.. 은주..?
은 주   그래애!! 나야, 나아!!! 아우 기집애 진짜 반갑다아!!!!
혜 란   (빤히 보는 가운데)
은 주   (재영에게) 여보. 내가 뉴스 볼 때마다 맨날 말했잖아.
          한국에서 무지하게 유명한 앵커가 내 친구라구.
          어쩜 이렇게 만나지니? 진짜루 보니까 더 이쁘다 기집애야!
재 영   (여전히 전혀 모른다는 표정. 젠틀한 미소로)
          말씀 많이 들었습니다. (악수 청하며) 은주 남편 케빈 립니다.
          (하다가) 참, 한국 이름이 편하시죠? 이재영이라고 합니다.

          혜란 앞에 내민 재영의 손. 그 손목에 선명한 문신.

혜 란   (설마) 케빈.... 리...?

은 주	(행복으로 충만한) 혹시 골프 좋아하니?
	이이가 이번에 PGA에서 우승한 그 케빈 리야, 내 남편!
	(자랑스럽게 재영의 팔짱 끼며)
	니네 뉴스에도 나왔었잖어 왜, 글쎄 이이가 이번에....
혜 란	(PGA...? 케빈 리? 케빈 리가 재영이...?)

혜란, 은주의 말소리가 웅웅거리면서 아득해진다. 모습에서,
쿵! 블랙 화면 위로
자막, 〈제2부 도발(挑發) 〉

S#10. 장례식장 입구.

뚜벅뚜벅 걸어오는 혜란. 눈빛은 멍하고 얼굴은 창백하다.

S#11. 플래시백〉 공항 라운지 커피숍.

혜란, 이 상황을 믿을 수도, 받아들일 수도 없다.
멍한 얼굴로 은주를, 그 옆에 다정하게 앉아 있는 재영을 본다.
은주는 계속 뭐라뭐라 즐겁게 떠들고 있는데,
혜란, 은주의 말이 하나도 귀에 들어오지 않는다.
그저 멍하니 재영만 바라보다 문득 재영의 시선 느낀다.
그의 시선이 닿는 곳... 넘어지면서 올이 나간 스타킹,
그 위로 배어나오는 핏방울. 급하게 나오느라 엉망인 매무새...

혜 란	(당황스럽다. 올 나간 스타킹을 가려보려는데 잘 안 된다, 그때)
은 주	응? 혜란아?
혜 란	(그제야) 어? (은주를 보면)
은 주	남편은 뭐하는 사람이냐니까?

혜 란	(재영 의식된다. 그래서 부러 밝게) 어. 검사 출신 변호사.
은 주	변호사?
재 영	(변호사라... 혜란을 보면)
혜 란	(재영 앞에서 초라해지고 싶지 않다)
	어. 시댁이 대대로 대법관을 지낸 법조인 집안이야.
	(그러면서 재영을 흘끗 보면)
재 영	(그래? 하는 눈빛으로 조용히 바라본다. 그 옆에서 계속)
은 주	어머어머! 야무진 기집애...
	내가 너 결혼도 그렇게 똑소리 나게 할 줄 알았어.
	근데 그런 집안은 좀 어렵지 않니? 시집살이 뭐 그런 건 없구?
혜 란	(찰나의 멈칫. 그러나 얼른 떨치고) 없어.
	인품이 훌륭하신 분들이셔. 나두 많이 아껴주시구.
은 주	(진심 부럽고 좋다) 진짜 좋겠다!!! 참. 니 남편 언제 보여줄래?
	애, 우리 부부 동반으로 넷이서 식사부터 같이하자. 응? 응?
재 영	(묘한 눈빛으로 그저 혜란을 보고 있다. 시선에서)
혜 란	그래.. 그러지 뭐, (짐짓... 웃어 보이면)

S#12. 장례식장.

굳은 얼굴로 문상객 맞는 태욱.
그 옆에 멍한 눈빛으로 나란히 서 있는 혜란, 태욱을 본다.

태 욱	(혜란의 시선 느끼지만 보지 않는다)

혜란, 태욱의 곁에 나란히 서서 담담한 얼굴로 문상객과 인사,

문상객1	(목례하며) 삼가 조의를 표합니다.
혜 란	(담담하게 같이 목례하며) 와주셔서 감사합니다.

S#13. 장례식장 손님 테이블.

문상객들로 꽉 찬 테이블. 그 한쪽으로 이연정, 오선주, 이수정 등
연수원 동기 모임 와이프들이 한 상 차지하고 있다

이연정   독한 년. 울지도 않네.
오선주   네?
이연정   (전 하나 집어먹으면서 눈으로 혜란 가리키는)

문상객을 맞는 혜란. 여전히 단정하고 우아하다.

이연정   엄마가 죽었는데 멀쩡한 거봐.
이수정   (소곤소곤) 그러니까요. (몸서리) 아우, 난 좀 무섭다.
오선주   (헬끔 보고) 창백하니 이쁘게 했네. 저건 몇 호래?
이수정   장례식 컨셉에 맞춰서 오죽 신경 썼겠어요? 보는 눈들이 있는데?

이연정과 여자들, 소곤소곤 키득키득 거리는 가운데.
시간 경과〉
한바탕 문상객들이 지나가고 한산해진 테이블 앞에 앉은 혜란.
테이블 위엔 문상객들이 먹다 남긴 식어버린 육개장, 과일, 떡..
(저 끝에서 도우미가 치우고 있는 가운데)
혜란, 영정 속의 혜란모를 바라본다.

혜란모   저녁엔 탄수화물이 제일 안 좋은 거 알지?
혜 란   ......
혜란모   혜란아, 너 성공해야 돼. 보란 듯이, 응? 엄마 말 알지?
혜 란   (이젠 다 끝났다... 쓸쓸해지는데)

장례식장 한편에 놓인 텔레비전에서 들려오는 뉴스 시그널.
혜란, 자동적으로 고개 돌리면, 화면 가득 지원의 얼굴 보인다.

지원E	(TV 화면) 시청자 여러분 안녕하십니까?
	고혜란 앵커를 대신해 임시 진행을 맡은 뉴스나인 한지원입니다.
혜 란	(한지원? 굳어버리는데)

S#14. 부조 앞. N

| 곽 기자 | (핸드폰에 대고) 지금 인터넷 반응이 완전 터졌어요, |
| | 실시간 시청률까지 장난 아니게 높게 나오는 거 같구요, (돌아보면) |

부조 안쪽으로 입이 귀에 걸린 웅 팀장과
그 뒤에서 팔짱낀 채 좋아라 쳐다보고 있는 장 국장이 보인다.

S#15. 장례식장 일각. N

핸드폰 귀에 댄 채 곽 기자의 말을 듣고 있는 혜란.
말없이 시선 한지원이 나오는 화면에 고정한 채로 바라보는 데서,

S#16. 장례식장 앞. N

태욱, 문상객들 배웅하는데, 도우미 급하게 뛰어온다.

| 도우미 | (난처한) 저기... 좀.. 가보셔야겠어요... |

S#17. 장례식장 손님 테이블. N

| 태 욱 | (당황스러운)....! |

혜란, 우걱우걱 밥을 퍼먹는다.
숨도 쉬지 않고 입에 넣고, 또 넣고.
입가에 흐르는 벌건 육개장 국물.

태 욱	여보!
혜 란	(계속 먹는다)
태 욱	(막으며) 혜란아!
혜 란	(뿌리치며) 배고파!
태 욱	(뭐? 보면)

혜란, 허겁지겁 먹는다.
미처 삼키지 못한 음식물들이 아무렇게나 흐른다.

태 욱   (이런 모습 처음이다. 당황스러운데)

TV에선 지원이 전하는 뉴스 멘트가 왕왕거린다.

S#18. 방송국 뉴스나인 스튜디오. N

온에어 불 들어와 있고
지원, 상승 그래프가 그려진 대형 모니터 앞에 서서 진행 중이다.
혜란과는 다른 파격 진행이다.
당당하고 자신 있는 외모. 얼굴에 넘치는 젊음과 패기.

지 원   (그래프 보며 브리핑하는) 국제신용평가사 무디스에 따르면 한국의 신
용도는 지난 분기보다 0.4프로 상승세를 보인 것으로 나타났습니다.
무디스는 유가하락세에도 불구하고 한국의 경제성장률이 신용도 회복
에 긍정적이란 평가를 내렸는데요,

S#19. 부조. N

웅 팀장, 만면에 미소를 띄운 채 디렉팅 중이고
뒤에서 장 국장이 모니터 보고 있다.

웅 팀장   (장 국장에게) 확실히 활기가 있죠?
장 국장   땜방인데 당황하지도 않고 곧잘 하네.
웅 팀장   그쵸? 자식이 배포가 커요.
장 국장   이런식으로 워밍업하다가 디졸브 하는 것도 나쁘진 않은데...
웅 팀장   (아싸! 여세를 몰아. 인이어로) 카메라 투. 한지원 타이트!

부조 모니터. 생동감 넘치는 지원의 모습이 가득 잡히면서

S#20. 장례식장 화장실 칸막이 안. N

고통스럽게 토하는 소리
혜란, 음식물들을 모두 게워내고 있다.

웅 팀장E   왜? 짤린다니까 쫄리냐?
혜란모E   이쁘게. 꽃같이. 그렇게 살아. 넌 그럼 돼.
은주E   내가 말했잖아. 한국에서 엄청 유명한 앵커가 내 친구라고.

혜란, 안간힘을 쓰며 마지막 한 톨까지 토해낸다.
괴로운 그녀 얼굴에서.

S#21. 화장실 앞.

화장실 앞. 그 앞으로 다가서는 태욱,

걱정스런 얼굴로 화장실 쪽 보는 데서.

태욱E   차라리 그냥 울어.

S#22. 장례식장 야외 벤치. N

혜란, 해쓱한 표정으로 앉아 있다가 고개 들어 보면,
태욱 물을 내민다. 혜란 받아서 한 모금 마시는 그 옆으로 앉으며

태 욱   엄마야. 하나밖에 없는 니 엄마.
           누구 눈치 볼 것도 없고, 참을 필요도 없어.
           그렇게 울면서 보내드리는 거야.
혜 란   (마시고 태욱을 돌아본다) 셔츠, 많이 구겨졌네.
태 욱   (? 보면)
혜 란   갈아입고 와. 상중이니까 깃은 노멀하게 미디엄으로 해.
태 욱   혜란아.
혜 란   타이가 블랙이니까 손수건은 그레이 계열이 좋겠다.
태 욱   고혜란...!
혜 란   왜 울어? 운다고 뭐가 달라지는데?
태 욱   (뭐? 보면)
혜 란   (차가울 만큼 담담하게 다다다)
           장 국장이 팀원들 데리고 올 거야. 그때 정식으로 인사시킬게.
           당신네 집안이 대대로 대법관을 역임한 거,
           격 떨어지지 않는 선에서 슬쩍 어필하고.
           나는 당신이 약자의 편에 선 국선이라고 거들 거야.
           참. 당신 검사 출신이었단 말도 빼먹지 마.
           능력 없어서 국선으로 돈다고 오해할 수 있어.
태 욱   (안타까움의 눈빛이 기가 막힘으로 천천히 변해가면서)
혜 란   면도 깔끔하게 하구 와. (일어서는데)

태 욱	그래. 이래야 고혜란이지.
혜 란	(멈칫...)
태 욱	고혜란은 끝까지 고혜란이라는 거... 그걸 내가 깜박했다.
혜 란	(보면)

태욱, 이내 감정 감춘 표정으로 일어나 뚜벅뚜벅 가버린다.
혜란, 그런 태욱의 뒷모습을 바라본다. 그러다 멈칫.. 보면
태욱이 앉았던 자리에 놓인 약봉지.
순간 울컥..! 그녀를 위해 사놓은 약봉지라는 걸 안다.
혜란, 쓸쓸한 눈빛으로 다시 멀어지는 태욱을 본다. 보다가
안 돼! 정신 차리자! 다잡는 표정.
손에 들고 있는 핸드폰을 내려다본다.

플래시백〉 공항. 라운지 커피숍.
은주, 혜란의 핸드폰에 자기 번호 찍어준다.

은 주	내 번호야. 연락해. (환하게 웃어준다)
재 영	(옆에서 조용히 혜란을 바라보는 눈빛에서)

다시 현재〉
망설이는 혜란, 저장된 은주의 이름을 말없이 내려다본다.
손이 하얘지도록 핸드폰을 꾹 쥐는 혜란의 손에서.

S#23. 장례식장 조문실. N

혜란모의 영정사진 앞으로 향이 피어오른다.
그 앞에 흰 국화 한 송이 놓는 손. 은주다.
은주, 묵념하고 혜란 앞으로 다가가 목례한다.

혜 란	(목례하고) 고맙다, 와줘서.
은 주	(혜란 손 잡으며) 기집애.. 말을 하지..
	어쩐지 공항에서 봤을 때 너 좀 정신없어 보인다 했어.
혜 란	(서글픈 미소) 경황이 없었어. 너무 놀라기도 했고...
은 주	(서운한) 그래도 그렇지. 친구 사이에 못할 말이 어딨어?
	우리가 그냥 친구야? 니가 어떻게 살았는지 내가 다 아는데.
혜 란	(그 말에 물끄러미 본다. 보더니) 은주야.
은 주	응?
혜 란	나, 너한테 부탁 하나 해도 되니...?
은 주	(? 보면) 뭔데?
혜 란	니 남편.
은 주	(남편?)
혜 란	내가 좀 만나도 되니?
은 주	(내 남편?)

S#24. 피트니스 센터. D

E. 귀를 찢는 음악. 혜란, 퍼스널 트레이닝 PT 받는 중이다.

트레이너	(기합 넣는) 좋아. 하나! 숨 들이마시고. 둘! 내쉬고.

혜란, 땀에 흠뻑 젖은 채 덤벨 들고 운동한다.

트레이너	네. 됐습니다. 물 한 번 드시고,
혜 란	(숨차다. 헉헉) 아뇨. 계속 하시죠.
트레이너	네?

혜란, 한계와 싸우듯 운동 멈추지 않는다.
바닥으로 땀이 뚝뚝 떨어진다.

S#25. 방송국 외경 – 보도국 복도 – 국장실 앞.

소란스러운 소리와 함께 인부들에 의해 철거되는
〈고혜란의 뉴스나인〉 광고판. 그 아래로 씩씩하게 걸어오는 혜란.
거침없이 쭉쭉쭉 앞으로 직진.
지나가던 보도국 직원들, 뭐야? 보는 시선들에서

S#26. 보도국 국장실.

장 국장, 웅 팀장, 지원, 회의 중이다.
테이블에는 시청률표 놓여져 있다. 분위기 화기애애하다.

웅 팀장 한지원 효과, 대단한데요? 안 그렇습니까?
장 국장 (시청률표 본다. 흐뭇해지는데)

벌컥, 열리는 문. 혜란이다.

웅 팀장 아이. 깜짝이야. 얌마. 넌 노크도 할 줄 모르냐?
혜 란 (웅 팀장 무시하고) 뉴스나인 주간 보고 드리러 왔습니다, 국장님.
웅 팀장 고혜란 씨. 저희 지금 뉴스나인 회의 중이거든요?
혜 란 (절대 흥분하지 않는. 미소로. 낮게. 그러나 세게)
　　　　상중인 사람 뒤통수나 치는 새낀 빠지고.
웅 팀장 이게 진짜! (벌떡 일어나는데)
장 국장 (손으로 그만하라는. 웅 팀장과 지원에게 눈짓..)
웅 팀장 (어우 진짜! 나간다)
지 원 (나가면)

장 국장은 앉은 채 느물거리고 거만한 자세.
혜란, 꼿꼿하게 서 있다.

장 국장	(앞에 있는 그릇에서 캔디 하나 꺼내 까서 입에 넣으며)
	그래, 어머님 상은 잘 치렀고?
	쉬는 김에 며칠 더 쉬지. 유급휴가도 많이 남았잖아?
혜 란	분명히 제 능력 확인시켜드린 다음에,
	가도 제 발로 간다고 말씀 드렸습니다.
장 국장	이 바닥이라는 데가 누굴 그렇게 오래 기다려주고, 참아주고.
	그런 데가 아니잖아. 잘 알면서 그래?
혜 란	(물론 알고 있다) 오래 기다리지 않으셔도 됩니다.
장 국장	(그 말은? 보면)

S#27. 뉴스나인 스튜디오 일각.

살짝 놀란 듯한 장 국장의 시선이 머무는 곳.
은주와 재영이 나란히 서 있다.
그 옆으로 웅 팀장과 곽 기자, 지원까지 살짝 벙찐 느낌으로 보면.

혜 란	이번 PGA 투어 챔피언 직접 모시고 왔습니다, 국장님.
재 영	처음 뵙겠습니다. 케빈 리라고 합니다. (악수 내밀면)
장 국장	(반색. 맞잡으며) 이거 이렇게 귀한 분을 직접 뵙습니다?
재 영	불러주셔서 감사합니다.
장 국장	(혜란 본다. 기어이 해냈다?)
혜 란	(한다고 했잖아요, 라는 눈빛으로 마주 보면)
웅 팀장/지원	(완전 떨떠름한 가운데)
장 국장	(웅 팀장에게) 오늘 고혜란의 뉴스나인은 케빈 리 특집이야!
	앵커 자막 한지원에서 고혜란으로 바꾸고!
웅 팀장	네? 그럼.. (한지원은...? 하고 지원 쪽을 본다)
지 원	(일각〉 완전 당황하는 눈빛인데)
장 국장	(외면하며 핸드폰을 받는다) 아, 예 사장님! 맞습니다. 케빈 리..
	예예, 오늘 뉴스나인에서 단독 인터뷰 들어갑니다.

허허허허, 고혜란이가 또 한 건 해냈습니다. (하면서 가면)

곽 기자   (표 안 나게, 나이스! 하는)

웅 팀장   (아, 돌겠다 진짜! 고혜란을 본다)

혜 란   (웅 팀장을 보며 여유 있는 미소, 그러면서 은주와 재영 쪽 보면)

재 영   (혜란을 본다)

은 주   (그저 한없이 기분 좋은 미소로 혜란을 보는 가운데)

스탭들, "빨리 빨리 움직여!" "케빈 리 인서트 누가 딸래?"
분주하게 움직이기 시작하는 가운데,
일각〉 한지원, 완전 빡친 표정에서.

S#28. 뉴스나인 스튜디오 일각 복도.

지 원   이런 식으로 할 거야? 케빈 리 소스 공유하자 그랬지!
          선배만 중요하고 입사동기는 껌이니?

곽 기자   (난처) 그게 아니고,

지 원   고 선배한테 줄타기 하니? 아니면 그 여자가 너한테두 들이대디?
          너 자기편 만들려구?

곽 기자   이상한 소리 좀 하지 마. 혜란 선배 그런 사람 아니야.

지 원   아니면!

곽 기자   그래. 귀국한다는 건 내가 알려줬다. 근데 공항에서 놓쳤다니깐?

지 원   그러서? 놓쳤는데 저렇게 다시 잡아왔다구? 어떻게?

곽 기자   모르지!

지 원   정말 몰라?

곽 기자   (사실은 알고 있는 듯한)

지 원   정말 몰라!!!

곽 기자   (아, 어떡하지? 지원을 보는 데서)

S#29. 뉴스나인 출연자 대기실.

똑똑! 노크 소리와 함께 문 열리면서 들어서는 혜란,

혜 란   은주야, 여기 질문지.. (하다가 멈칫 보면)

안에서 상의 탈의한 채 옷을 막 벗던 재영이 돌아본다.
오랜 운동으로 다져진 근육, 필드에서 건강하게 그을린 피부.
자신감이 넘치는 몸. 자신감이 넘치는 미소.

혜 란   (자신도 모르게 심장이 두근. 하지만, 이내) 은주, 어디 갔어요?
재 영   잠깐 뭣 좀 가지러 차에요, (문 쪽 보며) 좀 닫아주실래요?
혜 란   (그제야 문을 연 채로 서 있는 자신을 깨닫는다.
       뒤로 지나다니는 스탭들 시선 신경 쓰이는 듯 일단 문 닫는데)

달칵. 유난히 크게 들리는 소리.
밀폐된 공간, 상의를 벗은 재영과 단 둘이 있게 된 혜란.
그들 사이로 무겁게 내려앉는 정적.
재영, 표정 변화 없이 태연한 미소로 혜란 바라본다.
혜란, 재영의 시선 느낀다. 그러나 동요하지 않으며 시선 받는데

S#30. INSERT〉 방송국 주차장.

차 문을 열고 이리저리 뭔가를 찾는 은주,
찾았다!!! 한쪽에 걸어둔 타이를 집어 들고 차 문 닫은 뒤
쪼르르 방송국 쪽으로 달려가는 데서.

S#31. 다시 출연자 대기실.

혜 란   (재영의 시선이 불편하지만) 사전 질문지 갖고 왔어요.
        질문은 대략 이 정도에서, (질문지 내미는데) .

재 영   (물끄러미 보면)

혜 란   (시선 느낀다. 그러나 쳐다보지 않고)
        보시면 아시겠지만, 크게 어려운 건 없어요.
        자연스럽게 대화하듯이 말씀하시면서 시선은 절 보시면 됩니다.

재 영   이렇게요? (한걸음 쓱, 다가와 혜란 앞에 선다)

혜 란   (훅, 끼치는 재영의 향기)

        플래시백〉 모텔 방.
        재영과 뜨거운 키스를 나누는 혜란 (짧게)

재 영   이 정도쯤이면 되겠어요? (한 걸음 더 다가온다)

        닿을 듯 가까워진 재영과 혜란.
        혜란의 심장이 다시 한 번 쿵....!

재 영   (혜란이 떨고 있는 거 느꼈다. 빙글, 미소로 보는데)

혜 란   (이내 떨치고, 프로답게 고개 들어 보며)
        질문지 내용 잘 체크해두세요, 동문서답으로 방송사고 내지
        마시구요, 방송은 장난이 아닙니다, 이재영 씨.

재 영   장난하러 온 거 아닌데요 나는.

혜 란   (본다)

재 영   (보면)

혜 란   (그대로 홱! 돌아서서 벌컥! 문을 여는데)

        거의 동시에 문고리를 잡고 들어서던 은주와 딱 맞닥뜨린다.
        뛰어온 듯 한손에 타이를 든 채 헉헉, 숨 고른 채 들어서는 은주,

은 주	어? 혜란이 와 있었네?
혜 란	(당황. 감추고) 어디 갔다와?
은 주	(타이 들어 보이며) 내가 방송 타는 것도 아닌데 되게 긴장했나봐.
	글쎄 타이를 차에 두고 온 거 있지?
혜 란	(미소로) 질문지 드리려고 왔어. 읽어두면 도움이 될 거 같아서.
은 주	그랬구나?
재 영	(셔츠에 한팔 꿰면서) 설명 잘 들었습니다, 고혜란 씨.
혜 란	네. 이따 뵙죠. (가볍게 목례하고 나간다. 문 닫히면)
은 주	(얼른 재영 앞으로 쪼르르 다가서며) 어우 자기두 주책!
	친구 앞에서 이러구 있음 어떡해애...
재 영	뭐 어때서?
은 주	질문지는 잘 챙겼어? 읽어봤어?
	대답하기 곤란한 거 있으면 미리 혜란이한테 얘기해.
	혜란이가 알아서 잘 넘어가줄 거야,
재 영	그렇게 좋아?
은 주	(씩 웃으며) 매일매일이 꿈 같구, 매일매일이 찢어지게 행복해.
재 영	(은주를 꼭 안아준다) 앞으로도 매일매일 그렇게 살게 해줄게.
은 주	사랑해.
재 영	음... (꼭 안아주며 시선 혜란이 나간 문 쪽을 향하면)

S#32. 출연자 대기실 앞.

케빈 리라고 이름이 써진 대기실 문 앞에 잠시 서 있는 혜란.
그 뒤로 문 안쪽에서 들리는 은주와 재영의 알콩달콩한 웃음소리들.

혜 란	(잠시나마 가슴이 뛰었다는 게 자존심 상한다.
	참았던 숨을 몰아쉬듯 나직이 내뱉는) 개자식... (돌아서서 가면)

일각〉 모퉁이 돌아 나오던 지원, 멈칫.

재영의 분장실 앞에 멀어지는 혜란을 본다. 눈빛에서.

S#33. 고풍스런 한정식집 일각. N

조용히 차를 마시며 앉아 있는 태욱모,
뒤늦게 안으로 들어와 태욱모를 보고 다가서는 태욱.

태욱모   (짐짓.. 시선 들어 태욱을 보면)
태 욱   (와서 앉으며) 갑자기 어쩐 일이세요?
태욱모   니 얼굴 본 지도 좀 됐구 해서, (아들 얼굴을 쓱 한 번 보며)
          얼굴이 아주 말이 아니구나. 아침은 얻어먹고 다니는 건지.. 쯧.
태 욱   둘 다 바쁘잖아요. 각자 해결하는 게 편해요.
태욱모   (못마땅) 세상이 이상해진 건지, 느이 부부가 유별난 건지.
태 욱   (말 돌리는) 아버지는요?
태욱모   며칠 안 좋으셨다가 오늘 좀 반짝하신다.
          저렇게 손주를 기다리시는데 늬들은 감감 무소식이구,
          저러다 영 못 보고 가실까봐 그게 걱정이구나.
태 욱   ...
태욱모   (보며) 얘, 이제 혜란이두 그만할 때 안 됐니?
          안사돈 장례 치를 때 임시로 하던 그 젊은 여자 앵커도 잘하더구만.
태 욱   그 얘긴 안 꺼내기로 약속 하셨잖아요,
태욱모   그러게, 내가 괜히 그런 약속을 했어.
태 욱   아! 배고프다! 주문할까요 어머니?
태욱모   (이렇게 착해빠진 아들이 내심 안됐어서 쳐다보는 눈빛에서)

S#34. 강남대로 사거리 교차로. N

오가는 차들로 꽉 막힌 사거리 교차로.

대형 건물 옥상에 설치된 대형 전광판에 환하게 웃고 있는
재영의 얼굴이 가득 찬다.
그 아래로 연달아 뜨는 자막
"케빈 리 최초 공개" "단독 보도, 케빈 리 석세스 스토리"

S#35. 뉴스나인 스튜디오. N

온에어 불 들어와 있고, 막 방송 시작됐다.
화면에서 〈케빈 리 우승의 순간〉 자막과 함께 경기 장면 플레이되고 있
다. 인트로 화면이다.

웅 팀장E   (인이어) 인트로 30초 남았습니다!
3번 카메라가 풀샷 잡으면서 앵커로 들어갑니다!

게스트석의 재영, 여유로운 표정으로 혜란 바라보고
혜란, 재영의 시선에 말리지 않으려 자세 가다듬다 멈칫.

INSERT〉 뉴스룸 세트 밖
세 대의 스튜디오 카메라 각각의 자리를 잡은 채 서 있고,
그 옆으로 장 국장 이하 간부들,
손 팀장을 위시한 스포츠국 사람들 (고 선배. 허 선배 등) 구경 중이다
은주, 맨 끝에 서서 괜히 긴장된 얼굴로 보고 있다.
그때 옆에 쓱 와서 서는 여자, 지원이다.

지 원   (은주에게 가벼운 눈인사) 혹시 케빈 리 씨이...
은 주   아, 네. 제 남편이에요.
지 원   (미소로) 늦었지만 우승 축하드려요.
은 주   어머. 고맙습니다.

속닥속닥 미소를 교환하는 은주와 지원.

혜 란   (앵커석에서 은주와 지원 본다. 신경 쓰인다)

은 주   (INSERT〉혜란을 본다. 입으로 파이팅!)

혜 란   (미소로. 고개 끄덕. 그러나 자꾸 손바닥에 땀이 난다.
　　　　　쓱 문지르다 재영과 눈이 마주치는데)

재 영   (미소)

혜 란   (그 미소, 무시하듯 시선 원고 쪽으로 주면)

S#36. 뉴스나인 부조. N

모니터 1, 2, 3에 혜란과 재영, 스튜디오 풀샷 등이 떠 있는 위로

기술감독   오늘따라 유난히 긴장하네 고혜란?

웅 팀장   마지막 패를 던졌으니 저도 간이 벌렁거리겠지.

기술감독   뭔 말이야?

웅 팀장   그런 게 있어. (마이크에 대고) 인트로 5초 남았습니다.
　　　　　포, 쓰리. 투, 원.... 카메라 투 스탠바이, 큐!

S#37. 뉴스나인 스튜디오. N

혜 란   (큐 소리와 함께 노련하게 진행하는)
　　　　　발로 뛰는 뉴스, 빠른 뉴스.
　　　　　고혜란의 뉴스나인. 오늘은 예고해 드린 대로 세계 골프 역사를 새로
　　　　　쓴 자랑스런 한국인. 케빈 리 씨, 스튜디오에 모셨습니다.

재 영   반갑습니다.

혜 란   지난 6월, US 오픈에 이어 이번엔 PGA 투어에서
　　　　　우승의 신화를 썼습니다. 늦었지만 소감부터 여쭙고 싶네요.

| 재 영 | (갑자기 툭) 잘 봤니? 그게 나야. |
| 혜 란 | (당황) 네? |

플래시백〉 어느 골목. N
쏟아지는 비. 아무렇게나 젖어가는 초라한 재영 혜란에게 묻는다.

| 재 영 | 하나만 묻자. 너, 내가 그저 그렇고 그런, 별 볼 일 없는 놈이라, 이러는 거냐? |
| 혜 란 | 어. |

다시 현재〉

재 영	(혜란 똑바로 보며) 어때? 이래도 내가 별 볼 일 없는 놈이야?
혜 란	....! (본다)
지 원	(INSERT〉 멈칫.. 하는 눈빛으로 혜란을 응시한다)
웅 팀장	(INSERT〉 뭐지...? 쳐다보면)
혜 란	(살짝 굳어져서) 무슨 말씀이신지... (하는데)
재 영	(유연하게 카메라 쪽 보며) 그동안 절 무시했던 사람들한테 그렇게 말하고 싶던데요?

은주, 누구보다 그 말에 공감하는 듯한 눈빛으로 보는 가운데

혜 란	(그런 재영을 이 새끼 봐라? 하는 눈빛, 그러나 최대한 유연하게) 그동안 맘 고생이 많으셨던 모양입니다,
재 영	무시당하고, 외면당하고, 별 볼 일 없는 놈이라는 소리도 듣고.. (혜란을 보며) 뭐 그랬었죠,
혜 란	그랬던 분들에게 이번 우승으로, 케빈 리 씨의 진가를 제대로 보여준 셈이 된 거군요.
재 영	절 보고 놀란 거 같긴 하더라구요, (혜란을 빤히 본다) 제가 상상했던 것보다 더.

혜 란	(이 새끼...! 쳐다보면서)
	남들은 평생에 한번 하기도 어려운 우승컵을 두 번이나 품에 안았습니
	다. 케빈 리 씨의 다음 목표는 뭔지 궁금해지는데요?
재 영	(조용히 혜란을 응시하며) 고혜란 씨요.
혜 란	(순간 쎄하게 굳어 보면)
은 주	(INSERT〉? 본다)
지 원	(INSERT〉? 보면)
재 영	(미소로) 고혜란 씨처럼 자신의 자리에서 최고가 되는 거요,
	그게 제 최종 목표고, 그렇게 될 겁니다.
혜 란	(너 이 자식... 많이 컸다?)
재 영	(덕분에)
지 원	(INSERT〉 이것 봐라...? 뭐지? 쳐다보는 가운데)

S#38. 태욱의 사무실. N

문 열고 복잡한 눈빛으로 들어오는 태욱,
사무실 한쪽에 켜져 있는 TV 화면,
뉴스나인의 혜란과 재영이 투샷으로 보이고,
정기찬은 리모컨 손에 든 채 소파에 반쯤 누워 쿨.. 잠이 든 상태.
(테이블 위에는 먹다 남긴 컵라면과 김밥 정도 보이는 채로)
태욱, 정기찬 위에 외투 덮어준 뒤 그의 손에 들린 리모컨을
집어 들고 TV를 끄려다가 멈칫.. 시선 화면에 박힌다.
혜란과 재영의 투샷.
리모컨을 들고 있는 태욱의 손, 도로 쓰윽 내려간다.
재영과 인터뷰 중인 혜란의 얼굴이 묘하게 상기되어 있는 게 보인다.

태 욱	(왜 저러지...?)

태욱. 화면 속, 상기된 표정으로 재영과 인터뷰 중인 혜란을 보는데

S#39. 부조. N

웅 팀장 자, 마무리 들어갑니다! (하는데)

S#40. 뉴스나인 스튜디오. N

혜 란 마지막 질문 하나만 더 드리겠습니다.

웅 팀장 (INSERT〉 부조) 원고 들추며) 아, 저거 또 시작이네, 또 시작이야!

혜 란 대부분의 프로골퍼들이 정상의 자리에서 내려오는 늦은 나이에 골프
를 시작하셨습니다.

웅 팀장 (INSERT〉 부조) 고혜란 씨 작작 좀 하자고, 어?

재 영 (개의치 않은 듯) 맞습니다.
그래서 누구보다 몇 수십 배의 노력이 더 필요했습니다.
거기에는 숨은 제 아내의 희생도 있었구요,

은 주 (INSERT〉 멈칫.. 쳐다보는 눈빛)

재 영 나 자신만을 위한 게임을 해본 적이 없습니다.
정상에 늦게 올라가긴 했지만, 그만큼 더 오래 최고의 자리에 머물
생각입니다. 날 위해 고생한 아내를 위해..
지금 제 유일한 꿈은 아내를 행복하게 해주는 거거든요.
(하면서 은주 쪽을 돌아본다)

은 주 (INSERT〉 울컥!! 감동의 눈빛! 어쩔 줄 모르는 가운데)

지 원 (INSERT〉 은주에게 살짝) 멋진 분이네요, 선수로서도, 남자로서도.

은 주 (INSERT〉 눈물을 찍어내며 헤.. 웃으면) 그러게요,

지 원 (INSERT〉 시선, 재영에게 고정. 저 남자 묘하게 궁금하고 묘하게 끌리
네....? 하는 시선 위로)

혜 란 (조용한 눈빛으로 재영을 보며) 우문에 현답을 주시는군요.
감사합니다. 앞으로도 계속 건승하시길 바랍니다.

재 영 (혜란을 보며) 감사합니다.

혜 란 (화면 향해) 이상 케빈 리 씨였습니다.

모니터 화면, 다음 차례로 휘리리리 넘어가면서
혜란, 쓱 재영을 돌아본다. 재영, 혜란을 흘끗 한 번 더 보는 데서

S#41. 보도국 회의실. N

장 국장. 웅 팀장. 혜란, 기분 좋은 얼굴로
재영, 은주 부부와 티타임 중이다.

웅 팀장　　포털 반응 완전 터졌습니다, 실검도 계속 1위구요,
　　　　　비쥬얼 수려하시고 유머러스하고, 무엇보다 솔직하고 대담한 면이 아
　　　　　주 제대로 먹힌 모양이십니다, (비굴할 정도로 케빈 리 칭송하면)

재 영　　이게 다 고혜란 앵커님께서 잘 이끌어주신 덕분입니다.

혜 란　　(흘끗 재영을 보는데)

은 주　　(혜란의 팔에 살며시 손을 얹으며) 고마워, 혜란아.

혜 란　　(짐짓 은주를 보며 미소만)

장 국장　　그래서 말인데, 제가 제안을 하나 드려도 되겠습니까?

일제히　　(? 해서 장 국장을 보면)

장 국장　　마침 저희가 새로운 휴먼 프로그램을 기획 중에 있습니다.
　　　　　첫 번째 게스트로 케빈 리 씨를 모시고 싶은데 말입니다.

은 주　　어머나. 이이를요?

혜 란　　(뭔가 쎄한 느낌이 등골을 타고 내려가는 기분으로 보면)

장 국장　　골퍼 케빈 리가 아닌 인간 케빈 리를 팔로우 해보고 싶은데...
　　　　　아까 아내분 얘기를 하실 땐 정말 감동적이었거든요,
　　　　　두 분의 이야기를 좀 더 밀착해서 담았으면 좋겠습니다만,
　　　　　(케빈 리와 은주를 번갈아 보며) 어떻게 생각하십니까?

재 영　　(난처한) 글쎄요.. 운동 말고 제가 보여드릴 게 있을지...

장 국장　　우리 고혜란 앵커가 직접 진행을 맡아준다면요?
　　　　　그럼 한 번 생각해보시겠습니까?

혜 란　　...! (이 새끼! 장 국장을 빤히 쳐다본다)

은 주	정말? (혜란을 본다)
재 영	(그래? 혜란을 보며) 그렇습니까?
	그렇다면 이거 긍정적으로 한 번 생각해봐야겠는데요?
장 국장	아이구 감사합니다, 들었지, 고혜란 씨? 하하하하하!
웅 팀장	(흘끗 혜란을 보면)
혜 란	(미쳐버리겠네! 잡아먹을 듯 장 국장을 보는 데서)

S#42. 보도국 국장실. N

혜 란	케빈 리로 제 능력 확인시켜드렸잖아요,
	왜 갑자기 말씀이 바뀌신 겁니까?
장 국장	분당 최고 시청률이 19프로야.
	뉴스에서 19프로면 체감시청률은 50프로,
	거기다 휴먼까지 하면 우리가 독점이라구.
	이걸 너 하나 싫다고 뻔히 놓쳐?
	더구나 케빈 리가 자네 아니면 안 되다잖어,
혜 란	국장님!
장 국장	보도국에서 만드는 거니까 기자가 PD야.
	책임지고 팔로우 해서 역시 고혜란이다, 이름값 제대로 해봐.
	뉴스나인은 한지원이한테 맡기고,
	자네만큼은 아니지만, 한지원이 그것도 독종이라 잘 해낼 거야.
혜 란	한지원한테 무슨 약점이라도 잡히셨어요?
	왜 이렇게 한지원일 그 자리에 밀어넣지 못해 안달이세요?
장 국장	너 그 자리로 밀어넣은 것도 나였어.
	너한테 무슨 약점 잡혀 내가 너 뉴스나인에 밀었었냐?
	순전히 내 안목이고 내 촉이야! 알면서 왜 이래?
혜 란	(말문 막혀 보면)
장 국장	고혜란이 넌 여기까지야, 예우해줄 때 조용히 내려와.
혜 란	(젠장....! 시선에서)

S#43. 혜란의 집 거실. N

불 꺼진 거실. 달각, 불이 켜지고 혜란 들어온다.
지친다. 불도 켜지 않은 채 소파 위에 털썩 주저앉아
눈 감아버린다. 머릿속이 뒤죽박죽이다.

S#44. 태욱의 사무실. N

정기찬, 태욱 눈치 보며 오줌 마려운 강아지처럼 전전긍긍이고
태욱, 법전과 판례문 펼쳐놓고 일하는 중이다.
무음으로 설정해놓은 태욱의 휴대전화 깜박인다.
태욱, 흘끗 자신의 휴대폰을 보면 발신자, 혜란이다.

정기찬	(한쪽에 모로 돌아앉아 열심히 문자질 중)
정기찬E	이 사람이 바람은 무슨!
	월급 주는 사람이 밤샘 야근 중인데 내가 뭔 깡으로 집엘 가나!
태 욱	(말없이 혜란으로부터 오는 전화를 보다가 툭! 엎어놓는다)
정기찬	(다다다다 계속 문자를 날리는 위로)
정기찬E	낸들 아냐! 국선계의 다크호스가 될라는지 아주 법전을 통으로 외우고
	있어! (하는데)
태 욱	사무장님?
정기찬	(얼른 전화기 한쪽으로 쓱 내리며) 네? 네!
태 욱	캄한테 맞았다는 최병만이 몇 주나 나왔는지 진단서 좀 찾아주시죠?
정기찬	아, 예.

정기찬, 미쳐버리겠네.. 하는 표정으로 캐비닛 뒤지고
태욱, 일에만 몰두하는 가운데,

S#45. 혜란의 집 주방. N

툭.. 핸드폰 한손에 든 채 멍하니 한쪽에 걸터앉는 그녀,
그때 울리는 전화벨, 발신자 없이 유선 전화번호다.

혜 란   (당연히 태욱인 줄 알고, 받는다. 다다다) 당신 뭐하자는 거야?
          당신 집은 여기야!! 지금 며칠째 안 들어오는지.. (하는데)

재영F   고혜란 앵커님?

혜 란   (? 멈칫)

재영F   케빈 룹니다.

혜 란   (이재영? 낭패다. 굳는. 그러나 최대한 평정심 찾고)
          무슨 일이시죠, 이 시간에?

재 영   (INSERT〉호텔룸) 아까 장 국장이 제시한 휴먼다큐 건 말인데..
          정말로 해도 되겠어요?

혜 란   하기 싫음 굳이 안 하셔도 돼요, 오늘 인터뷰로 이미 충분하니까,

재 영   (INSERT〉호텔룸) 왜요? 재밌을 거 같은데..

혜 란   (이 새끼.. 뭔가 한마디 하려는데)

은주F   이이가 너라면 해보고 싶대, 혜란아.

혜 란   (멈칫... 보면)

S#46. 호텔방 안. N

둘 다 베쓰로브만 입은 채 침대에 딱 붙어 앉아 있는 은주와 재영,

은 주   이이가, 원래 카메라 울렁증이 있는데.. 혜란이 너는 좀 편했나봐,

재 영   (장난치듯, 은주의 베쓰로브를 스르르 벗겨내며 드러난 어깨에 쪽! 키
          스)

은 주   아우, 여보오.. 쪼음, (좋으면서도)

재 영   (킥킥 웃으며 은주의 목에 입술을 묻는)

은 주   (자기도 모르게 간지러운 듯 웃음소리)

S#47. 다시 혜란의 집 주방. N

혜란E   (전화기 너머로 미루어 짐작되는 그 둘의 플레이에 어이없는 듯)
           이것들이 진짜..! (하는데)
은주F   미안해 혜란아, 이이가 자꾸 장난을 쳐서...
           그 다큐, 니가 같이 해주는 걸로 알아도 되는 거지?
재영F   잘 부탁합니다, 고혜란 씨! (하면서) 자 그만 끊구, 이리 와...
은주F   또 전화할게 혜란아!

           핸드폰 너머로 들리는 재영과 은주의 소리에
           혜란 그대로 탁! 핸드폰을 꺼버린다. 비참한 기분...
           어쩌다 이 지경이 된 거지?
           혜란, 돌겠다. 목이 탄다. 냉장고 연다.
           물병 들어보지만 텅 비어 있고, 한약 상자만 박스째 놓여 있다.
           혜란, 도로 쾅. 문 닫아버리는 데서.

S#48. 몽타주. D

           1. 스케치.
           인터넷 배너광고부터, 온갖 TV 광고, 옥외 전광판까지
           온통 케빈 리로 도배되고 있는 가운데, (CG로 재밌게)

           2. 엘리베이터 안.
웅 팀장   들으셨습니까? 케빈 리가 이번에 S 사 광고모델료로 최고액 받았다는
           데요?
장 국장   핫할수록 좋지, 안 그러냐 고혜란?

혜 란	... (표정 없고)

3. 스포츠국 일각.

고 선배	스포츠 용품은 진즉에 다 달려들었고, 휴대폰에 냉장고 광고까지
	어림잡아 스무 개 정도 들어왔다는데?
손 선배	이야, 기냥 한방에 백억은 손에 쥐겠구나. (부럽다, 부러워)

S#49. 휴게실 일각.

혜란, 두통약을 꺼낸 뒤 정수기물을 컵에 받는 그 옆에서,

지 원	(옆에서 커피 마시면서) 그 여자는 뭘 복이래요?
혜 란	(흘끗 지원을 보면)
지 원	케빈 리 와이프 말이에요, 선배님이랑 여고 동창이시라면서요,
혜 란	누가 그래? (약을 넣고 물을 마시면)
지 원	서은주 씨가 그러던데요? 두 분이 학창시절에 완전 단짝이었다구.
혜 란	(이게 진짜 별말을 다하고 다니는구나, 눈빛 쎄한 위로 계속)
지 원	선배랑 달리 자기는 머리가 나빠서 대학도 못 가구,
	엄마가 하던 밥집 도와주다 실연당한 아마 골퍼랑 눈 맞아 도미,
	거기서 또 몇 년 빌딩 청소 해가며 남편 뒷바라지하다 한방에 인생 역
	전했던데요?
	지금은 대한민국 여자들이 제일 부러워하는 여자가 됐구요,
혜 란	대한민국 여자들이 제일 부러워한다구?
지 원	모르셨어요? 지금 인터넷이구 어디구,
	아줌마들 모이는 싸이트마다 케빈 리 얘기뿐이에요,
	능력 있지, 핫하지, 돈 많지, 잘생겼지,
	심지어 유머감각도 있고, 쎅시하기까지 하고.
혜 란	...
지 원	선배나 나나 좋은 대학 나와, 몇 천 대 일의 경쟁률을 뚫고 입사하면 뭐

해요?

죽어라 고생해도 겨우 앵커, 그것도 몇 년 하면 밀려나는 판에,

혜 란   (듣자 듣자하니까 이게 정말, 지원을 쎄하게 보면) 애, 한지원.

지 원   (씩 웃으며) 선배님 들으라고 하는 소리가 아니구요,

저라구 뭐 얼마나 오래 뉴스나인 자리 지킬 수 있겠어요? 안 그래요?

혜 란   (뭐라 하려는데 그 뒤로)

곽 기자   (얼굴 들이밀며) 준비 다 됐어요, 나가시죠,

혜 란   어, 가. (일단 참고, 돌아서서 나가려는데)

지 원   맞다! 오늘부터 캐빈 리 촬영 있다 그랬죠?

힘드시겠다, 현장 취재 안 하다 다시 할라믄 고생 많으실 텐데,

혜 란   (이게 진짜! 하는 눈빛으로 다시 지원을 보면)

지 원   서은주 씨 만나면 인사나 전해주세요, (씩 웃으면)

혜 란   (본다. 보다가 그대로 탁! 마신 종이컵 휴지통에 던지면서 나가면)

지 원   (고소해 죽겠다! 웃는 얼굴에서)

S#50. 의류 광고 촬영장.

파파팍!!! 셔터 누르는 소리와 함께

은주와 재영, 부부 동반 촬영장.

조명기구, 반사판 등이 설치된 광고 촬영장.

골프웨어 지면 촬영 중이다.

E. 귀를 찢는 음악소리와 함께 "좋아! 좋습니다!"

은 주   아우 어색해... 나 하지 말걸 그랬나봐 여보,

재 영   잘하고 있는데 왜, (한껏 애정어린 눈빛으로 보며 격려의 눈빛)

은 주   (미소로 재영을 바라보면)

일각〉 곽 기자를 비롯한 혜란의 휴먼팀, 현장 스케치 중이다.

곽 기자	아주 꿀물이 뚝뚝 떨어지네요,
혜 란	보여주려고 작정한 거 같진 않구?
곽 기자	(? 혜란을 쳐다보면)
재 영	(플래시백)) 봤냐? 이게 나야!

은주의 귓가에 입술을 바짝 갖다 대는 재영,
닿을 듯 말 듯 다가오는 두 사람의 입술.
E. 음악, 더욱 격렬해지고.
〈플래시컷 (아주 짧게. 찰나로)〉
바다〉 수영복을 입은 남녀의 몸이 하나로 엉기고
E. 파박. 터지는 플래시
모텔 룸〉 성급하게 벗겨지는 옷가지들,
E. 파박파박, 플래시 터지고
모텔 룸〉 짜릿한 키스. 재영보다 혜란이 더 성급하고 달뜬다.

| 재영E | 사랑해, 혜란아... |

재영과 혜란의 키스 뜨거워진다.
E. 파파파박. 플래시 박자 점점 빨라지면서,

다시 현재〉

재 영	(은주에게 밀착된 채 슬쩍 혜란을 본다. 마주치는 눈빛)
재 영	(생각나니, 너랑 나...?)
혜 란	(그래서 뭐? 하는 눈빛으로 되받아치고)
곽 기자	(뷰파인더로 보면서) 대박! (나즉이 외치는 그때)
사진작가	베리 굿!!! 아주 좋습니다!!! 자, 사모님은 다 되셨구요, 케빈 리 단독 가겠습니다.
은 주	수고하셨습니다!!! (웃으면서 빠지면서 혜란 쪽으로 온다)
혜 란	(짐짓.. 가장된 미소로 은주를 보면)

은 주	얘, 아무래도 괜히 한다 그랬나봐.. 이상하면 어쩌지?
혜 란	지면 광곤데 뭐, 예쁘게 잘 나올 거야.
곽 기자	컴퓨터 기술도 좋아서, 보정도 잘 해드릴 겁니다.
은 주	그나저나 우리 부부 동반 식사 언제 할까? 언제 괜찮니?
혜 란	어어.. 그게, 당분간은 좀 그래.
	뉴스나인 쪽도 마무리도 해야 하구...
은 주	왜? 뉴스나인 너 이제 안 해?
곽 기자	(짐짓.. 혜란 눈치 보다가 슬쩍 카메라를 들여다보는 가운데)
혜 란	이 정도 했음 오래 했지, 실력 좋은 후배 양성도 보람 있는 일이고.
은 주	그래두 뉴스나인은 너 땜에 보는 건데...
혜 란	고맙다. (전혀 마음은 고맙지 않은, 그저 예의상의 고마움)
은 주	얘, 그러지 말구 시간 좀 내봐.
	호텔 생활 청산하구 드디어 살 집으로 이사 들어가거든.
	집들이 겸, 너 위로 파티 겸 해서 같이 저녁 먹자. 응?
혜 란	(위로 파티..? 너 따위가 나를..? 기분 살짝 나빠지려는데)
재 영	그렇게 하시죠. (하면서 은주 옆으로 다가선다)
혜 란	(멈칫.. 재영을 본다)
곽 기자	(흘끗 쳐다보면)
혜 란	아뇨, 번거롭게 그럴 것까지는...
재 영	혹시 제가 불편하십니까?
혜 란	(멈칫.. 다시 재영을 본다)
은 주	어머.. 그러니? 너 우리 남편 좀 불편하니?
혜 란	아니, 불편할 게 어딨어, (재영 보며) 전혀 불편하지 않아요.
재 영	그럼 식사하러 오세요, 우리 은주가 이렇게 원하는데. (보면)
혜 란	(이 자식 봐라? 재영을 본다. 보더니) 그러죠.
	(은주 보며) 그러자 은주야. 조만간 시간 괜찮은 날로 잡아보지 뭐.
은 주	잘됐다!!! 나 니네 남편 너무 궁금해.
재 영	저도 빨리 뵙고 싶네요. 어떤 분이지. (미소로 보면)
혜 란	(미소로 위장한 채 재영을 본다. 웃고 있는데 눈빛은 미친 새끼!)

S#51. 교도소 변호인 접견실 앞.

　　　　태욱, 캄과 막 접견 끝내고 나오는 길이다.
　　　　캄 옆에는 교도관1이 대기 중이다.

태　욱　　(캄 어깨 가볍게 두들기면서) 식사 거르지 말고? (응? 하는 눈빛)
캄　　　　(또박또박 한국말) 감사합니다.
교도관1　(캄에게) 가시죠.

　　　　캄, 태욱에게 목례하고 교도관1 따라가는

S#52. 교도소 접견대기실.

　　　　〈투명하고 공정한 법집행〉 커다랗게 적혀 있고
　　　　태욱, 교도관2에게 출입증 반납한다.

교도관2　(명부 확인하고) 다음 주에도 오실 거죠?
태　욱　　(미소로) 그래야죠.
교도관2　(휴대폰 건네며) 여깄습니다.
태　욱　　감사합니다.

　　　　태욱, 눈인사하고 돌아서다 중년 남자(하명우. 38세)와 부딪친다.
　　　　그 바람에 하명우 손에 있던 쪽지들이 우르르 떨어진다.

태　욱　　아, 죄송합니다.

　　　　태욱, 얼른 바닥에 떨어진 쪽지들 주워준다.
　　　　수감번호. 이름, 방번호. 면담 요청합니다. 등이 적힌 메모지다.

태 욱	(되는 대로 주섬주섬 주워서 건네며) 여기,
하명우	(뭔가 수척하고 창백하지만, 깊어 보이는 눈빛으로 빤히 본다)
태 욱	(한번 더 눈빛으로 사과를 전한 뒤 돌아서 가면)
하명우	(멀어지는 태욱을 조용히 바라보는데)
교도관2	오늘칩니까?
하명우	(그제야 정신 든다) 아, 예. (쪽지들 제출한다)
교도관2	(받으며) 소지일은 신입들 시키시라니까. (* 재소자 자원 심부름꾼)
하명우	(미소) 제가 좋아서 하는 겁니다.
	(하면서 시선은 태욱이 간 쪽을 보는데)

S#53. 하명우의 감방 안.

안으로 들어오는 하명우, 한쪽에 있는 책상 앞으로 와서 앉는다.
말없이 앉아 있다가 조용히 일기장 같은 노트 한 권을 꺼내더니
주르르르 넘기다가 나오는 기사 스크랩 하나...
〈고혜란 앵커, 젊은 법조인 강태욱과 결혼〉 이라는 타이틀과 함께
활짝 웃고 있는 고혜란과 강태욱의 사진이 보인다.

하명우	... (말없이 바라보는... 그 눈빛에서)

S#54. 보도국 편집실.

찍어온 그림들 가편 중인 곽 기자와 그 뒤에서 보고 있던 혜란,
팔짱 끼고 보다가 재영과 은주의 다정한 모습 나오자,

혜 란	수고해, (하고 나간다)
곽 기자	옙! (하면서 계속 편집 계속하다가 혜란이 완전히 사라지자)

얼른 문부터 잠그고, 재빨리 뒷부분으로 마우스를 쭉 옮기면
보이는 화면, 어느 구석진 일각으로 보이는 두 남녀의 다리,
곽 기자, 재빨리 헤드폰으로 소리 혼자만 듣는 위로,

혜란E   너, 뭐하자는 거야?!
재영E   왜? 뭐가 잘못됐어?

플래시백〉 촬영장 일각.
탁, 벽 쪽으로 혜란 밀어붙이는 남자. 재영이다.
혜란, 분하고 화도 나고. 목엔 핏대가 파르르..
재영도 지금까지와는 다르게 눈에 독기가 어렸다.
두 사람, 낮고 팽팽하게 으르렁대는데
화면 뒤로 빠지면 카메라를 든 채 한쪽에 숨어 있는 곽 기자,
이게 무슨 상황이야? 놀랍고 당황스러운데
손에 들린 카메라에 레코딩 불 들어와 있다.
다시 현재〉
흔들리는 화면. 헤드폰을 쓴 곽 기자, 이걸 어쩐다... 하는 눈빛에서

S#55. 휴게실.

또 두통약을 먹고 물을 마시는 혜란..

윤송이   (그 뒤로 쓱 다가서며) 나, 언제 연결해줄 거야?
혜 란   (멈칫..) 어, 윤 기자. 언제 왔어?
윤송이   자기랑 친하다는 거 알고 어찌나 윗분들이 쪼시는지..
        (보며) 어떻게 나 한 번만 연결 안 될까?
        (두 손 모으며) 고혜란 찬스 한 번 쓰자, 어?
혜 란   케빈 리가 뭐 그렇게 대단하다구..
윤송이   그러게. 뭐 그렇게 대단한지 글쎄 그 케빈 리랑 밥 한 번 먹겠다고 줄을

	대고 있는 인사들이 수두룩빡빡이래요,
	그중에 이름만 대면 알 만한 그녀들도 꽤 된답디다.
혜 란	밥 한 번 먹으면 뭐가 달라진대? 어차피 임자 있는 남잔데,
윤송이	요즘 결혼했다구 누가 그런 거 신경이나 쓰나?
	오히려 스릴 있다고 좋아하는 그녀분들도 꽤 있으시다는데 뭐.
장 국장	(뒤에서 나타나며) 어! 여기 있었구만!!! 왜 이렇게 전활 안 받아?
	지금 케빈 리 와 있어, 빨랑 와봐!
혜 란	네?
장 국장	그동안 찍은 거 그림 좀 보고 싶으시다잖어, 아! 빨리이!
	(손으로 얼른 불러 제끼는 가운데)
윤송이	(씩 웃으며) 같이 가두 되지?
혜 란	(윤송이 보는 데서)

S#56. 보도국 회의실 밖 − 안.

지원, 한쪽으로 프레임인 되면서,

회의실 안에 혼자 기다리고 있는 재영을 본다.

주위 한 번 돌아본 뒤, 음료 두 개를 쟁반에 들고 안으로 들어간다.

재 영	(? 돌아보면)
지 원	어머.. 혼자 계셨네요, 국장님두 같이 계시는 줄 알았는데..
재 영	고혜란 씨 부르러 간다구.., 조금 전에요,
지 원	그러셨구나. (하더니) 마실 것 좀 가지고 왔는데 드시겠어요?
재 영	얼마 전에 뉴스나인 임시 앵커 맡으셨던 분 아닌가요?
지 원	기억해주시니 영광이네요? 한지원입니다.
재 영	그런 대단하신 분이 음료수 심부름도 직접 하십니까?
지 원	아뇨. (재영 똑바로 보며) 특별한 분한테만요.
재 영	(지원의 눈빛을 본다. 뭐야? 너.. 나한테 관심 있어?)
지 원	(뭔가 더 대찬 눈빛으로 도발하듯... 쳐다본다)

재영과 지원, 둘 사이에 뭔가 야릇한 기운이 감도는데, 그때
벌컥! 문 열리면서 안으로 들어오던 혜란, 멈칫.. 본다.
그 뒤로 장 국장과 윤송이까지 따라 들어서다가 같이 쳐다보면,
지원 살짝 당황한 듯.. 얼른 상황 수습하면서

지 원   마실 것 좀 드리느라구요. 그럼, (도망치듯 빠져나가는)
혜 란   (나가는 지원을 쳐다보는데)
윤송이   (뒤에서) 뭐야..? 지가 마실 커피도 지 스스로 안 뽑아 먹는 애가?
장 국장   (흠흠!! 하더니) 자자, 뭐 해? 빨리 편집실로 안 모시구.
혜 란   (고개 돌려 재영을 본다. 너 뭐니?)
재 영   (별거 아니라는 듯, 빙긋 웃어넘기는 표정에서)

S#57. 카페 안.

북적이는 카페 안.
정기찬과 태욱, 주문 코너에서 줄 서서 기다리는 중이다.
그 앞으로 몇몇 사람 보인다.

정기찬   최병만이 의사들도 매수했는지.. 인간들 진짜 양심 없던데요?
코피 난 게 어떻게 전치 6주냐니까 지들 볼 땐 그랬답니다.
이건 뭐 코뼈라도 나갔음 사망 진단서 떼 줄 판이던데요?
캄 그 녀석, 암만해도 비행기표 끊어야 될 거 같다는 게 제 판단입니다
만,
태 욱   많이 먹어야겠네요, 힘내서 열심히 싸울려면. (보며) 뭐 드실래요?
정기찬   (그렇지. 그렇게 나오시겠지) 젤 비싼 거요!
샌드위치도 젤 비싼 걸루!
태 욱   (웃으며 메뉴판을 보면, 바로 그 앞에서)
은 주   (당황. 가방 뒤적뒤적) 죄송해요. 분명히 카드를 갖구 왔는데...
점원1   뒤에 손님 먼저 계산할게요,

태 욱	(주문하고 모바일 결제하려고 핸드폰 내미는데)
은 주	아! 찾았다! 찾았어요, 찾았어요!!!
	(다시 태욱을 뒤로 밀며 자리로 돌아오다가, 뒤늦게 태욱에게)
	어머! 죄송해요! 죄송합니다.. 먼저 하시겠어요?
태 욱	아닙니다, 괜찮아요, 먼저 하세요.. (다시 뒤로 물러서주면)
은 주	감사합니다. (해맑게 웃으며 계산하는 가운데)
정기찬	(놀라서 태욱에게 속닥속닥) 맞죠? 케빈 리 와이프?
태 욱	(케빈 리...?)
정기찬	왜, 요즘 완전 핫한 골퍼 있잖아요, 그 케빈 리 와이프잖아요.
태 욱	(그제야, 다시 은주 쪽을 돌아보는데)
은 주	(핸드폰 받고 있다) 어! 혜란아!!! 나야.
태 욱	(멈칫.. 은주를 본다, 혜란이? 고혜란..? 쳐다보면)
은 주	우리 그이 거기지? 얘 어쩌니? 아무래도 내가 데리러 못 갈 거 같아.
	가구가 늦게 들어오는 바람에..
	니가 우리 그이 좀 데려다줄 수 있을까?
태 욱	... (보는 눈빛 위로 계속)
은 주	(핸드폰 어깨에 꽂은 채 양손으로 커피 캐리어와 샌드위치를 한아름
	싸들고 돌아서서) 진짜? 고맙다 진짜!!! (나가면서)
태 욱	(흘끗 한 번 더 쳐다본다. 시선에서)

S#58. 편집실 앞.

핸드폰 끊으며 편집실 쪽 돌아보는 혜란,
곽 기자가 보여주고 있는 가편된 영상들을 보고 있는 재영과,
옆에서 살짝 비굴한 느낌으로 재영의 반응을 살피는 웅 팀장 보이고
바라보던 혜란, 지끈지끈.. 머리가 아파온다.
(플래시백) 뭔가 끈적하게 오가던 재영과 지원의 시선)
혜란, 나직한 한숨으로 시선 드는 데서.

S#59. 보도국 1팀.

혜 란   (쭉 자리로 걸어오면서, 핸드폰에 대고) 어, 곽 기자. 난데..
         내가 아무래도 컨디션이 너무 안 좋아서 일찍 들어가 봐야겠어.
         (하면서 한쪽에 서 있는 지원 본다)

지 원   (흘끗 혜란을 보더니, 이내 딴 일 하는 척)

혜 란   (한층 목소리 낮추며) 어어.. 모니터링 끝나는 대로
         곽 기자가 케빈 리 좀 집까지 모셔다 드릴 수 있겠니?

지 원   (돌아선 채 듣고 있는 위로)

혜 란   어어.. 와이프가 새로 이사할 집 인테리어 때문에 정신없나봐,
         그래 그래... 부탁 좀 하자.(끊고 옷 챙겨 나가는데)

지 원   (나가는 혜란을 보다가 고개 돌려 편집실 쪽의 재영을 보는 데서)

S#60. 은주의 집.

         직원들 고급진 가구들을 들여놓는 가운데
         은주, 사온 커피와 샌드위치를 그들에게 나눠주고 있다.
         잔뜩 신나서 들떠서 가구들 위치를 정해주는 은주. 행복하다.

S#61. 혜란의 집 주방. N

혜 란   (핸드폰을 귀에 댄 채) 지원이가?

곽 기자 (INSERT〉 편집실 안) 네. 마침 그쪽으로 갈 일이 있다면서
         가는 김에 자기가 모셔다 드린다구요.

혜 란   (담담하게 물 꺼내 컵에 따르며) 그래? 잘됐네.
         편집하느라 고생했어. 그래, 수고.
         (끊고, 두통약 꺼내 입에 넣고 물 마신다. 그 눈빛에서)

S#62. 한강공원 으슥한 일각. N

누군가의 시선으로 보여지는, 저편으로 세워져 있는 한지원의 차.
그 안에서 뒤엉킨 채 서로 탐닉 중인 재영과 지원의 그림자.

S#63. 은주의 집 거실. N

거의 가구 들여놓기가 끝나가는 가운데,
재영과 함께 찍은 사진액자를 한쪽에 올려두는 은주.
(INSERT〉 한지원의 차 안, 격렬해지는 재영과 지원)
행복한 미소로 사진 속 재영과 자신을 바라보다가

은 주   (그제야 시계를 보며) 이이가 많이 늦네..
           (핸드폰을 꺼내서 한번 본다. 시선에서)

S#64. 혜란의 집 거실. N

혼자 담요를 뒤집어쓴 채 차를 마시는 혜란,
그때 전화벨이 울린다. 들어서 보면 발신자 은주다. 바라보는데
그 뒤로 들어오는 태욱, 거실에 앉아 있는 혜란을 흘끗 본다.

혜 란   (태욱이 들어온 걸 알지만, 돌아보지도 않은 채 핸드폰을 덮고 TV를 향
           해 시선 돌린다)
태 욱   어떻게 된 거야? 이 시간에 왜 집에 있어? (하는데)
혜 란   (볼륨을 쭉! 올려버린다. 너와 얘기하고 싶지 않아!)
태 욱   (그런 혜란을 잠시 물끄러미 바라본다. 시선에서)

S#65. 태욱의 서재 안. N

안으로 들어온 태욱, 말없이 양복 재킷을 벗어 던지고,
(플래시백) 상기된 표정으로 재영을 인터뷰하던 혜란의 얼굴)
말없이 타이를 푸는 태욱의 얼굴 위로
(플래시백) 어! 혜란아! 하던 은주의 모습이 교차되면서)
태욱, 타이 풀던 손을 멈춘다.

태 욱   (대체 뭐지...? 문 쪽을 돌아보면)

S#66. 다시 혜란의 집 거실. N

혜 란   (말없이 TV에 시선 고정한 채 호르륵 차를 마시는데)

다시 문자가 들어오는 소리에 혜란, 다시 핸드폰을 본다.
계속 실시간으로 무언가 들어오는 느낌..
딱! 걸렸어! 경멸 어린 조소로 쳐다보는 혜란의 시선에서.

S#67. 보도국 국장실. D

바닥으로 던져져 흩어지는 사진들.
우르르, 지원의 발치로 쏟아지는 사진들.
지하주차장에서 같이 차를 타고,
한강 고수부지 일각에서의 엉킨 모습들,
재영이 새로 이사하는 집 앞까지 데려다주는 한지원의 차.
헤어지는 두 남녀의 모습까지 제대로 사진이 찍힌 모습이다.

지 원   (이게 다 뭐야...? 패닉으로 굳는데)

장 국장	너 이 자식.. 시작도 하기 전에 스캔들이야?!
	아홉시 앵커한텐 이미지가 생명인 거 몰라?!
웅 팀장	(당혹. 낮게) 너 임마, 어떻게 된 거야?!
지 원	(아무말도 하지 못한 채) 이거.. 출처가 어딥니까 국장님?
장 국장	입 다물어! 이게 내 손에 들어올 정도면 이미 다른 데도 다 돌았다는 뜻
	이야! 몰라?
지 원	(당혹스럽다)
웅 팀장	(한숨만 폭 내쉬면)
장 국장	고혜란이 어딨어?!
웅 팀장	오늘 병갑니다.
장 국장	뭐?
웅 팀장	몸이 안 좋대서... 쉬고 싶다길래 그러라고,
장 국장	당장 가서 데리고 와!!! 아니, 모시구 와!!! 어서 당장!!!

S#68. 어느 일각 윤송이의 차.

짙게 썬팅된 차 안.
운전석에 윤송이가, 조수석에 혜란 앉아 있다.

윤송이	자기, 나한테 빚 한 번 졌다?
혜 란	(음악회 브로슈어 건넨다) 차 바꿀 때 됐지?
윤송이	(올... 쎈데? 보면)
혜 란	(미소로) 기동력이 좋아야 좋은 건수 안 놓치지.
윤송이	명심하죠, 고혜란 앵커님.
혜 란	(씩 웃으면서 차에서 내린다)
윤송이	(혜란 자리에 브로셔 툭 놓는다. 슬쩍, 끼워져 있는 봉투 끝자락이 보인
	다. 기분 좋다) 독한 년. 그래서 니가 좋단 말이지.

윤송이. 룸미러로 보면 또각또각 멀어지는 혜란.

그 당당한 모습에서.

S#69. 방송국 전경.

기존의 혜란이 아닌, 새로운 혜란의 얼굴이 전면에 걸리면서,
〈뉴스나인, 고혜란 앵커와 함께 새로운 모습으로 찾아갑니다〉라는
글이 옆에 붙어 있고,
그 모습을 올려다보고 있는 지원, 열 받은 눈빛으로 보다가

S#70. 휴게실 일각.

쪼르르르 물을 컵에 따르는 혜란, 그 옆에서

지 원   생각보다 하수네요? 실망스럽게.
혜 란   내가 뭘? (두통약 꺼내 입에 넣고 물을 마시면)
지 원   그렇게 더러운 방법으로 나오신다면 저도 가만 안 있어요,
혜 란   (물을 입에 머금은 채 지원을 돌아본다, 꿀걱! 넘긴 뒤)
         가만 안 있으면?
지 원   (한걸음 바싹 다가서더니) 케빈 리.. 선배하구 무슨 사이에요?
혜 란   (멈칫 본다, 시선에서)

S#71. 현재〉 경찰서 참고인 조사실.

강기준, 마주 앉은 혜란에게 묻는다.

강기준   출연자와 진행자, 그게 전붑니까?
혜 란   (짐짓 시선 들어 강기준을 보면)

지 원   (INSERT〉 휴게실) 친구 남편 말구, 다른 거 있죠? 그쵸?

강기준 단순한 출연자와 진행자 말고, 친구의 남편 말고...
        다른 시간에 다른 이유로 만난 적이 없는지 묻고 있는 겁니다.

지 원   (INSERT〉 휴게실) 왜 대답 못 해요? 곤란하세요?

강기준 대답하기 곤란하십니까?

혜 란   아뇨, 그럴 리가요, (강기준 보며) 그런 거 없습니다.

강기준 없다는 말은..

혜 란   단순히 출연자와 진행자, 그리고 친구의 남편..
        그게 전부라는 뜻이에요.

강기준 (조용히, 똑바로 보며) 그렇습니까?

혜 란   네, 그렇습니다.

S#72. 다시 휴게실.

지 원   (허...) 그걸 믿으라구요? (보면)

혜 란   믿는 게 좋을 거야, 안 그러면 니가 곤란하게 될 테니까.
        설마 그 사진을 인터넷에서 보고 싶은 건 아니겠지?
        그럼 이 업계에서 완전 퇴출일 텐데...?

지 원   (멈칫.. 살짝 충격받은 눈빛으로 보며)
        역시.. 선배 짓이었군요. 그렇죠?

혜 란   (조용히, 대담하게, 다분히 도발하듯)
        그러게, 왜 그런 짓을 했어? 조심했어야지.
        남의 남편은 함부로 건드리는 게 아니야, 지원아.

지 원   ! (보면)

혜 란   (그대로 쓱 지나쳐 가버린다)

지 원   (참을 수 없는 분노로 돌아본다. 시선에서)

S#73. 다시 현재〉 조사실.

혜 란   (흘끗 손목시계를 보며) 이만 일어나도 될까요?
          말씀드렸던 시간이 다 돼가는데요,

강기준   5분, 딱 5분만 더 주십쇼, 사진이 한 장 더 있어서 말입니다.

혜 란   (시계를 보며) 무슨 사진인가요?

강기준   (세 번째 사진을 내밀며) 혹시 이 물건 어디서 보신 적 있나요?

혜 란   (손목시계를 보다가 무심코 사진을 본다. 순간 멈칫...)

재영과 은주, 그 사진 옆으로 강기준이 내민 사진은 불에 탄 흔적이 반
쯤 보이는... 아주 아름다운 브로치다.

혜 란   (잠시 심장이 멎을 것처럼 창백한 표정으로 바라본다)

강기준   제가 보기에 여성분들이 하는 브로치 같은데요,
          혹시 보신 적 있습니까?

혜 란   (대답하지 못하다가) 이게 왜...

강기준   사고 차량 안에서 발견됐습니다.

혜 란   (뭐라구...? 강기준을 본다) 사고 차량 안에서요..?

강기준   (보면서 한쪽에 캡쳐된 혜란의 사진을 보여준다)
          사고 당일 뉴스에 하고 나온 거랑 같은 물건으로 보이는데..
          맞습니까?

혜 란   (보면)

뉴스 캡쳐 사진에 있는 고혜란의 사진.
그 사진 속에 있는 정장 위로 꽂혀 있는 브로치와
강기준이 내민 증거 사진 속, (불에 반쯤 타다 만) 브로치가 완전히 일
치한다.

강기준   고혜란 씨 브로치 맞는 거 같은데, (보며) 맞습니까?

혜 란   (대답 못한 채 사진만 뚫어져라 쳐다본다. 이게 왜...?)

강기준   그 브로치가 왜, 사고 차량 안에 있었는지 설명해주실 수 있습니까?
혜 란   (고개를 들어 강기준을 본다)

플래시백〉 클락 리조트 (3부 71씬)
창을 때리는 빗소리
재영, 쿵...혜란을 벽과 자신의 팔 안에 가둔다.
젖은 몸, 드러난 굴곡. 닿을 듯 가까이 마주 선 혜란과 재영.
그들의 숨소리, 심장소리만 가득한 방 안

혜 란   (심장이 쿵!)
재 영   (봤다, 느꼈다! 그대로 혜란을 안아버리면서 뜨겁게 키스!)

다시 현재〉

강기준   고혜란 씨?
혜 란   (말없이 다시 그 브로치를 보다가 시선 들어 강기준 본다. 보더니)
        노코멘트 하겠습니다.
강기준   (혜란을 본다)
일제히   (INSERT) 청취룸에서 긴장 어린 표정으로 쳐다보는 가운데)
강기준   기억이 안 나서 대답을 못하겠다는 뜻입니까,
        아니면 알고 있는데도 대답을 안 하겠다는 뜻입니까?
혜 란   (보는 시선에서)

플래시백〉 클락 숙소 (3부 71씬)
재영, 거칠고 뜨겁게 혜란에게 키스한다.
묘한 흥분으로 달뜨는 두 사람
재영, 순간 혜란의 셔츠를 어깨로부터 훅! 벗겨내는 순간
투둑..!! 그녀의 옷에서 떨어지는 브로치와 함께,

다시 현재〉

혜 란   (본다. 보며) 대답.. 안 하겠습니다.

강기준   ! (본다)

혜 란   (똑바로 쳐다본다, 시선에서)

이면

裏面

S#1. 도로 일각 & 사고 현장. N

나뭇가지에서 툭툭 떨어지는 눈송이.
폴리스라인 건너편으로 세워진 경찰차와 구급차 등의 경광등이
어지럽게 돌아가고 있는 가운데,
그 이편에 검게 그을린 채 반파된 차량.
국과수에서 나온 수사관 둘이 차 안을 감식하는 가운데,

경찰1	국과수는 왜 불렀대?
경찰2	왜겠냐? 또 일 키우시는 거지? 취미잖어 저 양반,
강기준	(한쪽에서 살펴보는데)
국과수1	팀장님!
강기준	(돌아본다, 국과수1이 가리키는 곳을 보면)

차량 바닥에 반쯤 타다만 여성 브로치가 보인다.

국과수1	브로치 같아 보이는데요,
강기준	(알고 있다, 끄덕이며) 일단 찍어둡시다.
국과수2	(카메라를 들고 바닥에 떨어져 있는 브로치를 찍는다)

팍! 플래시 터지면서 사진 속에 박히는 브로치
(2부 엔딩 강기준이 내민 사진과 일치하는 그 브로치)에서 스틸,
그 위로.

태욱E   (설레이는) 아내한데 줄 선물이에요.

S#2. 과거〉 주얼리숍. (7년 전)

태 욱   우리 집사람이 아일 가졌거든요. (살짝 수줍게 말하면)

             E. 은은한 클래식이 흐르는 고급 주얼리숍
             흰 장갑을 낀 손, 부드러운 크림색 벨벳 상자 위에 올려놓으면,
             연둣빛의 아름다운 브로치. (* 앞 씬 사고 현장의 그 브로치)
여점원   페리도트예요.
             고대 로마인들은 이 보석이 불행은 막아주고
             부부의 행복을 지켜준다고 믿었대요.
태 욱   (부부의 행복... 설레는 얼굴로 브로치 바라보다가)

S#3. 고급 와인바. N

태 욱   (천천히 사라지는 미소, 표정 굳어지면서) 지금.. 뭐라 그랬어?
혜 란   9시 뉴스 앵커 오디션이었어.
             내가 그 자리를 얼마나 기다렸는지 당신두 잘 알잖아.
태 욱   (믿어지지 않는다) 그래서...?
혜 란   입덧하면서 오디션을 볼 순 없었어.
             배 불러 오는 앵커를 써줄 리도 만무하구,
태 욱   (허...! 기가 막힌 듯, 혜란을 빤히 쳐다보면)
혜 란   (안다! 그 경멸의 눈빛.. 피하듯, 시선 브로치로 향한다)
             이건.. 앵커 된 기념으로 받을게, 축하의 의미로... (하는데)
태 욱   (더 이상 듣고 있을 수 없는 듯 벌떡 일어서서 가려는데)
혜 란   아이는 또 가질 수 있지만, 오디션은 단 한 번 뿐이야.
태 욱   (돌아본다, 혜란의 그 마지막 말에 잠시 쳐다보더니)

                        그때.. 널 기다리는 게 아니었어.

혜 란   (본다)

태 욱   (보더니, 그대로 쎄한 표정으로 돌아서서 나간다)

혜 란   (나가는 태욱을 본다)

              그렇게 남겨진 혜란을 뒤로 하고 나오는 태욱의 슬픈 눈빛에서,

S#4. 회상〉 강남대로 사거리 & 전광판. (10년 전)

                 꽉 막힌 도로
                 사거리 고층건물 전광판을 가득 채운 서울중앙지검 차장검사의
                 심각한 얼굴. 브리핑 중이다.
                 그 아래 자막, 〈떡값 검사 실명 공개 파문〉

S#5. 서울중앙지검 브리핑실.

                 타르륵... 노트북 자판 치는 소리들.
                 검찰청 출입기자들 빼곡하게 앉아 브리핑 받아 적고.
                 맨 끝, 가장 구석진 자리에 배정받은 혜란(20대 중후반) 보인다.
                 비통한 차장검사. 그 뒤에 일렬로 도열한 검사들.
                 일각〉 출입문 제일 가까이에 초임검사 태욱(20대 중후반)이 있다.

차장검사 특검은 내일 오전 9시 30분 뇌물 공여에 관련하여
              이필영 대한그룹 부회장을 재소환하여,

혜 란   (순간 손 번쩍)

태 욱   (INSERT〉 흘끗 혜란을 본다)

차장검사 (혜란을 보긴 봤으나, 아랑곳 않고 제 할 말만)
              비자금 조성 및 경영권 편법승계,

정관계 로비 의혹에 대해 엄정하게,

혜 란   (손 더 높이 쭉 들어 올리며 할 말 있다는 듯! 엉덩이까지 들썩이며)

차장검사 (거슬린다. 그러나 여전히 저 할 말만)

         이에 우리 검찰은 엄정하고 공정하게 한 치의 의문도 남지 않도록!
         (하는데)

혜 란   (참지 못하고) 차장검사님 직속 후배라고 들었습니다!!!

         자판 치는 소리 뚝. 차장검사의 불쾌한 표정.
         일제히 뒤 쪽의 혜란에게 쭉... 고개가 돌아가는 기자들.
         맨 뒤 구석 자리의 혜란, 질끈 묶은 머리에 낡은 재킷.
         청바지에 운동화 차림에 여전히 번쩍 손을 든 채로 당차게,

혜 란   뇌물 받은 검사 말입니다. 실명까지 나왔는데,

         그 검사님 소환이 먼저 아닙니까?

         혹시 직속 후배라 감싸시는 건가요?

차장검사 (이런 버르장머리! 레이저 쏘고, 좀 전의 그 문구 다시 읊는다)

         .. 이에 우리 검찰은 엄정하고 공정하게 한 치의 의문도 남지 않도록,
         (하는데)

혜 란   (다시 손 번쩍 들어올리며) 소환 시점부터 말씀해주시겠습니까?

차장검사 (아이 씨!!! 혜란을 다시 홱! 째려본다)

         거기! 어느 신문사요?

혜 란   신문사 아니구 방송국인데요, JBC 고혜란 기잡니다! (씩 미소!)

태 욱   (순간 푹..! 자기도 모르게 웃음이 나오는, 그러다 선배1 검사와
         눈 마주치자 얼른 웃음기 거두며 고개 돌린다)

         차장검사, 완전 불쾌한 목소리로 마저 읽어내려가는 가운데
         혜란, 계속 손을 번쩍번쩍 들고 있다.
         태욱, 그런 혜란에게서 시선 떼지 못하는 가운데,

선배1E   그거 완전 꼴통이야.

S#6. 복도 일각.

쭉 걸어오는 태욱과 선배1.

선배1   출입한 지 두어 달 돼가는데, 안하무인에 무데뽀, 몰상식이 무기야,
       이건 뭐 브리핑인지 인터뷴지 분간 못하고 시도 때도 없이 치고 들어오
       는데.., 벌써 경고를 몇 번이나 날렸는데두 말을 영 안 들어.
       언론 탄압이라나? 참나..!
태 욱   (재밌네, 시선에서)

S#7. 브리핑실 복도.

우르르 몰려나가는 검사들과 기자들.
쫓아 나오며 뒤통수에 대고 여전히 혼자 질문 퍼붓는 혜란

혜 란   검찰청장의 책임 있는 사퇴 논의는 없습니까!
       공개된 명단이 전붑니까! 꼬리 자르기 하시는 거 아닙니까!
       (그러다 사람들에 밀려 다 떨어진 신발이 벗겨진다,
       그러거나 말거나 끝까지 쫓아가는 모습)

태욱, 남겨진 운동화를 본다. 보다가 다시 혜란 쪽을 보면,
혜란 툴툴 털고 되돌아와 다 떨어진 운동화에 발을 끼더니,
질질 끌고 자기 갈 길 간다.

태 욱   (그런 그녀의 털털함이 왠지 매력 있어 보인다. 시선에서)

S#8. 브리핑실.

되돌아와 컴퓨터 앞에 앉는 그녀,
머리를 질끈 다시 묶어 올리고, 손가락 가볍게 푼 뒤 기사 작성.
손을 뻗어 커피를 들어 마시려는데 없다. 쩝! 마시고 싶은데..
그때, 툭 옆으로 놓여지는 우유. 태욱이다.

태 욱   하루 종일 손 들고 있어봤자 말단 기자한테
        대답해주지 않아요. 저렇게 높으신 분들은.
혜 란   알아요, (집어 들며) 대신 고혜란 이름 석 자는 확실히 알았을걸요?
        고혜란은 불러주는 대로 받아쓰기나 하는 기자가 아니다!
        그거면 돼요, (따서 쭉 마신 뒤)
        언젠간 내 질문에 대답할 수밖에 없을 거니까.
태 욱   자신만만하시네.
혜 란   나는 사회부 거쳐 곧 정치부장 달고 9시 뉴스 앵커가 될 거거든요,
        그것도 대한민국에서 가장 영향력 있는 뉴스를 맡게 될 거예요.
태 욱   자기 암시도 대단하시고.
혜 란   암시 아니구, 확신인데요.
태 욱   (신선하다 이 여자, 보다가)
        인사가 늦었네요, 저는 서울중앙지검에 (하는데)
혜 란   알아요. 강태욱 검사.
태 욱   (보면)
혜 란   아버지에 조부까지 대법관을 지낸 법조계의 1프로 집안.
        삼대째엔 뺵사리가 나기 마련인데
        보란 듯이 법대 2학년에 1차 패스.
        졸업도 하기 전에 서울중앙지검에 임관.
        삼대째 대법관 로드맵을 그리고 있는 엄청 부러운 인생,
태 욱   뒷조사까지 하고 다닙니까?
혜 란   출입기자로 밥 먹고 살려면 새로 들어온 초임검사가 누구고,
        어떤 출신 배경인지 정도는 알아둬야 하거든요, 뒷조사라기보단,

태 욱	(OL) 일반적인 자료 수집 차원이다?
혜 란	실은 주위들은 얘기들이긴 해요.
	워낙 법조계의 금수저시다 보니 이러쿵저러쿵 말들도 많거든요.
	(또 우유 한 모금)
태 욱	(피식 웃는, 그러면서 혜란을 물끄러미 보면)
혜 란	(왜 쳐다봐? 뭐 묻었나? 슬쩍 입 주위를 손등으로 문질러 닦는데)
태 욱	끝나고 뭐해요?
혜 란	(? 보면)
태 욱	저녁이나 먹읍시다.
혜 란	나 만나는 사람 있는데요,
태 욱	결혼할 사람이에요?
혜 란	(멈칫... 대답 못하면)
태 욱	(일어서며) 기사 송고하시고,
	7시까지 야외 계단 앞에서 보죠. (간다)
혜 란	(빤히 쳐다보면)

S#9. 고급 와인바. (3씬 연결)

　생각에 잠긴 채 테이블 위에 놓인 페리도트를 바라보는 혜란.

S#10. 서울중앙지검 야외 계단. N

　기다리는 태욱, 7시가 넘어가는 손목시계.
　DIS.
　7시 30분이 넘어가고,
　DIS.
　8시가 넘어가고...
　(INSERT〉 고급 와인바〉 가만히 페리도트를 집어드는 혜란의 손에서)

DIS.
그리고 태욱의 손목시계가 9시를 가리킴과 동시에,

S#11. 뉴스 화면. (7년 전 혜란의 첫 방송날)

혜 란   안녕하십니까, 오늘부터 뉴스나인을 맡게 된 고혜란 앵컵니다.
(그녀의 옷깃에 달린 페리도트 브로치)
시청자 여러분께 보다 신속하고 빠른 뉴스,
정확한 뉴스를 전하기 위해 최선을 다하겠습니다!
고혜란의 첫 번째 뉴습니다.

S#12. 태욱의 서재 안. N

그 첫 뉴스를 바라보는 태욱, 서글픔과 미움이 교차하는 눈빛,
그 복잡한 시선 위로

태욱E   그때 나는... 널 기다리지 말았어야 했어.
(점점.. 눈시울 붉어지면서 바라보는 그 시선에서)

S#13. 다시 과거〉 그 계단 앞. (10씬 연결)

태욱, 9시 10분쯤 지나서야 결국 자리를 털고 계단에서 일어선다.
자조적인 미소로 계단을 쭉 내려오다가 멈칫..! 멈춰 서서 보면
그 계단 아래 쪽으로 프레임인 되는 혜란.

태 욱   (? 본다)
혜 란   (시계를 한 번 본 뒤, 태욱을 본다)

오늘 내 기사가 헤드로 뽑혀서 그거 확인하고 오느라구요.
(보면)

태 욱 (본다. 빤히 보다가 자기도 모르게 다시 피식 웃음...)
혜 란 (뭐야? 저 남자? 또 웃어? 뚱하니 쳐다본다)

그 두 사람 위로 사사사... 바람이 분다. 모습 길게 주다가.
쿵! 블랙 화면 위로
자막, 〈제3부 이면(裏面)〉

S#14. 보도국 복도. (현재)

떵! 엘리베이터 문이 열리면서 당당한 걸음으로 나오는 혜란,
쭉 걸어오면서 지나가는 사람들과 눈빛으로 인사 주고받다가

S#15. 보도국 국장실.

혜 란 (문 열고 들어오며) 부르셨어요?
장 국장 (심각한 눈빛으로 웅 팀장과 밀담 중이다가 본다) 어, 왔어? 앉아.
웅 팀장 (흘끗 혜란 보면)
혜 란 (앉으며) 무슨 일이신데요?
장 국장 한지원이 말이야, 어쩌면 좋겠어?
　　　아직은 우리만 알고 있지만 발 없는 말이 어디까지 갈지 모르는 거고.
웅 팀장 이건 누가 봐도 아주 악의적이고 고의적인 플레이예요,
　　　(혜란을 노려보며) 한지원이 물 먹이자고 일부러,
혜 란 (자르며) 한지원이 아니라 케빈 리일 수도 있죠,
　　　인지도로 보나 뭐로 보나 그쪽이 잃을 게 더 많으니까.
웅 팀장 (멈칫.. 혜란을 본다. 그건 그렇지만)
혜 란 어쨌든 이건 스캔들이에요,

	우리 보도국의 유망주가 이런 스캔들에 휘말린 건 안타깝지만,
웅 팀장	(빈정) 한지원이 유망준 건 알고 있었어? 진짜 안타깝기는 하고?
혜 란	내가 케빈 리를 한지원 차에 밀어넣기라도 했어요, 웅 팀장?
	왜 나한테 날을 세우고 그래?
	어쨌든 일은 벌어졌고, 우린 해결을 해야 하는 입장이고!
장 국장	(툭 자르듯) 그래서, 어쩌면 좋겠어?
혜 란	(장 국장 보며) 언제 터질지 모르는 시한폭탄이에요,
	이대로 덮고 넘어가는 건 보도국 입장에서 리스크가 너무 크다고 생각
	합니다.
장 국장	빼자구?
혜 란	당분간 지방에 내려가 근신하게 하는 것도 나쁘지 않겠죠,
	본인 머리도 식힐 겸.
웅 팀장	야! 고혜란! 너 지금 한지원이 이대로 묻어버리자는 소리야?
혜 란	(웅 팀장 보며) 스캔들 커지는 걸 막자는 소리야.
웅 팀장	(이씨..!)
장 국장	(긁적긁적 머리를 긁어대며 한숨)
	일단 한지원이 하던 모닝은 이연정한테 넘겨.
웅 팀장	국장님,
장 국장	거취 문제는 좀 더 고민해보고 결정하지.
혜 란	(국장을 본다, 산뜻하고 말끔한 얼굴로 장 국장 보는 위로)

S#16. 대기실.

화면 안으로 보이는 이연정의 모습,
"시청자 여러분 안녕하십니다, 모닝뉴스 이연정입니다!"
지켜보는 지원, 미칠 듯이 분하고 어쩔 줄 모르는 표정,
그대로 홱! 박차고 나가버리는 그 뒤로
수군대는 스탭들 소리.

소리1E   한지원 이제 끝난 거 아니니?

소리2E   사진까지 찍었다던데 뭐, 윗선에서 그거 막느라고 쉬쉬 하고 있고.

        젠장!!! 걸어 나오는 지원 위로 수군거림 들리는 데서.

S#17. 은주의 집 2층 발코니.

        굳은 표정의 재영, 핸드폰에 뜬 사진들을 보고 있다.

        핸드폰〉 지원과의 사진들이 주르륵 떠 있다

지원F   고혜란 짓이에요!

S#18. 방송국 불 꺼진 편집실 안.

지 원   (분해서 어쩔 줄 모르며) 고혜란이 찍어서 국장실에 넘긴 거라구요.

        그 바람에 뉴스나인도 물 건너갔구,

        잘못하면 나.. 이 바닥에서 완전 생매장 당할 판이에요.

재 영   (INSERT〉 핸드폰의 사진을 넘겨보는 위로 계속)

지 원   어떻게든 방법을 생각해봐요,

        이게 수면 위로 올라오면 당신두 끝장이에요,

        당장 광고 계약 수십억 날아가는 건 물론이고,

        모든 걸 잃게 될 거예요. 돈, 명예, 당신 와이프까지 전부 다!

S#19. 은주의 집 일각.

재 영   (이어폰을 낀 채 시선은 계속 사진에 고정된 채로)

        무슨 말인지 알겠어요, 방법을 찾아볼 테니 일단 기다려요..

은 주 (뒤에서 찻잔 쟁반 들고 들어오며) 누구야?

재 영 (이어폰을 빼고 핸드폰 끄며 돌아본다, 이내 아무렇지도 않은 척)
       어.. 아냐, 아무것두... (화제 바꾸며) 뭔데?

은 주 (그제야 빙긋) 모과차, 당신 감기 걸리지 말라구..

재 영 (미소로) 와.. 향 좋은데, (한 모금 마신다)

은 주 오늘 환일철강 들어간다 그랬지? 옷 준비해놨어,

재 영 (잔 내려놓고 은주를 안으며) 안 가면 안 되나?

은 주 늦겠다. 어서 준비해, (싫지 않은 듯, 그러나 밀어내주면)

재 영 아! 쉬고 싶다아... (마지못한 척 나가면서) 사랑해.

은 주 (픽 미소로 돌아본 뒤, 시선 한쪽에 놔둔 핸드폰을 흘끗 보면)

S#20. 방송국 불 꺼진 편집실 안.

지원, 핸드폰을 손에 꾹 쥔 채 손톱 끝을 잘근잘근 깨문다!
미칠 것 같은 불안과 외로움이 엄습하는 데서!

S#21. 뉴스나인 스튜디오 앞 복도.

뉴스 마치고 나오던 이연정, 마침 앞으로 오던 혜란을 본다.

이연정 (반색) 어머, 자기야!

혜 란 아, 선배. (인사치레로) 모닝뉴스 복귀하셨다구요?

이연정 내전이 일어나면 젤 이득 보는 게 이웃나라라며?
        무기도 팔고, 식량도 팔고.
        자세한 사정은 모르겠지만 내 자리 찾게 해줘서 고마워?
        어부지리라 모양은 좀 빠지지만.

혜 란 무슨 말씀이세요?

이연정 (옆구리 쿡) 왜 이래. 선수끼리?

혜 란	한 것도 없이 인사를 들으니까 몸 둘 바를 모르겠네요,
	어쨌든 고맙다니, 저도 고맙습니다? 그럼, (가려는데)
이연정	근데 한지원은 어떻게 되는 거야?
혜 란	지원이가 왜요?
이연정	(시치미를 떼시겠다?) 어머. 모르는구나?
혜 란	네. 전혀요.
이연정	(뻔뻔하긴) 그래애.... 그럼 됐고.
혜 란	네, 그럼, (까딱 인사하고 가면)
이연정	어, 수고! (혜란이 시야에서 사라지자 절레절레) 어우, 무서운 년.

이연정을 뒤로한 채 걸어오는 혜란,
지끈지끈 두통이 온다. 손으로 관자놀이를 꾹꾹 누르는데,
울리는 혜란의 전화벨, 혜란 잠시 멈춰 서서 번호를 본다. 누구지?

| 혜 란 | (받는다) 네, 고혜란입니다. |
| | (하다가 멈칫.. 표정 긴장하듯 굳는 데서) |

S#22. 환일철강 법무부 회의실 앞.

으리으리 잘 꾸며진 회의실.
태욱과 정기찬, 법무실 직원들과 회의 중이다.

법무팀장	외상도 외상이지만 회장님께서 캄을 굉장히 아끼셨거든요.
태 욱	월급도 안 주면서 마음으로만 아끼셨군요?
법무실장	(뭐요? 발끈하려는데)
정기찬	(헉! 이 인간이 진짜!) 아, 오해하지 마세요. 변호사님 조큽니다.
법무팀장	(큼... 불쾌함 누르고) 어쨌든 그런 직원에게 직접 린치를 당한 거라 회
	장님께서 내상이 깊으십니다.
태 욱	정리하면, 기어이 콩밥 먹고 니네 나라로 가, 그런 말씀인 거죠?

법무실장	변호사님. 말씀이 좀 과하십니다?
정기찬	(내가 못 살아!) 아, 그러니까 저희 변호사님 말씀은
	소 취하는 안하시겠다는 뜻으로 받아들이면 되냐,
	뭐 그런 질문이었습니다.
법무팀장	네, 그렇습니다.
태 욱	알겠습니다. 그럼 잘 싸워봅시다.
법무팀장	(피식) 그러시죠.

S#23. 환일철강 복도 – 엘리베이터 앞.

붉은 카펫이 죽 깔려 있는 복도.
태욱과 정기찬 걸어온다.

정기찬	(잔소리) 쯤쯤! 이번엔 꼭 이겨보겠담서요?
	그런데 시작도 하기 전에 적군을 저렇게 전투적으로 만들어버리면 어
	떡합니까아...!
태 욱	저희도 전투적으로 하면 되죠.
정기찬	좀 상대를 봐가면서 굽힐 땐 굽히고, 접을 땐 접고. 어?
	제가요, 변호사님이 흘린 말 주워 담느라 명줄이 줄어요오...!
	이건 뭐 사무장인지 변호사님 마누란지,
	마구마구 정체성이 흔들린다구요!

두 사람, 엘리베이터 앞에 도착하고

태 욱	(하강버튼 누르며) 사무장님 잔소리 들을 때가 제일 좋은데
	그냥 제 마누라 하실래요? 난 괜찮은데.
정기찬	(헉) 미쳤어요!

하는데, 도착하고 열리는 엘리베이터.

태욱과 정기찬, 막 타는데

마케팅1E   잠깐만요!

태욱과 정기찬, ? 해서 보면
직원들의 영전을 받으며 오는 한 남자. 재영이다.

정기찬   (한눈에 케빈 리를 알아본다)
태 욱   (본다. 역시 재영을 알아보는 시선에서)

S#24. 한정식집 룸 안.

쏙 화면 앞으로 내밀어지는 명함. 청와대 마크가 찍혀 있다.

최형식   반갑습니다, 청와대 홍보실 최형식 비서관입니다.
혜 란   (명함을 받아서 본 뒤 시선 들어 최형식을 본다)

S#25. 환일철강 엘리베이터 안.

마케팅1   (대놓고 아부) 케빈 리 씨를 저희 회사의 얼굴로
모시게 되다니 정말 영광입니다.

재영과 마케팅부 직원들, 그 옆으로 서 있는 태욱과 정기찬.
(정기찬, 으아! 케빈 리다! 살짝 들떠 있는 그 위로 계속)

마케팅2   원래도 팬이었지만 뉴스나인 보고 완전 팬 됐습니다.
떨지도 않으시고 패기가 진짜 후덜덜하시던데요?
재 영   (미소로) 제가 그랬나요?

마케팅2	(슬쩍 은근하게) 근데, 실제로 보니까 어 때요?
재 영	네?
마케팅2	고혜란이요.
태 욱	...
정기찬	(흘끗 돌아본다. 고혜란? 내가 아는 우리의 고혜란?)
마케팅1	(비릿한) 실제로 봐도 그렇게 후끈한가요?
마케팅2	진짜로 보면 완전 죽인다던데 뭘. 일단 몸매부터 남다르데요,
	화면으로 봐도 굴곡이 아우...
태 욱	(표정 없다. 유쾌할 리 없는 눈빛, 그 옆에서)
정기찬	(헉! 이 싸람들이! 하지 마! 하지 마!
	태욱 못 보게 뒤에서 두 팔로 X를 그으며 레이저를 쏘지만)
재 영	(씨익... 미소로) 멋진 여자죠. 앵커로서뿐만 아니라 여자로도.
마케팅1,2	(비릿한 미소로) 올~~ 여자아~~ (킥킥대는데)
태 욱	뒷담화도 당사자가 모욕을 느낄 만한 내용이라면
	1년 이하의 징역이나 금고 또는 200만 원 이하의 벌금에 처한다.
일 동	(뭐래? 보면)
태 욱	(재영 똑바로 보며) 형법 제311좁니다.
마케팅1	저기요, 누구신데 남 얘기하는데 중간에 끼어들어서..
태 욱	강태욱이라고 합니다. 고혜란은 내 아내 되는 사람이구요.
일 동	(헉!)
정기찬	(거 봐. 내가 하지 말랬지! 하는 표정 짓는 가운데)
재 영	(본다)
태 욱	(재영을 본다)

팽팽하게 오가는 두 남자의 시선.
재영, 먼저 유연하게 긴장 풀며 악수 내민다.

재 영	반갑습니다. 케빈 리라고 합니다. (여유 있는 눈빛)
태 욱	(쎄하게 쳐다보는 눈빛에서)

S#26. 보도국 외진 복도 일각.

외진 곳에 혼자 서서 최형식의 명함을 만지작거리는 혜란.

S#27. 플래시백〉 한정식집 룸.

손도 대지 않은 채 식어가는 테이블 위의 음식들.

최형식	새 정부가 출범한 지 석 달입니다. 저희의 국정 운영 철학을 국민께 가장 잘 전달해주실 대변인으로 고혜란 씨가 적임자라고 판단해서 이렇게 찾아뵀습니다.
혜 란	(나를? 그러나 훈련된 겸양으로 덥석 물진 않는) 저는 언론인입니다. 권력과 거리를 두고 감시하고 견제하는 게 공정한 언론인의 자세이자 역할이죠.
최형식	홀어머니 밑에서 어렵게 크셨더군요.
혜 란	(보면)
최형식	남편 분은 명망 있는 집안의 자제로, 지금은 국선 변호사를 하고 계시구요.
혜 란	(보는데)
최형식	국민들은 입으로만 하는 서민정치를 더 이상 믿지 않습니다. 하지만 고혜란 씨의 출신 성분. 어려움을 딛고 일어선 석세스 스토리. 남편 분의 행동하는 소신이 있다면 국민께 신뢰를 드릴 수 있다고 판단했습니다.
혜 란	(보면)
최형식	저희와 함께 하시겠습니까? (시선에서)

S#28. 다시 외진 복도 일각.

말없이 명함을 안 보이도록 손안에 쥐는 혜란,
드디어 달고 싶은 날개가 달릴 참이다. 설레는 눈빛인데

곽 기자   선배!
혜 란   (? 돌아본다)
곽 기자   국장실로 오라는데요,
혜 란   (본다. 또 무슨 일이지..?) 무슨 일인데?
곽 기자   그 사람이 왔어요, 케빈 리.
혜 란   (순간 확 깨는 눈빛으로 본다, 그 자식이 왜? 하는 데서)

S#29. 보도국 국장실.

혜란, 한쪽에 앉은 채 차갑게 굳어 보면
그 맞은편으로 장 국장과 티타임 중인 재영이 보인다.

혜 란   클락이요?
장 국장   어, 케빈 리께서 낸 아이디어야,
재 영   마지막 골프 장면은 거기서 잡아주셨으면 해서요,
장 국장   좋죠, (혜란 보며) 어떻게 생각해?
혜 란   뉴스나인 때문에 그 스케줄은 좀 힘들겠는데요,
           (장 국장 보며) 진행자 교체해주시죠 국장님.
           인터뷰 분량은 아직 찍지도 않아서 별로 지장 없을 겁니다.
장 국장   어차피 파일럿이잖아. 이번 꺼가 잘 나와야 레귤러도 가능한데
혜 란   국장님,
장 국장   고정으로 가면 진행자 교체할 거야, 응? (보며) 응?
재 영   잘 부탁합니다, 고혜란 씨?
혜 란   (굳어서 재영을 본다)

재 영   (보면)

S#30. 지하주차장 계단 비상구.

      혜란과 재영 팽팽히.

혜 란   재밌니?
재 영   너는 재밌디?
혜 란   (보면)
재 영   밟으면, 순순히 밟혀줄 줄 알았어?
           나는 십 년 전에 니가 그 골목길에 세워둬도
           찍소리 못하던 이재영이 아니야, 혜란아.
           그런 사진 들이민다고 겁먹고 꼬리 내릴 이재영이 아니라구.
혜 란   은주는 알아?
           십 년 세월 손바닥이 닳도록 헌신해서 키워논 남편이
           다른 여자랑 무슨 짓을 하고 다니는지?
재 영   니 남편은 아시고? 십 년 전에 너랑 내가, (하는데)
혜 란   (말 자르고) 알아. 남자 있었던 거.
재 영   남자? 내가 너한테 남자 사람이었어?
           호적에만 안 올렸지. 너랑 나, 부부였어.
혜 란   지난 일이야. 문제될 거 없어.
재 영   우리가 다시 안 만났다면 과거겠지. 근데 아니잖아?
혜 란   (나직이, 그러나 충분히 불쾌하게) 이재영!
재 영   한지원은 하룻밤 실수라고 하면 그만이야.
           너는 1년 하고도 3개월을 실수했다고 할래?
           니 남편이, 강태욱 변호사님께서 거기까지 이해해주실까? 어?
혜 란   (굳어서 본다. 내 남편 이름을... 알아? 쳐다보면)
재 영   먼저 건드린 건 너야. (비상문 탁 열고 나가면)
혜 란   (그대로 딱 굳어 있는데)

S#31. 계단 모퉁이 일각.

가만히 내려다보는 시선 하나. 곽 기자다.

곽 기자   (이런 거였어...? 걱정되는 시선으로 혜란 보는 데서)

S#32. 혜란의 집 거실. N

현관문이 열리면서 들어오는 혜란, 피곤한 표정으로 들어선다.
태욱, 주방에 혼자 앉아 늦은 식사 중이다.

혜 란   (그런 태욱을 본다)

태 욱   ...

혜 란   (찬을 본다. 가방 내려놓고 냉장고 문 열어 반찬 더 꺼내려는데)

태 욱   꺼낼 거 없어.

혜 란   (돌아보면)

태 욱   (일어나 먹은 그릇들을 개수대로 치우기 시작한다)

혜 란   (본다. 피곤하다. 도로 냉장고 문 닫고 돌아서는데)

태 욱   낮에 케빈 리라는 사람 만났어.

혜 란   (순간 쿵..!!! 심장이 뚝 떨어질것 같은 충격..! 돌아본다)

태 욱   소송건 때문에 환일철강에 들어갔다가, 우연히..

혜 란   (흔들리는 눈빛, 애써 태연한 척)
             그쪽에서 당신을 어떻게 알구? 어떻게 알아보구..

태 욱   내가 먼저 밝혔어, 당신 남편이라구.

혜 란   당신이?

태 욱   (돌아보며) 왜? 그 사람한테 내가 당신 남편인 거 말하면 안 되나?

혜 란   그런 말.. 누구한테 먼저 할 사람 아니잖아 당신.

태 욱   그냥 그러고 싶었어.

혜 란   (? 본다)

태 욱   (뭔가 쎄한 느낌으로 혜란을 본다. 시선에서)

플래시백〉 환일철강 엘리베이터 안.

재 영   기분 나쁘셨다면 사과드리죠,
태 욱   (쎄한 눈빛, 시선 돌리며 엘리베이터에서 내리면)
정기찬   (아, 이거 참....!) 그럼.. (재영에게 인사한 뒤 따라 내리면)
재 영   (삐딱해지는 눈빛으로 돌아보더니)

엘리베이터 앞, 로비.
엘리베이터에서 나오는 태욱, 그 뒤로 따라 나오면서

재 영   혹시 주말에 같이 가십니까?
태 욱   (멈칫.. 멈춰 서서 재영을 돌아본다)
정기찬   (? 같이 돌아보면)
재 영   아.. 모르고 계셨습니까?
         고혜란 씨랑 같이 클락에 가기로 했는데.. (다분히 의도적으로)
정기찬   (엥??? 하고 흘끗 태욱의 눈치를 보면)
태 욱   (처음으로 묘하게 당황하는 눈빛으로 본다. 시선에서)

다시 혜란의 집, 거실 주방〉

혜 란   (이 사람, 왜 이러지? 살짝 불안한 눈빛) 왜 그래? 뭔데?
태 욱   (표정 없이 혜란을 본다, 살짝 갈등하는 눈빛, 그러더니)
         아니야.. (돌아서서 서재로 들어간다 쿵! 닫히는 문)
혜 란   (돌아본다. 시선에서)

S#33. 태욱의 서재 안.

털썩 책상 앞에 앉는 태욱, 표정 위로,

재영E   모르고 계셨습니까?
           고혜란 씨랑 같이 클락에 가기로 했는데..

S#34. 혜란의 집 거실.

혼자 남겨진 혜란, 묘한 초조와 불안이 밀려온다. 시선 위로,

최형식   (플래시백〉 한정식집 룸)
         앞으로 한 달 동안 후보 검증이 진행될 겁니다.

재 영   (플래시백〉 계단)
         호적에만 안 올렸지. 너랑 나, 부부였어.

최형식   (플래시백〉 한정식집 룸)
         물론 그 한 달 동안 신상에 어떠한 잡음도 생겨서는 안 됩니다.

재 영   (플래시백〉 계단)
         한지원은 하룻밤 실수라고 하면 그만이야.
         너는 1년 하고도 3개월을 실수했다고 할래?

최형식   (플래시백〉 한정식집 룸) 사회적 명망, 행복한 가정,
         지금 이 상태로만 유지시켜주신다면 고혜란 씨가 유력합니다.

재 영   (플래시백〉 계단)
         니 남편이, 강태욱 변호사님께서 거기까지 이해해주실까? 어?

태 욱   (플래시백〉 조금 전, 쎄하게 쳐다보는 그 눈빛에서)

S#35. 태욱의 서재 안. N

말없이 서랍을 여는 손, 그 안에 들어 있는 이혼서류.
태욱, 번민 가득한 눈빛으로 그 이혼서류를 내려다본다.
어쩌지 못한 채 아픈 눈빛으로 내려다보면,

S#36. 다시 혜란의 집 거실. N

혜란, 순간 두통이 밀려온다. 알약을 꺼내는데 순간
더 오래된 과거 플래시백, 아주 짧게 찰나처럼〉
17세쯤 된 소년이 수갑을 찬 채 화면 쪽을 돌아본다.
쎄한 눈빛과 함께.
현재〉
탁..!! 알약통을 떨어뜨린다. 순간 바닥에 흩어지는 두통약..
혜란, 얼어붙은 표정으로 흩어진 알약을 본다.

S#37. INSERT〉하명우 감방 안. N

누워서 잠이 들어 있던 하명우, 짐짓..
꿈이라도 꾼 듯 조용히 눈을 뜨고 허공을 본다.
무언가, 또는 누군가 그리운 듯.. 하염없는 눈빛에서.

S#38. 은주의 집 침실. N

지잉지잉 진동으로 울리는 핸드폰.
침대에 누워 있다가 집어 드는 재영의 손,
발신자를 보더니 얼른 옆으로 돌아누워 잠든 은주를 본다.

뒤돌아 누워 있는 은주의 뒷모습.
조용히, 재빨리 침실 밖으로 빠져나가면서

재 영   네. (은밀한 느낌으로 속삭이며 한쪽으로 사라지면)

침대 이쪽. 돌아누운 은주,
이불깃을 꼭 쥔 채 어득하지? 입술을 문 채 감정을 꾹 누른다.

S#39. 혜란의 집 거실. (새벽)

날이 밝아오고 있는 거실 풍경,
소파에 옷도 갈아입지 않은 채 앉아 있던 혜란 조용히 고개를 든다.
아주 건조한 눈빛에서.

S#40. 보도국 국장실.

혜 란   저 휴먼에서 손 떼겠습니다. 다른 진행자 찾아주세요.
장 국장   (심드렁하게 다른 업무 보면서)
         어제 얘기 끝난 거 아니었나?
혜 란   제가 왜 클럽까지 쫓아가서 그 인터뷰를 따야 하는 겁니까?
장 국장   나는 왜 아침부터 자네 징징거리는 소릴 들어야 하는 건데?
혜 란   국장님,
장 국장   그게 내 일이니까.
         공정하고 투명한 보도! 누구보다 신속하고 정확하게!
         시청률까지 빵빵하게 터뜨려가면서,
         그뿐이야? 징징대는 놈 성깔내는 놈 달래고 어르고
         어떻게든 일이 돌아가게 하는 것까지 내 일이고 책임이니까!
혜 란   (보면)

장 국장	뉴스나인 자리 가져갔잖아.
혜 란	원래 제 자리였어요,
장 국장	사람이 자기 좋은 것만 하고 어떻게 살아?
	하나를 가졌으면 하나는 양보도 할 줄 알아야지,
	시끄럽게 하지 말고 갔다와.
혜 란	다른 진행자 찾으세요, 저 안 갑니다. (돌아서서 나가려는데)
장 국장	사장님한테 가서 직접 못 한다 그러든가 그럼.
혜 란	(멈칫.. 돌아본다)
장 국장	지금 케빈 리하고 필드 돌고 있을 거야,
	어떻게 골프장 알려줘?
혜 란	(젠...장!)

S#41. 골프장.

사장으로 보이는 중년 남에게 자세를 잡아주는 케빈 리,
서로 즐겁게 웃으면서 골프를 치는 모습에서.

S#42. 보도국 국장실 앞 복도.

쿵! 부서질 듯 국장실 문을 닫고 나오는 혜란, 완전 얼굴 굳어 있고

곽 기자	(뒤에서) 선배, 클락 가는 스케줄 말인데, 비행기표랑...
혜 란	나중에! (하고 가버린다)
곽 기자	(한숨... 보면)
지 원	(한쪽에서 상황 지켜본다. 빙긋 미소에서)

S#43. 화장실.

쏴아!!! 수돗물 틀고 손을 닦는 혜란,
그 옆으로 프레임인 돼서 거울을 들여다보며 옷매무새 잡는 지원,

혜 란   (무시, 물 끄고 티슈 탁! 뽑아 물기 닦는데)

지 원   클락이란데가 그렇게 좋다면서요.
           모처럼 휴가다 생각하고 다녀오시죠 왜?

혜 란   (멈칫.. 고개 돌려 지원을 본다) 너 아직두 짐 안 쌌니?

지 원   그럴 일은 없을걸요?

혜 란   (? 본다)

지 원   (돌아보며) 어머! 국장님한테 얘기 못 들으셨어요?
           케빈이 오늘 사장님이랑 라운딩한다 그랬는데.
           아마도 사장님 선에서 잘 해결될 것 같아요.
           애 쓰셨는데.. 어떡해요?

혜 란   (순간 벙찐.. 표정)

지 원   애초에 뉴스나인 자리에 제 얘기 처음 꺼낸 것도 사장님이셨대요,
           케빈이 얘기해주더라구요,

혜 란   (미치겠다! 이 계집애 진짜! 하는데
           그때 지잉지잉 진동하는 핸드폰)

혜란, 일단 핸드폰 들어 보면 〈성북동〉

지 원   뭐하세요? 전화 안 받으세요?

혜 란   (그대로 수신거절 버튼 누른 채 돌아서서 나간다)

지 원   (피식, 웃는 얼굴에서)

S#44. 태욱의 서재.

소파에 앉아 뭔가 부들부들 떨리는 느낌으로
핸드폰 귀에 대고 있는 태욱모,
혜란 쪽에서 받지 않자 핸드폰을 내려서 본다.
그러면서 시선 앞 쪽 티테이블 쪽으로 주면
꾸깃하게 구겨져 있는 이혼서류가 펼쳐져 있다.
거기에 태욱은 이미 사인까지 다 해놓은 상태로...

태욱모   (허..! 기가 막히고 심장 떨려서 쳐다보는 표정에서)

S#45. 윤송이의 사무실.

윤송이   (통화) 완전 살벌한데.
에이전시 애들이 총출동해서 출처가 어딘지 찾고 있는 듯,
소문 안 새게 윗선에서 입막음 장난 아니게 하고 있는 거 같고.
(흘끗 주변 눈치 보면서)
지금까지 계약한 광고만 백 억이 넘는다는데 잘못 소문이라도
돌아봐. 줄줄이 취소당할 거구 이미 방송 중인 광고주한테
몇 배로 손해배상에...
걔네들 입장에선 목숨 걸린 일이지.

혜 란   (INSERT〉대기실〉 분장하면서 핸드폰 듣는 가운데)

윤송이   (통화) 케빈 리 걔도 만만한 놈이 아닌 거 같아.
운동만 해서 마냥 순진할 줄 알았는데...
정보에 의하면 이번 클락에 가는 일정에도
니네 방송국 사장이랑 라운딩 약속 돼 있는 거 같다더라.
거기에.. (한층 낮은 목소리로)
내정된 홍보수석이 같이 동행한다는 썰이 있어.

S#46. 보도국 대기실.

혜 란 (홍보수석이..? 순간 묘하게 눈빛 반짝인다) 그래..?
일단 알았어, 계속 상황 좀 알려줘.
(핸드폰 끊는다. 잠시 돌아서서 창밖을 내다본다..
머리가 복잡하다. 홍보수석이 동행한다..? 클락에...?
골똘히 생각에 잠기는데)
FD 선배님!!! 스탠바이 해주세요!!! (외친다)
혜 란 (나직한 심호흡.. 고개를 드는 데서)

S#47. 뉴스나인 스튜디오. N

팟. 일제히 켜지는 조명. 카메라 세팅 중이고
혜란, 데스크에서 원고 점검 중. 그러다 인상 굳는다.
2층 부조 유리 전면 탁 쳐다보면서

혜 란 (인이어) 웅 팀장팀. 이 원고 뭡니까?

S#48. 뉴스나인 부조. N

"CM 바뀐 거 체크했냐?" "꼭지가 한 개 비잖아?"
"어떤 새끼가 흘리고 다녀?!" 하면서 생방 준비로 분주한 가운데.

웅 팀장 (왜 그러는지 알지만. 마이크에 대고) 왜요? 무슨 문제 있습니까?
혜 란 (INSERT〉스튜디오) 사전 회의 때 못 보던 원고가 올라와 있네요?
웅 팀장 그냥 좀 넘어가주시죠, 고혜란 앵커님.
혜 란 저는 댁들이 읊으라면 읊는 앵무샙니까?
웅 팀장 애가 절치부심. 초심으로 돌아가 새 마음 새 각오로 열심히 해보겠다는데 거 참!

S#49. 뉴스나인 스튜디오. N

혜 란   (자르듯) 애라니? 한지원이 당신 딸이야!!! (날카롭다!)

일순 안에 있던 스탭들 일시에 정지..
뭐야? 뭐지? 하는 표정으로 혜란과 부조 쪽으로 이목 집중된 가운데
한쪽으로 마침 분장 마치고 들어서던 지원, 이 상황 보고 멈칫.

웅 팀장E   (마이크) 그게 아니고요, 고혜란 앵커님.
                 요즘 가장 시급한 환경문제가 미세먼지니까,
혜 란   (지원을 보며) 니가 말해봐.
              사전회의에 올리지도 않은 니 기사를 왜 내가 내보내야 하니?
              그 정도로 위급하고 위중한 사안이야, 니 기사가?
지 원   (올라오지만 누르고) 국제기준에 비해 우리나라 미세먼지
              규제규정이 약하고, 그래서 국민 건강을 위협하니까,
혜 란   (말 자르고 지원에게 다다다)
              환경부에서는 뭐라는데? 기준 강화한대?
              중국은? 미세먼지의 유해성과 책임에 통감한대?
              그래서 정부는? 중국과의 국경선에 먼지 못 날아오게
              방어선이라도 치겠대?
지 원   현상을 보도하고 문제의 중요성을 알리는 것도
              기자의 역할이라고 생각하는데요,
혜 란   현상으로 이슈만 촉발하고 대안 없이 문제 제기만 하는 뉴스,
              불안한 심리만 자극하는 뉴스, 내 시간에 못 나간다 그랬지!
              창문만 열어봐도 알 걸 뉴스랍시고 들고 와 사전 회의도 없이
              니 멋대로 끼워넣어? 그래서 뭐? 무슨 얘길 하겠단건데?
              미세먼지 심각하니까 성능 좋은 마스크나 쓰고 다녀라, 그거야?

지 원   (젠장...! 쳐다보면)
혜 란   웅 팀장! 이따위로 할 거면 니 맘대루 해봐 어디!
         (한지원 보며) 그렇게 이 자리에 앉고 싶으면 앉아보든가!

         그러더니 혜란 그대로 박차고 일어나 나가버린다.
         카메라며 스탭들, 일제히 어? 뭐야?
         지원, 멈칫.. 고개 돌려 쳐다보면.

S#50. 부조 안.

         웅성거리는 스탭들과 기가 막힌 웅 팀장,

웅 팀장   아, 진짜! 저거!! (하면서 자리 박차고 달려나가면)

S#51. 보도국.

         문 열고 나오던 장 국장 앞으로 걸어오는 혜란,

장 국장   어? (보면서) 뭐야? 뉴스 시간 다 됐는데 뭐하구 있어 여기서.
혜 란   지금 결정하세요,
장 국장   뭘? (하는데)
혜 란   몰라서 물으시는 거예요?
웅 팀장   (따라나오며) 야! 고혜란! 너 진짜 이럴 거야? 방송 7분 전이야!
혜 란   결정 안 하실 거예요? 그럼 그냥 한지원 저 자리에 앉히세요,
         지금 당장 그 자리 비워드릴 테니까.
         (자기 책상으로 가서 코트 집어 들고 가방 집어 들고)
웅 팀장   방송사고 나는 거 니가 책임질 거야?
혜 란   사표 쓰면 되는 거지? (하고 돌아서려는데)

장 국장	어느 쪽이야? 클락이야, 한지원이야?
혜 란	(멈춰 선다, 돌아보며) 하나를 가지면 하나는 양보하라면서요,
	어느 쪽이든 하나는 국장님이 양보하세요.
FD	(저 뒤에서 다급하게) 5분 전입니다!!!
웅 팀장	아, 진짜 미치겠네!
장 국장	클락은 취소 못해! 사장님 결정이라고 했잖아.
혜 란	(노려본다)
웅 팀장	고혜란 너 정말, 줄줄이 우리 모가지 날라가는 거 볼 거야?
혜 란	(장 국장을 똑바로 노려본다)
FD	4분 전이에요!!! 팀장님!!!
장 국장	(혜란을 본다, 째깍째깍)
웅 팀장	정말 안 들어갈 거야? 어!!!!
혜 란	(꿈쩍도 하지 않은 채 장 국장을 노려본다. 째깍째깍.. 그 위로)
혜란E	살면서 이런 막다른 곳에 몇 번이나 부딪혀봤다.
	더 이상 앞으로 나갈 수도 없고, 물러설 수도 없는 상황...
FD	3분 전이요, 전 씨엠 들어갑니다!!!
웅 팀장	아아!!! 고혜라안!!!! 너 증말!!!
혜란E	그런 상황에서 나는 단 한 번도 도망치거나 피해본 적이 없다.
	무조건 정면돌파, 내가 부서지든가 니가 부서지든가.
장 국장	(본다. 보더니) 웅 팀장.
웅 팀장	예?
장 국장	한지원이.. 대전으로 내려보내지.
웅 팀장	예에? (기가 막히면)
장 국장	내일 아침 발령장 내,
웅 팀장	하지만 국장님!
장 국장	그렇게 하자구.
	오늘 우리 마누라 생일인데, 더 늦으면 나 이혼 당한다.
	(그 둘을 지나쳐 가면서)
	방송사고 나면 그땐 둘 다 모가지니까 그렇게 알고. (가버리면)
웅 팀장	(헐! 돌아본 뒤 혜란을 본다) 이야, 너 진짜! 와!! (무섭다! 보면)

FD	선배니임!!!! (미치겠는 가운데)
혜 란	(응 팀장 무시한 채 돌아서면서 동동거리는 FD한테 가방과 외투 탁!
	던진 뒤 스튜디오 쪽으로 들어서는 위로)
혜란E	그리고 나는.. 한 번도 진 적이 없다.

쭉 스튜디오로 들어오는 가운데,

S#52. 은주의 집 거실. N

화면 안으로 시그널 음악 돌아가면서,
혜란 "안녕하십니까, 뉴스나인입니다"
은주, 말없이 혼자 앉아 혜란의 뉴스를 보고 있다.
멍한 눈빛으로 영혼 없이...

S#53. 보도국 일각. N

박스에 짐을 챙기고 있는 지원,
뭔가 분한지 챙기던 짐을 던지듯 툭! 내려놓는다.
어금니 꾹 문 채 어쩔 줄 몰라 하는 데서.

S#54. 보도국 엘리베이터 앞 & 엘리베이터 안.

박스 들고 오던 지원 보면, 그 맞은편에서 오던 혜란을 본다.

혜 란	(지원을 보더니 그대로 지나쳐 가려는데)
지 원	선배한테 그 자리 무슨 의미예요?
혜 란	(멈춘다, 지원을 돌아보면)

지 원	어차피 오래 버텨봤자 1년?
	그 1년 때문에 이렇게까지 해야 했어요?
	좀 더 쿨하게 후배한테 물려주고 가면 안 되는 거였냐구요!
혜 란	어쩌면, 쿨한 척 그래줄 수 있었을지도 모르지,
	니가 그럴 만한 자격이 있었다면 어쩌면...
지 원	내 자격이 어 때서요? 국장님이 인정하고 사장님도 인정했는데!
혜 란	(본다. 보다가 또각또각 지원 앞으로 온다. 오더니)
	간절함, 절실함.. 이게 아니면 안 되는 절박함...
	너한텐 그런 게 없잖아.
지 원	나두 간절해요! 절실하구 절박했다구요!
혜 란	그랬겠지, 과시하고 싶고, 폼 내고 싶고, 누리고 싶어서,
	누구보다 간절히 그 자리를 원했겠지.
	근데 지원아. 그 자리는 그런 욕심만 가지고는 안 되는 자리야.
	니 입에서 나오는 한마디에 시청자는 울고 웃고 탄식하고 근심해.
	자기 기분에 따라 뉴스 기조까지 흔들린다면
	그것만으로도 넌 이미 자격 상실이야.
지 원	날 그렇게 잘 알아요?
혜 란	너 지독하게 굶어본 적 없지?
지 원	(? 본다)
혜 란	차별 때문에, 서러움 때문에.. 뼛속까지 사무쳐본 적 없지?
	그러니 그 절박함이 어떤 건지 알 리가 없지.
	내 눈에 니 간절함은 너무나 얄팍하고 경박해. 그리고 천박해.
지 원	(열 받는다) 그래서! 그렇게까지 간절하게 뭘 하고 싶은 건데요?
혜 란	(또박또박) 정의사회 구현.
지 원	(뭐라구? 쳐다보는데)
혜 란	너한텐 교과서 같은 고리타분한 말에 불과하겠지만
	나한텐 밥그릇만큼 절실하고 절박한 말이야. 정의사회, 구현!
	됐니?
	(그리고는 또각또각 지나쳐 가면)
지 원	...! (시선에서)

S#55. 엘리베이터 안. N

올라탄 지원, 박스를 든 채 혼자 아래로 아래로 내려가면서,
순간 울컥!! 울음이 터지고 만다.
입술을 꾹 문 채 독하게 눈물 참아내는 모습에서,

S#56. 와인바. N

윤송이와 마주 앉아 있는 혜란,

윤송이 아우 질긴 기집애!
   (와인 따라주며) 멋지게 삼진아웃 시켰네. 수고했다.
혜 란 아직두 산 넘어 산이야. 검증기간이 한 달이라잖아.
윤송이 지금까지 십수 년을 그리도 잘 넘어오셨는데,
   그깟 한 달 못 버틸까.
혜 란 (재영이도 걸리고, 사실은 태욱이도 걸리고...)
윤송이 청와대 입성을 미리 축하해, (와인잔 들어올린다)
혜 란 (피식 쓴웃음으로 건배한 뒤 한 모금 마시는데)

그때 다시 지잉지잉, 울리는 핸드폰
〈성북동〉 이라고 돼 있다.

혜 란 봐, 산 넘어 산이랬지.
윤송이 (피식 웃으며) 화장실 갔다올게. (일어나 가면)
혜 란 (나직한 한숨 내쉰 뒤) 네, 어머님.. 죄송해요,
   뉴스 준비 때문에 전화 못 받았어요,
   (하다가 멈칫.. 시선 든다. 살짝 충격 받은 눈빛에서)

S#57. 혜란의 집 거실. N

두둥! 거실 티테이블 위에 놓여 있는 이혼장.
두둥! 믿을 수 없는 듯, 놀란 표정으로 내려다보고 있는 혜란,
그 맞은편에 태욱모 서늘한 표정으로 그런 혜란을 보고 있다.

태욱모   얼마나 됐니, 느들 각방 쓴 지.
혜 란   (멍한 눈빛으로) 요즘 그이가 일이 많아서...
태욱모   번번이 서재 소파에 이불이 널려 있고,
        번번이 그 방에서 컵라면 뒹구는 거 치우면서도,
        일이 많아 그러려니 했었다.
        그런데 이 지경까지 와 있었던 게냐? 그런데도 넌 모르고 있었고?
혜 란   죄송합니다.. 모르고 있었습니다. (사실 그녀도 충격인 듯...)
태욱모   됐다. 사과할 거 없다. (외면하며) 이쯤에서 그만 갈라서라.
혜 란   (멈칫.. 고개 들어 본다) 어머니.
태욱모   가뜩이나 건강 안 좋은 느이 시아버지
        손주라도 한 번 안겨드리겠단 맘으루 여태 너 참아준 거야.
        그런데 이젠 의미 없는 일 아니겠니?
        다른 사람도 아니구 태욱이가, 당사자가 이혼하겠다잖아.
혜 란   어머니...
태욱모   구질구질한 변명 듣고 싶지 않구나, 깨끗하게 갈라서라.
        (그리고는 자리에서 일어선다)
혜 란   (다급한 마음에, 순간 무릎 꿇어 앞을 막는다)
태욱모   (멈칫..! 혜란을 본다)
혜 란   (꿇은 위로)
혜란E   더 이상 앞으로 나갈 수도 없고, 물러설 수도 없는 상황...
혜 란   모든 게 제 잘못이에요.
태욱모   (본다)
혜 란   7년 전... 아이를 지웠습니다.
태욱모   (놀란다) 뭐?

혜 란	임신한 채 앵커 오디션을 볼 수가 없었어요. 그래서..
태욱모	(허!) 얘! 시에미 앞에서.. 너 지금 그걸 변명이라구 하는 거니?
	세상에 끔찍해라!! 어떻게 생긴 애를.. 어떻게 그런 짓을 해!!
혜 란	아버님께 인정받고 싶었습니다.
태욱모	이건 또 무슨 말도 안 되는 책임 전가야?
	니 시아버지가 언제 너한테 아이까지 지워가며 앵커 하라 그러디?
혜 란	기억 안 나세요 어머니?
	아버님이 절 만나주신 건..
	앵커 됐다는 소식을 전해드린 직후였어요.
	(고개 들어 보며) 결혼식에도 오지 않으셨던 아버님이..
	뉴스나인 앵커를 맡게 된 뒤에서야 절 인정해주셨다구요!
태욱모	(멈칫.... 보면)
혜 란	그때만 해도 아이는.. 얼마든지 다시 가질 수 있다고 생각했어요,
	태욱 씨두 시간이 지나면 괜찮아질 거라구 믿었구요.
	(울컥!) 다시 그날로 돌아갈 수만 있다면..
	다시 되돌이킬 수만 있다면.. (가슴이 메어지듯)
	절대로 그런 선택.. 하지 않았을 거예요.
태욱모	(기막혀 빤히 내려다보면)

화면, 현관 쪽으로 쭉 이동하면
그 앞에 서서 듣고 있는 태욱의 모습.
뒤통수 맞은 듯 멍한 표정으로 혜란을 바라보는 위로.

태욱E	나랑 결혼해줄래?

S#58. 어느 장소.

혜 란	(눈앞에 놓인 반지를 본다, 고개 들어 태욱을 본다)
태 욱	결혼하자 우리.

혜 란	내가 성공하고 싶댔지, 결혼하고 싶댔니?
태 욱	내가 가진 집안, 배경.. 갖고 싶다 그랬잖아.
	타고난 금수저 집안 완전 부럽다구
	나랑 결혼하면 그거.. 니꺼 돼.
혜 란	나는 너 사랑 아니야. 그래도 괜찮아?
태 욱	내가 사랑해. 너도 그렇게 될 거야. 내가 그렇게 만들 수 있어.
혜 란	사람은.. 절대로 쉽게 바뀌지 않아 태욱 씨.
태 욱	(아니, 바뀌게 될 거야, 자신 있어!) 결혼하자.
혜 란	후회 안 할 자신 있어?
태 욱	(있어!) 결혼하자 혜란아.
혜 란	(피식 웃으며) 뭐야..
	이제 그럼 만나는 남자들 싹 다 정리해야 되는 건가?
태 욱	정리해. (진지하다)
혜 란	(그런 태욱을 본다, 진심이구나.. 하는 눈빛에서)

S#59. 조촐한 결혼식. (교회 같은 곳)

하얀색 원피스 (드레스 대신 원피스로)를 입은 혜란,
그 뒤로 혜란모와 윤송이 외 두세 명의 지인들 보이고,
미안한 눈빛으로 혜란을 바라보는 태욱,
열댓 명의 친구들 정도 보이는 가운데
그러나 부모님의 자리는 비어 있다.

혜 란	(말없이 비어 있는 시부모의 자리를 보는)
태 욱	(미안함으로 혜란을 보면)

S#60. 태욱부의 집 앞.

계속 초인종을 눌러보지만 문은 열리지 않고 있다.
태욱, 민망한 마음에 계속 벨을 누르자,
인터폰으로 들리는 태욱모 목소리,

태욱모E	그만 돌아가거라. 아버지께서 보고 싶지 않으시대.
혜 란	(표정 없는 위로)
태 욱	이제 어머니 며느리예요, 인사는 받으셔야죠,
태욱모E	돌아가거라. (달칵! 끊기는 소리)
태 욱	어머니!!! (외치는데)
혜 란	됐어. 그만 가자.
태 욱	(멈칫.. 돌아보면)
혜 란	괜찮아. 언젠간 인정해주시겠지. (담담한 척 돌아서서 가면)
태 욱	(미안한 눈빛으로 바라보는 가운데)

S#61. 다시 현재〉 혜란의 집 거실. N

무릎 꿇고 있는 혜란의 모습, 결연하고 절박한 눈빛.
태욱모, 기도 막히고 당황스럽기도 한 가운데,

태 욱	(상념에 잠긴 채 그런 혜란의 모습을 바라본다. 보더니 걸음을 옮겨 태욱모 쪽으로 온다)
태욱모	(그제야 태욱을 보며) 태욱아...
혜 란	(멈칫.. 쳐다보진 않지만 태욱 쪽으로 시선 두면)
태 욱	(그 앞으로 와서 테이블 위에 있는 이혼서류를 집어 든다. 찢는다)
태욱모	태욱아!
태 욱	이 사람 잘못 아니에요 어머니.
	내가 모자라서, 내가 못나고 좁아서.. 그런 거예요.

혜 란	...!
태욱모	나는 눈 뜬 장님이니? 너 지내는 꼴 어떤지 뻔히 보이는데,
태 욱	이 사람하고 제 문제예요. 우리가 알아서 해결합니다.
	어머니는.. 그만 돌아가세요.
태욱모	...! (본다)
혜 란	(태욱을 본다)
태욱모	(홱! 혜란을 다시 노려보면)
혜 란	(시선 느끼고 그대로 다시 시선 떨군다, 그 위로)
혜란E	그리고 나는.. 한 번도 진 적이 없다.
태욱모	(그대로 가방을 집어 들고 혜란을 지나쳐 나가버린다)
태 욱	(말없이 서 있는다)
혜 란	... (시선에서)

S#62. INSERT〉 집 전경 또는 다른 전경. (짧은 시간 경과)

S#63. 혜란의 집 거실. N

쪼르르 커피를 따르는 태욱의 손, 잔을 혜란 앞에 놔준다.

혜 란	(창백한 표정.. 말없이 한 모금 마신다)
태 욱	(자신의 커피잔을 들고 맞은편에 앉는데)
혜 란	이혼까지 생각하고 있는 줄은.. 몰랐네.
태 욱	거기까지 가보지 않으면 결정할 수가 없을 거 같아서.
	너랑 나. 우리 결혼에 대해서.
혜 란	(말없이 태욱을 보더니) 청와대에서 제의가 들어왔어.
태 욱	(멈칫, 혜란을 본다)
혜 란	청와대 대변인 후보에 내가 올라가 있대.
	한 달간 검증기간만 잘 넘기면.. 어쩌면..

그리로 갈 수도 있을 거 같은데.. (보며) 그러려면 당신이 필요해.

태 욱   (보면)

혜 란   당신 나한테 그랬지? 당신 집안 배경.. 내꺼 하라구.

나 지금 그거.. 필요해.

이제 와서 이혼.. 안 돼. 나 못해 태욱 씨. (울컥..)

태 욱   (본다. 보다가 힘없이) 니 말이 맞았네.

사람은.. 쉽게 바뀌지 않는 거구나.

혜 란   (보면)

태 욱   (마시던 커피잔 내려놓는다.. 놓고)

하나만 묻자. 클락엔 왜 가는 거니?

혜 란   (멈칫.. 알고 있었나? 보다가) 촬영 때문에..

케빈 리 특집으로 휴먼다큐 파일럿 만들거든.

태 욱   (시선 들어 똑바로 보며) 그것뿐이야?

혜 란   (보더니 어렵게) 홍보수석이 온다는 정보가 있어.

케빈 리하고 라운딩이 잡혀 있다구..

어차피 같이 골프까지 치는 건 꿈도 못 꿀 거구,

기회 봐서 식사라도 같이 할 수 있음 좋구.

태 욱   정말 그것뿐이야?

혜 란   (시선 들어 태욱을 본다. 뭘 묻는 걸까...? 설마 재영?)

태 욱   (묻 듯이 보면)

혜 란   응. 그게 다야.

태 욱   (본다)

혜 란   (시선에서)

S#64. 은주의 집 베란다.

재 영   어, 그래.. 제대로 잘 준비해.

(시선 들어올리며) 받은 대로 되갚아줘야지.

그 뒤 유리창문 안으로 프레임인 되는 은주,
핸드폰으로 밀담 중인 재영의 뒷모습을 본다. 깊어가는 시름..
그 표정 위로. E. 비행기 굉음과 함께,

S#65. 하늘. D

　　　비행기가 날아가면서 화면 아래로 내려오면,

S#66. 클락 골프장.

　　　딱, 딱, 딱!
　　　연속으로 공을 날리는 골프채.
　　　재영의 스윙동작 컷 컷 컷.
　　　조명, 붐 마이크 등 촬영장비 설치돼 있고
　　　곽 기자, ENG 들고 재영 팔로우 하는 중이다.
　　　일각 파라솔 아래〉
　　　혜란, 콘티 보면서 체크하는 중이고
　　　은주, 옆에서 촬영하는 재영 보고 있다. 어딘가 나사 풀린 눈빛...

은 주　남편이랑 같이 오지, 그럼 좋았을 텐데..
혜 란　워낙 바쁜 사람이라 시간 내기가 쉽지 않아.
　　　(보며) 근데 안색이 안 좋다? 어디 아프니?
은 주　(짐짓 미소) 괜찮아. 좀 피곤해서 그래.
혜 란　(별로 안 괜찮아 보인다. 왜 저러지? 보는데)
곽 기자E　(큰소리로) 쉬었다 갑시다!

　　　재영. 동작 멈추고 이마의 땀을 닦다가 문득 보면

S#67. 골프장 일각 파라솔 아래.

혜란, 곽 기자에게 촬영 콘티 설명 중이다.

혜 란   롱샷은 인써트로 따주고, 인터뷰는 타이트 위주로 가자.
           사람 얼굴, 표정 중심으로,
곽 기자   넵.

           여전히 아름답고. 유능하고. 프로다운 그녀.
           필드에서 일하는 그녀의 질끈 올린 머리. 상기된 볼.
           재영, 그런 혜란을 지그시 바라보면서 오는데

은 주   (얼른 부채질 해주며) 덥지? (얼음 생수 건네는)
재 영   (받으며) 더운데 뭐하러 있어? 쇼핑이라도 갔다 오라니까.
은 주   (그 말에 재영을 보면) 그럴까...?
곽 기자   선배. 예고도 따야죠?
혜 란   어. (재영에게) 의상 갈아입고 바로 시작할게요.
재 영   그러죠, (은주에게) 다녀와. 갖고 싶은 거 있음 사고.
은 주   (건성으로) 그렇게 그럼.. (영혼 없는 대답과 미소로.. 돌아선다)
혜 란   (그런 은주가 신경 쓰인다, 왜 저러지?)
곽 기자   (하늘 보며) 서둘러야겠어요, 비구름 몰려오는데?
혜 란   (? 돌아본다. 시선에서)

S#68. 골프장 일각.

           붐 마이크 뻗쳐 있고. 저 멀리 빠르게 달려오는 먹구름
           혜란과 재영, 카메라 앞에서 멘트 하는

혜 란   (예고 멘트하는) JBC 가 새로워집니다.

새로운 시각, 새로운 이야기.

재 영   휴먼다큐, 더(the) 사람. 많은 시청 바랍니다.

혜 란   (스탭에게) 한 번 더 가겠습니다!

스탭들, 다시 촬영장비 정비하는데
후두둑 떨어지는 빗방울. 순식간에 굵은 빗줄기로 바뀌고
"스콜이다" "카메라! 카메라 덮어!" 다들 급하게 철수하는 가운데

혜 란   (손으로 비가림 하면서) 스콜 지나가면 다시 모일게요!
         (뛰어가면서 곽 기자에게) 그치면 전화해!

곽 기자   (비닐로 카메라 덮으며) 네!

혜 란   (한쪽으로 달려간다)

스탭들, 급하게 흩어지고 혜란도 숙소를 향해 뛰는데
쏴아..... 무섭게 쏟아지는 비.
재영, 에이전시 스탭들과 함께 한쪽으로 피한다.
시선, 혜란이 사라지는 쪽으로 따라간다.

S#69. 혜란의 숙소.

흠뻑 젖은 혜란, 막 숙소문 열고 들어와 문 닫으려는데
탁! 그 문을 잡는 손.
혜란, 놀라 보면 발밑에 뚝뚝 떨어지는 물방울. 재영이다.

혜 란   ....!

재영, 혜란 지그시 본다. 빗물이 뚝뚝 듣는 머리칼.
젖어서 몸매의 라인이 그대로 드러나는 옷차림.

혜 란 (당황. 그러나 감추고) 뭐하는 거야?

재 영 (보면) 할 얘기가 있는데 잠깐 들어가도 돼?

혜 란 지금 말고 나중에 해.

재 영 (눈은 혜란에게. 몸은 쓱 밀고 들어오는. 그 뒤로 닫히는 문)

혜 란 뭐하는 거야! 나가!

재 영 (꼼짝 않고) 왜? 뭐가 무서운데?

혜 란 (안 비키면 내가 나간다. 탁 문고리 잡는데)

재 영 (그런 혜란을 홱 돌려 벽에 쿵. 세우고 두 팔로 가두는데)

벽과 재영의 팔 사이에 갇힌 혜란.
젖은 몸의 두 사람. 서로가 서로를 바라보는데

S#70. INSERT〉숙소 로비 & 프론트.

쏴.... 쏟아지는 비
대기 중인 스탭들. 수건으로 젖은 머리를 털고
장비들 닦고 분주하다.

곽 기자 (프론트 직원에게. 영어) 비가 언제쯤 그칠까요?

직 원 (영어) 글쎄. 몇 분 만에 끝나기도 하고
하루 종일 왔다 그쳤다 하기도 해서 예측하기가 어려워요.

곽 기자 (이런.. 난처한데)

S#71. 혜란의 숙소.

쏴아... 빗소리가 내리꽂히는 방안.
재영의 팔 안에 갇힌 채 닿을 듯 가까운 두 사람.
젖은 몸. 드러난 굴곡.

침묵 속. 혜란과 재영의 숨소리. 심장소리만 가득한 숙소 안.

혜 란　비켜. (떨치듯 재영의 팔 탁 쳐내고 나가려는데)

재 영　(그 팔 잡아 한 번 더 밀어붙이듯 꼼짝 못하게 잡는다)

혜 란　(멈칫! 올려다보면)

재 영　(코끝에 닿을 듯 가까이 선 혜란 보는)

　　　　니 생각이 날 때마다 미친놈처럼 공만 때렸어.

　　　　트로피를 하나씩 챙길 때마다 너두 같이 지웠어.

　　　　나쁜 년, 못된 년.. 욕해가면서,

　　　　이제 넌 더 이상 나한테 아무 이유도 의미도 아니라구.

혜 란　(풀려나려고 애쓰는데)

재 영　(더 꾹 잡으며) 공항에.. 그런 꼴로 나타나지 말았어야 했어 너.

혜 란　(올려다본다)

재 영　은주한테 연락하지도 말았어야 했구,

　　　　나를 니 옆에, 니 뉴스룸에 앉히지 말았어야 했어.

혜 란　이것 보세요 케빈 리 씨! 당장 내 방에서 나가요!

　　　　아니면 소리쳐서 사람 불러야 정신 차리시겠어요?

재 영　니가 다시 시작한 거야.

혜 란　! (보더니) 누구 맘대루, 뭘 다시 시작해.

재 영　사실은 너도 원하고 있잖아.

혜 란　미친놈.

재 영　날 볼 때마다 그때 생각나잖아. 아니야?

혜 란　웃기지 마. 난 아니야.

재 영　그래?

혜 란　나한테 너는 아무것도 아니야,

재 영　정말 그래? (자존심이 건들려진다) 확인해봐?

혜 란　(뭘...? 하는 순간)

재 영　(그대로 혜란에게 덮치듯 키스해버리는)

혜 란　.....! (쿵!)

창을 때리는 빗소리
재영, 그동안 참아왔던 감정을 토해내듯
거칠고 뜨겁게 혜란에게 키스한다.
혜란, 거칠게 밀어내려 할수록,
재영, 거칠게 더 끌어안고,
혜란, 온힘을 다해 빠져나오려 할수록
재영, 온힘을 다해 그녀를 집요하게 파고든다.
그런 실랑이가 어느 순간.. 두 사람을 묘한 흥분으로 몰아가고.
재영, 순간 혜란의 셔츠를 어깨로부터 훅! 벗겨내는 데서.
(툭...!! 바닥 한쪽으로 떨어지는 브로치...)
그 위로 두 남녀의 거친 숨소리에서.

S#72. INSERT〉리조트 입구.

미친 듯이 쏟아지는 빗줄기.
그 빗속을 뚫고 들어오는 택시 한 대.
리조트 앞에 정차하면 내리는 사람.... 태욱이다.
리조트를 올려다보면..
점점 잦아드는 빗줄기와 함께...
하늘 한쪽으로 밀려나는 비구름과 뒤로 해가 나기 시작하고.

S#73. 골프장 전경.

툭툭 떨어지는 빗방울. 점점 잦아드는가 싶더니
짹짹 새소리. 거짓말처럼 맑게 갠 하늘.
스콜이 지나갔다.
쨍... 하고 쏟아지는 햇살

S#74. 혜란의 숙소.

그 햇살이 창으로 쏟아져 들어오고
햇살을 따라가면, 카펫 위 군데군데 남은 빗방울 말라가고
그 빗방울이 끝나는 곳에서 거친 키스 끝에 서로 떨어지는 두 사람
혜란, 미칠 것같이 요동치는 심장..
이거 아니다. 이거 아니잖아. 혜란아...
재영은 확인한다. 혜란의 떨림을.. 짜릿한 기분으로 씩 웃는데.
순간, 요란하게 울리는 전화벨.

혜 란   (화들짝 놀란 눈빛으로 전화기를 본다, 시선에서)

S#75. 숙소 앞 복도.

혜란, 흐트러진 머리. 옷매무새를 매만지며 급하게 걸어 나온다.

프론트직원E (영어) 고혜란 씨. 로비에서 찾으십니다.

S#76. 숙소 로비 프론트 앞.

남편과 아내, 아이 둘을 데리고 온 한국인 여행객이
프론트에서 체크인하는 모습 보이고.
다른 일각〉
숙소 쪽에서 다급하게 나오는 혜란이 보인다.

혜 란   (누가 날 찾는 거지? 둘러보다 ...!!!!)

눈앞에 한 남자, 뒤돌아 있다가 천천히 돌아서면.. 태욱이다.

혜 란	(쿵....!) 여보...
태 욱	(혜란을 조용히 바라본다)

묘하게 흐트러진 차림새. 상기된 얼굴.
평소의 혜란답지 않다.

혜 란	(시선 느끼지만 당황 감추고) 어쩐 일이야? 연락도 없이?
태 욱	갑자기 선배랑 골프 약속이 잡혀서.
혜 란	(선배? 골프? 하는데)
홍보수석E	어! 강변! 먼저 와 있었네?

혜란 보면, 체크인 마친 일가족, 혜란과 태욱에게로 다가서면

혜 란	(순간 그를 알아본다. 멈칫.. 하는 눈빛)
태 욱	아, 오셨습니까, (혜란 보며) 제 집사람입니다.
홍보수석	(** 3부 6씬의 선배1 ** 혜란을 본다)
태 욱	(혜란에게) 인사해, 연수원 시절 선배님이서,
	이번에 새로운 홍보수석으로 내정 받으신 윤호영 선배.
혜 란	(태욱을 빤히 본다. 설마 당신 날 도와주러 온 거야?)
태 욱	(혜란을 본다, 의미를 알 수 없는 눈빛)
혜 란	(그런 태욱을 본다. 보다가 이내 홍보수석한테)
	안녕하십니까? 고혜란입니다.
홍보수석	알고 있습니다. 뉴스나인 팬이거든요.
	갑자기 강변 이놈한테 연락이 와서 마침 휴가이기도 하고,
	해서 이렇게 뜬금없이 약속을 잡게 됐습니다.
	워낙 뜨문뜨문 연락하는 친구라 언제 또 만나질지 몰라서요,
	오늘 저녁 가족식사 모임 같이 하시는 건 어떠십니까?
혜 란	네? (보면)
태 욱	왜? 촬영 땜에 힘든가?
혜 란	아니 괜찮아. (홍보수석 보며) 괜찮습니다.

홍보수석	이왕이면 내일 라운딩도 같이 하면 더 좋구요,
	이 친구가 공은 좀 치는데 영 재미가 없어서..
혜 란	(짐짓 미소로 답한 뒤 태욱을 본다, 살짝 감동한 눈빛...)
태 욱	(말없이 혜란을 보고 있는 시선에서)

태욱의 시선이 혜란을 지나 그 뒤쪽으로...
혜란의 어깨 너머 저편으로 재영이 서서 보고 있다.
태욱, 재영을 본다.
재영도 태욱을 보고 있다.
화면, 재영의 어깨를 따라 내려오면 그의 손에 들려 있는 브로치,

S#77. 현재〉 경찰서 참고인 조사실.

테이블 위에 놓인 브로치 사진. 마주한 강기준과 혜란

강기준	이 브로치가 왜 사고 현장에서 발견된 겁니까?
혜 란	(동요 없다. 꼿꼿한 자세)

INSERT〉 76씬 연결로,
재영, 말없이 쓰윽 주머니 속으로 집어넣은 뒤 쓱 돌아서는 데서,
다시 현재〉

강기준	고혜란 씨, 대답하세요, 이 브로치가 왜.. (하는데)

쿵, 문 열리는 소리와 함께

태욱E	대답하지 않겠습니다.
강기준	(뭐야? 탁 보면)
태 욱	참고인 고혜란은 지금 이 순간부터 변호인의 동의 없이

그 어떤 임의수사에도 협조하지 않겠습니다.

강기준   (자리에서 일어서며) 누구십니까?

태 욱   참고인 고혜란의 변호사 강태욱입니다.

혜 란   (태욱을 본다)

태 욱   (혜란을 본다)

강기준   (오호! 이것 봐라? 태욱과 혜란을 번갈아 보면)

혜 란   (말없이, 태욱을 빤히 쳐다보고 있는 위로)

혜란E   근데 당신... 그거 알아?

S#78. 서울중앙지검 야외 계단. N (10씬과 같은 장소)

계단 아래쪽에 서서 기다리고 있는 혜란.
누군가를 기다리면서 고개 돌려 계단 쪽을 돌아본다.
그때 저편에서 나타나는 태욱...
자신의 손목시계를 들여다보는 게 보인다.
혜란, 한쪽 수풀 뒤(또는 모퉁이 뒤에) 서서 그런 태욱을 바라본다.
DIS.
태욱, 9시 10분쯤 지나서야 결국 자리를 털고 계단에서 일어선다.
자조적인 미소로 계단을 쭉 내려오다가 멈칫..! 멈춰 서서 보면
그 계단 아래쪽으로 프레임인 되는 혜란.

태 욱   (본다. 빤히 보다가 자기도 모르게 다시 피식 웃음...)

혜 란   (본다. 보다가 짐짓 미소 짓는)

그 두 사람 위로 사사사... 바람이 분다. 모습 길게 주는 위로

혜란E   사실은 그날.. 내가 당신을 기다리고 있었다는 거?

S#79. 현재〉경찰서. 참고인 조사실.

태 욱   (혜란을 바라본다)
혜 란   (태욱을 바라본다. 시선에서 쿵!)

제 **4** 부

나락

那落

S#1. 클락 리조트 야외. N

E. 이국의 음악이 흐르고
환하게 빛나는 야외조명. 마치 불야성처럼 화려하고 아름답다.
풀사이드 한쪽으로 칵테일을 한 모금 마시며 건너편 레스토랑 쪽을
응시하고 있는 재영,
(멀리 레스토랑 안으로 홍보수석 부부와 마주 앉아 있는 태욱, 혜란이
보인다. 태욱 옆에 앉아 있는 혜란이 환하게 웃고 있다)
재영, 묘하게 심사가 뒤틀리는 듯...
칵테일을 마저 마신 뒤 탁! 내려놓고 빠져나가면.

S#2. 클락 리조트 레스토랑. N

홍보수석 (혜란에게) 지검 출입기자 시절에 뵙고 한 6, 7년 됐죠?

혜 란   벌써 그렇게 됐나요?

홍보수석 태욱이 인마가 갑자기 공 치러 가자길래 웬일인가 했더니만,

혜 란   (그 말에 태욱을 보면)

태 욱   선배님 뵌 지도 오래됐고
      청와대 들어가시면 더 뵙기 힘들어질 거 같아서 온 겁니다.

혜 란   (전혀 몰랐다는 듯) 청와대 들어가십니까?

태 욱   (흘끗, 연기하는 혜란을 보는 위로)

홍보아내 이번에 홍보수석으로 내정되셨어요. (뿌듯한 느낌으로)

홍보수석	다음 주 월요일 청와대에서 정식 보도자료 나갈 겁니다.
	그때까지는 비밀 유지 부탁드립니다.
혜 란	여부가 있나요, 암튼 축하드립니다. (아내에게) 축하드려요,
홍보아내	큰일 맡으셔서 걱정이 많아요, 많이 좀 도와주세요,
혜 란	제가 도울 일이랄 게 뭐 있나요? (미소로 넘기려는데)
홍보수석	솔직히 요즘 언론들 너무 인정사정없이 나대는 건 좀 문젭니다.
	뭐가 됐든 무조건 비판부터 해대니..
	그래서 어디 정치하겠어요? (혜란 보며) 안 그렇습니까?
혜 란	언론은 정권의 팻독이 아니라 와치독이니까요.
홍보수석	?
혜 란	눈치나 살펴가며 던져주는 기삿거리나 받아 적어라..
	혹시라도 그런 그림을 그리고 홍보수석 자리 가시는 거라면,
	죄송하지만 계시는 내내 저희 뉴스나인과는
	사이가 안 좋을 수밖에 없을 겁니다.
홍보아내	(무슨 그런 말을, 살짝 불편한 눈빛으로 혜란을 보는데)
홍보수석	입장이 바뀌어도 말입니까? (순간 눈빛 날카롭다)
혜 란	무슨 뜻인가요?
홍보수석	예를 들자면 고 앵커가 청와대를 대변한다거나
	당 대변인으로 나설 수도 있는 거잖아요,
혜 란	(눈빛 하나 흔들림 없이 담담하게 마주 보는 위로 계속)
홍보수석	청와대를 대변하고, 정치권을 대변하는 입장이래두
	지금처럼 그 기조가 흔들리지 않을 자신이 있느냐.. 그 말입니다.
혜 란	글쎄요.. 이건 자신 있느냐 없느냐의 문제가 아니라
	원칙과 소신의 문제라고 생각하는데요,
	원칙과 소신이란 내가 어느 입장이 되든 바뀌지 않는 거라고
	알고 있습니다만,
홍보수석	그런가요?
혜 란	(짐짓 미소로) 무조건 비판만 하는 게 아니라,
	끊임없이 의심하고 질문하는 거라고 생각해주세요.
	언론이나 정권이나 국민을 위해 일한다는 원칙은 같은 거 아니겠습니까?

태 욱   (그 말에 조용한 시선으로 혜란을 바라본다)

홍보수석   (미소로) 그렇군요, 알겠어요.

         무조건 비판부터 한다는 말, 취소하겠습니다.

         원칙과 소신을 가지고 와치독 해주세요, 허허허..

         자, 딱딱한 얘긴 이쯤하고 식사하시죠, 드세요, 듭시다!

         (하면서 한 번 더 유심히 혜란을 본다, 맘에 든다)

혜 란   (품격 있는 태도, 담담한 미소로 식사하는)

태 욱   (혜란이가 또 이겼구나...! 하는 눈빛에서)

태욱E   어디까지 올라가고 싶은데?

S#3. 선술집 안. (10년 전)

         와글와글 사람들로 가득한 선술집 안,

         담배 연기와 고기 타는 연기로 자욱한 가운데

         이미 소주병 서너 개 놓여 있는 채로 마주 앉은 태욱과 혜란

혜 란   (거나하게 취한 가운데) 뭐라구? 안 들려!

태 욱   성공하고 싶다며? 어디까지 올라가야 성공인 거냐구 너는!

혜 란   (잠시 생각하더니) 글쎄... 어디까지라고 해야 하나..?

         (다시 보며) 내가 올라갈 수 있는 데까지?

태 욱   거기가 어딘데?

혜 란   모르지, 나두 아직 올라가보질 못했으니까..

         암튼 최고로 높이! 내가 올라갈 수 있을 때까지 최에고로 높이,

태 욱   (웃으며) 그렇게 높이 올라가 뭐할라구?

혜 란   으음... (생각하다가) 정의사회 구현?

태 욱   (? 본다)

혜 란   (태욱을 보며) 왜 그렇게 봐? 내 말이 우스워? 우습냐?

태 욱   (짐짓 미소로) 아니.

혜 란   어! 웃었다! 웃었지 지금! 그치?

태 욱	아니래두.
혜 란	두고 봐, 내가 그렇게 하나 못하나!! 딱 두고 봐! 어? (원샷하는데)
태 욱	사랑해.
혜 란	(소주잔 입에 문 채 태욱을 빤히 본다)
태 욱	결혼하자.
혜 란	미친놈.
태 욱	결혼하자구 글쎄.
혜 란	안 한다구 글쎄! 몇 번을 거절해야 알아들으시겠어요 강 검사님!
	난 결혼 같은 거 안 해요, 안 합니다!
	나는요, 하고 싶은 것도 많구 할 것도 아주아주 많은 사람이라구요!
태 욱	사랑한대두요 고혜란 기자님!
혜 란	글쎄 왜요? 가진 것도 없고, 눈 돌아가게 이쁜 것두 아닌데.
	성격두 지랄 같지, 욕심두 많지.. 게다가 또 이기적이야.
	당신 같은 사람 내 명함 정도로밖에 생각 안 할지도 모르는데,
	근데 왜? 그런 나를 대체 왜? 뭐가 좋다구?
태 욱	대한민국 검사한테 미친놈이라고 대놓고 욕하는 기자가 너밖에 없잖아.
혜 란	허..!
태 욱	너한테 그런 욕을 얻어먹고도 웃을 수 있는 검사는 나밖에 없고,
혜 란	허허...! (보면)
태 욱	니 명함.. 해줄게,
	니가 어떤 모습을 원하든 내가 그렇게 해준다구.
	(보며) 약속해.
혜 란	(본다. 보다가 어이없게 피식 웃는데, 싫지 않다)
태 욱	(같이 피식 웃으며 바라본다. 젊고 싱그러운 미소에서)

S#4. 혜란의 숙소 욕실. N (현재)

뿌연 김이 서린 욕실 안.

손바닥으로 쓱쓱 김 서린 거울 닦는 손. 드러나는 얼굴.
현재의 혜란이다. 물끄러미 거울 속의 자신을 바라보면.

S#5. 혜란의 숙소 거실. N

생각에 잠긴 현재의 태욱,
(플래시백〉 로비에서 봤던 재영의 비릿한 미소가 훅! 스친다)
나직한 한숨을 내쉬는데 그 뒤로 욕실에서 나오는 혜란,
베쓰로브 차림인 채로 태욱을 본다.

혜 란	안 피곤해?
태 욱	(보면)
혜 란	당신이 여기까지 와줄 줄 몰랐어. 고마워.
태 욱	(보며) 대변인 하고 싶다며? 그래서 이혼은 안 되겠다며?
혜 란	(보면)
태 욱	해봐 한 번, 너 하고 싶은 거.
	애초에 니가 나한테 바란 건 그럴 듯한 배경과 명함이었고,
	나는 해주겠다고 했으니까 약속은 지켜야지.
혜 란	당신 여기 온 거.. 다시 잘해보자는 뜻인 줄 알았는데 나는.
태 욱	다시 잘해보자는 게.. 아직 가능은 한 건가, 우리?
혜 란	(멈칫.. 보면)
태 욱	(최대한 감정 자제한 채 담담하게) 먼저 자. (나간다)

툭 닫히는 문. 혜란, 닫힌 문 본다. 표정 굳으면

S#6. 리조트 로비. N

쇼핑백 가득 양손에 든 채 걸어 들어오는 은주.

쇼핑은 했지만 산뜻하진 않은 얼굴이다.
기다리고 있던 매니저가 받아드는 가운데,
그 옆으로 태욱이 그들을 지나쳐 가는 게 보인다.

은 주   (흘끗 태욱을 보면)
매니저   고혜란 앵커 남편분이라는데요?
은 주   네?
매니저   다 저녁 때 일행들이랑 들이닥쳤어요,
            검사 출신 변호산가 뭔가라던데, 진짜 간지 장난 아니죠?
은 주   아아.. 네에, (다시 고개를 쭉 빼고 태욱의 뒷자락을 쳐다보면)

S#7. 재영의 숙소 거실. N

은 주   당신두 봤어? 혜란이 남편?

            재영, 골프채 만지는 그 뒤로
            은주, 쇼핑한 물건들 죽 꺼내놓은 채 포장 뜯고 정리하면서,

은 주   검사 출신이라길래 좀 딱딱하고 그럴 줄 알았더니
            사람이 그냥 딱 봐도 매너도 좋고 품위도 있고.
            좋은 집안에서 잘 자란 사람 티가 나드라. 게다가 잘생기기까지..
            하여간에 기집애.. 남자복은 많어.
재 영   ...
은 주   (새로 산 셔츠, 재영 몸에 대보며) 내일 같이 식사하자고 할까?
재 영   (듣기도 싫고 심기 불편하다. 은주 손 툭 쳐내면서)
            됐어. 그럴 시간 없어.
은 주   (내쳐진 손이 머쓱하다. 민망함에 낯빛 굳는데)
재 영   (본다. 순간 아차 싶어) 당신 컨디션은 좀 어때?
은 주   .. 괜찮아. 괜찮아졌어.

재 영 (후.... 표 안 나게 피곤한 한숨) 같이 바람이나 쐬고 올래?
은 주 (본다. 애써 짐짓 미소로) 응.

S#8. 혜란의 숙소. N

완전 굳은 얼굴로 한쪽에 앉아 있는 혜란.
문가에 얌전히 놓인, 풀지 않은 태욱의 짐가방을 노려본다.
점점 참을 수 없는 기분으로 자리에서 벌떡 일어서면

S#9. 리조트 바 안. N

바에 앉아 있던 태욱, 잔 들어 톡 한 모금 마신다. 내려놓는데
탁! 그 잔을 채 가는 혜란의 손.

태 욱 (멈칫.. 돌아보면)
혜 란 (끝까지 쭉, 원샷으로 넘겨버린다)
태 욱 (그런 혜란을 보면)
혜 란 (빈 잔을 손이 하얘지도록 꾹 쥔 채) 너한텐 그냥 다 우습지?
태 욱 (본다)
혜 란 (나직이, 남들이 보면 부부간 대화를 하는 것처럼 그런 표정으로)
       내가 그렇게 집착하는 성공, 명예, 권력... 니 눈엔 다 속물 같지?
       그래서 청와대 대변인 자리 하나 맡아보겠다고
       목숨 걸고 덤비는 내가 한심해 죽겠지?
태 욱 (한숨. 바텐더에게) 여기, 한 잔 더, (하는데)
혜 란 그렇대두 어쩔 수 없어.
       나는 멈추지 않을 거야. 그게 집착이든 뭐든
       나는 악착같이 성공해낼 거고, 거기가 어디든 끝까지 올라갈 거야.
       챙피하고 한심해두! 당신의 그 고상한 인품과 수준에 안 맞아두..

	(태욱을 보며) 감수해.

(태욱을 보며) 감수해.

당신 내 남편이구, 그런다고 약속했었으니까.

(살짝 비꼬듯) 그 약속 지키겠다구 여기까지 온 거라며. 응?

태 욱　(그런 혜란을 보면)

혜 란　(탁! 잔 내려놓더니 미소로 태욱의 셔츠 깃을 만져주며 다정하게)

　　　잠은 올라와서 자. 스탭들 보는 눈이 많아.

　　　난.. 소파에서 잘 테니까. (하는데)

태 욱　(혜란의 손을 탁! 잡는다)

혜 란　(멈칫..! 태욱을 쳐다본다)

태 욱　(잔잔하지만.. 그러나 다분히 힘 있는 눈빛으로)

　　　내가 알아서 해. 신경 쓰지 마.

혜 란　! (눈에서 불이 튀는데.. 그때)

은주E　어머! 혜란아!

혜란/태욱　(소리에 멈칫.. 같이 돌아보면)

조금 떨어진 곳에 나란히 서 있는 은주와 재영.

혜란, 표 안 나게 태욱이 잡은 손 뿌리친다.

(재영, 흘끗.. 그 모습 놓치지 않는다)

혜 란　(은주를 본다. 왜 하필 이런 순간에! 흘끗 재영을 보면)

은 주　(잘 만났다! 해맑게 웃으며 혜란과 태욱을 본다)

태 욱　(은주를 본 뒤, 재영 쪽을 보면)

재 영　(혜란에게서 쓱 태욱 쪽으로 시선 옮겨 마주보는 데서)

쿵! 블랙 화면 위로

자막, 〈제4부 나락(那落)〉

S#10. 리조트 야외 테이블. N

재영과 은주, 태욱과 혜란 함께 마주한 채 앉아 있다.
(앞으로 와인과 치즈 등 간단한 안주가 테이블에 놓여 있고)
겉으론 젠틀하지만 묘한 긴장감이 오가는 시선 위로
은주 혼자만 수다 중.

은 주   여고 3년을 내리 붙어 다녔어요.
           다른 애들한텐 못하는 속엣말 같은 거 다 터놓고 지내는 친구 있죠?
           혜란이랑 제가 그랬거든요. 그치 혜란아?

혜 란   (그랬었나 우리가? 짐짓 미소로 대답 대신하면)

은 주   이렇게 멋진 남편까지 만나구.. 기집애 진짜 잘됐다, 그치 여보?

           재영, 나란히 앉아 있는 두 사람 본다.
           우아하고 세련된 와이프. 그 옆의 태욱 또한 근사하고 잘난 남자.
           누가 봐도 기가 막히게 잘 어울리는 그림 같은 부부.

혜 란   (재영의 시선 의식한 듯 태욱을 돌아보며 대외용 미소로)
           당신.. 괜찮아? 시차 땜에 피곤할 텐데, 힘들면 들어가두 돼.

은 주   어머, 그러세요? 피곤하세요?

태 욱   (보며) 아뇨, 괜찮습니다. (혜란 보며) 괜찮아.

혜 란   (왜 이러지 이 남자? 태욱을 보면)

태 욱   한 잔 더 하시겠어요? (재영에게 와인을 권하면)

재 영   (얼마든지, 술잔 받는다. 받으며)
           능력 있는 여자를 사랑한다는 게 쉽지 않은 일이죠, 안 그렇습니까?

태 욱   (짐짓.. 재영을 본다)

혜 란   (뭐지 저 자식? 무슨 말을 하려고.. 하는데)

재 영   오래전에 제가 만난 여자도 그랬었죠.

혜 란   ! (순간 뒷골이 서늘해지는 기분으로 본다. 그 위로 계속)

재 영   나는 되는 일도 없고, 미래도 없던 시절이었는데..

	그 여잔 모든 게 다 확실했어요, 인생의 목표도 뚜렷했고..
	하고 싶은 것도 갖고 싶은 것도 명확했고,
	(태욱을 보며) 그래서 차였어요.
	스펙 좋고 집안 좋고 배경 좋은 남자한테 밀린 거죠, 한마디로.
혜 란	(저 미친 자식!)
태 욱	(조용한 눈빛으로 재영을 본다) 그러셨군요.
은 주	여보오, (재영의 팔에 손을 얹으며 그만하라는 신호 보내는데)
재 영	그때 와이프를 만났어요.
	완전 인생 밑바닥을 치고 있을 때 이 사람이 내 손 잡아줬죠.
	(팔 위에 얹은 은주의 손을 잡아끌며 과도한 애정 표현, 은주 향해)
	고맙구.. 사랑해.
은 주	(짐짓.. 이 사람 오늘따라 왜 이러지? 재영을 본다)
혜 란	(유치해서 못 봐주겠는, 일어서며)
	먼저 일어나야겠다. 피곤하네.
은 주	어? 어어.. 그럴래? 그럼 그럴까? (얼떨결에 같이 일어서는데)
태 욱	(그대로 앉아 있다)
혜 란	(보며) 안 일어나? 당신 내일 일찍 라운딩 잡혀 있잖아.
재 영	(흘끗 재촉하는 혜란을 쳐다보면)
태 욱	(말없이 그런 재영을 보면서) 먼저 올라가.
혜 란	(뭐라구?) 여보,
태 욱	(재영에게) 남자들끼리 한잔 더 하시겠습니까?
혜 란	! (태욱을 본다)
은 주	(흘끗 혜란의 눈치를 보는 가운데)
재 영	(이 자식 봐라? 태욱을 본다. 마다할 이유가 없다. 씩 웃으면서)
	좋죠.
혜 란	(미치겠다! 시선에서)

S#11. 리조트 복도. N

나란히 걸어오는 은주와 혜란.

혜 란   (두고 온 두 남자가 너무나 신경 쓰이는데)
은 주   다행이다. 우리 재영 씨랑 니네 남편이랑 의외로 잘 맞나봐!
혜 란   ...
은 주   남자들 한 잔 할 동안 우리끼리 차 한 잔 할래?
혜 란   (안 되겠다) 나중에. 좀 쉬고 싶어.
은 주   맞다, 너 참 피곤하다 그랬지? 내 정신 좀 봐..
         오늘 하루 종일 촬영하느라 힘들었을 텐데... 올라가 그럼.
혜 란   그래, 내일 보자.
은 주   응. (미소로 방 쪽으로 가면)

남겨진 혜란, 불안한 눈빛으로 두고 온 두 남자 쪽을 돌아본다.

태욱E   그래서 어떻게 됐습니까?

S#12. 야외 테이블. N

재 영   보시다시피, 상황이 아주 많이 달라졌죠.
         보란 듯이 나는 성공해서 돌아왔으니까.
         마음만 먹으면 언제든 그 여잘 다시 만날 수도,
         다시 안을 수도 있게 됐단 뜻이에요,
태 욱   (몹시 거슬린다) 와이프분이 계신데도... 그런 생각을 하십니까?
재 영   왜 이러십니까, 순진하게.
         은주를 아내로 존중하고 사랑하지만..
         결혼은 어디까지나 결혼일 뿐이에요.
         남자 여자로 케미컬하게 끌리는 건 전혀 다른 문제죠 강 변호사님,

안 그렇습니까? (비릿한 미소로 태욱을 본다)

태 욱   (묘하게 열 받는 눈빛으로 바라본다. 시선에서)

S#13. 혜란의 숙소. N

달칵! 문을 열고 들어오는 태욱, 살짝 술에 취한 듯하다.
이미 혜란은 소파에 이불 덮고 돌아누워 자고 있다.
태욱, 잠시 혜란의 자고 있는 모습을 본다. 괴로운 눈빛..
그대로 후우! 한숨을 내쉬며 침대에 털썩 눕는다.
소파에 누워 있던 혜란, 짐짓 눈을 뜬다.
전혀 자고 있지 않았던 눈빛이다.
침대에 누워 있던 태욱, 혜란을 등진 채 돌아눕는다.
돌아눕는 태욱의 눈빛.. 완전히 상처받은 듯 아프게 흔들리고 있고.
혜란, 신경 쓰이지만 끝내 돌아보지 않는다.
태욱, 어금니 꾹 문채 눈을 감으며 배개에 얼굴을 묻는.
그렇게.. 위태로운 혜란과 태욱의 밤이 깊어가는 데서,

S#14. 필드. D

딱!!!! 있는 힘껏 장타를 날리는 혜란. 정확히 떨어지고,
치고, 퍼팅하고, 공 들어가고, 오늘따라 완전 컨디션 좋은 혜란,
버디를 잡는 순간 캐디와 홍보수석, 아내 같이 박수 치면.
태욱, 한쪽에 서서 물끄러미 혜란을 보기만 한다.

홍보수석 (태욱 옆으로 와서) 못하는 게 없구만, 자네 와이프 말이야.
보도국에만 묶여 있기에는 여러모로 참 아까워, 안 그래?
(웃으면서 혜란 쪽으로 가면)

태 욱   (짐짓 어색한 미소, 그러면서 시선 다시 혜란을 본다)

홍보수석과 아내와 같이 즐거운 표정으로 이동하는 혜란.
태욱, 홍보수석과 분위기 좋은 혜란을 말없이 쳐다본다. 그 위로

혜란E 청와대는 오늘 오전 전 서울중앙지검 출신
윤호영 검사를 필두로 2차 청와대 인선을 발표했습니다.

S#15. 뉴스나인 부조. N

모니터에 생방송 중인 혜란,
화면 한쪽 상단에 같이 골프 쳤던 홍보수석 얼굴 사진 떠 있고.

혜 란 윤호영 전 검사는 재벌 개혁에 앞장 서 온 중수부 출신으로....
기술팀장 (모니터 보면) 홍보수석 바뀌면 밑으로 줄줄이 바뀌는 거 아냐?
GBS, 대홍이 형님이 대변인으로 간다는 썰이 있던데.
웅 팀장 내가 제일 경멸하는 부류가 언론판에서 얻은 유명세로
정치판에 뛰어들어서 정권 나팔수 하는 애들이야.
기술팀장 어우 그러세요? (흥! 불러만 주면 젤 먼저 뛰어갈 놈이!)
웅 팀장 (괜히 더 버럭!) 카메라 투 스탠바이! 쓰리! 투! 하이, 큐!!
혜 란 (모니터 가득찬 얼굴로) 이번 홍보수석을 필두로 청와대는
대대적인 인선 작업에 돌입한다는 방침입니다
다음 뉴스 전해드리겠습니다.

S#16. 카페 안. N

혜란, 윤송이와 마주 앉아 한 잔 중.

윤송이 재산 형성 과정이나 탈세 같은 건 프리 패스했대.
니 남편이 워낙 청렴하셔서 털어도 먼지가 안 나왔나 봐.

부장검사 코앞에 두고 갑자기 국선한다고 옷 벗고 나와 속 썩이더니
이렇게 도움이 돼주실 줄은 몰랐네?

혜 란   (작은 선물 상자 하나 내밀며) 면세점에서 하나 샀어.

윤송이   (열어보면 꽤 괜찮은 시계. 씩, 미소로 시계 손목에 차면서)
지금부턴 사생활 위주로 캐기 시작할 거야.
부부 사이. 주변 인물... 별 문제 없게 단속 잘해놔.
이제 얼마 안 남았다, 힘내. (찡긋 윙크 날리면)

혜 란   (말없이 마시는 모습에서)

S#17. 혜란의 집. N

무거운 몸을 끌고 안으로 들어오는 혜란,
긴 하루였다. 피곤의 무게, 힘겨움의 무게가 고스란히 느껴져온다.
거실로 걸어 들어오는데 태욱의 서재방 불이 켜져 있다.

혜 란   (? 본다. 보다가 그 앞으로 다가선다. 순간 멈칫..)

태욱, 간단한 짐들을 트렁크에 담고 있는 중.

혜 란   당신.. 어디 가?

태 욱   (돌아보지도 않은 채) 당분간 사무실에 가 있을 거야.

혜 란   무슨 말이야? 갑자기 왜,

태 욱   (탁! 소리나게 트렁크 닫으며) 당신 브로치, 식탁에 올려놨어.
케빈 리가 당신한테 전해주라더군.

혜 란   (본다. 브로치...? 케빈 리..? 순간)

플래시백) 3부 71씬 키스신과 함께 떨어지던 브로치에서,

혜 란   ...! (얼음처럼 굳은 표정으로 태욱을 빤히 쳐다보면)

태 욱   (그대로 트렁크 들고 혜란을 지나쳐 나간다)

아무 소리 못한 채, 손끝 하나 까딱하지 못한 채 서 있는 혜란과
그런 혜란을 등지고 걸어 나오는 태욱, 그의 눈빛에서.

S#18. 플래시백〉 리조트 바 안. N (15씬 연결)

재 영   아참! 이걸 깜빡했네요.. (하면서 바위에 올려놓는 브로치)
태 욱   ...! (그 브로치를 본다. 순간 처음으로 훅! 치받는 눈빛)
재 영   아까 같이 있다 떨어뜨렸는데 둘 다 정신이 없어서..
        (의미심장한 눈빛으로) 고혜란 씨한테 전해주세요. (간다)
태 욱   (미동조차 하지 않은 채 그 브로치를 뚫어져라 본다. 시선에서)

S#19. 혜란의 집 거실. N

식탁 위에 덩그러니 놓여 있는 혜란의 브로치 하나.
혜란, 그 앞으로 와서 브로치를 내려다본다.
순간 다리에 힘이 탁.. 풀려버리는 듯 식탁의자에 주저앉는..
믿어지지 않는 눈빛으로 브로치를 쳐다보면.

S#20. 혜란의 집 앞. N

뒤 트렁크에 냅다 집어던지듯 가방을 처박아버리는 태욱.
미칠 것 같은 분노와 정체 모를 배신감에 어쩔 줄 모른다.
재영이 일부러 도발했다는 걸 뻔히 알면서도 화가 나고,
혹시라도 혜란을 의심하고 있는 자신의 마음이 너무나 싫어서
화가 난다. 혜란이 그럴 리가 없다는 걸 누구보다 잘 알면서...!

젠장! 그대로 쿵!!! 트렁크를 부숴버릴 듯 닫아버린 채 운전석에 올라
탄다.

S#21. 혜란의 집 거실. N

멍하니 브로치를 바라보고 있는 혜란의 얼굴 위로
시동 거는 소리, 바퀴 끌리는 소리를 내며 멀어지는 태욱의 차 소리.

윤송이E   지금부턴 사생활 위주로 캐기 시작할 거야.
            (플래시백) 18씬) 부부 사이, 주변 인물, 문제없게 단속 잘해놔.
혜 란   (다시 현재) 미쳐버리겠다! 어쩌지? 불안한 눈빛에서)

S#22. 은주의 집 거실 & 주방. N

커다란 화면에 재영이의 환일철강 광고가 흐르고 있다.
재영, 소파에 길게 눕다시피 앉아 자신의 광고를 본다.
그 옆으로 과일 (또는 음료 등)을 가져와 내려놓는 은주

은 주   화면 잘 나왔네?
재 영   (대답 없이 은주가 가져온 과일 중 하나를 집어먹는다)
은 주   (흘끗 그런 재영을 보다가) 근데 당신.. 운동 너무 안 하는 거 아냐?
            이제 슬슬 몸 만들고 체력 관리 해야지.
재 영   내가 알아서 해. (그러더니 리모컨 집어 들어 볼륨 높이는데)
은 주   (보다가, 뭔가 결심한 듯 리모컨 가져와 TV를 끈다)
재 영   (? 그제야 은주를 돌아본다) 왜 그래?
은 주   ...
재 영   뭔데?
은 주   (재영을 보더니) 우리 애기 갖자.

재 영	(본다)
은 주	자리 잡으면 갖자, 내 집 생기면 갖자, 우승 하면 갖자..
	그렇게 십 년이야. 이젠 나이두 있구..
	(보며) 우리.. 애기 갖자 재영 씨.
재 영	(그런 은주를 빤히 본다. 보는데 그때)

지잉지잉... 진동하는 재영의 핸드폰.
은주, 흘끗 신경 쓰이는 듯 핸드폰을 본다.
재영, 일단 핸드폰을 집어 들면 발신자 표시가 안 뜬 상태로..
(또는 공중전화 번호 정도 뜨는 걸로)

재 영	(받는 대로) 여보세요. (하는데)
혜 란	(INSERT〉공중전화부스) 너 지금 뭐하자는 짓이야!!
재 영	(멈칫.. 하는 표정)
은 주	(여자 목소리? 재영의 표정 변화 놓치지 않고 보는)
재 영	(은주를 의식한 듯 볼륨 낮추며) 지금 집사람하고 같이 있는데요,
	급한 일 아니면 나중에 다시 통화하시죠, (하는데)

S#23. 공중전화부스. N

비상등 깜빡거리며 차가 세워진 그 옆에서

혜 란	(공중전화기를 붙잡은 채) 야! 이 나쁜 새꺄!!!!!
재 영	(INSERT〉멈칫.. 끊을 분위기 아닌 걸 알고) 잠시만요..
	(핸드폰 막은 채 자리에서 일어나 나간다)
은 주	....! (남겨진 채 표정 쎄하게 굳는다. 분명 여자 목소리였다
	쎄한 눈빛으로 재영이 나간 쪽 돌아보면)

S#24. 은주의 집 베란다 & 공중전화부스. N

재 영   (재빨리 밖으로 나오면서) 이것 봐요!
           너야말루 뭐하는 짓이야! 은주한테 들키고 싶어?

혜 란   은주한테 들키는 게 그렇게 무서운 자식이!
           내 남편한테 가서 무슨 짓을 한 거야!!!
           너! 그딴 식으로 비열하게 놀 거야?
           그래서! 니가 그러면 내가 눈 하나라도 꿈쩍할 거 같아?

재 영   설마.. 벌써 브로치를 전해 받은 거야?
           (의외다 좀 더 갖고 있을 줄 알았는데..)
           강변 그 친구, 생각보다 순진한 데가 있네?
           내 말을 못 알아들은 거야, 아니면 못 알아들은 척 하는 거야?

혜 란   나만 바닥으로 떨어질 거라고 착각하지 마.
           내가 잘못되는 순간 너도 바닥으로 곤두박질치게 돼!

재 영   것도 나쁘지 않지. 너두 나두 가진 거 다 잃구 밑바닥에 떨어져서
           다시 십 년 전으로 되돌아가는 것두..

혜 란   (멈칫..! 했다가) 미친 새끼..!!! (어금니 꾹 문 채) 경고하는데!
           내 앞에 두 번 다시 나타나지 마! 내 그림자도 밟지 마!
           한 번만 더 태욱 씨한테든 내 주변 누구한테든
           허튼 수작 부리기만 해봐!

재 영   그럼 어쩔 건데?

혜 란   내가 너! 죽여버릴 거야.

재 영   (그때까지 장난기 어리던 눈빛 순간 쎄해짐과 동시에)

혜 란   (그대로 탁!!! 공중전화 수화기를 끊어버린다)

재 영   (끊어진 핸드폰을 손에 든 채.. 그 핸드폰을 보며 피식 웃으면)

           그 뒤로 보이는 집안 일각〉
           저 멀리 너머에서 재영의 모습을 바라보는 은주, 시선에서.

S#25. 공중전화부스 & 그 길. N

끊어버린 수화기를 잠시 잡은 채 어쩔 줄 모르는 혜란의 눈빛..
누가 볼 새라 주위를 살피며 재빨리 차에 올라탄다.
덜덜덜 떨리는 손으로 시동 걸고 차를 출발하는 그녀,
멀어지는 혜란의 차. 그 뒤로 깜빡깜빡 거리는 CCTV에서.

S#26. 교도소 복도 – 하명우 감방 앞 복도까지. N

교도관 1, 2 순찰 중이다.
어디선가 떠드는 소리 들린다.

교도관1   (들고 있던 봉으로 벽 탁탁) 정숙!

조용해지는 복도.

교도관2   이번엔 나갈 거 같습니까?
교도관1   (? 보면)
교도관2   (눈으로 하명우 방 가리킨다) 하명우 말입니다.

INSERT〉 하명우 감방 안. N
열을 맞춰 나란히 누운 재소자들.
제일 끝에 반듯하게 누워 있는 명우 보인다.

교도관1 E   모르지. 이번엔 또 무슨 사고를 쳐서 눌러 앉을지.

S#27. 하명우 감방 안. N

웃통 벗은 채 혼자 운동 중인 명우,
후우! 후우! 명상하듯 운동에 집중하는 명우의 모습에서,
밤 깊어가면.

S#28. 혜란의 집 거실 & 주방. (새벽)

어스름 여명이 밝아오는 거실 안.
어제 입었던 옷 그대로 소파에 팔베개하고 누워 있던 혜란,
갑자기 부스스 일어나 앉더니 고개 돌려 주방 쪽을 본다.
주방으로 들어오는 혜란 냉장고를 열어 이것저것 살피더니
분주하게 이것저것 꺼내놓고 무언가 만들기 시작하는 데서,

S#29. 태욱의 사무실.

문을 열고 안으로 들어오는 정기찬, 엇 추워! 하면서
한쪽으로 들어서다가 엄마야!! 놀라서 쳐다보면
소파에 담요 뒤집어쓴 채 잠들어 있는 태욱.

정기찬   어? 변호사님?
태 욱   (짐짓.. 얼굴을 찡그리며 기찬을 보더니) 아...
         (피곤한 듯 일어나 앉으며) 몇 십니까?
정기찬   8시 조금 넘었는데요, 근데.. 어젯밤 여기서 주무셨습니까?
태 욱   뭐 좀 검토할 게 있어서..
         (대충 대답하고 대충 담요 정리한 뒤 커피머신 앞으로 가면)
정기찬   부부싸움입니까?
태 욱   (부스스한 상태 그대로 커피를 뽑는 중)

정기찬	(옆에서 커피 뽑는 거 도와주며)
	앵커님 따라 클락까지 가시더니만,
태 욱	어제 캄 면회는 다녀오셨어요?
정기찬	무슨 일로 싸우셨는데요? 아무리 그래도 외박까지 하시는 건 쫌,

그때 똑똑똑, 노크소리와 함께 문이 열리면서 들어오는 혜란,

정기찬	아...! (커피 내리다 말고 놀라서 본다)
태 욱	(혜란을 보면)
혜 란	밤샘 한다 그래서 도시락 좀 챙겨와봤는데, 같이 드세요.
정기찬	아, 아닙니다. 저는 아침 먹고 왔습니다.
	두 분이서 오붓하게 같이 식사하시죠, 저는 잠시.. (하는데)
태 욱	(책상 앞으로 가서 가방이며 외투 챙겨들면서)
	나는 도움 받을 수 있는 인권변호사들부터 알아볼 테니까
	사무장님은 비슷한 사례 겪은 인부들 있는지 계속 좀 알아봐주세요.
정기찬	글쎄 증언 안 해준다니까요,
	다들 환일철강 월급 받아먹는 사람들인데, 해주겠냐구요,
	(하면서 혜란 눈치를 흘끗 보면)
태 욱	혹시라도 마음 바뀐 증인들 있는지 모르니까 계속 탐문해주세요,
	(혜란 쪽은 거들떠도 안 보고 혜란을 스쳐 나가버린다)
정기찬	(썰렁.... 한 모습 그대로 어쩌지? 혜란 눈치 보면)
혜 란	(할 수 없지. 또각또각 걸어와 도시락 통 태욱 책상 위에 올려놓으며)
	놓고 갈게요, 사무장님이라도 드세요.
정기찬	아이구 저야 뭐, 예, 그럼 저두.. (횡설수설하는데)
혜 란	(태욱 책상 위에 놓인 사건 파일을 쓱 들어서 본다)
정기찬	캄 사건이라구..
	요즘 그것 때문에 변호사님께서 정신이 없으십니다.
	상대가 워낙 덩치가 큰 대기업이다 보니... 허허
혜 란	(말없이 사건 파일들을 쓱 들어서 본다. 진지해지는 눈빛)
정기찬	저기.. 여기 의자라도 좀, (하면서 의자 내밀면)

혜 란   (앉아서 본격적으로 읽어 내려간다)

S#30. 보도국 편집실.

곽 기자   환일철강이요?
혜 란   몇 년 전에도 외국인 노동자들하고 일이 있었던 거 같은데
곽 기자   데스크까지 올라왔었는데, 보도 내보내기 직전에
           극적으로 합의돼서 결국 보도까진 안 나갔었죠.
혜 란   그때 기사 전문하고, 자료 화면 혹시 남아 있는지 체크 좀 해줄래?
곽 기자   선배, 좀 살려주세요. 클락 다녀와서 이틀째 밤샘이에요.
           케빈 리 쪽에서 미리 편집본 보고 싶대서 오늘까진 끝내야 하는데,
혜 란   우린 겨우 며칠 밤샘이지만 어떤 한 사람은 인생이 걸렸어.
           외국인 노동자라는 이유 때문에 1년치 월급도 떼이고
           폭행 혐의까지 뒤집어쓴 채 구치소에 있는데 모른 척 할거니?
곽 기자   (본다)
혜 란   어?
곽 기자   (한숨..) 언제 내보낼 건데요.,
혜 란   오늘 저녁. 부탁하자! (가면)
곽 기자   웅 팀장 또 뒤집어지겠네. (한숨으로 돌아앉는 데서)

S#31. 뉴스나인 스튜디오. N

           미주, 분주하게 혜란 옷에 마이크 꽂고
           혜란, 눈으로는 열심히 원고 체크하는데

웅 팀장   (오면서) 어이구, 고혜란 앵커님! 여기 계셨어요?
혜 란   (왜 왔는지 안다. 일별하고 미주에게 미소로) 땡큐?
미 주   (웅 팀장 기세에 냉큼 나가고)

스탭들, 또 시작이다. 슬쩍 긴장되고 궁금하기도 하고

혜 란	(웅 팀장에게) 곽 기자한테 그림 받으셨죠?
웅 팀장	(빈정) 예. 얼마나 서프라이즈한지 아주 그냥 까암짝...! 놀랐습니다?
혜 란	원래 있던 코너에 내용물만 바뀌는 거예요.
	시간이랑 원고 내용도 분량 안 넘치게 정리해놨으니까,
웅 팀장	니 말대로 뉴스가 장난이냐?
	앵커 모르는 원고, 생방 직전에 끼웠다고 JBC의 유망주
	한지원이를 대전까지 날린 니가, 데스크도 모르는 원고를
	생방 직전에 끼워? 왜 너는 제주도쯤 가고 싶냐? 바람 쐬게 해줘?!
혜 란	뉴스 나가고 문제되면 내가 책임집니다. 됐죠?
웅 팀장	어떻게? 옷이라도 벗을래?
혜 란	그렇게 이 자리에서 나 끄집어 내리고 싶어요 웅 팀장?
웅 팀장	제발 좀! 그렇게 됐으면 소원이 없겠다!
혜 란	잘하면 소원 성취 하시겠네요. 그죠?
웅 팀장	이씨..! 어우우우!!! (열 받아 퐥! 가버린다)
혜 란	(가는 웅 팀장을 보는 위로)
저쪽에서	5분 전입니다!!!! (외치는 소리에서)
혜 란	(마지막으로 옷깃에 달린 브로치를 한번 만져본다, 나직한 심호흡)
저쪽에서	타이틀 광고 들어갑니다!
혜 란	(시선 들어 카메라를 쳐다보면)

S#32. 은주의 집 거실. N

텔레비전 켜져 있고. 나오는 광고, 골프 치는 재영의 모습에서

성우E	(TV) 더 단단하게! 더 강인하게! 가치 기업 환일철강...
	(어쩌구 멘트 나오는 가운데)

소파 앞에 앉아 있는 은주.

은주 전화기 들어 〈내남편〉 버튼 누르면

E. 지금은 전화를 받을 수 없사오니... 안내 멘트 들리고,

은주, 핸드폰을 끊는다. 그리고 다시 〈내남편〉 버튼을 누른다.

S#33. 어느 외곽 별장 안. N

쓰윽 이불을 덮은 채 돌아보는 그녀, 한지원이다.

지 원   (진동하는 재영의 핸드폰을 보더니) 대단하네 당신 와이프.

        쉬지도 않고 벌써 여섯 번째야,

재 영   ... (표정 없이 TV 화면 속 자신의 광고를 보고 있는)

지 원   (흘끗 돌아보면서) 잘 나왔네, 저거 몇 초 찍구 십억이라구?

재 영   왜 이래, 꼬박 하루 걸린 촬영인데.

지 원   (보며) 그래 놓고 십억이라구? 진짜 돈 벌기 쉽네.

재 영   (피식 웃으며 옆에 놓여진 위스키 온더락을 쭉 들이키는데)

        E. 시그널 흐르면서

혜 란   시청자 여러분 안녕하십니까. JBC 뉴스나인의 고혜란입니다.

지 원   (흘끗 혜란을 본다, 완전 재수 없는 눈빛으로)

        아! 꼴 보기 싫어! (돌아눕는다)

재 영   ... (물끄러미 혜란을 보는 가운데)

        관심조차 받지 못한 채 진동으로 울리다가 멈추는 재영의 핸드폰.

S#34. 다시 은주의 집. N

(혜란의 뉴스가 흘러나오고 있는 거실 안)
또 다시 지금은 전화를 받을 수가 없다는 안내 목소리 나오고.
은주, 듣다가 조용히 핸드폰을 테이블 위에 내려놓는다.
핸드폰을 내려진 그 옆으로 놓여 있는 임신테스트기.
모두 선명한 두 줄이다.
은주, 무감한 표정으로 그 임신테스트기 보는 데서.

S#35. 태욱의 사무실. N

혜란의 뉴스를 틀어놓은 채 컵라면 흡입 중인 정기찬,
흘끗 한쪽에 놓여 있는 태욱의 도시락에 눈독 들인다.
쓰윽 뚜껑 열어 안의 것들을 보며, 오오오! 집어 먹는데 뒤에서
문 열리며 들어오는 태욱,

정기찬   (젠장!! 재빨리 뚜껑 닫으며 안 먹은 척하면서) 오셨습니까?
          아, 내가 지금 저녁도 굶구 일하다가요, 배가 고파서..
          컵라면 하시겠습니까? 물 올려놓을까요?
태 욱   난 됐어요, 드세요.
          (전혀 상관없는 표정으로 외투 벗고 가방 내려놓는 가운데)
혜란E   오늘은 소통의 불협화음에 대해 말씀드릴까 하는데요
태 욱   (신경 쓰지도 않은 채 책상 앞으로 가서 업무 시작하는 위로 계속)
혜란E   (TV) 코리안 드림의 꿈을 안고 성실하게 일하면
          고향의 가족들을 부양할 수 있다는 믿음.
          그러나 그들에게 돌아온 건, 한국말은 하되, 글자는 모른다는
          소통의 불협화음을 이용한 억울함이었습니다.
          최근에 1년치 월급을 떼인 것도 모자라 폭행 혐의로 입건된
          외국인 노동자 캄의 이야깁니다.

정기찬   (응? 캄...? 라면 입에 문 채 모니터를 쳐다본다)
태 욱   (역시 멈칫.. 모니터를 보면)

S#36. 외곽 별장 안. N

옷을 챙겨 입던 한지원, 멈칫.. 돌아본다.

지 원   저거.. 환일철강 얘기 아냐?
재 영   (뒤에서 바지만 걸쳐 입은 채 온더락을 만들다 멈칫.. 뭐? 돌아보면)

S#37. 뉴스나인 스튜디오 안. N

혜 란   그는 집행유예라는 한자어를 알지 못합니다.
        그래서 부르는 대로 진술서를 썼고, 사인을 했습니다.

        INSERT〉 교도소 안. 뉴스를 보고 있는 하명우의 시선 위로 계속.

혜 란   그렇게 정직하고 치열하게 살아온 스물일곱의 청년은
        범죄자가 되었습니다.

        INSERT〉 별장 안.
        한지원, 화면을 보는 그 옆으로
        재영 더 바싹 다가서서 화면 안의 혜란을 뚫어져라 보는 가운데

혜 란   캄이 1년 동안 일하고 받지 못한 임금은 총 천팔백만 원.
        얼마 전 이 기업에서는 유명한 골프선수와 광고계약을 하면서
        십억에 가까운 계약금을 기꺼이 치뤘다고 하죠,
지 원   (흘끗 재영을 쳐다보면)

재 영   ...! (뚫어질 듯 노려보는 가운데)

다시 스튜디오 안〉
혜 란   이미지를 만드는 데 십억이라는 돈을 쓰기 전에
회사를 위해 열심히 일한 노동자의 억울한 눈물부터
닦아줘야 하는 게 아니었을까요? 지금까지 앵커의 눈이었습니다.

E. 엔딩 시그널과 함께.
곧바로 이어지는 광고, 환일철강을 광고하는 재영의 모습.

S#38. 뉴스나인 부조 안. N

기술팀장   헐. 케빈 리 완전 엿됐는데?
웅 팀장   (허..! 기가 막힌 듯 쳐다보는 가운데)

S#39. 태욱의 사무실. N

조용히 혜란의 뉴스가 끝나는 장면을 보고 있는 태욱과

S#40. 외곽 별장 안. N

둥! 완전 열 받은 눈빛으로 노려보는 재영,
동시에 핸드폰이 정신없이 울리기 시작하면

지 원   당신 매니전데, 받아봐야 하는 거 아냐?
재 영   (탁! 빼앗든 지원의 손에서 핸드폰 받아들며) 나야..

그 위로 다급한 매니저의 목소리

매니저E   형! 지금 어디예요, 인터넷에서 난리 났어요!!!
지 원   (재빨리 핸드폰 열어 인터넷 본다. 보다가 쓱 재영 앞으로 내밀면)

실시간 검색어 창 위로,
1. 환일철강. 2. 케빈 리 10억. 3. 뉴스나인 고혜란.
재영, 쎄해지는 눈빛에서.

S#41. 태욱의 사무실. N

정기찬   (역시 인터넷 화면 들여다보며) 우와! 대박! (댓글 읽는 중)
        케빈 리 18초 광고에 10억, 캄 1년 노동에 천팔백만 원?
        환일철강이 미친 거냐, 케빈 리가 미친 거냐?
        케빈 리는 골프선수냐 이미지 세탁기냐? 돈이 그렇게 좋냐?
        댓글 좋아요만 이만오천 개, 우와!
        환일철강이랑 케빈 리랑 한 묶음으로 엄청 욕 처먹는 중인데요,
        이러다 케빈 리까지 훅! 한방에 가는 거 아닙니까? (하는데)
태 욱   ... (말없이 앉아 있다가 그대로 다시 일어나 외투 들고 나간다)
정기찬   (보며) 앵커님하고 화해하세요,
        이렇게까지 변호사님을 내조하고 계신데, 예?
태 욱   (쿵! 문 닫고 나가면)
정기찬   나라면 업고 다닌다, 업기만 해? 이고 다닌다!
        (하면서 도시락 개방하고 대놓고 우걱우걱 먹으면)

S#42. 보도국.

우르르 걸어 나오는 일행들과 함께 나오는 혜란,

기다리고 있던 웅 팀장 앞으로 다가선다.

혜 란   현재 스코어 실검 1위, 뉴스 끝나자마자 댓글만 십수만 건,
          어떻게, 그래두 나 옷 벗어?
웅 팀장   너 작정한 거냐? 후씨엠, 환일철강인 거 알고 일부러 그랬어?
혜 란   후씨엠 뭐 붙는지까지 체크하는 앵커 봤어?
웅 팀장   지금 환일철강 쪽에서 모든 협찬 광고 다 끊겠다고 난리두 아니야!
          사장실부터 편성국까지 지금 쑤셔놓은 벌집 됐다구, 알아?
혜 란   돈질로 갑질까지 하시겠다?
웅 팀장   잘난 척 그만하구 국장실에나 가봐!
          완전 뚜껑 열려서 너 찾고 있으니까! (자리로 가면)
혜 란   (본다. 한숨으로 국장실 쪽 본다)

          국장실 앞〉 문 앞으로 다가서서 막 노크하려는데
          때마침 문 열고 안 쪽에서 나오는 양복차림의 사내 두 명.

혜 란   (멈칫.. 그 양복차림의 사내들 보면)
양복차림 (혜란을 흘끗 본 뒤, 그대로 지나쳐 가버린다)
혜 란   (혹시.. 하는 표정으로 한번 돌아본 뒤 열린 문 안으로 들여다보면)
장 국장   (책상 앞에 앉아 혜란을 보더니 손으로 들어와)
혜 란   (본다)

S#43. 보도국 국장실. N

혜 란   (안으로 들어와 문 닫는다)
장 국장   (후우! 한숨 한번 푹! 내쉬더니 혜란을 보며)
          고혜란, 너 또 이런 식으로 사람 뒷통수 치냐?
혜 란   방송국 주요 광고주라고 있는 걸 없는 척해요?
          잘못된 것도 대충 적당히 봐줘야 하는 거냐구요!

장 국장	(허! 어이없다는 듯) 이번엔 뭐? 청와대 대변인?
혜 란	(멈칫.. 본다) 어떻게 아셨어요?
장 국장	조금 전에 다녀간 사람들 거기서 나오신 양반들이래.
	너에 대해서 사전 조사차 나왔다더라.
혜 란	(순간 살짝 긴장하는 눈빛으로) 뭐라 그러셨는데요?
장 국장	뭐라 그러긴. 있는 그대로 사실대루 얘기했지,
	고혜란이 그거 고집불통에 안하무인에 싸가지까지 없는 놈이라구.
	너무 완벽하고 잘난 척해서 재수 없다구,
	거기다 더 열통 터지는 건, 그 재수 없는 자식이
	공정성과 뉴스에 대한 신념만은 대한민국 최고라구.
	그래서 더 열 받는다구. 됐냐?
혜 란	(나쁘게 얘기하진 않았겠구나 짐작하며) 감사합니다.
장 국장	빌어먹을 감사는.. (그러더니) 야, 그거 니 길 아니야 임마.
	괜히 적성에도 안 맞는 길 가서 고생하지 말구,
	그냥 앞으로 이삼 년 더 뉴스나인 맡아서 해.
	그러다 보면 자연히 이 자리 니꺼 될 테고, 어?
혜 란	앞서가지 마세요, 청와대 아직 결정사항 아니에요, 희망사항이지.
	대변인으로 결정 난다 해도 국장님에 대한 고마움..
	절대 잊지 않을 거예요.
	제가 싸가지는 없어도 의리까지 없진 않거든요.
장 국장	너.. 정말 갈 거야?
혜 란	안 가면.. 두고두고 후회할 거 같아요 저.
장 국장	(본다. 묘한, 만감이 교차하는 눈빛)
혜 란	(그런 장 국장을 비슷한 눈빛으로 마주 본다)

둘 다 아웅다웅했지만, 사실 누구보다 서로의 속을 아는 두 사람,

장 국장	환일철강 건으로 문책 있을 거야, 단단히 각오해! (탁! 돌아앉는다)
혜 란	(본다. 짐짓 미소로 돌아서서 나가면)
장 국장	(나직한 한숨, 왠지 걱정되는 눈빛으로 나가는 혜란을 보는 데서)

S#44. 외곽 별장 일각.

옷을 걸쳐 입는 재영, 단단히 화가 난 표정. 그 옆에서

지 원   유명세라는 게 이렇게 무섭네..
        (인터넷 화면 들여다보며)
        지금 환일철강보다 당신이 더 욕을 얻어먹고 있는 거 알아?
        (재영 보며) 어떻게든 대응해야 하는 거 아냐?

재 영   (핸드폰 버튼을 눌러 귀에 댄다)

        INSERT〉 보도국.
        가방을 챙기던 혜란, 핸드폰을 본다. 재영이다. 무시한다.
        가방을 집어 들고 밖으로 나가면.

        다시 별장 안 일각〉

재 영   (안 받어? 점점 열 받는 눈빛, 끊더니 이번엔 매니저한테 전화)
        나야. 너 지금 어디야.
        (그러면서 차키 집어 들고 나간다)

지 원   (씩 웃으며 가방 들고 따라 나가려는데 울리는 핸드폰,
        ? 쳐다보면서 아무 생각 없이 받는다) 네, 한지원입니다.
        (하다가 멈칫.. 시선 들어올린다) 누구시라구요?

S#45. 은주의 집. N

은 주   나.. 서은주예요, 케빈 리 와이프.
지 원   (INSERT) 흘끗, 밖으로 나가는 재영의 뒷자락을 본다)
은 주   (최대한 감정 자제한 채 냉랭한 눈빛에서)

S#46. 텅 빈 스튜디오 안. N

불 꺼진 텅 빈 스튜디오 안에 혼자 물끄러미 서 있는 혜란,
뭔가 묘한 기분이 교차하는 눈빛으로 바라보는데,

곽 기자	뭐하세요?
혜 란	응? 뭐.. 그냥.
곽 기자	(옆으로 다가오며) 내일 오후에 케빈 리 시사 잡혔어요. 3시요.
혜 란	어, 그래.
곽 기자	괜찮으시겠어요? 지금 케빈 리까지 싸잡아 인터넷에서 난린데..
	어쨌든 우리 휴먼 주인공이잖아요, 선배 곤란하시면...
혜 란	케빈 리 깔라고 뉴스한 것두 아닌데 뭐,
	지가 모델 하는 회사가 어떤 회산지 알아보지도 않고
	덥썩 이미지 팔아먹은 지가 잘못이지. 안 그러니? (곽 기자 본다)
곽 기자	(혜란을 보더니, 피식 한 번 웃더니)
	늦게부터 눈 온대요, 운전 조심하세요.
혜 란	그래. (보며) 수고했어 곽 기자.
곽 기자	(끄떡.. 한 뒤 돌아서서 가면서)
	오늘 뉴스, 완전 좋았어요. (나가면)
혜 란	(피식.. 웃는다. 왠지 기분 좋아지면서, 스스로에게 나직이)
	... 오늘도 수고했어.

그런 기분으로 조용히 돌아서서 나오면서 마지막 불을 탁! 끄면.

S#47. 스튜디오 앞 복도 일각. N

혜란 나오다 멈칫. 보면 태욱이 서 있다.

혜 란	(태욱을 본다. 살짝 반가운 눈빛 스치며 다가서는데)

태 욱	무슨 의미야, 오늘 뉴스...?
혜 란	(멈칫.. 본다, 기대했던 말이 아니다) 무슨 의미냐니?
태 욱	내 사건이야. 무슨 의미로 내보낸 거냐구 너 그거.
혜 란	충분히 보도할 가치가 있고 알아야 할 필요가 있어서 보도했을 뿐이야.
태 욱	너한테 필요했던 건 아니고?
혜 란	당신 지금 그 말, 내 뉴스의 공정성과 중립성에 대해서 따져보자는 거야?
태 욱	내 사건이야. 내 일이고.
	지금 나는 너 때문에 얼마나 엿 같은 기분이 됐는지.
	그걸 얘기하는 중이야.
혜 란	(어금니 꾹... 섭섭하고. 화도 나고. 굳어서)
	이것보세요 강 검사님! 아니.. 강태욱 변호사님!
	당신이 맡은 사건, 내가 나서서 보도하지 않았음
	언제 그런 일이 있었는지도 모르게 묻힐 사건이었어요,
	시간만 끌다 결국 캄은 추방당할 거구,
	당신은 또 한 번 패소하게 될 거구.
태 욱	패소. 그거였나?
혜 란	뭐?
태 욱	(피식...자조적으로) 이번 재판에서도 패소하면
	당신이 대변인 되는 데 별 도움이 안 될 거 같으니까! 그래서였어?
혜 란	(허...! 기가 막힌 표정으로)
	당신, 니가 변론하는 그 사람들의 절박함 땜에 괴롭지?
	얼마나 부당한 대우받으며 멸시당하는지.. 보면서 안타깝지?
	그런데 너. 걔네들 보는 마음으로 나를 한 번이라도 본 적은 있니?
	나도 얼마나 절박하게 살아가는지.
	다른 사람을 이해하려는 노력의 반의반이라도
	나를 이해하려고는 해봤니..?
태 욱	너는!
혜 란	(뭐?)
태 욱	내가 지금 무슨 맘으로 견디고 있는지.

내가 너를 이해하려고 얼마나 미치게 노력 중인지..!

너는 나를 보고 있긴 한 거야?

혜 란   ! (빤히 쳐다보면)

태 욱   (젠장.. 이 말까진 안하려고 했는데, 이내 감정 접으며)

방송 내기 전에, 적어도 나하고 상의 한마디 정돈 했어야 했어.

적어도.. 그랬어야 했어 너는. (보면)

혜 란   (뭔가.. 마음이 아픈데, 그런데 인정하고 싶지 않은 마음..)

그때 진동으로 울리는 핸드폰. 발신창 보면 재영이다.

태욱, 진동하는 혜란의 핸드폰을 흘끗 본다.

혜란, 힘주어 핸드폰을 꾹 쥐더니,

혜 란   미안.. 아직 회의가 남아서, 그만 가봐야 해.

태 욱   (보면)

혜 란   (시선 피하듯 돌아서며, 핸드폰 받는다, 싸늘하게) 왜.

재 영   (INSERT〉차 안. 굳어) 우리.. 좀 만나야 하지 않을까?

혜 란   내가 왜?

재 영   (INSERT〉차 안) 아직 내가 보낸 선물 못 받은 모양이지?

혜 란   (멈칫.. 하더니, 뭔가 쎄한 기분으로 다급히 프레임아웃 된다)

태 욱   ... (모퉁이 너머로 사라지는 아내를 본다. 시선에서)

S#48. 방송국 지하주차장. N

세워놓은 차 앞으로 급하게 다가서는 혜란,

앞유리창 와이퍼에 끼워져 있는 봉투 하나를 본다.

혜 란   (불길한 기분으로 집어 들어 내용물 꺼내본다, 순간)

쿵...! 충격으로 얼어붙은 듯 안에 들어 있는 사진에 시선 고정된다.

클락에서 재영과 뒤엉킨 채 키스하는 혜란의 모습이 찍혀 있다.
플래시백〉클락 혜란의 숙소.
재영과 혜란, 격렬한 분위기 가운데 키스하는 순간
그 밖에서, 찰칵찰칵 그 광경을 찍고 있는 매니저.
CUT BACK〉현재.
사진을 한 장 한 장 넘길 때마다 클락에서의 거친 숨소리와
교차되면서 넘어간다. 점점 더 빨리 교차되며 넘어가다가,
혹! 그 옆으로 지나가는 차 한 대.
혜란, 그저 지나가는 차인데도 흠칫.. 놀라서 돌아본다.
누가 볼까 싶어 재빨리 사진들을 봉투에 집어넣은 채
겨우 차에 올라타는 그녀.
두근두근두근!! 쿵쿵쿵!!! 심장이 터질 듯 뛰기 시작한다.
혜란, 운전석에 앉아 운전대를 잡은 채 잠시 상황 정리 중.

S#49. 태욱부의 집 거실. N

달칵! 문 열고 밖으로 나와 보는 태욱모,

태욱모	늦은 시간에 누구야?
도우미	글쎄 그게.. 청와대에서 나오셨다는데요,
태욱모	청와대..?
도우미	고혜란 앵커님에 대해서 사전 가족 청취가 필요하다 그러시는데요,
태욱모	(도우미를 본다. 보다가 반쯤 열린 문 뒤로 시선 주면)

그 방안으로 휠체어에 앉아 있는 태욱부(70대 초반 남), 돌아본다.
한눈에 봐도 지적이고 엄격한 눈빛의 어르신 포스 강렬!

S#50. 태욱부의 집 대문 앞. N

기다리고 있는 두 명의 양복차림의 사내,
(장 국장을 방문했던 바로 그들)
그 뒤로 문이 열리면서 나오는 도우미,

도우미   들어오시랍니다.
양복차림   (사내 두 명, 안으로 들어가는 뒤로 쿵! 문 닫히면)

S#51. 달리는 재영의 차 안. N

재 영   (블루투스로 전화질 중) 그래서, 지금 어쩌고 있어?

S#52. 방송국 지하주차장 일각.

매니저   벌써 십 분째 꼼짝도 안하고 앉아만 있어요.
어떡할까요 형?
재 영   (INSERT〉 달리는 차 안) 일단 지켜만 봐. 거의 다 와가니까.
(끊는다. 재영의 차, 쭉 달려서 서울로 접어들고 있고)
매니저   (흘끗 혜란의 차 쪽을 살피면)

혜란의 차 안〉 핸들에 이마를 댄 채 어찌할 바를 모르고 있는 혜란..
이대로 콱! 어딘가로 사라져버리고 싶은 충동.. 괴로움이
그녀를 짓누르는데, 그때

어린 명우E 괜찮아. 어서 가.
혜 란   (흠칫.. 운전대에 이마를 댄 채 눈을 뜬다. 시선에서)

순간 그녀의 기억, 면회실 플래시백〉

어린 명우   넌 되고 싶은 게 있잖아. 그 길로만 가. 뒤돌아보지 말구.

어린 혜란   (울컥..! 두 눈시울이 붉어지면서 눈물이 떨어진다)

어린 명우   어서.. 가. 어서 가라구 혜란아.

어린 혜란   (본다. 흑!! 울음이 터지는 모습에서)

플래시백〉 면회실 앞 복도.
문을 밀고 나오는 어린 혜란, 하염없이 흐르는 눈물을 닦고 또 닦고
그러면서 쭉 복도를 빠져나오는 모습 위로

하명우E   돌아보지 마.

S#53. 교도소 안. N (현재)

조용히 한 곳을 응시하고 있는 명우의 모습,

하명우   (나직이) 멈추지.. 마.

S#54. 다시 지하주차장. N

빠르게 다시 냉정을 되찾는 혜란, 천천히 고개를 들어올린다.
생각을 가다듬은 듯.. 마음을 추스르는데 그때 울리는 핸드폰,
혜란, 다시 핸드폰을 쳐다보면 재영으로부터다.

혜 란   (노려본다, 보다가 받는다) 지금 어디야?

재 영   (INSERT〉 달리는 차 안) 어디서 볼까? 그렇게 물어야지 혜란아.

혜 란   (표정 굳은 채로) 말해. 어디야?

잠시 듣는 듯하더니, 그러더니 시동 건다. 출발한다.
한쪽에서 지켜보던 매니저, 같이 시동을 걸고 출발하려다가
끼익..!!! 빠져나오던 다른 차와 부딪힐 뻔한다.

매니저   아, 진짜!! 차 빼요!! 차 빼!!!! (하는 데서)

S#55. 방송국 앞. N

세워둔 차 안에 앉은 채 망연자실 앉아 있는 태욱,
또 다시 밀려오는 자괴감과 상실감 사이에서 힘들어하는 그.
겨우 추스르고 막 시동을 거는데 그때.
빠른 속도로 주차장에서 빠져나오는 혜란의 차가 보인다.
태욱, 멈칫... 쳐다보면.
혜란, 태욱의 차를 못 본 채 다급하게 방송국을 빠져나가고 있다.
태욱, 멀어지는 혜란의 차를 보면서 짧은 순간 갈등하는 눈빛,
결국 기어 바꾼 뒤 출발해 따라간다.
이내 뒤를 따르는 다른 차량들 속에 파묻히고.
잠시 후, 따라 나오는 매니저의 차. 올라와서 멈춰 서서 보면
어느 쪽으로 갔는지 감이 안 온다.

매니저   형, 어떡하지? 아무래도 놓친 거 같은데.. (돌아보면)

S#56. 도로. N

무언가 결심한 듯한 표정으로 운전 중인 혜란,
그녀의 옆 좌석에 놓여진 사진 봉투...
혜란, 흔들림 없는 표정으로 속력을 내면.
그 뒤로 간격을 두고 따라오는 태욱의 차.

태 욱   (대체 어딜 가는 거지..? 뿌리칠 수 없는 괴로움으로 따라가면)

S#57. 대교 밑. N

눈이 펄펄 내리기 시작하고 차도 잘 다니지 않는 한강다리 중 하나.
재영의 차는 이미 와서 기다리고 있고.
그 옆으로 다가와 멈춰 서는 혜란의 차.
혜란, 내리지 않은 채 재영의 차 쪽을 본다.

S#58. 찻집 안. N

앞 씬과 대조적으로 정적이고 우아한 분위기.
그 한쪽에 표정 없이 앉아 있는 은주, 그녀 앞으로
또각또각 다가서는 지원의 뒷모습이 보인다. 은주 앞에 멈춰 선다.

은 주   (고개 들어 본다)
지 원   (은주를 본다) 안녕하세요. 이 시간에 무슨 일루..
은 주   앉아.
지 원   (뭐?)
은 주   (다시 한 번 정확하게) 앉아. (싸늘하게 보면)
지 원   ...! (본다)

S#59. 대교 밑 혜란의 차 안. N

재영, 혜란의 차 조수석 쪽으로 다가선다. 창문을 두드린다.

혜 란   (긴장한 눈빛.. 저 자식을 어쩌나... 쳐다본다, 보다가)

무언가 결심한 듯 달칵! 도어락 버튼을 누르는 혜란.
재영, 본다. 보다가 조수석 문을 열고 옆자리에 올라탄다.

재 영   (완전 열 받은 눈빛으로 혜란을 본다, 강렬한 눈빛)
혜 란   (어금니 꾹 문채 재영을 돌아본다. 마주보는 강한 시선에서)

S#60. 그 먼 일각. N

헤드라이트 꺼진 차에 앉아 있는 태욱, 쿵! 심장이 꺼진다.
재영이 혜란의 차에 올라타버린 걸 보고 말았다.
그의 의심이.. 눈앞에 현실로 펼쳐지는 순간
태욱, 더 이상 감당할 자신이 없는 표정으로 시선을 떨군다.
그 위로,

과거1〉 10년 전 태욱의 본가.
태욱모   (플래시백〉 과거 결혼 전) 결혼은 안 된다.
그 아인 니가 감당할 수 있는 애가 아니야!
태 욱   (보며) 결혼합니다 어머니,

과거2〉 10년 전, 그 선술집.
혜 란   나 때문에 상처만 받을 거야.
태 욱   그것도 내 몫이야. 내 사랑에 책임질 자신 있어 나는.
혜 란   (묘한 뭉클함으로 태욱을 바라보는 데서)

다시 현재, 태욱의 차 안〉
눈시울이 붉어진 채 고개를 들어 다시 재영 차를 보면
불 꺼진 차. 두 사람의 실루엣이 어른거리는 듯한.

태 욱   ...! (참을 수 없는 역겨움과 분노로 노려본다.

어금니 꾹 문 채, 점점 붉어지는 눈시울에서)

대교 밑 혜란의 차 전경.
눈이 쏟아지는 가운데 서 있는 혜란의 차 안,
그 안에서 대체 어떤 일이 일어나는지 알 수 없는 가운데
점점 눈발이 거세지는 전경, 길게... 보여주다가. 쿵!

S#61. 혜란의 집 거실. (새벽녘)

쿵! 문을 열고 들어오는 혜란.
어둠 속. 텅 빈 거실 안으로 들어와 구두를 벗고,
넋 나간 사람마냥 안으로 들어오더니 그대로 쓰러지듯
소파에 털썩 주저앉는다. 덜덜 떨리는 기분...
말없이 손에 낀 장갑을 내려다보는 그녀의 눈빛. 그때
지잉지잉 진동으로 울리는 그녀의 핸드폰 꺼내 보면 〈서은주〉다.

S#62. 은주의 집 침실 일각. (새벽녘)

침대 한쪽 구석에 쪼그려 앉은 채 핸드폰을 귀에 대고 있는 은주

은 주   혜란아... 제발 받아... 받아줘 제발..
        (울먹울먹..!! 어쩔 줄 모르는 듯 눈물을 흘리며)
        혜란아....!

S#63. 다시 혜란의 집 거실. (새벽녘)

계속해서 지잉지잉 울리는 핸드폰 위로 뜨는 〈서은주〉란 이름,

혜란 물끄러미 울리는 핸드폰을 바라보다가.
그대로 힘없이 쓰러져 눕는다. 페이드아웃 되면.

S#64. 현재〉 참고인 조사실.

태 욱   이제 그만 가봐도 되겠습니까?
강기준   (흠..! 태욱을 한 번 본 뒤 혜란을 본다)
혜 란   (말없이 강기준을 바라보면)
강기준   뭐, 묵비권을 행사하시겠다면야.. 할 수 없죠.
         (비닐에 싸인 브로치를 도로 쏙 가져오면서 자리에서 일어선다)
혜 란   (나직한 한숨, 따라 일어서는데)
강기준   참, 사건 당일 아침 뉴스는 왜 갑자기 바꾸신 겁니까?
혜 란   (? 강기준을 본다)
태 욱   (같이 보면)
강기준   원래 뉴스나인 외에는 진행을 안 하시는 걸로 아는데
         왜 갑자기 아침 뉴스를 진행하게 됐는지 궁금해서요,
혜 란   (본다. 시선에서)

S#65. 보도국. (사고 당일 아침)

급하게 들어서는 혜란, 그 앞으로 다가서는 웅 팀장

웅 팀장   이연정이 갑자기 복통 때문에 응급실로 실려갔대.
         방송국에서 가깝고 연락된 사람이 고혜란 씨밖에 없어서,
혜 란   괜찮아요, (돌아보며) 원고 주세요.
         (받아들고 쭉 읽으면서 뉴스룸 쪽으로 들어간다)

S#66. 뉴스룸 스튜디오.

혜란, 간단히 메이크업 받으며 원고를 쭉 읽어본다.
그때 FD 하나가 뛰어 들어오며, 원고를 넘긴다.
혜란, 받아 들어서 본다. 보다가 순간 멈칫...!
믿을 수 없는 눈빛으로 빤히 그 원고를 쳐다본다. 시선 위로

FD	1분 전입니다!!!!!
스탭들	(분주히 카메라 밖으로 빠져나가는 가운데)
혜 란	(여전히 원고에 시선 고정한 채로 움직이지 않는)
웅 팀장	(INSERT〉 부조) 하이 큐! 시그널 들어갑니다.
	이것 봐요 고혜란 씨! 고혜란 씨?
혜 란	... (창백해지는 표정)
웅 팀장	(INSERT〉 부조) 왜 또 저래? 이봐! 고혜란!!!!
혜 란	(그제야 짐짓.. 고개를 들어 카메라를 본다. 보면서)
	안녕하십니까, JBC 모닝뉴스.. 고혜란입니다.
	먼저 밤사이 들어온 속봅니다.
	(하면서 다시 원고를 본다. 잠시 입이 떨어지지 않는 듯)
웅 팀장	(INSERT〉 부조) 고혜란 씨이이이..! (짜증!!)
혜 란	(마른침 한번 삼킨 뒤) 오늘 새벽, 프로골퍼 케빈 리 씨가
	교통사고로... (교통사고라니..!) 사망했습니다.
웅 팀장	(INSERT〉 부조) 오케, 자료 화면, 하이 큐! (손가락 탁! 부딪히면)

모니터 화면으로 나타나는 사고 현장〉
처참히 부서진 차체와 흰 천이 덮인 사체의 모습들
스케치처럼 지나가면서
INSERT1〉 은주의 집.
멍하니, 침대 한쪽에 앉아 TV를 보고 있는 은주,
INSERT2〉 사무실 안.
말없이, 어제 입었던 옷 그대로 입은 채 앉아 뉴스를 보는 태욱.

그 위로 흐르는 혜란의 멘트,

혜란E 경찰 관계자에 따르면, 새벽 3시쯤 강변북로에서 구리 방면
   아치울삼거리 인근에서 가로등을 들이받는 충돌사고가 있어났으며,
   이 사고로 운전 중이던 프로골퍼 케빈 리 씨가 현장에서
   숨져 있는 상태로 발견됐습니다.

   다시 뉴스룸 스튜디오 안〉
   마지막으로 우승컵을 들고 환하게 웃는 재영 사진.
   그 아래 붉은 색 자막, 〈프로골퍼 케빈 리 사망〉 그 위로 계속.

혜 란 음주운전 여부는 현재 조사 중인 것으로 전해졌습니다.

   거기까지 말해놓고, 순간 혜란의 시선
   환하게 웃고 있는 재영의 사진으로 향한다. 흔들리는 눈빛..
   젠장! 시선 돌리는 데서.

S#67. 다시 현재〉 참고인 조사실.

강기준 역시 그것도 노코멘트입니까?
태 욱 직접 조사해보시면 아실 수 있는 일입니다.
강기준 (피식) 그러니까 알고 싶으면 발로 뛰어라..?
   뭐, 맞는 말씀이긴 하네요, 허허.
태 욱 그만 가지. (혜란을 에스코트해서 밖으로 나가면)
혜 란 (그대로 태욱과 함께 밖으로 나간다)
강기준 (서서 그 둘을 끝까지 돌아보다가 쓰윽 건너편 쪽 유리벽을 본다.
   건너편 쪽을 향해 의미심장한 눈빛 건네면)

   그 이편〉 다 같이 서로 시선을 마주치는 가운데,

S#68. 경찰서 복도 일각.

혜란을 데리고 밖으로 나오는 태욱,
혜란이 정문 쪽으로 향하자 탁! 팔을 잡는다.

태 욱   그쪽은 안 돼, 이쪽으로 나가자.

혜 란   내 차는 앞쪽에 있는데..?

태 욱   기자들이 와 있어.

혜 란   (의아한듯) 기자들이 왜? 참고인 조사 온 걸 뭐하러 찍겠다구?

태 욱   당신 참고인으로 불러다 놓고 사실은, 니 알리바이 조사하고 있었던
         거야.

혜 란   알아듣게 얘기해, 내 알리바이를 왜?
         대체 이게 다 무슨 말인데?

태 욱   (보더니) 삼십분 전에 기사가 하나 났어.
         케빈 리, 교통사고보다 타살 쪽에 무게를 두고 있다는 내용이야.
         익명의 경찰관계자가 전한 말이래.

혜 란   (순간 표정 굳는다, 타살...?)

태 욱   정확한 사인은 부검하면 나오겠지. 오늘 오후에 한다니까.

혜 란   부검을.. 한다구? 은주가 동의했대?

태 욱   어.

혜 란   ...! (본다. 그럴 리가.. 없는데...? 보더니)

혜란, 갑자기 핸드폰을 꺼낸다. 무음처리 된 핸드폰에는
윤송이로부터 들어온 전화가 18통이나 된다.
혜란, 재빨리 윤송이에게 전화를 건다.

혜 란   어, 난데..

S#69. 윤송이의 사무실.

윤송이　(재빨리 한쪽으로 나오며) 어떻게 된 거야?
　　　　어딨었는데 이렇게 연락이 안 돼?

혜 란　(INSERT〉 경찰서 복도 일각)
　　　　여기 지금 경찰서야, 참고인 조사 한다 그래서 왔다가,

윤송이　(말 자르고) 상황이 별로 안 좋아.
　　　　케빈 리.. 타살 가능성 보도가 나오고 난 뒤로 여기저기서
　　　　완전 난리두 아니라구. (한층 더 목소리 낮추며)
　　　　우리 쪽 정보에 의하면 경찰이 지금 널 의심한다는 썰이 있어.

혜 란　(INSERT〉 경찰서 복도 일각. 쿵..!!)
　　　　나를..? 왜?

윤송이　거기까진 아직 잘 모르겠구,
　　　　암튼 자세한 상황은 좀 더 알아보고 연락줄 테니까,
　　　　일단 거기서 빨리 나오기나 해,
　　　　(하더니 탁! 끊는다. 아무 일 없던 것처럼 자리로 돌아가면)

S#70. 경찰서 안.

　　　　멍하니 핸드폰을 쳐다보는 혜란,
　　　　뭐가 어떻게 돌아가고 있는 거지?
　　　　뭐가 뭔지 잘 모르겠지만, 뭔가 잘못 돼가고 있는 게 분명하다.

혜 란　(태욱을 돌아보며) 나.. 아니야 여보.

태 욱　(혜란을 본다)

　　　　(그의 시선에서 플래시백〉 혜란의 차 안으로 올라타던 재영)

혜 란　나 아니라구!!! (울컥!!! 내지른다)

태 욱   (혜란을 본다)

혜 란   (덫에 걸린 듯한 눈빛으로 태욱을 보는 데서 스틸!)

제 5 부

추문

醜聞

S#1. 경찰서 복도. N

　　　　　당혹스런 혜란의 얼굴, 화면에 가득 차면서

혜 란　　나.. 아니야 여보.

태 욱　　(본다)

혜 란　　아니라구!

태 욱　　(차분하게 변호사처럼) 애초에 너를 참고인으로 부른 건
　　　　　니가 케빈 리 사고와 관련이 있다는 정황을 확보했기 때문이야.

혜 란　　아니라는 말 안 들려?

태 욱　　(대답 대신) 피의자가 할 수 있는 최고의 방어는 묵비권이야.

혜 란　　(피의자? 기가 막히는 눈빛 위로 계속)

태 욱　　뭘 물어보든 너는 아무 말도 하지 마.
　　　　　꼭 필요한 말이 있더라도 나랑 먼저 협의한 다음에 하고.
　　　　　그동안 우린 시간을 벌면서... (하는데)

혜 란　　(순간 꼭지 돌아 그대로 뒤돌아서 형사과 문 쿵! 밀고 들어간다)

태 욱　　혜란아...! (다급하게 따라가는데)

S#2. 경찰서 안. N

혜 란　　(들어서며) 누구 맘대로 제가 피의잡니까!

최 과장을 비롯한 신입(이하 박성재) 일제히 돌아본다.

강기준   (책상 앞으로 와서 서류 내려놓다가 멈칫 돌아보면)
혜 란   (딱 와서 서고. 강기준 눈 똑바로 보며)
          간단하게 몇 가지 물어볼 게 있다고 불러내더니,
          엄한 사람 조사실에 가둬놓고 피의자 취급해요?
최 과장   (박성재에게. 눈 부라리며) 너야? 니가 흘렸어?
박성재   (펄쩍. 죽어라 손사래) 아님돠! 전 진짜 결백함돠!
혜 란   내가 피의자라는 근거 있어요?
          아니면, 핫한 사건 하나 잡고 얼굴 알려진 사람 피의자로 몰아서
          신문에 이름 석 자라도 올리고 싶으셨나요?
최 과장   저기요. 그런 말씀은 좀...
혜 란   경찰이 범인을 잡아야지, 만들면 안 되는 거죠 형사님!
          지난 10년간 당신들이 잡아넣은 엉뚱한 범인들이
          자그마치 만 명이 넘는다는 통계는 알고 계신가요?
강기준   (툭) 그날 밤 차 사고 나셨죠?
혜 란   (멈칫.. 본다)

INSERT〉 그날 밤.
끼이이이익! 차바퀴가 미끄러지면서 가드레일에 부딪히면서 쿵!
다시 현재〉
혜란, 흔들리는 눈빛으로 강기준을 본다. 보는데

태 욱   (혜란 옆으로 다가서며) 대답할 필요 없어.
          (강기준에게) 참고인 조사는 이미 끝난 걸로 알고 있습니다.
          추가 조사가 필요하면 제 쪽으로 다시 연락주시죠, (하는데)
혜 란   눈길에 미끄러져 가드레일 박았어요,
태 욱   (멈칫.. 혜란을 보면)
혜 란   왜요? 제가 케빈 리를 들이받기라도 했을까봐서요?
태 욱   혜란아,

강기준	그런 말은 한 적 없는데요? 혹시 그러셨습니까?
혜 란	아무거나 하나 걸려라. 되는 대로 찌르고 보는 주먹구구식 수사.
	대한민국 경찰. 아직도 이럽니까?
태 욱	(나직이) 그만하자구 좀. (하는데)
혜 란	나 고혜란이에요! 내 기자 생활 중 절반 이상이 검찰 상대였다구!
강기준	그래서요?
혜 란	엮으려면 제대로 엮으세요, (탁 돌아서서 나간다)
태 욱	(나가는 혜란을 본 뒤, 강기준을 보더니)
	그날 밤 차 사고에 관련한 답변서, 필요하면 따로 보내드리죠.
	(만만치 않은 포스로 일별한 뒤, 따라 나가면)
박성재	(뒤에서 나직이) 이야 대애박..!
최 과장	쑵! (박성재 주의 주는데)
강기준	블랙박스는?
박성재	아.. 나가서 살펴봤는데 없어요, 아예 칩채 빼버렸더라구요.
최 과장	(? 보며) 블랙박스라니? 누구 블랙박스?
	설마 고혜란이 차 블랙박스?
강기준	다른 거 뭐 특이 사항 없구?
박성재	없구요,
최 과장	아니 이 사람들이 미쳤나! 참고인으로 불러다 놓구 차를 뒤져?
	영장두 없이.. 그러다 고혜란이 알면 어쩔라구!
	(박성재를 보며) 야! 넌 하란다구 하냐?
박성재	(흘끗 강기준 눈치 보면)
강기준	(흠..! 혜란이 나간 쪽 돌아보면)

S#3. 경찰서 복도 – 현관. N

태 욱	(혜란 옆으로 따라붙으며) 감정적으로 대응하지 마.
혜 란	(쭉 걸어 나오며) 감정적 대응이 아니라 정당한 항변이야.
태 욱	당일 뉴스에 하고 나왔던 니 브로치가 죽은 이재영 차에서 나왔어.

그 말은 그날 밤 니가 이재영과 그 차에 같이 탔었단 얘기고,

혜 란   (멈춰 선다)

태 욱   (같이 멈춰서며 계속) 공교롭게도 그날. 니 차는 사고가 났어.
         어떻게든 이재영의 죽음과 관련 있다고 생각하는 거 당연한 거 아냐?

혜 란   (돌아본다) 당신은?

태 욱   ?

혜 란   경찰 말고. 당신 생각은 뭔데?

태 욱   (본다. 보며) 그 날 니 알리바이를 증명해줄 사람부터 찾아보자.

혜 란   당신도 같은 생각이구나, 내가 죽였다구.. 그치?

태 욱   나가서 얘기해. (팔 잡아 뒷문 쪽으로 가려는데)

혜 란   (탁 뿌리친다)

태 욱   (? 돌아보면)

혜 란   됐어. 날 믿지 않는 변호인 나 필요 없어. (가려는 걸)

태 욱   (다시 탁! 잡아채듯 끌어당기며 강하게)
         당신 변호인 이전에 나는 당신 남편이야! 내 말 들어! (하는데)

혜 란   (OL) 그래! 당신 내 남편이지! 근데!!
         (똑바로 보며) 니가 내 남편이라면,
         최소한 내가 괜찮은지부터 물었어야 했어!
         내 알리바이보다.. 지금 내 상태가 어떤지, 내 마음이 어떨지..!
         그 걱정이 먼저여야 했다구 너!

태 욱   (멈칫.. 혜란을 보면)

혜 란   (탁! 다시 뿌리치며) 난 아무도 죽이지 않았어.
         아무것도 피할 이유 없다는 뜻이야.

         그러더니 혜란, 정문 향해 거침없이 저벅저벅.
         태욱, 그런 혜란을 본다. 시선에서.

S#4. 경찰서 현관 앞. N

기자들, "나온다, 나온다!" 일제히 터지는 플래시.
혜란, 쫄지 않고 당당하게 그 플래시를 온몸으로 받으면
혜란을 에워싸는 기자들. 앞다퉈 핸드폰 들이밀며 질문 세례
"고혜란 씨!" "이쪽 좀 봐주십쇼!"
"왜 참고인 조사를 받으신 겁니까?"
"무슨 얘기를 나누셨습니까?"

혜 란   (이것들이! 불쾌하지만 꾹 누르고. 기자들 향해 정면으로 딱 서면)
기자1   케빈 리 씨의 사망사고에 대해 어떻게 생각하십니까?
기자2   고혜란 씨가 유력한 피의자로 거론되고 있다는데 사실입니까!
일 동   (합!! 고혜란에게 주목!)
혜 란   (기자1 딱 보고. 그러나 절대 흥분하지 않고)
          정확한 사인 규명도 명확한 사건 개요도 없는 부실 수사.
          진실 확인보단 선정적이고 자극적인 보도로 대중의 관심부터 끌고 보
          자는 일부 언론..
기자들   (일제히 썰렁해지는 위로 계속)
혜 란   아니면 말고 보자는 이런 식의 무책임한 기사로
          개인의 명예뿐만 아니라 언론의 신뢰도까지 무너지는 일이
          더 이상 되풀이되지 않았으면 합니다.
          (그러더니 기자2 딱! 보면서) 우리.. 품격 있게 좀 가자, 응?
기자2   (머슥.. 질문이 무색해지면)

혜란, 그들 사이로 또각또각 걸음을 옮긴다.
어느 누구도 입을 열지 못한 채 일제히 쫙! 길을 열어주는 가운데
그 사이를 당당하게 걸어가는 혜란의 얼굴.
그녀를 향해 파바박 터지는 플래시에서.

쿵! 블랙 화면 위로

자막, 〈제5부 추문(醜聞)〉

S#5. 방송국 보도국 1팀 사무실. N

"들었어?" "진짜래?" "도대체 둘이 무슨 사인 거야?"
다들 일은 작파하고 삼삼오오 모여 온통 고혜란과 이재영 얘기다.
곽 기자만 혼자 책상 앞에 앉아 원고 체크하며 방송 준비 중.

허 선배	첫방 때 생각 안 나? 두 사람, 분위기 묘했잖아?
고 선배	(그랬나..?) 하긴 기싸움 같은 게 좀 있었지?
허 선배	기싸움은 무슨. 그때 이미 눈 맞은 거지.
	휴먼도 케빈 리가 콕 찍어서 고혜란 아니면 안 된다고 했다며?
일 동	(설왕설래) 맞다. 그랬었지? 와... 대박이다 진짜.
허 선배	휴먼 촬영 가선 둘이 한 방 썼다며?
고 선배	에이 설마. (했다가) 진짜?
일 동	(웅성웅성) "진짜래요."
	"조명팀 막내가 봤다던데요? 둘이 들어가는 거."
	"고혜란 남편도 왔다며?"
	"남편을 옆에 두고 그런 거야? 둘 다 완전히 돌았구만."
곽 기자	(도저히 못 들어주겠다. 벌떡 일어서서 버럭)
	선배님이 보셨어요? 조명팀 막내 누군데요? 책임질 수 있대요?
	(일동 중 막내에게) 너 그때 뭐랬어? 두 사람 하두 찬바람이 불어서 촬영이 되네 안 되네 제일 입 내밀고 있던 거 너 아니었냐?
허 선배	(곽 기자에게) 그래서 이상하다는 거야.
	아무 사이도 아닌데 찬바람이 왜 부냐? 그게 더 수상한 거지.
일 동	(다시 웅성웅성) 그러네. 뭐야 그럼. 연막이었던 거야? 우와!
곽 기자	(이 사람들이 진짜! 에이! 테입들 챙겨서 확 나가다가 일동 향해)
	돈 안 드는 말이라구 함부로 막 만들구 그러지 마세요
	더구나 기자라는 사람들이!

더구나 사실 확인도 안 된 근거 없는 루머로 동료 기자를!!!
이렇게 씹고 까구 뺄 만드는 거, 이건 좀 아니지 않습니까?
예? (에이! 하고 탁 돌아서다가 멈칫) 선배...

일동 보면, 혜란이 서 있다. 다 들었다.

혜 란   (경멸의 눈으로 일동 본다. 이런 개새끼들...!)

혜란, 한마디도 하지 않고 그대로 지나쳐 보도국 쪽으로 가버리면,

곽 기자   (일동 한 번 본다. 아우 진짜!!! 창피한 줄을 알아라! 하는 눈빛!)
일 동   (뭐.... 그렇다는 거지... 말도 못하나...? 쩝...)

S#6. 보도국 국장실. N

연달아 울리는 전화벨. 유선전화부터 장 국장 휴대폰까지
벨소리 쉼 없이 울린다.
장 국장 굳은 얼굴로 받지 않고 묵묵히...
그 앞에 마주 앉은 웅 팀장. 역시 굳은 얼굴이다.

웅 팀장   결단 내리시죠.
장 국장   (보면)
웅 팀장   이건 못 덮어요. 한지원 스캔들하곤 급이 다르다구요.
장 국장   (미간 좁힌 채) ....
웅 팀장   말이 어떻게 도는지 아세요? 글쎄 고혜란이 케빈 리랑, (하는데)
장 국장   담배 있냐?
웅 팀장   (앞주머니 뒤적이다가) 끊으셨잖아요?
장 국장   (손 내밀며) 줘봐.
웅 팀장   (끄응....주면)

장 국장   (심각하게 담뱃갑 본다. 보다가 무거운 한숨에서..)

S#7. 보도국 휴게실 일각. N

탁탁탁! 두통약 꺼내 입에 털어 넣은 뒤 정수기 물을 받아 마신다.
혜란, 나직이 한숨.. 그러다가 어깨 펴고 심호흡 한 번 더 한 뒤

혜 란   (나직이 혼잣말로) 괜찮아 혜란아. 괜찮아..
         (컵을 탁! 놓고 돌아서서 가면)

S#8. 보도국 분장실. N

미주, 벙찐 표정으로 정리하다 말고 빤히 쳐다보며

미 주   언니...
혜 란   왜 내 의상이 없어?
미 주   저기.. 그게요 언니, 좀 전에 지시가 내려와서요..
         아, 어뜩하지? (어쩔 줄 모르는 표정으로 보면)
혜 란   ? (보다가 순간 굳는 표정에서)

S#9. 뉴스나인 스튜디오. N

방송 준비로 분주한 스튜디오.
스탭들, 일이 이렇게 돌아가냐...? 쑥덕대며 보면,
데스크에 연정. 과하다 싶을 만큼 신경 쓴 차림새.
기대도 되고 긴장도 되고. 손거울로 요리조리 얼굴 살피는데

웅 팀장	(들어오며) 이연정 씨! 원고 받았죠?
연 정	(방긋) 네 팀장님!
웅 팀장	(연정 보는데. 아 칙칙하다... 한숨 한 번 쉬고 스탭들에게)
	야! 조명 이게 다냐? 발전기라도 돌려서 최대치로 올려봐!
	막내야! 예능팀 가서 반사판이라도 좀 빌려오든가!
	(카메라 팀에게) 카메라 워킹 맞춰봤어? 앵커 바뀌었잖아!

스탭들, 네! 이리저리 우왕좌왕하다가 일동 얼음.
순식간에 냉랭해지는 공기.

웅 팀장	(뭐야? 탁 돌아본다)
이연정	(? 같이 돌아보면)
혜 란	(카메라 옆에 서서 데스크를 쳐다보고 있다)

그녀의 시선이 닿는 곳.
데스크에 앉아 있는 앵커....이연정이다. 시선에서.

S#10. 보도국 국장실. N

혜란의 굳은 표정 이어지고 테이블 탁자 위엔 수북한 담배꽁초.

혜 란	설명을 좀 해주셔야겠는데요?
장 국장	말 중에서 제일 재밌는 게 뭔 줄 알아?
	남 씹는 얘기야. 그것도 잘나가는 놈 뒤에서 씹는 거.
	그런데 그 잘나가던 놈이 똥까지 밟았대, 다들 어떻겠냐?
혜 란	(이를 꽉) 저 아니에요.
	케빈 리 죽은 거랑 저 아무 상관없다구요!
장 국장	니가 그랬는지 아닌지는 사실은 지금 중요하지 않아.
	니가 그랬다고 사람들이 믿기 시작했다는 게 문제지.

혜 란	(미칠 것 같은 분노로) 그래서.. 저 이대로 끝내시겠다구요?
장 국장	(한숨으로) 내일 일찍 비상회의 소집될 거야,
	그때까진 근신하면서 결과 기다려.
혜 란	잘못한 게 없는데 근신을 왜 합니까?
장 국장	혜란아,
혜 란	국장님! 나.. 아니라구요.
장 국장	(보며, 조용히, 누르듯) 가서 기다리고 있어. 어?
혜 란	(이런 젠장! 보는 데서)

S#11. 은주의 집 거실. N

        TV에선 온통 재영 이야기뿐이다.
        은주, 표정 없는 얼굴로 텔레비전 본다.

패널1E	지난 18일 교통사고로 사망한 프로골퍼 케빈 리 씨 소식인데요,
	사고사가 아닌 타살 가능성이 제기됐다고 하죠?
은 주	(툭, 리모컨 누르면 바뀌는 화면. 스포츠 채널이다)
앵커E	(TV) 첫 출전한 US 오픈에서 우승컵을 거머쥐며
	화려하게 등장한 고 케빈 리 씨는 PGA 투어에서 또 한 번의
	우승 신화를 이뤄내며 골프계의 신성으로 떠올랐습니다.
은 주	(툭, 다시 리모컨 누르면)

        텔레비전. 바뀌는 화면. 교통사고 현장

리포터E	(TV) 비운의 골프 천재 케빈 리의 생명을 앗아간 이곳은
	급커브 길로 워낙 시야가 좋지 않은 구간이었는데요.
	사고 당일엔 폭설이 내려...
은 주	(표정 변화 없이....)

S#12. 플래시백1〉 병원 시신 안치실.

흰 천에 덮인 시신 한 구.
은주, 덜덜 떨리는 손끝이 시신을 덮은 흰 천으로 다가가고
강기준. 그런 은주를 묵묵히 기다려준다.
은주, 떨리는 손으로 흰 천 들춘다.
창백한 얼굴. 현실감 없는 표정으로 재영의 시신 쳐다보다가
순간 다리에 힘이 풀린 듯 그대로 쪼그리고 주저앉으면.

S#13. 플래시백2〉 시신 안치실 앞 복도.

의자에 앉아 있는 은주 앞으로 강기준, 생수 한 잔 건넨다.

은 주   .. 고맙습니다... (두 손으로 받는데)

강기준의 시야에 포착된 은주의 손가락.
결혼반지가 끼워진 자국 선명한 채, 반지는 없고.

은 주   (아직 의식 못한 듯.. 컵을 받은 채 들고만 있으면)
강기준   (보며) 힘드신 건 알지만 몇 가지만 좀 확인하겠습니다.
은 주   ...
강기준   남편 분께서 그날 밤 무슨 일로 밖에 나가셨는지
            혹시 알고 계십니까?
은 주   (천천히 고개 흔드는) 아뇨..
강기준   술을 많이 마셨던데.. 왜 매니저나 대리를 부르지 않고 직접 운전을 했
            을까요?
은 주   (고개 흔든다) 모르겠어요...
            평소에 그렇게 술을 많이 마신 적도 없었구...
            술을 한두 잔만 마셔도 절 부르거나 매니저를 불렀었는데..

왜 그랬는지, 저두 잘... (말끝을 흐리면)

강기준   부인께서는 어젯밤부터 계속 집에 계셨었나요?

은 주   네. 몸이 안 좋아서 일찍 잠들었어요,

(하다가 무슨 생각이 났는지 반지를 뺀 왼손을 보고 만다. 멈칫..

그러더니 표 안 나게 슬그머니 오른손으로 왼손을 감싼다)

강기준   (흘끗 그런 은주의 손동작을 놓치지 않으며) 그러시군요..

안 그래도 경황이 없으실 텐데 이런 말씀 뭣하지만..

그래도 정확한 사인을 알기 위해 꼭 필요한 과정이라서요,

부검 말입니다. 동의해주시겠습니까?

은 주   (부검...? 전혀 예상 못한 말이다. 빤히 보며) 부검.. 이요?

강기준   아, 다른 뜻은 없습니다.

교통사고라고 해도 가해자와 피해자가 명확한 사고가 아닌 경우엔 정

확한 사인을 밝히기 위해 대개 부검을 하거든요.

은 주   ... 우리 그이... 사고가 아닌가요...?

강기준   그걸 확인하려고 하는 겁니다.

은 주   (살짝 불안하게 흔들리는 눈빛으로 반지 꼈던 손가락을 만지작)

강기준   (그런 은주를 조용한 눈빛으로 관찰하듯 쳐다보는 데서)

S#14. 강기준의 사무실. N (현재)

조용히 사진들을 쭉 늘어 뜨려놓고 생각에 잠겨 있는 강기준,

사건 현장에서 찍은 사진들을 하나하나 다시 살펴보다가

케빈 리의 사체 일부가 찍한 사진을 본다.

그중 왼손 쪽 들여다보면 반지가 끼워졌던 흔적이 있는 손가락.

(역시 반지는 없고)

강기준   ... (무슨 뜻일까 이건? 이마를 꾹꾹 누른다. 그 옆으로)

박성재   (야식봉지 내려놓으면서) 어! 춥습니다! (그릇들을 꺼내 놓는다)

강기준   케빈 리네 집 근처 탐문은 언제 할 거야?

박성재	(젓가락 뜯다 말고) 아.. 내일 하겠습니다.
강기준	근처 씨씨티비 확인해서 케빈 리가 집에서 나간 시간이 정확히 언젠지 알아봐.
박성재	네, (뚜껑 열고, 젓가락과 그릇을 강기준 앞으로 내밀면서) 근데 말입니다. 왜 살인사건이라고 생각하십니까? 정말 고혜란이 죽었다고 생각하십니까?
강기준	(받아서, 표정 없이 후룩후룩 먹기만)
박성재	(벌쭘해져서) 여기 단무지.. (내밀고, 같이 후룩후룩 먹는 데서)
이연정E	(TV) 지난 1월 18일 교통사고로 사망한 고 케빈 리 씨의 부검이 오늘 진행됐다는 소식입니다.

S#15. 은주의 집 거실. N

소파 밑을 내려다보는 은주의 시선,
이리저리 무언가를 찾다가 한쪽에 버려졌던 반지를 발견한다.
손을 뻗어 잡는 그 뒤로 계속 흐르는 뉴스 화면 계속.

| 기자E | (TV 화면) 케빈 리 씨 사망사고를 조사 중인 경찰은 여러 가지 가능성을 열어두고 정확한 사인 규명을 위해... |

그때 울리는 핸드폰벨. 은주, 일어나 앉다가 핸드폰을 본다.
TV 음소거 버튼 누르며 받아든다.

| 은 주 | 어, 혜란아. (들으며) 응, 부검하기로 했어. 경찰이 그러자 그래서... 그렇게 해두는 게 나중을 위해서도 좋을 거 같구.. (시선 다시 TV에).. 미안해 혜란아. 니가 우리 그이 신경 많이 써줬는데 이런 일로 골치 아프게 해서.. |

S#16. 보도국 일각. N

혜 란   걱정할 거 없어, 골치는 좀 아프지만.. 내가 해결할 수 있어.
          그나저나 넌 어 때? 혼자 있어도 괜찮은 거니?

은 주   (INSERT〉 거실) 어, 견딜만 해.. (그러다가)
          참.. 부검 끝나는 대로 장례식할 건데.. 너 올 거지?

혜 란   (잠시 멈칫.. 그러더니 담담히) 그럼. 니 남편인데.

은 주   (INSERT〉 거실) 그때 보자.

혜 란   (끊는다. 잠시 생각에 잠긴다. 저편으로 이연정이 나오는 화면을 쳐다
          보지도 않은 채 가방과 외투 챙겨들고 나가면)

S#17. 은주의 집. N

          핸드폰을 내려놓고 시선 다시 화면을 향한다.
          (TV 화면〉 경찰서에서 플래시 세례 받으며 걸어 나오는 혜란의 모습)
          은주, 표정 없이 그 모습 보다가 주워든 반지를 본다.
          그리고 말없이 도로 손가락에 끼우는 데서.

S#18. 태욱부의 집 거실. N

          앞의 경찰서를 나서는 혜란의 화면 이어지면서

기자E   (TV) ... 경찰은 고혜란 씨를 참고인 자격으로 불러 조사했는데요,
          자세한 사망 원인은 부검 결과가 나와야 밝혀질 것으로 전해지고 있습
          니다.

          그 뉴스를 바라보는 시선 하나. 휠체어에 앉은 태욱부다.

태욱모	(태욱부 불호령 떨어질까 겁난다) 다른 데 보세요.
	(리모컨으로 채널 돌리려는데)
태욱부	놔둬.
태욱모	(그 기세에 하는 수 없이 리모컨 내리면)
태욱부	(노여움 꾹 누르고 보다가) 전화해봐.

S#19. 바 안. N

태욱의 핸드폰이 울린다. 들여다보면 발신자 〈어머니〉
INSERT〉 태욱모, 핸드폰을 든 채 흘끗 태욱부 눈치를 한 번 본다.
태욱부, 표정 없이 흠..! 시선 뉴스 화면 향해 고정돼 있고.
다시 카페〉
태욱, 끝내 받지 않은 채 괴로운 한숨 내쉬는데
그 앞으로 다가서는 누군가.

태 욱	(고개 들어 보면)
윤송이	어쩐 일이에요? 태욱 씨가 여기까지?
태 욱	(본다)
윤송이	(뭐지? 뭔가 심상치 않은 눈빛으로 쳐다보는 데서)

S#20. 재소자들 TV 시청 중인 방안.

재소자1	설마, 고혜란이 죽인 거래?
재소자2	글쎄 다른 건 모르겠고, 냄새는 확실히 난다.
재소자1	뭔 냄새?
재소자2	죽은 그 골프선수 (새끼손가락 보이며 묘하게 빙글)
	고혜란이 이거라는데 내 열손가락 건다.
재소자들	(킥킥거리며 웅성웅성 가십거리에 각자 지껄이는 가운데)

한쪽에 앉아 이연정이 진행하는 뉴스 화면을 듣고 있는 하명우
재소자들의 소리를 고스란히 듣고 있다.
조용히 시선, 묘한 근심으로 생각에 잠기면.

S#21. 혜란의 집. N

혼자 주방에 앉아 위스키 중인 혜란
그 뒤로 문을 열고 안으로 들어오는 태욱, 쭉 거실로 들어온다.

태 욱   (혜란을 본다. 보더니) 방송국에 당분간 휴가 쓴다고 해,
         사건 잠잠해질 때까지 당분간은 사람들 앞에 나서지 말구.

혜 란   ...

태 욱   그리구.. 선배한테 연락 왔었어.
         청와대 쪽에서 너 대변인으로 쓰는 문제 말인데, 그건 일단,

혜 란   (듣고 싶지 않은 듯) 윤송이 찾아갔었다며.

태 욱   (혜란을 본다)

혜 란   (돌아보며) 왜? 뭐가 궁금해서 찾아갔었는데?

태 욱   진실이 뭔지 객관적으로 얘기해줄 사람이 필요했어.
         널 변호하려면.. (하는데)

혜 란   (말 자르며) 날 변호하겠다면서! 왜 나한테 직접 물어보지 못해?
         나한테서 무슨 말이 나올까 무섭니?
         그 정도도 감당 못하면서 날 변호하겠다 그런 거야?

태 욱   (보면)

혜 란   좋아. 사실만 얘기할게.

태 욱   (보면)

혜 란   안 죽었어.

태 욱   케빈 리 차 안에 있던 그 브로치는 어떻게 설명할 거야?

혜 란   똑바로 질문해야지 강태욱! 브로치가 아니라 다른 게 궁금한 거잖아.
         케빈 리랑 내가 무슨 관겐지.

케빈 리랑 나 사이에 무슨 일이 있었는지.

그 밤에 케빈 리랑 케빈 리 차에서 뭘 했는지!

태 욱   (보면)

혜 란   잤냐구? 안 잤어.

안 믿는다구? 할 수 없어.

그럼 무슨 관계냐구? 말했잖아. 출연자랑 진행자였다구.

아, 하나 더 있네. 내 친구 남편.

자, 나는 다 말했어. 또 뭐가 알고 싶어?

태 욱   사실만 얘기한다며?

혜 란   사실만 얘기하는 중이잖아! 왜 못 믿는데!

태 욱   (보면)

혜 란   지금까지 내 뉴스에 출연한 사람이 수백 명이야!

출연자랑 단 둘이 미팅 잡고, 술 마시고 커피 마시고, 밥 먹은 적 수두

룩했구!! (보며) 그 사람들 사고로 죽을 때마다

나는 의심받구 용의자가 돼야 하는 거니?

태 욱   (표정 없이 건조한 눈빛으로 보면)

혜 란   대체 당신.. 지금 나를 변호하겠다는 거야,

아니면 니 의심을 확인하겠다는 거야?

태 욱   니가 죽였대도 상관없어.

어쨌든 널 변호하겠단 마음은 변함없으니까!

혜 란   (이 새끼가 진짜!) 안 죽였어!

(일어나 태욱을 지나쳐 방 쪽으로 가다가 순간 열! 빡! 돌아보며)

안 잤다구. 이 나쁜 자식아!!!!

S#22. 혜란의 집 침실. N

벌컥! 문 열고 안으로 들어온 혜란, 있는 힘껏 쿵! 문을 닫는다.

너무 너무 화가 난다.

화장대 위에 놓여 있던 혜란과 태욱의 결혼스냅사진 액자.

혜란, 액자 들어 냅다 바닥으로 패대기친다.

그러다가 그대로 힘없이 한쪽에 기대앉는 그녀 위로,

재영E   뭐야? 설마 너, 니 남편 사랑해..?

S#23. 혜란의 회상〉 사고 당일 혜란의 차 안. N

혜 란   (운전석에 앉은 채 묻는 재영을 빤히 돌아본다)

재 영   (조수석에 앉은 채 돌아보며) 니 남편.. 사랑해?

혜란E   (쳐다보는 위로) 그 사람이 처음이었어..

                그토록 비루하고 비참한 나를.. 온전히 사랑해준 사람은.

재 영   (대답을 기다리는데)

혜 란   (나직이) 그러는 넌... 나 사랑하니...?

재 영   (멈칫.. 혜란을 본다)

혜 란   나는 너.. 그랬었어.

                너랑 나. 우리 둘 다 젊었고. 뜨거웠고.

                그 순간엔 나. 너밖에 없었어.

재 영   (전혀 예상 못한 말이다) 너 또 무슨 말장난을 하려구,

혜 란   (OL) 살면서 문득문득.. 지치고 힘들 때마다 니 생각 했어.

                널 떠올릴 때마다 나는.. 널 좋아했던 그 마음으로 돌아가곤 했어.

                그럼 위로가 됐거든. 너랑 함께 있었던 시간을 떠올리는 것만으로도

재 영   (묘하게 흔들리는 눈빛 위로)

혜 란   오늘부터 또 십 년을. 그리고 또 십 년을....

                나.. 그러고 싶어.

                너를.. 미워하고 증오하면서 기억하고 싶지 않아.

                사랑했던 남자로 기억하게 해줘 재영아.

재 영   날 사랑했었다? 그 말을 믿으라구?

혜 란   니 말대로 너랑 나 호적에만 안 올렸지. 우리 부부였어.

                사랑하지 않는데 어떻게 그 긴 시간을 같이 보내...?

재 영	(본다. 보더니) 그럼 니 남편은? 그 자식도... 사랑해...?
혜 란	(그 말에 재영을 본다, 시선 위로)
혜 란	(본다. 보다가) 필요해.
재 영	그것뿐이다?
혜 란	그것뿐이야.
재 영	(본다. 잠시 재는 듯 혜란을 보면)
혜 란	(진심을 알 수 없는 눈빛으로 재영을 똑바로 응시한다)
재 영	(그대로 혜란에게 키스하려고 혹! 들이민다)
혜 란	(멈칫.. 재영을 본다)
재 영	(혜란을 떠보듯 흘끗 쳐다본다)
혜 란	(본다. 보다가 그녀가 먼저 재영에게 키스한다...)
재 영	(이것 봐라..? 이거.. 뭐지?)
혜 란	(한쪽 손으로 재영의 얼굴을 감싸주면)
재 영	(순간 혹! 마음이 동하면서 혜란에게 덮치듯 목으로 파고들면)
혜 란	...!

견디자. 어떻게든 견딘다. 두 눈 꽉 감아버리는 혜란 위로
INSERT〉 혜란의 차 안. 블랙박스의 파란 불빛이 깜박깜박하는 데서.

| 태욱E | 무슨 사입니까, 두 사람.. |

S#24. 플래시백〉 조금 전 그 바 안. N

윤송이	무슨 뜻이에요, 이 질문..?
태 욱	케빈 리하구 혜란이.. (보며) 언제부터였는데요, 두 사람.
윤송이	(하.. 가벼운 한숨) 왜 이래요 태욱 씨까지.
	고혜란, 그런 여자 아니라는 거 몰라요?
태 욱	안다고 생각했는데.. 그럴수록 점점 모르겠어요.
	아이를 지웠을 때도.. 지금도.. 나는 점점 혜란이를 잘 모르겠어요.

윤송이   ...? (본다. 시선에서)

S#25. 다시 현재〉 태욱의 서재. N

혼자 나직이 한숨을 내쉬는 태욱, 못난 짓을 해버렸다.
밀려오는 자책감 위로.

혜 란   (플래시백〉) 안 잤다구! 이 나쁜 자식아!!
재 영   (플래시백〉 클락 바. 4부 12씬) 왜 이러십니까, 순진하게.
남자 여자로.. 케미컬하게 끌리는 건 전혀 다른 문제죠 강 변호사님,

태욱, 혼자만 아는 깊은 괴로움 속으로 가라앉는다.
그렇게 밤이 깊어가면.

S#26. 경찰서 전경. (아침)

S#27. 서장실.

강기준, 서장(남. 40대 초반) 앞에 선 채
결재 서류 하나 책상 위에 올리며

강기준   고혜란. 압수수색영장 청구하겠습니다.
서 장   부검 결과도 아직 안 나왔습니다.
강기준   그 전에 영장부터 주시죠.
이대로 두면 증거인멸의 우려가 있습니다.
서 장   선배님. 계급장 떼고 편하게 얘기할게요.
강기준   (보다가) 말해.

서 장	이번 거 단순 교통사고일 확률이 커요.
	그쪽으로 결론 나면 선배님 명예롭게 퇴임 못하십니다.
	상대는 고혜란이에요. 전 국민이 다 아는 앵커고 기자 출신이라구요
강기준	기훈아.
서 장	네.
강기준	케빈 리 봤지? 몸이 장난 아니야. 게다가 운동선수야.
	그런 사람이 겨우 가로등 하나 들이박았다고 현장에서 즉사해?
	게다가 브레이크도 안 밟았어.
서 장	음주운전이었으니까요.
강기준	에어백이 정면에서 터졌는데 얼굴엔 찰과상 하나 없어.
	왜 그랬을까? (똑바로 보며) 그 전에 죽어 있었으니까.
서 장	심증만으로는 영장 안 나옵니다. 증거 가지고 오세요.
강기준	그러니까 영장 줘. 증거 찾아오께.
	고혜란 통화기록 조회하고 내비 조회하고 블랙박스 까고,
	그럼 동선 쫙 나오잖아.
서 장	부검 결과 나오고 고혜란 혐의 제대로 잡히면 청구할게요.
강기준	동민아!
서 장	언론인 잘못 건드리면 어떻게 되는지 아시잖아요.
	까딱하면 경찰 아니라 견찰되는 겁니다.
	그 부담 안 고 갈 수는 없어요. 부검 결과 나오면 다시 말씀하세요.
강기준	(본다. 한숨.. 서류 접고 돌아서서 문을 열다 말고)
	형사 짬밥 30년이야.
	현장 보는 순간 딱 감이 왔다니까.
	(보며) 이거 단순 사고 아니야. 두고 봐. (나간다. 문 닫으면)
서 장	(아.. 참! 쳐다보는 데서)

S#28. 방송국 보도국 대회의실.

부사장, 본부장 이하 장 국장, 웅 팀장 등 대형 테이블에

둘러앉아 설전 중이다.

본부장	장 국장! 당신 조직 관리를 어떻게 하는 거야?
	JBC 간판 앵커가 살인? 이거야말로 뉴스에 나올 일이야!
장 국장	.... 죄송합니다.
부사장	어제 시청률은 어땠습니까?
웅 팀장	전날 대비 6퍼센트 떨어졌습니다.
본부장	얼마? 0.6도 아니고 6퍼센트? 장 국장 도대체 뭐하는 사람입니까?
	이거 어떻게 수습할 거예요?!
장 국장	.....
부사장	광고는 유지되고 있습니까?
광고팀장	현재 네 개 빠져나갔습니다. (난처하다. 장 국장 보면)
본부장	(어이구 골이야..... 뒷목 잡다가)
	야! 웅 팀장은 뭐하고 있었어!
	고혜란이 참고인으로 불려갔으면 바로 대안을 마련했어야지.
	이연정이 언제적 이연정이야!
웅 팀장	죄송합니다....
부사장	내일 아침까지 6프로 원상 복귀시킬 대안 찾아서 보고 하세요.
	고혜란에 대한 처분은 그 이후에 논의하죠. (일어나 나가면)
본부장	(따라 나간다)

장 국장, 웅 팀장, 따라 일어나 목례한 뒤 문 닫히자, 후유! 한숨.

웅 팀장	(흘긋 장 국장 보며) 그냥 대전에서 한지원 불러오죠?
장 국장	(심란하다) 담배 줘봐.
웅 팀장	(꺼내 주면서 중얼) 부사장님도 심하시네.
	집 나간 6프로를 하룻밤 새 뭔 재주로 찾아오냐구.
장 국장	(받아서 한 개피 꺼내다) 고혜란... 정말 가망 없는 거냐?
웅 팀장	지금 우리가 고혜란 걱정할 땝니까?
	미련 버리세요. 괜히 인정에 휘말렸다가 국장님이나 저나

한방에 갈 수 있어요.

장 국장	(흠.. 고개 돌려 창밖으로 보이는 고혜란을 본다)
혜 란	(한쪽에 서서 회의실 안 장 국장을 보고 있는 중)
장 국장	(아.. 저걸 어쩐다? 시선에서)

S#29. 법정 안.

판사, 최종 선고 하는 중이다.

판 사	(전략) 피해자에 대한 상해진단서의 기재 내용은 위 피해자의
	상해 부위와 정도에 대한 증거가 될 뿐 피고인의 폭행으로 인한
	공소 사실 자체에 대한 직접 증거라 할 수 없다.
정기찬	(주먹으로 예쓰! 태욱 보면)
태 욱	(담담하게 캄 본다)
캄	(울컥, 올라오는 얼굴로 태욱 본다)
판 사	이에 형법 제260조, 형사소송법 제308조에 의하여,
	피고인에게 무죄를 선고한다.

와! 쏟아지는 함성.

S#30. 법정 밖.

신나서 나오는 정기찬과 태욱.

정기찬	역시 칼 있으마! 변호사님 (엄지 척!)
태 욱	(미소 짓는데 어쩐지 씁쓸...)
변우현	(뒤따라 나오며) 축하합니다 선배님!
태욱/기찬	(돌아보면)

변우현	드디어 1승 하셨네요. 역시 형수님이십니다.
	선배님 소신을 그렇게 지지하신다더니 방송에서 직접 다뤄주시고.
	내조가 대단하시네요?
정기찬	(불쾌!) 그 뉴스가 아니었어도 저흰 충분히 승산이 있었습니다만?
변우현	참. 형수님은 괜찮으세요?
정기찬	(저 자식이 근데...)
태 욱	어. 괜찮아.
변우현	다행이네요. 우리 집 사람 말로는 보도국에서는 많이 곤란한 상황
	같던데.. 부사장까지 나서서 형수 압박하는 모양이더라구요,
	아무래도 뉴스나인 컴백 힘들 거 같다구...
태 욱	(보면)
변우현	힘드시겠어요, 사실 우리 같은 법조인들,
	가족 일로 엮이면 그거처럼 격 떨어지는 일 없잖아요?
태 욱	(그 말에 굳어 보면)

S#31. 태욱의 차 안.

정기찬 운전하면서 태욱 눈치 슬금슬금

정기찬	(안 되겠다. 말해야겠다. 입술이 달싹, 아니다. 못하겠다)
태 욱	(지그시 눈 감은 채) .....
정기찬	(아니야. 해야 돼. 다시 입술이...아냐! 난 못해)
태 욱	(여전히 눈 감은 채. 툭) 뭔데요. 말씀하세요.
정기찬	(그래! 하자!) 그게 말입니다, 실은 분위기가 너어무! 안 좋습니다.
	물론 저는 고혜란 앵커님을 믿습니다!
	세상에 그럴 리가 있겠습니까!
	얼마나 변호사님을 싸랑하시는지 제가 산증인인데...
	어딜 봐서 그런 골프선수랑.. 참나! 사람들이 말야, 남의 말이라구
	진짜 함부로 해대구 말이지, 어딜 봐서 우리 형수님이 어?

아 나 참! 이건 뭐 아홉수도 아니고,

(하다가) 혹시 올해 삼재세요?

태 욱   ...

정기찬   (쩝.. 보더니) 암튼..

분위기가 너어무 안 좋은 건 사실입니다. 변호사님.

태 욱   (나직이 한숨으로 창밖 내다보는데 올리는 핸드폰벨)

보면 발신자 〈어머니〉다.

태욱, 잠시 망설이다가 받는다.

태 욱   네, 어머니. (시선에서)

윤송이F   많이 힘들어 보이더라, 태욱 씨 말야.

S#32. 방송국 보도국 1팀 사무실 & 윤송이의 사무실.

다들 방송 준비로 분주한데 혜란만 할 일 없이 우두커니

책상 앞에 앉은 채 윤송이와 통화 중.

윤송이   (INSERT〉 일각, 믹스커피 저으며)

어떻게 얘기는 좀 잘 나눴어? 위로 좀 해주지.

혜 란   나 지금 바빠.

윤송이F   날 세우고 각 세울 때 아니야. 지금 이 상황에서 온전히 니 편 돼줄 사

람 태욱 씨뿐이잖아. 잘 좀 달래서.. (하는데)

혜 란   끊어. (탁.. 끊는다. 한숨에서)

윤송이   (INSERT〉 일각. 끊긴 핸드폰 본다 뭐지? 뭐가 있긴 있는 건가? 싶은 표

정에서)

혜 란   (그녀 역시 이 상황이 만만치 않다. 잠시 생각에 잠기면)

S#33. 카페 안 일각.

말없이 커피를 마시고 있는 태욱, 그 맞은편에 앉은 태욱모

태욱모   너 도대체 집안 간수를 어떻게 하고 있는 거야?
        내가 정말 창피해서 얼굴을 들고 다닐 수가 없구나.

태 욱   사람들 말 듣지 마세요, 전부 다 사실 아니에요,
        정말로 참고인 조사차..

태욱모   내가 지금 그런 거 알고 싶대? (하다가)
        거두절미하고 이번엔 진짜로 갈라서라.

태 욱   (계속 아까부터 옆쪽에 시시덕거리는 남자들이 신경 쓰인다)

태욱모   난 더 이상 그 애 보고 싶지 않다.
        이번 일은 절대로 그냥 넘어갈 수도 없는 일이고.

태 욱   (계속 그쪽 쳐다보는 위로)

남자1   야, 이거 대박 아니냐? 고혜란하고 케빈 리하구..

남자2   얌마 너두 조기 축구 관두구 골프를 해요 골프를,
        고혜란같이 도도한 여자도 혹 가잖아.

태욱모   얘, 너 에미 말 듣고 있는 거니?

남자1   둘이 해외 로케도 갔었잖아 왜, 거기서두 장난 아니었대.

남자2   같이 잤데?

남자1   내 친구의 사촌의 친구의 남편이 거기 스탭이었는데 둘이 한방 썼다던
        데 뭐?

남자2   (키득키득) 고혜란이 꼬셨을까, 케빈 리가 꼬셨을까? 어?

태 욱   (미치겠다)

태욱모   태욱아!! (하는데)

태욱, 일어나 남자들 테이블로 저벅저벅.
그대로 남자2 먹살 잡고 일으키는 순간
퍽...! 남자2의 얼굴을 강타하는 태욱의 주먹.

태욱모	(충격으로 헉!! 놀라서 쳐다본다)
남자1, 2	(둘 다 놀라서, 맞은 남자2도 역시 벙쪄서 쳐다보더니)
남자1	(퍼뜩 정신 들고) 야! 너 뭐야?! (일어서는데)
태욱	(테이블 위에 명함 탁 올려놓으며) 고소하세요.
	(그리고는 다시 자리로 오면)
태욱모	너 지금 이게 에미 앞에서... (하는데)
태욱	그 사람 제 아내예요 어머니!
태욱모	태욱아!
태욱	세상 사람들이 다 손가락질하고 나쁘다고 욕해도 내가..
	그 사람 옆에 같이 있어줄 겁니다.
	손가락질도 같이 받을 거고 욕도 같이 들어줄 거예요.
	나는 그 사람 남편이니까요.
	(하더니 그대로 외투 집어 들고 나간다)
태욱모	(허..! 기가 막힌 듯 나가는 태욱을 빤히 본다. 시선에서)

때린 주먹 툭.. 털어내듯 쭉 걸어 나오는 태욱, 그 위로,

혜란	(플래시백〉 3부 58씬) 나는 너 사랑 아니야, 그래도 괜찮아?
태욱	(플래시백〉 3부 58씬) 내가 사랑해.
혜란	(플래시백〉 21씬) 안 잤다구 이 나쁜 자식아!!!
태욱E	(카페에서 쭉 걸어 나오는 얼굴 위로) 내가.. 사랑하면 돼.

S#34. 카페 앞.

벌컥! 문 열고 쭉 걸어 나오면서 핸드폰에 대고

태욱	나예요 사무장님, 우리 집사람에 대해
	근거 없이 악의적으로 기사 낸 인터넷 신문들 다 명예훼손으로
	고소 들어갈 겁니다. 신문사 이름, 기자 이름 다 뽑아주세요,

(걸어오면서) 네, 지금부턴 적극적으로 방어할 겁니다.
준비해주세요! (탁! 끊는 데서)

S#35. 보도국 국장실.

책상 위로 올려놓는 봉투.

장 국장	(보면)
혜 란	사직섭니다.
장 국장	(사직서를 한번 쳐다보더니) 무슨 뜻이야?
혜 란	해석은 국장님이 하세요,
장 국장	그러니까 마지막 패를 던질 만큼 너는 결백하다? 그런 거야?
혜 란	그동안 신세 많았습니다. 건강 챙기세요. (돌아서서 나가는데)
장 국장	청와대 대변인.. 포기해.
혜 란	(멈춰 선다. 돌아본다)
장 국장	내 모가지도 하나야. 곧 떠날 놈 때문에 하나밖에 없는 모가질 걸 순 없잖아? 니가 선택해. 어떡할래?
혜 란	(본다, 빤히 쳐다보는 데서)

S#36. 플래시백〉 어느 장소.

최형식	이런 불미스런 사건에 연루돼서 안타깝습니다.
혜 란	무슨 뜻입니까? 정확하게 말씀해주시죠.
최형식	금번에 있었던 대변인 제안은 없던 일로 해야 할 것 같습니다.
혜 란	홍보수석께서 그렇게 결정하셨나요?
최형식	들어가는 대로 그렇게 보고를 드릴 예정입니다만,
혜 란	그렇군요, 알겠습니다. (미련 없이 일어서다가)

혹시 괜찮으시다면 그 보고,

오늘 제 뉴스나인을 본 다음, 올려주시겠어요?

최형식 뉴스나인에서 물러나신 거 아니었습니까?

혜 란 (짐짓 미소로) 방송국이라는 데가 냉정한 건 사실이지만,

그렇다고 참고인 조사 한 번 받은 걸로 밥그릇 뺀 그런 조직은 아닙

니다. 그럼..

(일별한 뒤 당당하게 돌아서는 데서)

S#37. 보도국 복도.

장 국장 (한쪽으로 걸어오는 옆으로)

웅 팀장 (급하게 따라붙으며) 국장님. 도대체 어떡할라구 이러세요?

이건 자살골이라니까요!

장 국장 (딱 멈춰 서서 쳐다보더니)

오대웅. 너 뉴스가 뭐라고 생각하나?

웅 팀장 (갑작스런 질문에 멈칫) 뉴스요? 어 그러니까 뉴스란...

세상의 정의와 진실을 알리는.. 에, 뭐 그러니까.. (하는데)

장 국장 결국은 다 쇼야. 팩트를 기반으로 한 쇼.

웅 팀장 네?

장 국장 (앞서 걸으며) 뉴스나인 고혜란이 간다.

집 나간 6프로. 고혜란이 어떻게 찾아올지 궁금하지 않나?

(씩 웃으며 다시 걸음 옮기면)

웅 팀장 (따라붙으며) 그러다 시청률 더 뚝 떨어지면요,

불매운동이라도 일어나면요!!!! (우뚝 멈춰 선 채) 국장니임!!!

장 국장 (한 손 들어 보이며 바이 바이)

웅 팀장 (아씨 돌겠네!!!)

FD E 방송 10분 전입니다!!!

S#38. 뉴스나인 부조. N

스튜디오에 딱 자리 잡은 고혜란.
그 어느 때보다 긴장된 눈빛...

기술팀장 웅 팀장! 고혜란 가도 괜찮은 거야?
웅 팀장   아 몰라!
FD E   방송 10분 전입니다!!!
웅 팀장E 전원 스탠바이!

S#39. 뉴스나인 스튜디오. N

팟! 조명 들어오고 시작되는 시그널.
카메라 워킹 시작되면서 중앙에 딱 멈추면.
카메라가 가리키는 데스크에 당당하게 앉아 있는 그녀. 혜란이다.

혜 란 (오프닝하는) 시청자 여러분 안녕하십니까.
          고혜란의 뉴스나인입니다.

          INSERT〉 태욱의 사무실.
          정기찬과 태욱, 자료 추리다가 멈칫.. 화면에 등장한 혜란을 본다.

혜 란 뉴스를 시작하기 전,
          시청자 여러분께 양해의 말씀부터 전해드려야 할 것 같습니다.
          어제 뉴스를 통해 보도된 바와 같이
          저는 케빈 리 사건의 주요 참고인으로 경찰의 조사를 받았습니다.
          단순 교통사고가 아닐 수도 있다는 게 경찰 쪽 입장이었습니다.
          그 일로 인터넷에서는 제가 유력한 용의자가 아니냐는
          추측성 기사들이 나오고 있지만..

그러나 저는 어디까지나 참고인일 뿐임을 밝혀드립니다.
그 어떠한 확대 해석이나 추측성 기사들은 자제해주시기 부탁드립니다.

(이 뉴스가 나가면서 이 뉴스를 보는 이들의 얼굴 스쳐 지난다.)
INSERT1〉 태욱부가 보는 뉴스.
INSERT2〉 최형식. 퇴근길 차 안에서 뉴스 보고, 흠..! 복잡한 눈빛.
INSERT3〉 강기준이 박성재의 핸드폰으로 들여다보는 혜란의 뉴스.
INSERT4〉 방송국 사람들도 각자 모니터 앞에서 선 채 보고 있다.
(그중 곽 기자의 모습도 보이고, 이연정도 보이고)
INSERT5〉 핸드폰으로 뉴스를 보고 있는 윤송이.
INSERT6〉 뉴스를 보는 지원의 모습도 스치면서.

혜 란   아무래도 이번 사건이 공적인 영역이기 때문에
         명확하게 사실을 전달하는 것이 옳다는 게 저와 JBC의 입장입니다.
         수사에 필요하다면 언제든 적극적으로 협조할 것이며,
         진실이 밝혀질 때까지 뉴스나인은 계속 제가 진행할 것입니다.
웅 팀장   (INSERT〉 부조. 인이어) 카메라 투 스탠바이...!
         쓰리. 투. 원. 하이 큐!

카메라2번에 불 들어오고

혜 란   (2번 향해) 고혜란의 뉴스나인은 지금까지 그래온 것처럼
         앞으로도 공정하고 투명한 보도로 시청자 여러분께 다가가겠습니다.
         그럼 오늘의 첫 번째 소식입니다.

S#40. 윤송이의 사무실. N

윤송이   (역시.. 고혜란이네. 씩 웃는다)

S#41. 태욱의 사무실. N

정기찬 역시 멋지십니다. 안 그렇습니까?

태 욱 (알고 있다, 이내 서류로 시선 돌리며) 고소 명단입니까?

정기찬 아, 예! (넘겨주며) 근거 없이 악성루머로 조회 수 올리는 인간들
          이참에 아주 싹 쓸어버리시죠.

태 욱 (표정 없이 명단 살핀다. 살피다가 다시 시선 들어 혜란을 보면)

S#42. 보도국 국장실. N

의자 끝에 바싹 앉아서 뉴스를 시청 중이던 장 국장.
한쪽에 열어놓는 노트북에는 실시간 시청률 그래프가 보인다.
점점 쭉쭉 치고 올라가는 붉은 그래프.
그 옆에서 계속 울려대는 전화벨 소리.
TV에선 혜란의 뉴스 흘러나오고 있고...

장 국장 (컴퓨터 모니터로 실시간 시청률표 확인하더니 엉덩이 쭉 밀어
            의자에 깊숙이 몸을 기대며 쭉 허리를 펴더니)
            역시 고혜란이 뉴스를 알아. (피식 웃는 데서)

S#43. 뉴스나인 스튜디오. N

혜 란 (엔딩멘트) 이상 고혜란의 뉴스나인 마칩니다.

웅 팀장E (INSERT〉 부조. 인이어) 시그널 스탠바이! 하이... 큐!!

시그널 흐르고, 카메라 크게 무빙하면서
원고 탁탁 챙기는 혜란의 모습, 풀로 잡히다가 광고로 넘어가면

혜 란	(나직한 한숨.. 내쉬면서 자리에서 일어나 내려오는데)
곽 기자	(쓱 내미는 음료)
혜 란	(보면)
곽 기자	애썼어요, 멋졌어요 선배.
혜 란	(곽 기자를 본다. 보다가 흘끗 옆쪽 돌아보면)
카메라1	(엄지 척! 해준다) 잘했어요.
카메라2, 3	(저 너머로 역시 엄지 척..)
혜 란	(짐짓 고개를 끄떡! 하면서 스탭들에게 고맙다는 인사,
	곽 기자 보며) 고맙다. (그리고는 뚜벅뚜벅 걸어 나온다)

걸어 나오는 혜란 울컥! 할 뻔하지만 끝까지 고개 꼿꼿이 든 채
스튜디오 빠져나오는 모습에서.

S#44. 지하주차장. N

힘겨운 전투를 끝내고 나오는 혜란의 모습,
차를 향해 뚜벅뚜벅 걸어오다가 멈칫.. 천천히 걸음을 멈추고 보면
그 앞에 서 있는 남자, 태욱이다.

태 욱	(고개 돌려 혜란을 본다)
혜 란	(태욱을 빤히 쳐다본다. 보다가 살짝 갈라진 음성으로)
	무슨 일이야?
태 욱	(본다. 보다가 혜란 앞으로 다가선다) 한 가지만 물어보자.
혜 란	더 물어볼 게 남았니?
태 욱	블랙박스, 칩은 어떻게 했니?
혜 란	(빤히 본다. 보다가 피곤한 듯 아무렇게나) 몰라.
태 욱	몰라?
혜 란	정비소에서 차 찾아오는 길에 확인했는데 이미 없었어.

S#45. 정비소. N

정비소1 없었어요, 차 들어올 때부터 이미 칩이 없어서, 보험회사에 넘겼나 그
         랬는데요 그땐?

강기준 아, 그래요? (끄떡이면)

S#46. 다시 지하주차장. N

혜 란 솔직히 나는 정비소 쪽에서 잃어버린 거라고 생각했는데,
         그쪽에선 처음부터 없었대. 어떻게 된 건지 나도 몰라.
         그래서 돌아버리겠어.
         내가 케빈 리를 안 죽였다는 유일한 단선데! 그게 사라졌으니까.

태 욱 (물끄러미 바라보면)

혜 란 물론 당신은 내 말 못 믿겠지만.. (지나치려는데)

태 욱 뉴스.. 잘했어, 당신답게.

혜 란 ? (멈춘다. 보면)

태 욱 (보며) 못나게 군 거 사과할게. 미안해.
         더 못난 소리 같지만.. 화가 나서 그랬어.
         당신이 그런 사람하구 이런 사건으로 엮인 것부터..
         불쾌하구 화가 나서,

혜 란 (빤히 쳐다보면)

태 욱 지금부터는 당신 믿어.
         당신이 하는 모든 말 전부 다 믿고 갈 거야.
         그러니까 당신을 도울 수 있게 해줘. 남편으로서 변호인으로서..
         이젠 좀 나한테두 기대줘 혜란아.

혜 란 (순간 눈시울이 붉어져 온다. 사건 이후의 고단함과 피로 그리고
         힘들었던 그 모든 것들이 한순간 와르르 무너질 듯... 쳐다본다)

태 욱 (본다. 보더니 말없이 혜란을 끌어와 꼭 안아준다)

혜 란 (툭.. 처음으로 눈물이 툭..! 떨어지고 마는...)

그 모습, 길게 주는 데서.

S#47. 경찰서 회의실 일각. N

박성재   어? 이거 뭐야...?
          (다시 돌려보고, 또 돌려보다가, 대박...! 쳐다보더니)

          그대로 노트북 들고 뛰쳐나간다.

S#48. 형사과. N

          한쪽에 길게 누워 눈을 붙이고 있는 강기준,
          그 옆으로 노트북 들고 뛰어 들어오는 박성재,

박성재   이것 좀 보십쇼!!
강기준   (짐짓.. 눈을 뜨며 일어나 앉으면) 뭐야? 뭐가 좀 나왔어?
박성재   보십쇼 이거! (화면 뒤쪽으로 후르륵 돌린 뒤 플레이 누른다)

          강기준, 눈을 게슴츠레 뜨고 본다. 보다가 순간 멈칫..!
          뭐지? 이건? 하고 다시 뒤로 돌린 뒤 플레이 누르면.
          화면에 나타나는 차 한 대. 분명히 혜란의 차다.
          혜란의 차, 은주네 집 앞에 멈춰 선다.
          그러자 잠시 후, 조수석에서 내려서는 은주.

강기준   (탁! 스탑을 걸어 다시 돌려보면)

          모니터 안에서, 다시 혜란의 차에서 내리는 은주.
          설핏 미소로 잠시 혜란의 차를 바라본 뒤 집으로 들어가는 데서 탁!

스톱 버튼을 누르는 강기준.

강기준   이게 몇 시야?
박성재   새벽 한 시 좀 지난 시간입니다.
강기준   케빈 리는 나간 시간이 언제고?
박성재   그게 말입니다. 케빈 리는 그날 낮에 나갔다가 돌아온 시간이요,
           여깁니다. (앞으로 돌린 뒤 탁! 멈추면)

케빈 리 차가 은주네 집 앞으로 들어온다.

강기준   이게 몇 신데?
박성재   고혜란이 서은주를 집에 내려주고
           십 분도 채 지나지 않은 시간입니다. 그리고..
           (앞으로 또 빠르게 돌렸다가 탁! 플레이 버튼 누르면)
           삼십 분쯤 뒤에 다시 밖으로 나옵니다.

모니터 안으로 화가 난 듯한 재영이 밖으로 나와
차에 올라탄 뒤 출발한다.

박성재   그리고 새벽 세 시경 교통사고로 숨진 채 발견된 거구요.
은 주   (플래시백) 13씬) 몸이 안 좋아서 자고 있었어요,
강기준   왜 그런 거짓말을 했을까...
박성재   (보며) 이거, 서은주도 좀 파봐야 하는 거 아닙니까?
강기준   (묘한 눈빛.. 이거 점점 재밌는데? 하는 눈빛에서)

S#49. 재영의 장례식장 빈소.

표정 없이 창백한 얼굴의 은주.
상복을 입은 채 말없이, 기계적으로 조문객들을 상대 중이다.

그 옆으로 환하게 웃고 있는 재영의 영정 사진 보이고.

은주, 잠시 고개 돌려 재영의 사진을 본다. 시선에서,

S#50. 플래시백〉 카페 안. (4부 58씬)

은 주   (무서울 만큼 냉랭한) 못 들었어? 앉아.

지 원   (피식. 앉으면)

은 주   재밌었니? 내 남편이랑 노니까?

지 원   재미없는 사람은 아니죠, 이재영 씨가.

은 주   그 사람이 갖고 있는 게 재밌는 거겠지. 돈, 유명세.. 기타 등등.

지 원   그런가요? (보면)

은 주   그래서 얼마나 필요해?

지 원   (멈칫.. 표정 쎄하게 굳는다)

은 주   우리 남편하고 잘 놀아줬으니 돈 받아야지 너.

지 원   이것 보세요 서은주 씨,

은 주   설마 우리 남편한테 니가 첫 바람이라고 생각하는 건 아니지?
        그 정도로 순진해 보이진 않는데.

지 원   ...! (보면)

은 주   그러니까 서로 끌렸다는 둥, 좋아한다는 둥,
        그런 말은 피차 하지 말자.
        늬들 둘 다 그런 년놈들 아니라는 거 내가 알아.

지 원   와.. (쎄하게) 생각보다 완전 쎄시다. 반전 있네요 언니?

은 주   한 달 뒤에 게임 있어. 다시 몸 만들어야 하구 집중해야 해.
        더 이상 너랑 놀아줄 시간 없다는 뜻이야 우리 그이,
        그러니까 얼마 필요한지나 말하라구!

지 원   그런 식으로 고혜란 씨두 정리하실 건가요?
        그렇게 해서 정리가 될까요?

은 주   (쿵! 지원을 본다)

지 원   설마.. 모르고 계셨어요?

이재영 씨, 혜란 선배랑 나 양다리였는데.

은 주　(쿵쿵쿵! 심장이 방망이질 치고 있다, 빤히 쳐다보는 데서)

S#51. 플래시백〉 그날 밤 달리는 혜란의 차. N

운전 중인 혜란, 눈이 내리는 눈길을 달리면서
계속해서 손등으로 입술을 닦아내듯 문지르고 또 문지르고.
(사이사이, 재영과의 키스신이 스치면서)
또 문지르고 또 문지르는데, 그때 울리는 전화벨. 보면
발신자 〈서은주〉다.

혜 란　(잠시 받을까 말까 싶다가, 일단 받는다) 어, 은주야..
은 주　....
혜 란　여보세요, 은주야?
은 주　(INSERT〉 카페 안, 파르르르 떨며) 혜란아.. 너, 사실이니?
혜 란　무슨 소리야?
은주F　너.. (떨리는 음성으로) 우리 남편이랑 잤어?
혜 란　...!!! (쿵!)

순간 끼이이익!!!! 눈길에 미끄러지면서
혜란 핸들을 꼭 붙잡는데 그만 쿵!!! 가드레일을 들이받는다.
(혜란의 차가 진짜로 가드레일을 들이받는 순간)

혜 란　아..!!!! (충격으로 정신이 없는 가운데)
은주F　(흐느낌으로) 너.. 잤어?
혜 란　(은주의 흐느낌 소리가 들리는 핸드폰을 본다. 보더니)
　　　너 지금 어디야!

S#52. 플래시백〉 카페 앞. N

차 찌그러진 채 와서 주차하는 혜란, 끼익!!! 과격하게 주차한 뒤
카페로 밀고 들어선다. 안으로 들어서면
이미 눈이 퉁퉁 붓도록 울고 있는 은주, 고개 들어 혜란을 본다.

혜 란   (기가 막힌 기분으로 그런 은주를 본다. 보더니 맞은편에 앉는다)

은 주   (그런 혜란을 보며) 사실만 말해줘...

혜 란   (은주를 본다. 보더니) 한지원이니?

은 주   대답해. 사실이야..?

혜 란   (잠시 어떻게 해야 할지 판단이 서질 않는다)

은 주   (무너질 것 같은 감정 꾹 누르며)

         나.. 그이한테 직접 확인해야 하니? 응? 혜란아?

혜 란   (본다. 보다가 가방에서 서류봉투 꺼낸다, 은주 앞으로 툭..

         던지듯 내려놓는다) 일단 봐.

은 주   (눈물을 닦으며 서류봉투 안의 사진들을 꺼내 본다. 순간 충격!!!)

혜란과 재영의 클락 키스 사진이다.

은 주   (고개 들어 혜란을 본다. 이걸 왜 나한테..? 보면)

혜 란   사실은 나 지금 협박받고 있어. 니 남편한테.

은 주   (쿵..!!! 혜란을 본다)

혜 란   얼마 전 한지원하고 니 남편 사진이 방송가에 돌았는데

         그걸 내가 한 짓이라고 생각하는 거 같아.

         (보며) 결론부터 말하자면 난 아니야.

은 주   (충격 받은 눈빛으로) 그런데 왜..

혜 란   똑같이 날 곤경에 빠뜨리고 싶었겠지.

         그래서 니 남편 이용해 이런 짓까지 꾸민 거구.

은 주   (어떡해! 두 손으로 입을 막는다. 구토가 올라올 것 같은..)

혜 란   넌 내 친구구.. 어떻게든 너한텐 알리지 않고 해결하고 싶었어.

은주야.. 이건 엄연한 성범죄야. 날 추행했구.. 강제루..

은 주   (흑..!!! 눈물이 터져 나오려고 하는)

혜 란   이거 세상에 밝혀지는 날이면.. 니 남편 재기 못해.

은 주   (덜덜 손이 떨린다)

혜 란   니 남편뿐만 아니라, 너랑 나두 끝이야.

은 주   (본다. 보다가 그대로 욱!!! 하면서 뛰쳐나간다)

혜 란   (젠장..! 돌아보면)

S#53. 플래시백〉 화장실 일각. N

욱! 욱!! 헛구역질 하는 은주..
괴로운 듯.. 그대로 바닥에 주저앉은 채 흐느끼면
그 뒤로 나타나는 혜란, 은주를 본다. 보다가

혜 란   (손수건 꺼내 은주에게 준다) 괜찮니?

은 주   (손수건 받다가 다시 흑흑!! 울음이 터져 나오는 가운데)
         어뜩해 혜란아... 사실은 나.. 아이 가졌어.

혜 란   (멈칫.. 은주를 본다)

은 주   (눈물 그렁그렁한 채..) 어뜩해...! (주르르 눈물 흐르면)

혜 란   (젠장..! 복잡한 눈빛으로 본다. 보더니)
         미국으로 돌아가.

은 주   (눈물범벅이 된 채 혜란을 본다)

혜 란   다 접구.. 니 남편 데리고 미국으로 돌아가.
         아무 일도 없던 것처럼.. 그렇게 살아.
         여기 일은.. 내가 알아서 정리할 테니까,
         넌 오늘 일 아무것도 못 듣고 못 본 거야, 알았지?

은 주   혜란아....!!!! (하면서 그대로 부둥켜안기듯 눈물 터지고)

혜 란   (그런 은주를 내키지 않지만, 위로하듯 다독여준다. 모습에서)

S#54. 혜란의 집 드레스룸. (현재)

거울 앞에 서서 조용히 고개를 드는 혜란,
우아하고 아름다운 검은색 옷을 단정히 차려입은 자신의 모습을 바라
본다.

태 욱   (옆에서) 당신.. 괜찮겠어?

혜 란   ...

태 욱   내가 같이 가줘?

혜 란   (그 말에 태욱을 돌아본다 이 남자.. 정말 날 믿어주는 걸까?
           나는.. 이 남자 믿어도 되는 걸까?)

태 욱   (조용히 바라봐주는 눈빛에서)

S#55. 장례식장.

삼삼오오 몰려 있던 사람들 하나 둘, 돌아본다.
한쪽에 있던 강기준도 지나쳐 가는 그녀를 본다.
혜란이다. 심지어 그녀의 남편, 태욱까지 옆에 서 있다.
사람들, 묘한 긴장감으로 그 두 사람을 쳐다보면
혜란, 영정 앞에 서서 국화 한 송이 내려놓고 잠시 묵념한다.

은 주   (그런 혜란을 본다)

태 욱   (조용히 혜란 옆에 선 채 재영의 영정을 본다)

혜 란   (이윽고 고개를 든 뒤 재영의 영정을 한번 보더니 은주를 본다)

은 주   (혜란을 본다)

혜 란   (은주를 본다)

강기준   (멀리, 한쪽에서 그 두 여자를 보는 그 옆으로)

박성재   (쓰윽 커피 들고 다가서서) 어? 고혜란 아닙니까?

강기준   (커피 받아 후룹 마시며, 시선은 그 두 여자에게 고정한 채)

혜 란   (말없이 은주 앞으로 다가서더니) 은주야..

         (하면서 그녀를 꼭 안아준다)

강기준 (커피 마시다 말고 멈칫..! 빤히 본다)

박성재 (역시 옆에서 멈칫..! 쳐다본다)

은 주   (담담하게) 고마워. 와줘서.

혜 란   힘들지..?

은 주   겪어내야지.. (그러면서 시선 혜란의 뒤에 서 있는 태욱을 본다)

태 욱   ... (조용히 은주를 바라본다. 시선에서)

박성재E 예상했던 그림이 아니라 상당히 당황스럽습니다?

S#56. 장례식장 일각. N

박성재의 말에, 두 사람을 바라보는 강기준 시선 위로

짧은 플래시백1〉 조사실 (1부 70씬)

혜 란   아뇨. 같은 반이었지만 그냥 이름만 아는 정도였습니다.

플래시백2〉 시신 안치실 복도(13씬에서 연결)

은 주   (강기준에게) 맞아요. 혜란이랑은 3년 내리 단짝 친구였어요.

다시 조문객실〉

강기준 성재야.

박성재 넵. 팀장님.

강기준 친구가 있는데 말이야. 하나는 되게 친했다는데
         하나는 안 친했대거든? 그럼 그게 친한 거냐.. 안 친한 거냐?

박성재 (잠시 생각) 안 친한 거 아닐까요?

강기준 그럼 니가 보기에 저 두 사람은 친한 거 같냐, 안 친한 거 같냐?

박성재 (다시 혜란과 은주를 보더니) 친해 보이는데요,

강기준 이상하지 않냐?

박성재   너어무 이상하죠,
        고혜란은 지금 제 1 피의자로 의심되고 있는 상황인데,
        그것도 남편이랑 치정관계일지도 모른다고 의심되는 상황인데..
        보십쇼. 머리채를 뜯어도 모자를 판에 저 두 사람의 우정.
        심하게 아름답지 않습니까?

        혜란과 은주, 서로를 위로하는 모습..
        무언가 말은 많이 하지 않지만 꼭 잡은 손.. 서로 바라보는
        둘만의 시선 주고받는 그 분위기.. 뭔가 이상하다.

강기준   만약 니가 서은주였다면?
박성재   그걸 가만둡니까? 두 년놈을 기냥 확!
강기준   근데 둘이 한편을 먹어버렸다면?
박성재   네?
강기준   저 여자 둘이 만약 한편 먹은 거면 어떻게 되는 거냐?
박성재   그럼 케빈 리는 한입거리죠. (하다가 뜨악...!) 팀장님!
강기준   성재야.. 이거 되게 재밌다... 그지...? (씩... 쳐다보면)

S#57. 다시 장례식장 빈소. N

혜 란   부검 결과는..
은 주   이 주쯤 뒤에 나온대.
혜 란   (은주 손 꼭 잡으며) 정말 괜찮은 거지 너?
은 주   괜찮아야지.. (같이 꼭 잡는다, 그러면서 태욱을 한 번 더 본다)
태 욱   (뒤에서 그 두 여자를 바라보면)
태욱부E   너.. 자신 있냐?

S#58. 태욱의 회상〉 태욱부의 집 서재.

조용히 가라앉은 분위기 가운데 마주한 아버지와 태욱,

태욱부   지금 이 상황, 제대로 수습할 자신 없으면 지금 선 긋고 물러나.
태 욱   아뇨, 제가 합니다. 혜란이.. 제가 지켜낼 겁니다.
태욱부   (조용한 눈빛으로) 진흙탕이 될 거야.
태 욱   압니다.
태욱부   진실이 뭔지는 중요하지 않아.
         누가 더 진실처럼 보이게 만드느냐..
         그 싸움이 성패를 가를 거다.
태 욱   알고 있습니다. (시선에서)

S#59. 다시 현재〉 장례식장 빈소.

태욱, 말없이 혜란을 바라보다가 문득 고개 돌려
저편에 서 있는 강기준과 시선 마주친다.

S#60. 다시 장례식장 일각. N

강기준   (태욱과 시선 마주친 채 잠시 보더니)
         성재야, 안 되겠다! 이재영 사망사고. 판 다시 짜자...!
         (커피잔 쓰레기통에 툭 던지며 쭉 걸어오면)
박성재   예? 다시요?..? 아.. (미치겠다! 두 여자 한 번 돌아본 뒤)
         팀장님! (쪼르르 따라가면)
태 욱   (멀어지는 강기준을 본 뒤, 말없이 다시 시선 거두면)

잠시 후, 한쪽에서 프레임인 되는 여자, 한지원이다.
조용히 빈소 쪽을 돌아본다.
쎄한 눈빛으로 쳐다보는 데서 쿵!

S#61. 교도소 정문 앞. N

끼익... 육중한 철문이 열리고 나오는 발. 명우다.
명우, 세상의 찬 공기를 훅, 들이마시면서 잠시 선 채로..
그러다 조용히 한쪽으로 고개 돌리는 데서 쿵!

INSERT〉 담담한 은주의 얼굴, 그러나 비밀을 감춘 눈빛에서,
INSERT〉 결연한 표정으로 혜란을 보는 태욱, 아픔을 감춘 눈빛에서
INSERT〉 마지막 복잡한 눈빛의 혜란의 얼굴에서,

정문 앞〉 그들이 있는 세상으로 뚜벅뚜벅 걸음을 옮기는 명우의 모습
에서.
쿵!

제 6 부

변수

變數

S#1. 장례식장 앞.

환하게 웃고 있는 재영의 영정사진이 화면 가득 차면서
영정사진 가슴에 안고 나오는 매니저(백동현. 남. 20대 중반).
그 뒤에 은주와 혜란, 그 뒤로 에이전시 관계자들 몇몇이
행렬을 따른다. 재영의 발인식이다.
맨 뒤에 박성재, 발인식 지켜보고 있다.

검시관E   부검 결과 사인은 다발성 복합골절입니다.

S#2. 플래시백〉 시신검시소 안.

베드에 눕혀 있는 재영의 시신.
검시관, 강기준에게 부검 결과 설명하는 중이다.

검시관   결정적 사인은 마루뼈 다발성 골절입니다.
강기준   외부 충격이야?

INSERT〉 상황1.
눈 내리는 어둔 밤.
재영의 뒷통수를 가격하는 누군가의 흉기에서 픽! 소리와 함께

검시관	(담담하게 기준을 보며) 피해자는 안전벨트를 매고 있지 않았어요.

INSERT〉 상황2,
미친 듯이 달려오는 재영의 차. 눈길에 미끄러져 쿵!
가로등을 들이박는 순간, 벨트를 매지 않은 재영의 몸이
앞으로 확 쏠렸다가 뒤로 훅 꺾이면서 쿵!!

검시관E	반동으로 목이 뒤로 꺾였을 수도 있죠.
강기준	(검시소견서 탁 넘기면서) 종아리 근육이 굳어 있다고 돼 있네?
검시관	급브레이크를 밟는 순간 사고가 났다면 그럴 수도 있습니다.

INSERT〉 상황3. (상황2 연결)
끼이익!!! 브레이크를 밟는 재영의 오른다리에서 스틸!
화면, 다리 안으로 훅! 빨려 들어가는 것과 동시에
종아리 근육이 경직되는 CG에서.

강기준	현장에 브레이크 자국이 없어. 그렇다면 뭐겠냐?

INSERT〉 상황4. (상황1 연결)
재영의 뒤로 다가오는 누군가의 그림자에
재영, 급하게 몸을 돌리며 막 발을 떼려는 순간
픽! 소리와 함께 스틸, 몸을 돌리려던 종아리 근육 속으로 훅!
화면 빨려 들어가는 것과 동시에 종아리 근육 경직되는 CG에서.
다시 화면 이동하면서 픽! 마루뼈를 둔기로 맞는 데서
화면 빨려 들어가는 것과 동시에 마루뼈 골절되는 CG.
다시 현재〉

검시관	왜 자꾸 타살이라고 생각하십니까?
강기준	차에 불이 났어, 그런데 기도에서는 그을음 하나 안 나왔어. 왜? 숨을 안 쉬고 있었으니까.

검시관	사고 충격과 동시에 숨이 끊겼을 가능성도 배제할 순 없습니다.
강기준	사고 이전에 이미 죽어 있었을 가능성은?
검시관	뭐.. 가능은 합니다만,
강기준	시신 보는 순간 딱 감 오잖아. 사곤지 타살인지,
검시관	부검 결과는 감으로 쓰는 게 아니잖아요, 팩트만 써야지,
강기준	애매한 팩트 말고 니 감은 어떠냐고?
	사고야 타살이야?
검시관	(순간 살짝 머뭇하는 눈빛으로 강기준을 본다)

그 위로, 매니저의 울음소리

S#3. 화장장 외경 – 화장장 안.

저 멀리 연기가 피어오르고
화장장 안) 유리벽 너머에서 지켜보는 은주.
이 모든 일들이 믿기지 않는다. 멍하니...
그 옆에 매니저, 얼굴이 시뻘게지면서 '형...!' 목 놓아 울고
침통한 에이전시 관계자들.... 그 줄의 끝에 혜란이 서 있다.

강기준E	타살. 맞지?

S#4. 플래시백〉 시신검시소.

검시관	왜 이러세요, 저 답변 못 합니다.

강기준. 책상 위에 서류. 노트. 볼펜까지 탁탁탁 내려놓고
검시관 본다.

강기준	비공식이야, 참고만 하게, 어?
	결론을 내달라는 게 아니라 의견을 듣겠다는 거잖아. 어?
검시관	(잠시 망설이다가) 아무리 교통사고라고 하지만 조합이 너무 완벽해
	요. 그리고 걸리는 게 하나 있긴 해요.
강기준	(말해. 보면)
검시관	손목에 멍이요.
강기준	멍?
검시관	사망한 후에도 멍이 생길 순 있는데
	이미 혈액순환이 멈춘 상태기 때문에 살아 있을 때랑은
	색이나 모양이 다르거든요.
강기준	몸싸움이 있었다? 그거냐?
검시관	제가 볼 땐 사망 직전에 생긴 거 같아요.
	물론 어디까지나 추측입니다. 단정 지을 수 있는 건 아무것도 없어요.
	지금으로서는.
강기준	(그렇군) 고맙다.
	(책상 위에 올려놓았던 서류 노트 볼펜 탁탁 챙겨 문으로)
검시관	(등에 대고) 저는 타살이라고 말한 적 없습니다! 예?
강기준	(대답 대신 한 손 들어 "알았어!" 흔들어주고 나가면)

S#5. 추모공원 안치실.

환하게 웃고 있는 재영의 사진이 안치된다.
은주, 텅 빈 눈으로 영정 속 재영을 바라본다.

혜 란	(가만히 은주 손 잡아준다)
은 주	(허방을 짚듯... 멍한 얼굴로 보면)
	어떻게.. 이러니? 어떻게 사람 인생이.. 이렇게 허망해?
혜 란	(꼭 잡아준 뒤) 그만 들어가자. 몸두 생각해야지..
은 주	(그 말에 혜란을 본다. 끅..! 또 다시 눈물이 솟구친다, 그때)

| 매니저 | (혜란 손 탁 걷어내고 은주 부축하며) 가요, 형수. |
| 혜 란 | (? 매니저를 보면) |

은주, 반쯤 넋 나간 얼굴로 매니저에게 이끌려 나가고
울어서 벌겋게 퉁퉁 부은 눈으로 혜란 탁, 쏘아보고 가는 매니저.
박성재, 매니저를 유심히 보는데 웅.. 진동 울리는 핸드폰.

S#6. 경찰서 안 일각.

강기준	(부검 결과 페이퍼 넘겨보면서) 거기 분위기 어 때?
박성재	(INSERT 안치실 일각) 매니저와 혜란 번갈아보면서)
	아직까지 별일은 없는데 어쩌면 별일이 있을지도 모르겠다는
	묘한 분위기랄까요?
강기준	그래..? (흐음.. 시선 부검 결과를 들여다보면)
서장E	부검 결과가 애매하네요.

플래시백〉 서장실.

서 장	이 정도로는 검찰로 사건 송치 못해요.
강기준	확률은 반반이야, 사고일 확률도 50이지만
	타살일 확률도 50이나 된단 뜻이지.
서 장	그럼 뭐라도 들고 와 보던가요, 50대 50의 확률을 깰 만한 변수요,

다시 현재〉

| 강기준 | 변수라.. |
| 박성재 | (INSERT〉) 네? (핸드폰을 들여다보면) |

S#7. 추모공원 안치실.

　　　　혜란을 등진 채 멀어져가는 은주와 매니저.
　　　　매니저 은주를 데리고 가면서 한 번 더 혜란을 돌아본다.
　　　　어딘가 살벌한 눈빛 날리면.
　　　　혜란, 그 매니저가 묘하게 걸리는 눈빛으로 쳐다본다. 시선에서.

　　　　쿵! 블랙 화면 위로
　　　　자막, 〈제6부 변수(變數)〉

S#8. 태욱의 사무실 안.

　　　　벌컥, 문 열리는 소리와 함께 들어오는 태욱.

정기찬　　(자리에서 냉큼 일어서면서) 다녀오셨습니까?
태　욱　　부검 결과 나왔다구요?
정기찬　　(종이를 내민다)
태　욱　　(들여다본다. 살짝 난감한 눈빛 위로)
정기찬　　결과가 좀 애매하게 빠졌습니다. 경찰 쪽에서 어떻게 마음먹느냐에 따
　　　　　라 얼마든지 검찰에 사건 송치 할 수도 있어 보여서 말입니다.
태　욱　　사람 하나 더 구하라는 거 어떻게 됐습니까?
정기찬　　아 그게요.. (했다가) 솔직히 아무리
　　　　　취업난이 심각하다 해도 구직자들도 입맛이란 게 있는 거 아닙니까.
　　　　　돈은 쥐꼬리지, 출근은 했는데 퇴근은 보장 안 되는 이 열악한
　　　　　노동환경. 제 눈에 차는 애들은 이 눈물 나는 현실에 뛰어들 용기는
　　　　　없는 거 같고..
태　욱　　내일 중으로 최종면접 볼 수 있게 준비해주세요.
　　　　　(서류들 들고 회의실로 들어가면)
정기찬　　(태욱의 서슬에 찔끔. 한편 억울함이 슬금슬금)

요즘 애들 입맛이 얼마나 까다로운데.

나야 이 뜨거운 휴머니즘을 어쩌지 못해 이러구 있지만

다 나 같은 줄 아시나... (에잇! 이력서들 들춰보는)

S#9. 태욱의 사무실 회의실 안.

책상 앞에 서서 부검 결과를 한 번 더 훑어보는 태욱의 시선,

나직한 한숨.. 애매하다. 어쩐다..? 시선에서.

S#10. 은주의 집 거실.

대추차를 내리는 혜란의 손길.. 마지막으로 꿀을 충분히 넣고

숟가락으로 젓는다. 찻잔에 받쳐 들고 나오면

멍하니 혼자 소파에 앉아 있는 은주,

혜 란   (그 앞에 놔주며) 마셔. 몸 좀 따뜻해지게.

은 주   ...

혜 란   그래도 장례 일정이 무리 없이 끝나서 다행이다.

         비용은 내가 알아서 처리했어. 그런 줄 알어.

은 주   (그제야 시선 돌려 혜란을 본다)

혜 란   언론 쪽도 당분간 예의 지킬 거야.

         아는 애들 동원해서 양해 구해놨어.

         그래도 내가 이 바닥에서 기자생활 10년이 넘는데..

         당분간 보도 자제해줄 거야,

         (보며) 지금부터 너는 너만 신경 써. 뱃속의 애기랑. (보며) 응?

은 주   (울컥..! 눈시울 붉어지며 혜란을 본다. 시선 위로)

강기준E   이대로 종결시키기엔 미심쩍은 부분들이 있습니다.

S#11. 플래시백〉 장례식장 일각. (어젯밤) N

(늦은 밤 쯤, 빈소에 사람들이 거의 없이 일하는 아줌마만 두엇 있고)

은 주   (담담한 슬픔으로) 타살의 증거는 없다면서요?
           부검 결과가 그렇게 나왔다면서요?
강기준   그래도 사고사라고 단정 짓기도 애매한 결괍니다.
은 주   그건 형사님 생각 아닌가요?
강기준   왜 그렇게 이 사건을 덮고 싶어 하십니까?
은 주   그이.. 더 이상 추문으로 사람들 입에 오르내리는 거 싫습니다.
강기준   고인의 명예.. 물론 중요하죠.
           하지만 만에 하나 사고사가 아니라면, 남편 분을 위해서라도
           왜 그런 일이 벌어졌는지 알아야 하지 않겠습니까?
           어떤 인생을 살았건, 대충 묻어도 되는 죽음은 없습니다.
은 주   근데 하필 추문의 상대가 고혜란입니다.
           남편이 죽었는데.. (똑바로 보며) 제 친구가 의심을 받고 있어요.
           사람들은 두 사람이 무슨 관곈지 그것만 알고 싶어 해요.
           그이가 죽었다는 사실만으로도 이미 저는 만신창이가 됐는데..
           (울컥..!! 눈시울 붉어지며, 목에 꽉 막힌 채로)
           그런 참을 수 없는 추문까지 겪고 싶지 않아요.
강기준   정말 이대로 덮으시겠다구요?
은 주   (목이 꽉 막힌 채 대답 못한다)
강기준   후회.. 안 되시겠어요?
은 주   (눈시울 점점 붉어져 오며 강기준을 본다, 시선 위로)
혜란E   아이를 생각해.

S#12. 다시 현재〉 은주의 집 거실.

혜 란   이제부턴 아이만 생각해.

은 주	(붉어지는 눈시울로 혜란을 본다)
혜 란	어떻게든 살아야지. 너, 엄마잖아.
은 주	(툭..! 떨어지는 눈물에서)

(플래시백〉 11씬 연결)

은 주	후회.. 안 할 겁니다. 태어날 아이를 위해서두요.
강기준	(본다. 나직한 한숨에서)

다시 현재〉

은 주	나는.. 이제 엄마니까, 어떻게든 살아야지..
혜 란	(그래.. 맞아..라는 눈빛)
은 주	(눈물 닦아내며) 여기 상황 정리되는 대로.. 곧바로 미국 갈 거야 아무래도 여기보단 그 쪽이 견디기 쉬울 거 같아..
혜 란	그쪽에 잘 아는 산부인과 의사가 있어. 연락해둘게.
은 주	(다시 울컥..) 고맙다 혜란아. 너한테.. 신세만 져서 어떡하니?
혜 란	(조용한 눈빛으로) 도움 필요하면 언제든 얘기해. 괜찮아.
은 주	(본다 고마움으로 끄떡이더니, 혜란이 타온 대추차를 두 손으로 감싸며 한 모금 마신다. 붉어지는 눈시울.. 다시 한 모금 마시면)
혜 란	(본다, 짠한 눈빛... 진심으로 이 순간만큼 그녀에게 연민을 느끼는 그녀.. 나직한 한숨에서)

S#13. 방송국 지하주차장. N

스르르 한쪽으로 속도 줄이며 주차하는 혜란의 차.
혜란, 파킹한 뒤 그대로 핸들을 끌어안듯 이마를 기댄다.
힘들다.. 지친다.. 한편으로는 은주 때문에 마음이 쓰인다..
나직한 한숨과 함께 몸을 들어 등받이에 몸을 기댄다.
시선.. 블랙박스 쪽으로 간다.
아주 짧게〉 재영과의 마지막 뜨거운 입맞춤이 스치듯 지나치면,

혜란, 고개를 흔들어 떨어내려는 듯..

혜 란   (그대로 시동 끄고 차에서 내리려는데 그때 문자 소리)

혜란, 뭐지? 싶어 핸드폰 꺼내 들여다본다. 순간 멈칫..
〈발신자 표시제한〉과 함께 뜬 문자.
- 니가 죽였잖아, 살인자 -

혜 란   ...! (본다. 순간 기분이 확 상하는 눈빛) 어떤 미친 새끼야..
            (하는데 또 들어오는 문자 소리에 보면)

〈발신자 표시제한〉과 함께 뜬 문자
- 니가 살인범이라는 증거가 있어 -

혜 란   (쿵..! 증거라구? 순간 눈빛 흔들린다. 시선 위로)
부사장E   고혜란. 언제까지 두고 볼 생각입니까?

S#14. 보도국 국장실.

장 국장 자리에 부사장이 앉아 있고
장 국장, 맞은편에서 쪼이고 있는 상황이다.

부사장   (시청률표 툭툭 넘겨보면서) 단박에 집나간 6프로 찾아오고
          거기에 보너스로 5프로까지 얹어오고.
          다 좋아요. 좋은데... (장 국장 탁 보면서) 우리가 다루는 게
          잘 팔리는 상품이 아니라 뉴스라는 거죠.
장 국장   그 뉴스를 고혜란이 만들어서 여기까지 끌고 왔습니다.
          하룻밤에 11프로를 가져올 수 있는 앵커.
          아직까진 고혜란밖에 없습니다. 고혜란이 가진 잠재력...

쉽게 버릴 수 있는 카드 아니라고 생각합니다.

부사장   고혜란이 가진 위험성은요? 거기에 대한 대비책은 있습니까?

장 국장   (본다. 그때 울리는 문자 소리) 실례합니다..

장 국장, 흘끗.. 문자를 들여다보는 순간 멈칫.. 굳는 표정.

부사장   (보며) 장 국장한테 버틸 카드가 고혜란 하나뿐이라는 거,
그건 무책임한 겁니다. 알고 계시죠?

장 국장   (눈빛 복잡해지는 가운데, 다시 부사장을 본다. 시선에서)

S#15. 방송국 휴게실 일각.

두통약을 약병에서 툭툭 꺼내 입에 넣는 혜란, 물을 마신다.
골치 아픈 시선으로 생각에 잠기는데,

장 국장   내 모가지, 잘 갖구 있지?

혜 란   (멈칫.. 돌아보면)

장 국장   (한쪽으로 들어와 컵에 커피를 따른다)

혜 란   (보며) 아직까지는요,

장 국장   부검 결과가 애매하게 나왔다던데.. (커피 마시면)

혜 란   부검 결과야 늘 그렇잖아요,
이쪽저쪽에 한발씩 가능성을 열어두고 걸쳐놓는 거..
(보며) 사건을 송치할 만큼의 증거까진 안 될 거 같아요.

장 국장   (혜란을 보며) 다른 변수는? 없고?

혜 란   (본다, 조금 전 문자가 영 걸리는데..)
일단 서은주가 더 이상의 수사 진행을 원치 않고 있어요,
남편의 죽음이 가십거리로 전락하는 걸 막고 싶은 거겠죠.
조만간 한국 상황 정리되는 대로 미국으로 출국한답니다,
그렇게 되면..

장 국장	(OL) 방금 전에 재밌는 문자가 하나 들어왔는데,
혜 란	네?
장 국장	고혜란이 살인범이라는 증거를 갖고 있다더군.
혜 란	(쿵...! 설마... 그 문자가 장 국장한테도 들어간 건가?)
장 국장	안 그래도 부사장 압력이 장난이 아니야.
	만에 하나, 이 상황을 뒤흔들 변수라도 하나 튀어나오면
	(보며) 알지? 너두 나두.. 그땐 쉽지 않아.
혜 란	뉴스 진행하면서 이상한 협박문자 한두 번 아니잖아요.
	테러 협박, 살해 위협까지 당해본 사람이에요 저.
	이번에도 그런 맥락으로 생각하시면 될 것 같은데요,
장 국장	어쨌든 데스크 책임자로서.. 스페어를 생각 안 할 수 없게 됐어.
혜 란	(멈칫..! 스페어?)
	설마.., 한지원 불러오시게요?
장 국장	(본다. 대답 대신 혜란을 지나치며 어깨를 한번 툭.. 짚더니, 간다)
혜 란	...! (잠시 그대로 서 있다. 있다가 돌아보는 시선에서)
윤송이E	진퇴양난이네..

S#16. 바 안. N

윤송이와 함께 한 혜란.

윤송이	앞에서는 형사가 타살이라고 달려들어,
	뒤에서는 한지원이 다시 복귀한다 그래,
	대변인 자리도 재 뿌리며 날아가게 생겼고,
	게다가 협박문자까지.. (보며) 고혜란 인생 최대 위기 맞네.
혜 란	(말없이 한 모금 마시면)
윤송이	(툭..) 당신 짓.. 아니지?
혜 란	(피식) 차라리 내 손으로 죽이기라도 했으면,
윤송이	하기사. 그랬다면 이렇게까지 지저분한 상황 안 만들었지,

좀 더 용의주도하고 알리바이도 확실했을 거구..

(씩 웃으며) 고혜란이라면 좀 더 깔끔하게 해치웠겠지, 흐흐.

혜 란   (답답한 한숨으로) 뭔가.. 방법이 없을까...?

윤송이   당신 남편 있잖아. 태욱 씨.

혜 란   (그 말에 윤송이를 본다, 나직한 한숨으로 다시 생각에 잠기면)

그 일각〉 그런 혜란을 바라보는 명우의 눈빛..

야상점퍼에 야구모자를 깊게 눌러쓴 채.. 조용히 혜란을 보고 있다.

그가 앉아 있는 창가 창밖 너머로 눈발이 흩날리기 시작하면서.

S#17. 은주의 집 거실. N

눈이 내리는 그림자로 어른거리는 거실 안.

힘없이 소파 한쪽에 파묻히듯 앉아 있는 은주,

아까부터 손가락에 끼워진 반지를 만지작거리고 있다.

그러다 시선 들어 현관 쪽 보면.

화면〉 사고 당일. 그날 밤(눈 내리던 밤)으로 전환되면서,

현관문 열고 들어서는 재영.

그날 밤의 은주, 되는 대로 트렁크에 짐을 담고 있었다.

재 영   뭐하는 거야...?

은 주   (계속 짐을 싸며) 그만 미국으로 돌아가자.

        대회도 얼마 안 남았잖아. 가서 준비해야지..

재 영   그 대회는 포기해.

은 주   (멈칫.. 돌아본다)

재 영   지금은 대회 나갈 컨디션 아니라구.

        (재킷 한쪽에 툭 던져놓고 냉장고에서 맥주 한 캔 꺼내 꿀꺽꿀꺽)

은 주   (다가와 맥주캔 탁! 뺏어 내려놓으며) 술도 이제 그만해!

재 영   나두 힘들어서 그래,

대회까지 한 달인데 힘들게 몸 만들고 체력 끌어올리고..

나두 좀 쉬자 은주야, 이번 대회만 쉬자구 어?

돈이야, 씨에프 몇 개 더 찍으면 되는 거고.

은 주   당신.. 배가 불렀구나.

재 영   (멈칫..)

은 주   어떻게 그 자리까지 갔는데..

매일같이 손발이 부르트도록 빌딩 청소해가면서 당신 뒷바라지해

거기까지 올려놨는데.. 뭐? 힘들어? 쉬고 싶어? 그런 말이 나와?

재 영   (싸늘하게 눈빛 식어서 본다. 보더니 순간 휙! 돌아서서

한쪽에 있던 양주병 꺼내 뚜껑 열고 벌컥벌컥 들이킨다)

은 주   미쳤어? 그만해! 그만 마시라구!!! (하는데)

재 영   (픽!!! 양주병 집어던지며) 너야말루 그만해!!!!

너 이럴 때마다 질식해 죽을 거 같애!!! 답답하구 숨막히구!!!!

은 주   (울컥!) 그래서 딴 여자랑 잤니?

재 영   (멈칫.. 본다)

은 주   두 번 다시 안 그러겠다며?

두 번 다시 여자 문제로 나 힘들게 안하겠다며..

당신 그 약속한 지 일 년도 안 지났어..

그런데 한국에 오자마자 딴 여자를 만나?

재 영   (미치겠다. 다른 양주병 하나 더 까서 벌컥벌컥!)

은 주   그래, 한지원은 그렇다 치자.

젊고 예쁘고 한순간에 눈 돌아갈 수 있어

근데.. 어떻게 혜란이한테 그래?

재 영   (멈칫..! 마시다 말고 은주를 돌아본다)

은 주   혜란인 내 친구잖아..!!!! (흐흐흑!!! 결국 터지는 오열)

어떻게 니가 혜란이한테 그래!!! 어떻게 니가 나한테 그래애애!!!

재 영   (쎄하게 가라앉는 눈빛으로 은주를 본다. 보는데)

울리는 핸드폰. 재영, 잠시 오열하는 은주를 보더니

말없이 핸드폰을 집어 들어 본다. 표정 굳는...

재 영	(받으며) 나야.. (했다가 멈칫 하는 표정)
은 주	(홱! 쳐다보며) 안 돼! 나가지 마..
재 영	(은주를 본다. 보더니) 그러죠. 알겠어요.
	(끊더니, 양주병 소리 나게 탁! 내려놓고 방으로 들어간다)
은 주	...? (보면)
재 영	(잠시 후, 다른 재킷을 집어 들고 밖으로 나오면)
은 주	거기 서! (재영이 현관 쪽으로 가는 걸 보며) 서라구 당신!!!
재 영	(현관 쪽으로 가다 말고 멈춘다. 돌아보면)
은 주	(자신의 손가락에 있던 반지를 빼서 손에 들며)
	지금 나가면 당신.. 나랑은 끝이야.
재 영	(은주를 본다. 보더니 손가락에 끼고 있던 반지를 뺀다)
은 주	! (뭐...?)
재 영	(그대로 탁! 현관 옆 탁자에 올려놓더니 밖으로 나간다)
은 주	(쿵..! 본다. 그대로 힘없이 반지 들고 있던 손.. 툭.. 떨구면)

또르르르..! 바닥으로 떨어져 소파 밑으로 굴러가는 은주의 반지..
(5부 15씬, 소파 밑에서 발견한 그 자리로 굴러 떨어지는 데서)
은주, 망연자실한 표정으로 재영이 나간 현관을 쳐다보는 위로
화면〉 다시 스르르 현재로 돌아와
소파에 앉은 은주의 모습으로 돌아오면,

은 주	(눈시울이 붉어진 채 끼워진 그 반지를.. 보다가 순간)

서랍장에서 탁! 꺼내 드는 대용량 쓰레기봉투.
거기에 재영의 소품들을 우르르 담기 시작한다. 이것도 저것도..
재영의 것으로 보이는 것들, 심지어 함께 찍은 사진까지
우르르 쓰레기봉투에 담는다. 또 뭐가 없나? 둘러보다가
그날 밤, 재영이가 벗어놓은 재킷이 눈에 들어온다. 저것도 버리자!
은주, 거칠게 탁! 집어 드는데 그때
툭.. 바닥으로 떨어지는 무언가.

은 주   ? (내려다보면)

작고 네모난 검은색 블랙박스 칩이 보인다.
은주, 이게 뭐지..? 싶은 표정에서.

S#18. INSERT〉차 안. N

빨간 신호등에 멈춰 선 차 안.

강기준   지금 누구 손에 있을까?
박성재   뭐가 말입니까?
강기준   고혜란의 블랙박스 칩. (시선에서)

S#19. 다시 은주의 집 거실. N

블랙박스 칩을 집어 드는 은주의 손, 그 위로...

강기준E   그게 이번 사건의 결정적인 킨데 말이지...
은 주   (표정 없이 그 칩을 쳐다본다. 시선에서)

S#20. 혜란의 집 거실. N

태욱, 하루의 고단함 섞인 표정으로 들어선다.
탁..! 불을 켜는데 저쪽으로 어둠 속에 혼자 앉아 있던 혜란이 눈에 들
어온다.

태 욱   (멈칫.. 혜란을 보더니, 다가서며) 여기서 뭐해? 불도 안 켜고

혜 란	그냥... 생각. (손에 온더락 한잔이 들려져 있다.
	달그락.. 얼음이 든 술잔을 한 번 움직이면)
태 욱	(보더니) 그 부검 결과로 할 수 있는 건 아무것도 없어.
	검찰에 넘긴다 해도 혐의 없음으로 결국 불기소처분 날 거야.
혜 란	알아.
태 욱	그런데 왜 그래? 뭘 걱정하고 있는 건데..
혜 란	(태욱을 보며) 사방에 적이 너무 많네..
태 욱	(적...?)
혜 란	사건과 관계없는 사람들까지
	이번 사건으로 날 파묻어버리고 싶은가봐.
	부사장에 장 국장에, 웅 팀장.. 모두 나랑 10년 가까이..
	또는 그 이상 같이 한솥밥 먹은 사람들인데,
	(씁쓸하게) 내가.. 인생을 그렇게 잘못 살았나..?
태 욱	(본다. 보더니 말없이 혜란 옆으로 가서 앉는다,
	그녀가 들고 있는 온더락을 가져와 한 모금 마신다, 마시고)
	잘나가는 사람 주변엔 언제나 두 부류의 인간들이 존재해.
	그의 성공에 같이 편승하고 싶은 사람..
	그가 잘 안 되길 바라면서 시기하고 질투하는 사람.
	그런데 양쪽 다, 알고 보면 그 사람을 진심으로 좋아하지는 않아.
혜 란	청와대 대변인도 날아갈 거 같고..
태 욱	그거 말고도 당신이 할 수 있는 일들은 많아.
혜 란	과연 그럴까? 뉴스나인에서 언제 쫓겨날지도 모르는데..
태 욱	(그런 혜란을 본다. 보다가.. 가방에서 초대장 하나 내민다)
혜 란	(? 본다. 봉투 열어보면)

〈법대 동문 신년의 밤〉 초대장

태 욱	같이 가자. 거기 강율 대표도 올 거야.
혜 란	(? 태욱을 본다)
태 욱	당신 방송국 부사장이란 사람, 강율 대표하고 단짝이라더라.

혜 란	(멈칫.. 빤히 쳐다본다) 그런데?
태 욱	가서 고개라도 숙여봐야지. (혜란을 보며)
	그렇게라도 고혜란이 뉴스나인에서 밀려나는 일.. 없게 해줄게.
혜 란	! (보며) 당신이.. 그런 걸 하겠다구?
태 욱	가는 김에 이번 사건까지 말끔하게..
	뒤탈 없이 정리할 수 있으면 더 좋구.
	강율 대표가 검찰 쪽으로 줄이 좋은 사람이잖아.
혜 란	태욱 씨.. 너 그런 짓 경멸하던 사람이잖아.
태 욱	(탁.. 온더락 내려놓으며) 피곤하다. 그만 쉬어.
	(일어서서 서재방으로 들어가면)
혜 란	(서재방으로 들어가는 태욱을 보다가
	태욱이 테이블 위에 내려놓은 초대장으로 시선 간다.
	그러다 다시 태욱의 서재방 쪽으로 시선 가면)

S#21. 은주의 집 서재 안. N

은주, 컴퓨터가 있는 책상 앞에 앉아 블랙박스 칩을 본다.
대체 이게 뭘까.. 싶은 눈빛으로 보다가 노트북에 연결한다.
치지직... 하면서 시작되는 블랙박스.
화면 안으로 혜란의 집 전경이 보인다.
은주... 누구 집이지? 쳐다보는데 그때 집에서 출근 차림으로
나오는 혜란의 모습이 보인다. (아주 일상적인 느낌으로)

은 주	....! (혜란이?? 시선에서)

S#22. 태욱의 서재 안. N

문 열고 태욱의 서재방으로 들어오는 혜란,

　　　　태욱, 막 셔츠를 갈아입다가 돌아보면

혜 란　(손에 초대장이 들려져 있다, 가져와 책상 위에 가만 내려놓고)
　　　　안 들은 걸로 할게.
태 욱　(멈칫)
혜 란　이번 사건이 검찰로 송치되든 안 되든..
　　　　나는 결백하니까 문제없을 거구,
　　　　추문 같은 건 신경 안 써. 어차피 시간 지나면 잊혀질 테니까.
　　　　뉴스나인.. 그 자리를 지킬 수 있냐 없느냐,
　　　　그것도 어디까지나 내 문제야,
　　　　당신까지 나서서 해결해야 할 문제가 아니라구.
태 욱　이유 없이 그 자리에서 밀려난다면,
　　　　당신에 대한 세상의 의심은 걷잡을 수 없게 돼.
혜 란　그걸 감당하는 것도 내 문제고.
태 욱　아니, 이제 우리 문제야 혜란아.
혜 란　! (본다)
태 욱　내가 너 지켜주겠다고 한 건.. 니 명예, 니 위치,
　　　　지금 니가 갖고 있고, 앞으로 갖고 싶어 하는 그 모든 것들이야.
혜 란　당신 신념이 흔들리는 일이잖아.
태 욱　내 아내도 지키지 못하면서, 지켜야 할 신념 같은 거.. 의미 없어.
혜 란　태욱 씨,
태 욱　지난 5년 동안 너한테 못나게 굴었던 시간까지 포함해서..
　　　　당신한테 사과하고 반성하는 마음으로 끝까지 해볼 거야.
혜 란　! (순간 울컥..! 하는 눈빛으로) 당신.. 정말루 못됐다.
태 욱　(본다)
혜 란　어떻게 사람을.. 이렇게까지 미안하게 만드니?
태 욱　(본다. 보다가 혜란 앞으로 다가선다)
　　　　아무도 너 못 건드리게 할 거야.
　　　　아무도 당신 다치게 안 해.
　　　　무슨 일이 있어도 너한테 한 말들.. 다 지켜낼 거야.

혜 란   (순간 그대로 태욱을 두 팔로 끌어안는다, 붉어지는 눈시울)

태 욱   (혜란을 꼭 안는다.. 그러더니 혜란의 얼굴을 다시 보며

그녀의 얼굴을 두 손으로 감싼다... 그리고 그녀를 본다)

INSERT〉 은주의 집 서재 안.

표정 없이 노트북에서 흘러나오는 화면을 바라보는 은주의 눈빛.

다시 태욱의 서재방〉

태욱, 혜란을 바라보다 조용히 키스..

INSERT〉 은주의 집 서재 안.

점점 믿을 수 없는 눈빛으로 화면을 들여다보는 은주의 시선

다시 태욱의 서재방〉

조금씩 마음의 벽을 허물어가는 두 사람,

그렇게 아프게, 미안하게.. 키스를 나누는 혜란과 태욱,

혜란, 미안한 눈빛으로 태욱을 한 번 더 쳐다본 뒤,

다시 한 번 더 꼭 끌어안아주면.

태욱도.. 혜란을 따뜻하게 포옹한다.

태 욱   괜찮아.. 다 괜찮을 거야 혜란아. (시선에서)

S#23. 은주의 집 서재. N

치지지지지지지지지.....! 모든 화면이 다 끝난 뒤

회색빛 파열음과 함께 지지지지... 거리는 노트북 화면.

밀납 인형처럼 차가워진 은주의 시선..

잔인한 폭풍이 지나간 뒤 상처만 남은 그 눈빛.

그 침묵... 정지화면처럼 길게 주면서 쿵! 암전.

S#24. 태욱의 사무실 전경. (아침)

S#25. 태욱의 사무실 안.

정기찬 친절한 미소로 녹차 티백이 담긴 찻잔을 테이블에 놓으며
마주 앉은 누군가에게

정기찬   춥죠? (입은 빙그레. 그러나 눈은 쓱... 잽싸게 스캔하는)
그래, 그동안 무슨 일을 하셨습니까?

하명우   (찻잔 양손으로 쥔다, 담담하게)
19년간 교도소에서 복역했습니다. 나온 진 사흘됐구요.

정기찬   (녹차 호로록 마시다가 켁! 사래 들려 켁켁켁!
얼굴이 시뻘개져서 남자 보면)

남자의 얼굴 비로소... 하명우다.
출소한 지 얼마 안 돼 짧게 깎은 머리. 낡은 점퍼.
깊이를 알 수 없는 눈빛.
그러나 점퍼 안에 있는 몸이 탄탄해 뵈듯, 예사롭지 않은 포스

정기찬   (면전에서 이렇게 티를 냈다는 게 민망. 얼른 수습)
아이구 이거 죄송합니다. 갑자기 뜨거운 걸 먹었더니...
(그러나 이미 포스에 눌려버렸다) 그러셨겠구나...
하긴 뭐. 거기도 사람 사는 곳이고 살다 보면 다녀올 수도 있고..
안 가면 좋긴 하지만. 아니 뭐 그게 잘못됐단 얘긴 아니구요...
근데... 19년씩이나 무슨 일로....?

하명우   (담담한) 살인이요.

정기찬   (순간 모든 동작 정지된 채.. 빤히 쳐다보는 데서)

S#26. 호텔 리셉션장. N

강율 대표   (샴페인 잔 높이 쳐들며) 법치와 정의의 실현을 위하여!
일 동   위하여!! (건배함과 동시에)

E. 연주 음악 흥겨운 리듬으로 바뀌면서 기분 좋은 분위기.
〈한국대 법대동문들의 신년의 밤〉 플래카드 걸려 있고
홀 중앙에 강율 대표(남. 65세)와 노老선배들,
주변으로 그 자리에 끼고 싶은 젊은 법조인들이 보인다.
그 한쪽으로 변우현과 이연정의 모습도 보인다.

이연정   당신 오늘 잘할 수 있지?
변우현   (칵테일 한 모금 마시는. 긴장한 빛이 역력하다)
이연정   아우 어떡해, 드디어 당신이 골드문에 들어가는 거야?
변우현   앞서가지 마. 아직 어떻게 될지 모르는 일이야.
이연정   강율 대표가 직접 자기한테 오늘 모임 꼭 참석하라 그랬다며?
            파트너 자리 제의할라 그러는 거 아니겠어?
            당신두 이제 힘든 검사 옷 벗구, 인생 좀 즐기며 살아야지,
            솔직히 당신 기수 중에서 당신만한 인재도 없지 뭘 그래?
변우현   당신두 참, (기분 좋은 듯.. 그러면서 강율 대표 쪽 보며)
강율 대표 (다른 사람들과 만남 중, 변우현과 시선 마주친다. 짐짓 미소)
변우현   (순간 헉! 긴장하는 표정으로 목례)
강율 대표 (고개를 끄떡, 해준 뒤 다시 얘기 중인 사람들로 시선 옮기면)
이연정   (기분 좋아, 어쩔 줄 모른다. 그때)

입구 쪽에서 웅성웅성하는 소리 들려오고,
변우현과 이연정, 뭐지? 하는 표정으로 그쪽 돌아보면,
입구에 나란히 팔짱까지 낀 채 나타나는 태욱과 혜란,
(태욱은 그 어느 때보다 세련된 정장 차림이고,
혜란은 그 어느 때보다 우아하고 멋진 차림으로 보란 듯, 당당하게)

변우현과 이연정, 멈칫.. 살짝 놀라는 눈빛으로 쳐다보는 가운데
다들 쑥덕거리며 태욱과 혜란 쪽을 흘끔거리면.

혜 란   왠지 우리.., 무시당하는 분위긴데?

태 욱   괜찮아. 우리도 같이 무시하면 돼.

혜 란   (그 말에 태욱을 본다. 피식.. 웃는데 그때)

강율 대표E   강태욱! 자넨가?

태 욱   (? 돌아본다)

혜 란   (같이 돌아보면)

강율 대표   (환한 미소로 성큼 태욱과 혜란 앞으로 다가선다)

변우현   (멈칫.. 뭐지? 강율 대표가 직접 마중을 해? 쳐다본다)

이연정   (같이 멈칫..! 남편 얼굴 한 번 봤다가 다시 그들을 보면)

강율 대표   이야, 오랜만이구나, 어?

태 욱   (돌아본다) 변호사님! 안녕하십니까! (인사한다)

강율 대표   (악수 내밀며) 대체 이게 얼마만이야?
            국선하겠다고 뛰쳐나간 게 한 5년 됐지?

태 욱   (악수 받으며, 고개 숙여 정중하게 인사) 그동안 격조했습니다.
            건강하시죠?

강율 대표   나야 늘 그만그만하지. 안 그래도 판사님께 자네 소식 종종
            듣고 있었어. (하면서 쓱 혜란 본다. 예의 그 소문을 아는 눈빛)

태 욱   제 집사람입니다. (혜란에게) 인사 드려. 강율로펌 대표님이셔,

혜 란   (깍듯) 처음 뵙겠습니다. 고혜란입니다.

강율 대표   (니가 그 문제의 고혜란이군. 하는 눈빛으로 보면)

혜 란   (예의 바르지만, 그 시선 피하지 않는다)

강율 대표   (입가에 점잖은 미소로 악수 건네며)
            강인한입니다. 뉴스 잘 보고 있습니다.

혜 란   (무슨 의미인 줄 안다. 그러나 미소로 악수 받으며) 감사합니다.

혜란과 강율 대표 시선이 짧게 부딪친다.

강율 대표	(태욱에게로 시선 옮기며) 이쪽으로 가지, (혜란에게) 가시죠.
	(앞장서서 태욱 혜란을 홀의 메인으로 안내한다)
태욱/혜란	(강율 대표의 안내로 따라가면)
이연정	여보.. (이게 어떻게 된 건가? 변우현을 보면)
변우현	(표정 완전 굳어진 채 노려본다. 보다가 휙! 다른 쪽으로 가버리면)
이연정	(본다. 그 옆으로 오선주와 이수정 다가서며)
오선주	언니, 변 검사님 어떻게 된 거예요?
이연정	(나도 잘 모르겠다...)
이수정	고혜란 저 여자 미쳤나봐요, 이 자리가 어떤 자린데,
이연정	(쳐다보면)

강율 대표를 비롯해, 골드문으로 보이는 주류들이 조용히 한쪽으로 자리를 옮긴다.
태욱도 혜란에게 눈빛으로 일별하고 그들을 따라 들어간다.
(강율 대표가 일부러 기다렸다 태욱을 에스코트해 데리고 들어가는)
혜란, 그들을 쳐다본다. 그 위로

윤송이E	골드문 클럽, 사법연수원 출신이자 한국대 법대 출신 동문들끼리 만든
	그들만의 주류조직..

S#27. 파티장 안에 별도로 마련된 그들만의 장소.

그 안으로 속속들이 들어오는 열 명 정도의 주류 집단들.
그 한쪽으로 강율 대표가 태욱을 데리고 들어와
일일이 인사시키기 시작하는 위로 계속,

윤송이E	대한민국 사법기관과 언론의 기조가 만들어진다는..
	분명히 존재하지만 존재하지 않는, 절대 힘을 가진 클럽이지.
강율 대표	인사드리지, 여긴 대법관 출신 의원이신 정대한 의원님,

태 욱	안녕하십니까, 강태욱입니다.
강율 대표	강한수 대법관 자제분입니다.
정대한	(그제야) 아아!! 자네가 그, 태욱 군이구만
태 욱	(목례하는 가운데)
강율 대표	(그 다음 사람에게 소개하며) 인사드려, 여기는 성낙준 부사장,
부사장	(돌아서면, 방송국 장 국장과 혜란에 대해 얘기하던 그 부사장)
	누굽니까?
강율 대표	강태욱 변호사, 전도유망한 후배지, 강한수 대법관 자제분이셔.
부사장	아아.. 예, 반가워요.
태 욱	처음 뵙겠습니다. 아내한테 말씀 많이 들었습니다.
부사장	(아내...? 보면)
강율 대표	고혜란 앵커, 이 친구 집사람이야.
부사장	(순간 멈칫.. 다시 태욱을 본다)
태 욱	(단단한 눈빛으로 부사장을 마주보면)

S#28. 플래시백〉 바 안. (16씬에서 연결)

윤송이	니 남편이 거기 사람들만 움직일 수 있다면, 지금 이 상황 게임 끝.
혜 란	겨우 국선변호사나 하는 사람이 무슨 수로..
윤송이	태욱 씨 아버님이 바로 골드문 창립멤버라는 썰이 있어.
혜 란	(멈칫.. 아버님이? 윤송이를 보면)
윤송이	그런 쪽 사람들이 또 2세들을 얼마나 끔찍이 챙기는지 잘 알지?
	태욱 씨가 맘만 먹으면 그 사람들, 자기 편으로 만드는 건 껌일걸?
혜 란	(본다. 시선에서)

S#29. 다시 파티장 일각.

혜란, 얼핏얼핏 보이는 별도의 파티장 쪽의 태욱을 본다.

기대감과 걱정이 반쯤 섞인 눈빛으로 바라보면.
다른 일각〉

오선주   오늘 저 자리에 변 검사님이 들어가야 하는 거 아니었어요?
이연정   (표정 굳은 채, 혜란을 보는 위로 계속)
이수정   변 검사님 저 자리 넣을려구
            언니가 얼마나 여기저기 뛰어다녔는데..
오선주   전직 대법관 아들 파워가 이 정돈 줄 몰랐네요.
이연정   그냥 전직 대법관이 아니잖아. 강한수가.
이수정   변 검사님 어떡해요 언니?
이연정   (심란한 눈빛으로 변우현 쪽을 돌아보면)
변우현   (완전히 열 받은 듯.. 굳은 표정으로 태욱이 들어간 쪽 보면서
            연거푸, 쎈술을 원샷으로 들이키더니, 탁! 내려놓고 나가버린다)
이연정   (낮은 한숨. 그러면서 혜란 쪽을 본다. 열 받는데)
혜 란   (문득 이연정의 시선을 느낀 듯 이연정을 본다, 까딱.. 눈인사)
이연정   (들고 있던 샴페인잔 탁! 내려놓고 싹 무시한 채 가버리면)
선주/수정   (얼른 따라 우르르 가버린다)
혜 란   (그러거나 말거나, 한 모금 마시는데 그때)

            띠릭.. 문자 소리. 혜란 클러치에서 핸드폰 꺼내 본다. 순간
            〈발신자 표시제한〉과 함께 뜬 문자,
            - 오늘 꽤 신경 쓰신 모양이네? 아주 아름다워, 살인자! -

혜 란   (쿵..!!! 뭐지? 지금 날 보고 있어? 홱! 고개 돌려 보면)

            여기저기 파티장 안에 낯선 얼굴들이 스친다.
            흘끔흘끔 혜란을 쳐다보는 시선들도 보이고,
            손에 핸드폰을 쥐고, 들여다보거나 문자를 보내거나 하는 손들..
            뭐야? 저 사람들 중에 혹시... 협박범이 있는 거야? 하는데,
            띠릭! 또 다시 들어오는 〈발신자 표시제한〉 문자

- 니가 살인자라는 증거, 여기서 한 번 까볼까? 재밌겠네 -

혜 란   (미치겠다..! 대체 어떤 자식이!!! 돌아보는데 그때)

저쪽으로 묘하게 움직이는 남자1,
혜란, 멈칫.. 걸음을 옮겨 그 남자1을 쳐다보려고 고개를 빼는데
기묘하게 사람들의 뒤로 움직이면서 얼굴을 가리는 남자1(매니저),

혜 란   (천천히 그를 향해 걸음을 옮긴다)
남자1   (그러자 재빨리 사람들 사이를 헤치고 뒷문으로 빠져나가는)
혜 란   (저 놈이다!! 재빨리 그를 따라가는 데서)

S#30. 별도의 파티장 안.

부사장   (일부러) 고혜란 앵커 때문에 심려가 크겠어요?
일제히   (안 그런 척하지만 흘끔, 부사장과 태욱의 대화에 관심을 기울인다)
강율 대표 (흘끗 태욱의 기색을 살피면)
태 욱   (조용히, 담담한 눈빛)
            구설수라는 게 그런 거 아니겠습니까?
            실체는 없는데 당사자는 상당한 고통을 겪게 되는 일이죠,
부사장   당사자뿐만 아니라 우리 방송국도 애를 먹고 있어요,
            매일같이 문자폭탄에 앵커 교체하라는 여론이 만만치 않아요,
태 욱   여론이라는 게 원래 결정권자의 의도에 따라
            얼마든지 방향 선회가 가능한 일 아니겠습니까?
부사장   설마 이 자리에 집안일 청탁하러 나온 겁니까? (살짝 비아냥)
강율 대표 (태욱아, 어찌 대답할래? 쳐다보면)
태 욱   제가 서울지검에 있을 때 아드님이 마약혐의로 입건된 적이 있었죠.
부사장   (멈칫...)
태 욱   그때 혐의불충분으로 불기소처분 받기까지

마음 고생 많이 하신 걸로 기억합니다만..

강율 대표 그러고 보니 그때 담당검사가 강변이었었지 참, (슬쩍 거들면)

태 욱 청탁이 아닙니다. 정중히 부탁드리러 온 겁니다.

고혜란 앵커.. 믿고 지켜주십쇼.

부사장 (그 말에 다시 태욱을 본다)

태 욱 (맑은 눈빛으로 부사장을 마주 본다)

강율 대표 (흠! 그런 마음이란 말이지, 태욱을 보는 데서)

S#31. 복도 일각.

한쪽 복도로 나온 혜란, 그 자식 어디로 갔지 싶은데
저쪽에서 쿵! 비상구 문 닫는 소리가 들린다.
재빨리 그쪽으로 가서 비상구 문을 열고 나가면

S#32. 비상구 일각.

아래쪽으로 내려가는 남자1(매니저)의 모습이 얼핏얼핏 보인다.
혜란, 파티장 쪽 한번 돌아본 뒤 일단 그를 따라 내려간다.
무언가 불길한 느낌으로 뒤쫓아가는 데서,

S#33. 파티장 일각.

한숨 돌리는 태욱, 그 뒤로 다가서며

강율 대표 고혜란 앵커 자린 당분간 괜찮을 거야.
(보며) 물론 이번 사건에 결백하다는 가정하에서지만,

태 욱 경찰 쪽에서 내민 부검 결과가 애매합니다.

	보는 각도에 따라 얼마든지 검찰로 넘길 수도 있는 상황이에요,
강율 대표	(본다. 보며) 원하는 게 뭐야?
태 욱	불기소처분입니다. 어차피 증거 불충분이긴 하지만,
강율 대표	어차피 증거불충분으로 불기소처분될 사건을 가지구
	왜 이러는 거야? 혹시.. 다른 변수라도 있는 거냐?
태 욱	(보며) 그 모든 변수를 포함해서..
	완벽하게 없던 일로 묻고 싶습니다. 해주실 수 있겠습니까?
강율 대표	(흠..! 본다. 시선에서)

그 일각〉
변우현, 모퉁이 뒤에서 그들의 대화를 듣고 있다.
강태욱 이 쌔끼..! 하는 눈빛으로 쓰윽, 한 번 돌아보는 데서.

S#34. 비상구 일각. (지하주차장 쪽 비상구)

삐끗!!! 계단을 내려오던 혜란 발목을 삐끗한다.
재빨리 아래 쪽 내려다보면
위쪽을 올려다보던 남자1의 얼굴을 얼핏 본다, 저 얼굴은..?
혜란, 순간 멈칫하는 표정 위로
(플래시백〉 추모공원. 은주의 팔을 채 가던 매니저의 얼굴)
매니저, 재빨리 주차장 문을 열고 빠져나가면

혜 란	(이 자식이...! 오기 어린 눈빛으로 뛰어내려가는 것과 동시에)

S#35. 지하주차장 일각.

비상구 문을 열고 밖으로 나오는 혜란,
그러나 삐끗한 발목이 계속 아픈 듯.. 절뚝거린다.

이리저리 둘러보면서 매니저의 모습을 찾는 그녀..
차와 차 사이를 쭉 지나쳐오며 계속해서 매니저를 찾는 혜란

혜 란   (숨어 있는 그를 향해) 너.. 이재영 매니저 맞지? 그치?

        (INSERT〉 사사삭.. 움직이는 매니저의 발)

혜 란   숨지 말고 나와!!! (돌아보며) 너 지금 나랑 뭐하자는 거야?
매니저   (쓰윽.. 차 뒤편에서 혜란을 살피는 눈빛... 한쪽으로 사라지면)
혜 란   (돌아본다 대체 어디로 사라진 거야 이 자식! 돌아보는데 그때)

        갑자기 한쪽에서 띠띠띠띠!!!!
        차량 경보기가 오작동하는 소리가 시끄럽게 들려온다.
        혜란, 아픈 발목 절뚝이며 소리가 나는 쪽으로 걸어가다가 멈칫..
        멈춰 서서 본다. 그녀와 태욱이 타고 온 차 위에 지저분한 낙서.
        혜란, 절뚝절뚝.. 천천히 몇 걸음 더 다가서서 멈춘다.
        기가 막힌 눈빛으로 차 위에 써진 낙서들 보는데
        지이잉, 지이잉 손에 들고 있는 핸드폰이 울린다. 들어서 보면,

S#36. 파티장.

        두리번거리며 혜란을 찾는 태욱,
        귀에 핸드폰을 댄 채 혜란을 찾다가,

태 욱   혜란아. 당신 지금 어디야? (듣는다. 멈칫... 돌아보면)

S#37. 지하주차장.

비상구문을 열고 나오는 태욱, 혜란을 발견하고 옆으로 온다.
순간 멈칫.. 혜란과 비슷한 눈빛으로 차를 보다가
차키 꺼내 소리를 꺼버린다. 그리고 쳐다보면
그들의 차 전면에 라커로 써진 글씨.
"고혜란은 살인자다!"

혜 란   ... (표정 없이 보고 있고)
태 욱   (옆에서 보면서) 누구 짓인지.. 봤어?
혜 란   ... (간격 둔 채) 아니..
태 욱   (혜란을 본다. 뭔가.. 말 안 하는 느낌이다) 혜란아..
혜 란   파티장에서부터 이상해서 쫓아 내려왔는데 놓쳤어...
           차 경보음이 들려서 와보니 이렇게 돼 있었구,
태 욱   (보며) 당신.. 협박받고 있니?
혜 란   이런 것까지 일일이 당신한테 말하기 싫었어.
           이미 충분히 당신 괴롭히고 있는데..
           이 정도쯤 혼자 감당할 수 있어, 괜찮아.. (하는데 떨리는 눈빛)
태 욱   (낮은 한숨, 자신의 외투 벗어 혜란의 어깨에 씌워준다)
           춥다.. 자리 옮기자.
혜 란   그냥 안 둬.
태 욱   (멈칫.. 혜란을 본다)
혜 란   날 이렇게까지 엿 먹이는 놈이 누군지.. 절대로 그냥 안 둘 거야.
           (완전 열 받은 눈빛으로 돌아서서 절뚝절뚝... 간다)
태 욱   (뭔가 걸리는 눈빛으로 혜란을 본 뒤, 낙서된 차량을 돌아보면)

S#38. 호텔 CCTV 관리실.

보안팀장과 보안과 직원 두엇 뒤에 서 있고

태욱, CCTV 확인 중이다.
일동, 모니터 보는 가운데, 화면 하나 잡힌다.
한 남자(매니저), 혜란의 차에 다가가 라커로 뭔가 쓰기 시작한다.

태 욱   좀 당겨서 볼 수 있습니까?

모니터, 줌인하면 좀 더 자세히 보이는 화면 속 남자.
검은 운동화. 검은 후드점퍼. 검은 모자. 검은 마스크.
전혀 얼굴을 식별할 수 없다.

보안팀장   중무장을 하고 왔네요. 얼굴은 전혀 모르겠는데요?
           (이리저리 다른 각도의 모니터 살펴보며)
           이 자식 이거 작정을 한 건데요? 씨씨티비 자리도 알아요.
           보세요. 정면은 골라서 피하잖아요.
태 욱   (그렇다. 심각한 얼굴로 보는데)
보안1   여기 하나 걸린 거 같은데요,
일제히   (? 돌아보면)
보안1   (파티장에서 빠져나오는 남자1의 얼굴을 잡는다)

남자1이 사라진 뒤 잠시 후, 혜란이 쫓아나오는 게 보인다.
혜란의 말대로다.

태 욱   얼굴 좀 다시 볼 수 있습니까?
보안1   (다시 돌려 남자1의 얼굴을 확대한다)

흐릿하게 커지는 남자(매니저)의 얼굴에서.

S#39. 샌드위치 가게. (다음날)

쓰윽, 테이블 위로 밀어지는 종이 한 장.
혜란, 받아서 보면 매니저의 신상자료다. 쭉 읽어 내려가는 위로

윤송이   사연이 어쩌나 구구절절한지, 눈물 없인 봐줄 수가 없드만.
          (샌드위치 한입 베어 물면서)
          그 정도면 자기 협박하는 목적, 뻔한 거 아니겠니?
혜 란   (흠..! 그래? 하는 눈빛에서)

S#40. 태욱의 사무실.

회의실 안에 앉아 있는 명우의 뒷모습,
사무실 쪽에서 아 참.. 미치겠네 하는 표정으로 좌불안석인 정기찬.
그때 태욱이 안으로 들어온다.

정기찬   아! 변호사님 이제 오십니까? 어제 동문 모임은 잘 다녀오셨구요?
태 욱   경찰 쪽에서 그 뒤로 별 다른 움직임은 없습니까?
정기찬   아직은 없습니다. 그보다 문제가 하나 발생했는데요,
태 욱   (돌아본다) 문제요?
정기찬   저는 정말이지 딱 잘라서 안 된다! 여기는 정의에 대한 신념이 있는 사
          람만 뽑는 곳이다, 딱 그랬거든요!
태 욱   (? 보면)
정기찬   (눈으로 회의실 쪽 가리키며) 도통 말귀를 못 알아듣는 건지
          막무가내네요. 그저께부터 계속 같은 시간에 와서,
          저러고 앉아 있습니다. 어쩌죠?
태 욱   (회의실 보면)

회의실 유리창 너머 한 남자.

예의 그 검은 점퍼를 입은 한 남자(명우)의 뒷모습.

태 욱   (눈은 명우에게. 손은 정기찬에게)

정기찬   (끄응...이력서 건네며) 보시나마납니다. 말두 안 돼요.

태 욱   (받아들고, 펼쳐본다. 읽어 내려가는 눈빛에서)
         오늘 법원에 안 가보십니까?

정기찬   11시까지만 가면 됩니다.

태 욱   시간 다 됐는데요.

정기찬   아.. 벌써요? (시계 보더니) 암튼 시간하나는 끝내주게 빨리 가네.
         (가방 외투 챙겨들며) 다녀오겠습니다.
         (쓰윽, 하명우 쪽 한 번 본 뒤 나가면)

태 욱   (시선 들어 하명우 쪽 보면)

S#41. 카페 일각.

문을 밀고 안으로 들어오는 강기준, 한쪽을 돌아본다.
누군가를 알아본 듯 쭉 걸어 들어와 테이블에 앉는다. 보면
반대편에 앉은 이, 변우현이다.

변우현   안녕하세요, 전화로 인사드렸던 변우현입니다.

강기준   검사님께서 무슨 일로 절 찾으십니까?

변우현   (보며) 고혜란 사건 맡고 계시죠?

강기준   (? 보다가) 케빈 리 사건을 말씀하시는 겁니까?

변우현   유력한 용의자가 고혜란이라고 들었는데요,

강기준   (뭐지? 쳐다본다)

변우현   제가 그 사건에 관심이 좀 생겨서요, 내용 좀 들을 수 있겠습니까?

강기준   (가늠하듯 쳐다보는 눈빛에서)

S#42. 태욱의 사무실 회의실 안.

마주한 태욱과, 그 맞은편에 야구모자 눌러쓴 명우. 그 위로

태 욱   (툭툭 이력서 넘기면서) 법대에 합격까지 하셨네요?
하명우   (야구모자 밑으로 가려진 눈빛) 네.
태 욱   전과가 있구요?
하명우   네.
태 욱   (시선 들어 명우 본다) 살인이었다구요?
하명우   (그제야 조용히 고개 들어 쳐다보더니)
         열심히 일할 사람을 찾는다는 공고를 보고 왔습니다.
         저는 지금 일자리가 필요하구요.
태 욱   우발적이었습니까? 아니면 계획 살인이었습니까?
하명우   돈 좀 있다고.. 힘없는 사람들을 괴롭혔습니다.
         내 친구가 피해자였구요. 그냥 두고 볼 수가 없었습니다.

태욱, 하명우 본다. 곧은 자세. 흔들림 없는 깊은 눈빛.
이 남자, 채용을 위해 입 발린 소리를 하지도,
자신의 전과에 주눅 들지도 않는다.

태 욱   (본다. 보다가) 어디까지 할 수 있습니까?
하명우   (본다. 보다가) 어디까지 해드리면 되는 겁니까?

태욱과 하명우. 서로를 바라본다.
서로의 속내를 가늠하는 듯한 그들의 눈빛..

태 욱   (안주머니에서 프린트해온 매니저 사진 내밀며)
하명우   (흐릿하게 프린트 된 그 사진을 본다, 사진 위로)

플래시백〉 (5씬의 다른 각도)

한쪽에서 야구모자 눌러쓴 채 나타나는 명우의 시선으로,
저 멀리 은주를 부축하려던 혜란의 팔을 탁! 쳐내는 매니저.
은주를 부축하고 가면서 혜란을 무섭게 쏘아보는 눈빛에서.
다시 현재〉

태 욱	찾을 수 있겠어요?
하명우	(시선 들어 태욱을 쳐다보면)
강기준E	현재 잠적한 상탭니다.

S#43. 카페 안.

이재영과 같이 찍힌 매니저의 사진을 보고 있는 변우현,

변우현	이 사람이 이 사건에 변수가 되겠습니까?
강기준	케빈 리 가까이에서 가장 많은 걸 알고 있는데다
	이번 사건에 대해 뭔가 알고 있을 확률이 높은 사람이죠.
	1차 참고인 조사 때도 상당히 불안해 보였는데..
	장례식 이후로 갑자기 사라져버려서 지금 계속 찾는 중입니다.
변우현	없어진 고혜란의 블랙박스 칩과 잠적한 이재영의 매니저라.. (보며)
	둘 중에 하나라도 가져올 수 있겠습니까?
강기준	(? 본다)
변우현	그럼 내가 어떻게든 작품 하나 만들어볼 수도 있을 거 같은데,
강기준	(뭔 뜻이지 이건 또? 쳐다보는 시선에서)
박성재E	전 반댑니다.

S#44. 경찰서 앞 주차장.

저벅저벅 나오는 강기준. 그 옆으로 쫓아나오는 박성재,

박성재	증거도 없어. 유족도 반대래.
	근데도 송치하자고 부추기는 거.. 뭔가 스멜이 나지 않습니까?
강기준	스멜은 무슨,
박성재	막말루 핫한 사건 하나 맡아서 엔딩이야 어떻게 나든 말든
	자기만 라이징 스타검사가 돼보겠다는 거잖아요, 지금!
강기준	니가 운전할래, 내가 하까?
박성재	암튼 전 반댑니다.
강기준	내가 해?
박성재	아니이, 이제 와서 매니저 하나 족친다구 뭐가 나올 거 같냐구요,
	나올 거였으면 진작에 나왔겠지,
강기준	적어도 영장이라도 받아내자구, 어?
	그럼 그동안 궁금했던 거 다 까볼 수 있잖아.
박성재	(내키지 않는 눈빛)
강기준	운전 내가 해?
박성재	(차키 받으며) 제가 합니다. (운전석에 올라타면)
강기준	(그런 박성재를 보면서)

S#45. 플래시백〉 카페 안 (43씬 연결)

강기준	(본다) 갑자기 이 사건에 왜 이렇게 관심을 갖게 되신 겁니까?
변우현	범인 잡으려구요.
	강 형사님이나 저나, 그런 일 하자고 있는 사람들 아닙니까?
강기준	(무슨 그림을 그리고 있는 거지..? 가늠하는 눈빛에서)

S#46. 병원 복도 일각 - 병실. (현재)

쓰윽, 나타나는 매니저. 야구모자 눌러쓴 채 병실 쪽으로 간다.
괜히 주위 한 번 둘러본 뒤 슬쩍 병실 문 열면,

침대에 누워 있던 여자1, 매니저를 돌아본다.

누 나   동현아.. (반갑게 맞이하는)
매니저   (마저 문 열고 들어서다가 순간 멈칫..)

침대발치 쪽에 서서 누나를 쳐다보던 코트차림의 그녀,
매니저 쪽 돌아보면 혜란이다.

매니저   ...! (쿵! 놀라는 눈빛으로 본다)
혜 란   (짐짓 여유 있는 미소로 매니저를 보더니)
              잠깐 얘기 좀 할까? 어디서 할까, 여기서? 아니면 나가서?
매니저   (이런씨..!!! 눈빛 순간 살벌해져서 쳐다본다)
누 나   (뭐지..? 이 분위기? 혜란과 동생의 눈치를 살피면)

S#47. 병원 복도 일각.

              땡! 엘리베이터 문이 열리면서 밖으로 나오는 하명우,
              쓰윽 병실번호를 훑으며 한쪽으로 걸어오는데 그때
              저 앞으로 병실에서 나오는 매니저가 보인다.
              하명우, 걸음을 멈추고 표 안 나게 다른 병실 앞을 돌아보다가 멈칫,
              매니저 뒤로 따라 나오는 혜란을 본다.
              혜란을 보는 명우의 눈빛.. 혜란이가 직접 왔어? 쳐다보는 데서.

S#48. 병원 비상구. (또는 막다른 느낌의 일각)

              쿵!!! 괜히 위협적으로 철문을 발로 차는 매니저,
              눈도 하나 까딱하지 않는 혜란을 위협하듯!

매니저	죽고 싶냐? 니가 여긴 왜 나타나? 뭣 땜에!!!! (윽박)
혜 란	백동현. 나이 스물다섯. 전직 케빈 리 로드 매니저. 현재 무직.
	무면허 음주로 적발된 거만 5건. 두 달 전엔 클럽 무전취식으로 지구대
	까지 갔지만 이재영이 덮어줬고.
	최근엔 에이전시 공금에 손대기 시작.
	경마로 날린 게 수천만 원. 그런데 덮어줄 이재영은 죽었고.
매니저	그새 내 뒤까지 캤냐?
혜 란	급하지? 절박하구.
매니저	(순간 표정 싸늘해지는 위로 계속)
혜 란	사채까지 손을 댔는데 비빌 언덕은 없고.
	세상에 가족이라곤 누나 하나뿐인데.
	이틀에 한 번씩 혈액투석을 받아야 하고.
	쪼들리다 결국 나한테 협박문자까지 보내게 된 거고,
매니저	역시 고혜란이네, 형이 만만하게 볼 여자 아니라더니.
혜 란	누나도 아니? 니가 공금횡령에 사람 협박까지 해가면서
	병원비 마련하려고 애쓰는 거?
매니저	입 안 다물래? (싸늘)
혜 란	하루하루 피가 마르는데 방법은 없구.
매니저	입 다물라고 했다!
혜 란	어딜 돌아봐도 깜깜 절벽, 막다른 곳이라 숨을 쉴 수도 없구,
	왜 나만 이렇게 살아야 해, 세상이 원망스럽구!
매니저	아우쒸! 이걸 그냐앙....!! (하면서 훅! 칠 듯이 주먹을 든다!)

혜란의 코앞에서 멈춘 매니저의 주먹이 공중에서 부르르.
그러나 혜란, 쫄지 않은 눈빛으로 똑바로 보며,

혜 란	사람이 궁지에 몰리다 보면 뭐가 옳은지 뭘 해야 하는지 잘 안 보여.
	지금 너두 그럴 거야.
	근데 인생 그렇게 살면 안 되더라.
	결국엔 지금 니가 한 짓이 니 발목을 잡게 될 거야.

매니저	까지 마. 누가 누구한테 훈계질이야!
	너는 사람도 죽였잖아!
혜 란	누가 그래? 내가 죽였다구? 죽은 이재영이 찾아와 그러디?
매니저	그날 밤 재영이 형 만나러 간 거 내가 다 알구 있어!!!
	주차장에서 다 봤다구! 내가아!!!
혜 란	그래서? 그걸로 뭘 증명할 수 있는데?
매니저	증명할 순 없어도 괴롭혀줄 순 있겠지.
	태국 사진 원본.. 나한테 있거든!
혜 란	(그거였구나. 사진 원본.. 블랙박스 칩이 아니라 살짝 실망스럽지만)
	미안하지만 그걸로 날 구속할 순 없어.
	하지만 널 협박범으로 체포되게 만들 순 있지.
매니저	그래? 해봐 한번!! 까짓 거 갈 데까지 가보지 뭐!
혜 란	니 누나는 어쩌구?
매니저	(멈칫!)
혜 란	나 하나 괴롭히자구 니 누나 죽일 거야?
매니저	이게 진짜 죽을라구!!!! 아우 이게 진짜 씨이!!!!
	(금방이라도 죽일 듯 움켜쥔 주먹 부들부들 떤다)
혜 란	(한 치의 동요 없이 똑바로 마주보면)
매니저	어우우우우우!!!! (주먹을 내리며 어쩔 줄 몰라하는데)
혜 란	(나직한 한숨.. 그러더니) 밀린 병원비는 다 지불했어.
매니저	(쿵....) 뭐?
혜 란	신장 이식 대상자에도 우선순위로 이름 올려놨구.
	수술비도 내가 알아서 처리할 거야.
매니저	뭐하자는 거야 지금?
혜 란	사진 원본 갖구 와. 니가 장난칠 물건 아니야.
매니저	나랑 딜하자는 거야?
혜 란	기회를 주는 거야. 니 누나한테 사람 노릇할 기회.
매니저	...! (보면)

S#49. 병실 복도 비상구 앞 & 복도.

탁 열리는 비상구 문. 밖으로 나오는 혜란,
잠시 그 앞에 서서 마음을 가다듬는 중, 나직하게 한숨 돌리는데
울리는 핸드폰, 받으며 "어, 나야.. 지금 들어가! 그래."
그대로 걸음 옮기면.
그 뒤로 복도 모퉁이에서 쓱 나오는 발 하나.
명우다. 멀어지는 혜란의 뒷모습을 지그시 바라보는 시선에서.

S#50. 은주의 집 거실.

재영의 물건이 담기다 만 대용량쓰레기 봉투..
한쪽에 아무렇게나 놓여져 있고,
그 옆으로 소파위에 널부러져 있는 재영의 외투..
(INSERT〉 서재방. 여전히 켜져 있는 노트북과 꽂혀 있는 칩..
그 옆으로 마시다 만 술병이 보이고..)
그 한쪽으로 역시 널부러지듯 누워 있던 은주, 멍한 눈빛으로
생각에 잠겨 있다가 부스스 일어나 앉는다.
그러더니 자리에서 일어나 주방으로 간다.

S#51. 은주의 집 주방.

은주, 냉장고에서 닥치는 대로 꺼내 식탁에 펼쳐놓는다.
그리고 밥 꺼내와 숟가락으로 퍼먹기 시작한다.
살 거야.. 일단 살 거야. 우걱우걱 입으로 밥을 퍼 넣고 또 퍼 넣고..
집히는 대로 입에 넣고 먹는다.
그러면서 시선 들어 서재방 쪽을 보는 그녀,
(INSERT〉 열린 서재방. 여전히 노트북에 꽂혀 있는 블랙박스 칩)

은 주   (그 칩을 노려본다. 눈빛 무섭게 변해가는 데서)

S#52. 방송국 로비. D

활짝!!! 로비문을 열고 들어서는 한지원,
경쾌한 발걸음과 당찬 미소로 로비를 가로지르면.

S#53. 보도국 사무실 안.

지 원   안녕하세요!! 한지원 다시 복귀했습니다.
동료들   (이야! 반가워! 어서와! 분위기 좋게 인사 나누는 가운데)
혜 란   (자기 책상 앞에 앉아, 그러거나 말거나 하는 분위기로 일하는 중)
웅 팀장   (옆에서 일부러 들으라는 듯) 이야. 공기가 갑자기 후레쉬해지네.
          사람 하나 들고 나는데 이렇게 다르냐? 보도국에 미세먼지가 확
          걷힌다야! 잘 왔다 한지원! (허허, 웃으며 자리로 가면)
지 원   (혜란 옆으로 다가서며) 안녕하셨어요, 선배?
          오늘부로 저, 뉴스룸에 복귀했어요, (빙긋 웃는다)
혜 란   (탁탁 보던 기사원고 집어 들어 일어선다. 흘긋 국장실 쪽 보면)

          (INSERT〉국장실. 장 국장 슬쩍 혜란과 지원 쪽을 내다보고 있는)

지 원   너무 맘 쓰지 마세요. 조직이란 게 그런 거죠 뭐.
          쓰면 뱉고 달면 삼키고. 어쩌겠어요. 이 바닥이 원래 그런걸.
혜 란   (그제야 돌아보더니) 이번엔 실수하지 말고 열심히 해라.
          그게 널 다시 불러준 장 국장에 대한 보답 아니겠니?
          (지나쳐 가려는데)
지 원   지금 선배한테 필요한건 적이 아니라
          하나라도 내 편을 만드는 거 아닌가?

혜 란	(멈칫.. 보면)
지 원	심증. 정황. 증거. 선배한테 유리한 건 하나도 없는데.
	이럴 때 나라도 있음 낫지 않겠어요?
혜 란	(멈춰. 돌아본다) 무슨 뜻이야?
지 원	선배를 생각하는 후배의 갸륵한 마음이라고 해두죠.
	혹시 알아요? 상황이 안 좋아져서 제 도움이 필요해질지..
	그럴 땐 언제든 연락하시라구요.
	저, 고혜란 스페어에 에브리데이 스탠바이잖아요?
	(씩 웃으며 국장실로 가면)
혜 란	(허..! 어이없이 처다본다. 보는데 울리는 핸드폰, 받는다)
	어, 그래 은주야.. 어쩐 일이야? 오늘?
	(시계 잠깐 보더니) 5시쯤 잠깐 시간 낼 수 있는데,
	그래.. 알았어. 거기서 보자. (끊고, 흘끗 다시 국장실 쪽 보면)

국장실 안으로 인사하는 지원과 반갑게 맞이하는 장 국장 보이고,
혜란, 표정 없이 그대로 휙! 돌아서서 가버리면.

S#54. 은주의 집 서재.

은주, 끊긴 핸드폰을 본 뒤 노트북에 꽂힌 칩으로 시선 옮긴다.
탁!!! 뽑아들고 돌아서서 나간다. 쿵! 닫히는 서재 문에서.

S#55. 카페 안.

환한 얼굴로 카페 문 밀고 들어오는 혜란.
눈으로 은주가 어디쯤이지? 찾다가 순간 멈칫.
혜란 보면. 은주, 평소와는 다르게 말끔히 차려입은 차림새,
그러면서 어딘가 묘하게 착 가라앉은 분위기.

혜 란	(다가와 앉는다) 어쩐 일이야? 이 시간에..?
은 주	(말없이 잠시 혜란을 본다)
혜 란	(? 보면)
은 주	출국날짜를 잡으려는데..
	이것저것 정리할 일들이 많네. 집두 그렇구..
혜 란	그런 쪽으로 잘하는 사람 소개시켜줄까?
	혼자 다 하기 힘들잖아.
은 주	아니..
혜 란	?
은 주	왠지 그건 아니지 싶다 혜란아.
	그래도 서울 땅에 그이하고 처음으로 같이 산 집인데,
	그렇게 쫓기든 처분하는 게.. 그게 영 마음에 걸리네.
혜 란	(얘가 지금 무슨 소릴 하려고 이러나? 쳐다보면)
은 주	그래서 말인데, 나.. 미국 가는 거 당분간 보류하려구,
	뒤처리 너한테 다 맡겨두고 나 혼자 미국 가 있는 것도
	맘 불편한 일 같구.. 당분간 서울에 머물면서 내 손으로 직접..
	전부 다 정리하고 싶네,
혜 란	... 뭐?
은 주	재영 씨 일두, 그리구 니 일두...
혜 란	그건 또 무슨 소리야? 내 일이라니...
은 주	너.. 아직 경찰조사 다 안 끝났다며? 우리 그이 사건으루.
혜 란	은주야,
은 주	이번 큰일 치루면서.. 친구의 존재가 새삼 어떤 건지 와닿더라.
	이제부턴 내 차례야,
	너한테 받은 거.. 내가 그대로 갚아줄까 해. 혜란아.
혜 란	...! (본다, 보는데 그때)
은 주	어? (입구 쪽 쳐다보며 손을 든다)
혜 란	(쎄한 눈빛으로 은주를 보는데)

그들 쪽으로 다가서는 그, 뚜벅뚜벅 다가서서

| 태 욱 | 좀 늦었습니다. |
| 혜 란 | (멈칫..! 고개 돌려 쳐다보면) |

거기 서 있는 태욱, 은주에게 양해 구하는 눈빛 보낸 뒤
혜란을 본다.

혜 란	(뭐지 이건? 태욱을 본 뒤, 다시 은주를 돌아보면)
은 주	(혜란을 본다, 시선 위로)
은주E	너한테 받은 거.. 내가 그대로 갚아줄까 해.
	기대해도 좋아 혜란아.
은 주	(보다가 일순 착한 미소 씩 짓는다)
혜 란	(묘한 불길함이 엄습하는 눈빛으로 은주를 보는 데서 쿵!)

제 7 부

비밀

秘密

S#1. 거리.

바람이 분다.
평소와는 다르게 말끔하게(지나치게 화려하진 않게) 차려입은 은주.
굳은 얼굴로 또각또각 걸어오는 위로
주마등처럼 스쳐가는 지난날들.

플래시백1〉 공항 입국장 앞(2부 9씬)
은주. 이런 우연이 반갑고 신기하다.
활짝 미소로 보면, 혜란에게 악수 내미는 재영.

재 영　(혜란에게 젠틀하게 악수 내밀며) 말씀 많이 들었습니다.
　　　　은주 남편 케빈 립니다.
혜 란　(스치는 당혹감. 멍하니 재영 바라보는데)

플래시백2〉 방송국 출연자 대기실(2부 31씬)
은주, 한손엔 재영의 타이를 들고 막 뛰어 들어오다 멈칫. 보면
상의를 벗은 재영. 그 앞에 혜란.

혜 란　(당황 감추고. 얼른 미소로) 질문지 드리려고 왔어.
은 주　그랬구나?

혜란, 가볍게 목례하고 나가면 웃통 벗은 채 묘한 눈으로

문 쪽을 바라보는 재영. 그 모습 위로,
옷자락이 부딪치는 소리. 거칠어지는 숨소리. 가쁜 호흡

플래시백3〉 은주 집 서재(6부 22씬)
은주, 믿을 수 없는 눈빛으로 노트북 화면 들여다보면,
노트북 화면, 혜란의 블랙박스 영상이다.
화면 속. 훅....! 재영의 목을 감아버리는 혜란.
두 사람이 나누는 키스....에서

S#2. 태욱의 사무실 앞 거리.

굳은 얼굴로 걸어오는 은주.
그녀, 차가운 시선으로 고개 들어 보면
〈강태욱 법률사무소〉 간판 보이고.
은주, 그 건물이 보이는 어디쯤에 굳어 선 채 가만히...
추운지 옹송거리며 거리를 오가는 사람들.
바람은 점점 차가워지고
지나던 사람들, 흘깃... 뭐야..? 하는 표정으로 보면,
서늘한 표정, 감정도, 추위도 느껴지지 않는 듯
마치 동상처럼 그 자리에 붙박여 있는 은주.
그러다 어느 순간 갑자기 활짝 미소로 누군가에게 다가간다.

은 주   (반가운) 어머. 이런 데서 뵙네요?

막 건물을 나서던 누군가, 멈칫 보면 태욱이다.
은주, 태욱을 미소로 바라보는데

혜란E   (당황. 의아) 두 사람.. 어떻게 된 거야?

S#3. 카페 안. (6부 51씬에 이어)

혜란, 당황스러운 얼굴로 보면
태욱, 은주에게 미소로 답한 뒤 혜란 옆에 앉는다.

은 주   (한 차를 같이 타고 온 편안함으로 태욱에게) 주차할 데 있었어요?

태 욱   (혜란 옆에 앉으며 은주에게) 네. 한 자리 비어 있었어요.

혜 란   (뭐지? 이 대화는? 은주와 태욱을 보면)

태 욱   (혜란에게) 퇴근하는 길에 우연히 뵀어.

은 주   (혜란에게) 마침 너 만나러 오는 길이기두 해서
          내가 같이 차나 한 잔 하자고 했어. 상의할 일두 있구..

혜 란   (상의할 일? 보면)

은 주   실은 환일철강에서 위약금 소송이 들어왔거든.

혜 란   환일에서, 왜?

은 주   그이 사망 원인이 음주운전이라는것도 그렇고,
          이런저런 추문까지 번지면서 회사 이미지 훼손시켰다구..

혜 란   (추문... 살짝 걸리는 눈빛)

태 욱   (역시 걸리는 듯, 혜란을 짐짓 본다)

은 주   계약금의 3배를 물어내라는데..
          대체 어떻게 해야 하는 건지 아는 것두 없구, (태욱 보며)
          그래서요 태욱 씨.. 태욱 씨가 변호를 맡아주실 수 없을까 해서요.

태 욱   도와드리고 싶지만, 제 전문 분야가 아니라서요,
          그쪽으로 잘하는 친구를 알아봐드릴 수는 있습니다.

은 주   솔직히 그이 사생활을 언급해야 하는 일이라 모르는 분은 좀...
          (그랬다가 얼른) 부담스러우셨다면 죄송해요 태욱 씨,
          (혜란 보며) 미안하다 혜란아.
          맘이 급해서 염치없이 말을 꺼냈어.
          너 생각하면 내가 이런 부탁하면 안 되는 건데...

혜 란   (짐짓, 괜찮은 척 미소로 넘기려는데)

은 주   좋은 시절엔 다들 먼저 손 내밀더니

그이, 그렇게 가고 나니까 언제 그랬냐는 듯이

등 돌리기 바쁘더라.. (쓸쓸해진다)

세상 인심이 다 그런 거다 싶으면서도 좀 힘이 드네..

태 욱   (은주를 본다)

혜 란   (그런 은주를 잠시 빤히 본다. 보더니, 태욱에게) 당신이 맡아줘.

태 욱   (멈칫.. 혜란을 본다)

은 주   (짐짓.. 시선 들어 혜란을 보면)

혜 란   아무래두 남보단 사정을 잘 아는 우리가 낫지 않겠어?

           은주 지금 홀몸두 아니구.. (보며) 부탁해 태욱 씨.

은 주   어떻게 안 될까요? (매달리듯 태욱을 보면)

태 욱   (두 여자의 시선에 살짝 불편해진다. 영 내키지 않지만...

           결국 은주에게 명함 건네면서) 연락첩니다.

           오실 때 계약서 원본 가지고 오시구요.

은 주   (일순 표정 환해지며) 살았다! 고마워요 태욱 씨, 고마워 혜란아.

           혜란, 그런 은주를 미소로 마주 보면.

S#4. 카페 앞.

           밖으로 나오는 혜란과 태욱,

태 욱   그냥 아는 전문변호사 소개시켜주면 안 되겠어?

           당분간은 니 일에만 집중하고 싶은데.

혜 란   케빈 리 스캔들이야.

           알잖아. 그럼 내 이름도 나올 수밖에 없는 거.

           나 그거.. 다른 사람 입에서 듣고 싶지 않아. 당신이 해줘.

태 욱   (혜란을 본다)

혜 란   해줄 거지?

태 욱   (한숨..) 하여튼 너는, 나 꼼짝 못하게 하는 법을 너무 잘 알아.

혜 란	춥겠다.. (하면서 태욱의 옷깃을 만져주는데)
은 주	죄송해요.. 화장실에 사람이 많아서,
혜 란	(얼른 태욱 만지던 손, 슬쩍 내리며)
	저녁 같이 먹으면 좋았을 텐데.. 뉴스 땜에 들어가봐야 해서.
은 주	괜찮아. 시간 내준 것만 해도 고맙다 애,
	(웃으며) 지하철역 어딘지만 가르쳐줘.
태욱/혜란	(그 말에 짐짓.. 짧게 시선 마주치더니)
태 욱	제 차 타고 같이 가시죠,
은 주	아우 아니에요, 그냥 지하철 타면 되는데..
혜 란	괜찮아. 같이 타구 가.
은 주	(태욱 보며) 죄송해서 어뜩해요? 계속 폐만 끼치구..
태 욱	아닙니다. 가시죠. (혜란 보며) 이따 집에서 봐.
혜 란	응. (보면)
은 주	(일별한 뒤 태욱과 함께 차에 올라탄다)

혜란, 서서 태욱의 차가 출발하는 걸 본다.
출발하는 태욱의 차 안〉
은주, 태욱을 보며 짐짓 고마운 미소..
그러면서 쓰윽 고개 돌려 사이드 미러를 내다보면,
이쪽을 쳐다보고 있는 혜란의 모습이 보인다.
순간 은주의 시선, 묘하게 싸늘해지면서 정면 응시하는 데서.

쿵!!! 블랙 화면 위로
자막, 〈제7부 비밀(秘密)〉

S#5. 보도국 국장실.

장 국장은 의자에, 혜란은 책상 앞에 서서 헤드라인 제출하면서

혜 란	오늘자 헤드라인이에요.
장 국장	(툭툭 페이퍼 넘겨보면서) 청와대 대변인. CBC 정현성 앵커로
	픽스됐다는 썰이 있던데. (시선 들어 혜란 본다) 알고 있었어?
혜 란	(몰랐다. 살짝 당황스러운데. 그러나 감추고)
	아뇨, 들은 바 없습니다.
장 국장	(눈은 페이퍼에) 협박문자 받은 건 어떻게 됐어?
	내 쪽으론 더 이상 안 들어오던데.. 이대로 지나가는 거야?
혜 란	별거 아닐 거라고 말씀 드렸잖아요.
장 국장	(페이퍼에 붉은펜으로 한군데 표시한 뒤)
	헤드라인 멘트 좋네. (보며) 공장 폐수 문제 다룬다더니..?
혜 란	곽 기자가 시간 좀 벌어달래서요,
	받기로 한 자료 화면이 아직 안 들어온 모양이에요,
장 국장	오케이, 자료 화면 편집 되는 대로 순서 상관없이 붙이는 걸로,
혜 란	네. (뒤돌아 나온다. 좀 전과는 다르게 얼굴 굳어 있다)
장 국장	(흐음.. 나가는 혜란을 보는 데서)
혜란E	(굳어) 고혜란입니다.

S#6. 보도국 비상구.

혜란, 굳은 얼굴로 누군가와 통화 중이다.

최형식	(INSERT〉비서실) 말씀하십시오.
혜 란	청와대 대변인으로 정현성 앵커가 내정됐다고 들었습니다.
	사실입니까?
최형식	(INSERT〉비서실) 내부 사항이라 답변 드리기 곤란합니다.
혜 란	곤란해하시는 거 보니 사실인 모양이군요,
최형식	(INSERT〉비서실) 죄송합니다. 이만 끊겠습니다. (끊고)
혜 란	(끊긴 핸드폰을 본다, 그래? 그렇게 나온단 말이지?)

S#7. 보도국 편집실 안.

벌컥 문 열고 들어오는 혜란.

곽 기자   (편집하는 손 놓지 않은 채 한 번 돌아보며)
　　　　　　자료 화면 방금 전에 받았어요,
　　　　　　잘하면 세 번째 순서로 들어갈 수 있겠어요.

혜 란   지난번 마카오 원정 도박건 원본 클립 갖구 있지?

곽 기자   (멈칫.. 돌아본다) 마카오 원정도박이요?

혜 란   16년돈가, 전직 고위공무원 아들이랑 재벌 3세들
　　　　　　마카오 원정 도박 갔다가 수사 받았던 거,
　　　　　　거기 방송국 임원도 한 명 연루됐었잖아 왜,

곽 기자   (얼른 바깥 쪽 한번 살핀 뒤 얼른 문 닫으며)
　　　　　　정현성 앵커건 말씀하시는 거예요?
　　　　　　그건 그때 장 국장이 덮으라고 해서...

혜 란   파일 곽 기자가 갖고 있는 거 맞지?

곽 기자   (갖고는 있는데) 그건 갑자기 또 왜요? 어디다 쓰시게요?

혜 란   걱정 마. 좋은 데 쓸 거야. 찾는 대로 문자줘. (나간다)

곽 기자   (또 뭐할라구 저러지? 살짝 걱정되는 시선에서)

S#8. 은주의 집 앞. N

도착하는 태욱의 차.

은 주   데려다주셔서 감사해요, 덕분에 편하게 왔네요.

태 욱   (짐짓 미소)

은 주   (벨트 풀다가) 저.. 괜찮으시면 저녁 드시고 가시겠어요?
　　　　　　혜란이두 뉴스 땜에 늦게 들어올 텐데..

태 욱   (? 그렇게 말하는 은주를 보더니) 아닙니다. 괜찮습니다.

은 주	준비하는 데 십 분도 안 걸려요,
	식사하시면서 환일철강 계약서 같이 봐주시면 더 좋구요,
태 욱	(아... 대답을 못하는데)
은 주	혹시, 제가 불편하세요?
태 욱	아뇨, 불편한 건 아니구요,
은 주	다행이다! 그럼 식사하구 가세요, (먼저 내린다. 돌아보며)
태 욱	(어쩐다..? 잠시 망설이다가 시동 끈다. 차에서 내리면)
은 주	(짐짓 미소로 태욱을 본다. 그를 안내하듯 먼저 집 쪽으로 향하면)
태 욱	(본다. 살짝 머뭇거림으로 따라 들어선다)

그렇게 은주를 따라 그녀의 집으로 들어서는 태욱의 모습,

(뭔가 묘하게 긴장되는 느낌으로 보여주다가)

S#9. 방송국 분장실. N

띠릭 들어오는 문자 소리에, 짐짓 선잠에서 깨는 혜란,

| 미 주 | (메이크업 중이다가 핸드폰 들어 주며) 강 변호사님인가 봐요, |
| 혜 란 | (받아서 본다. 문자 열어보면) |

〈나 서은주 씨 집에서 저녁 먹고 들어가〉 (태욱 E)

혜란, 멈칫! 문자를 본다. 저녁을 먹는다구..? 쳐다보는데, 그때

FD(E)	삼십 분 전입니다!!! 스탠바이 해주세요!!!
미 주	(혜란이 대답 없자) 언니,
혜 란	(그제야, 짐짓 시선 돌려 미주를 보면)
미 주	스탠바이 하시래요, 삼십 분 전이요,
혜 란	어.. 그래, (거울을 본다, 머리며 옷매무새 확인한 뒤 일어서면)

S#10. 병실 안. N

환자1의 휴대폰으로 뉴스나인 오프닝 시그널 시작되면서,

매니저   (잠이 든 누나를 조용히 바라보고 있는 옆에서,
                 환자1이 핸드폰으로 TV를 보는 소리가 들린다)

혜란E   안녕하십니까 시청자 여러분, 고혜란의 뉴스나인 시작하겠습니다.
                 오늘의 첫 뉴습니다!

매니저   ... (조용히 시선 들어 보면)

S#11. 플래시백〉 병원 비상구 (또는 막다른 느낌의 일각).
(6부 48씬에서 연결)

혜 란   (매니저에게) 오늘 안으로 연락해.
                 오늘 넘어가면 나는 너, 협박범으로 신고할 거야.

매니저   신고하면, 사진 원본이 경찰이나 언론에 들어가게 될 텐데,
                 그래도 괜찮다?

혜 란   그딴 사진 땜에 어찌 될 고혜란이었다면 이 자리까지 오지도 못했어.
                 너 같은 협박범은 위기 축에도 못 든다구. 알았니?
                 그러니까 (또각! 매니저 얼굴 앞으로 바싹 다가서더니)
                 잘 생각하고 결정해.
                 (그리고는 그대로 지나쳐 나간다)

매니저   (쿵! 뒤에서 문 닫히는 소리와 함께 젠장..! 눈빛에서)

S#12. 다시 병실. N

(옆에 환자1 핸드폰에서는 계속 고혜란의 뉴스 진행하는 소리
들리는 가운데)

매니저, 자신의 핸드폰을 손으로 만지작.. 한다.
잠이 든 누나를 조용히 쳐다보는 데서,

S#13. 병원 로비. N

강기준과 박성재, 수납창구 쪽으로 다가선다.
박성재 당직직원에게 신분증 보여주고, 환자 이름 확인하는 가운데
강기준 쓱 주위를 한 번 돌아본다. 그때
로비 한쪽에 켜진 TV 화면에 나오는 고혜란의 모습이
눈에 들어온다. 강기준, 고혜란을 잠시 쳐다보면,

혜 란 오늘 저희 뉴스나인에서는 공장 폐수 무단 방류에 대해
전해드렸는데요, 공장주는 비가 오는 밤이면 몰래 폐수를 강물에
버렸다고 합니다. 그는 생각했겠죠. '아무도 모를 거다'
그러나 비가 그치면 악취는 나게 마련이고
물고기는 폐사해서 물 위로 떠오르기 마련입니다.
시간이 조금 걸릴 뿐.. 영원히 묻어 둘 수 있는 진실은 없습니다.
이상 뉴스나인을 마치겠습니다! 편안한 밤 되십쇼. (인사)
강기준 (조용한 눈빛으로 인사하는 고혜란의 얼굴 쳐다보면)

S#13-1. 짧은 플래시백〉 19년 전 낙원동 금은방 안.

- 핏자국으로 어지러운 금은방 안
- 수갑 채워진 채 잡혀가는 어린 명우
- 사람들 사이에서 쓱... 쳐다보는 어린 혜란의 얼굴
(아주 짧게, 찰나처럼 파바박... 지나간다)

S#14. 뉴스나인 스튜디오 앞 복도. N

밖으로 나오는 혜란, "수고하셨습니다!" 소리 하면서 나오는데
그 옆으로 미주 따라붙으며 핸드폰 내주며,

미 주　　언니, 5분 전부터 계속 전화가 오는데,
　　　　발신자 표시제한이요, 어떡할까요?
혜 란　　(발신자 표시제한? 돌아본다, 받아들며) 잠깐만 미주야,
미 주　　네, (눈치껏, 빠져주면)
혜 란　　(사람들 별로 없는 한쪽으로 와서 돌아보며, 핸드폰 받는다)
　　　　여보세요.

S#15. 병실 복도. N

매니저　　(쭉 걸어 나오며 핸드폰에 대고) 내일 두 시에 문영파크에서 봅시다.
　　　　원본 파일 값으로 1억, 더 이상 협상은 없어요.
　　　　(대답도 듣기 전에 탁! 끊는다.)
혜 란　　(INSERT〉복도) 끊긴 핸드폰을 본다. 오케이! 하는 눈빛)
매니저　　(엘리베이터 내려가는 버튼 탁! 누르면)

S#16. 병원 복도 - 로비. N

강기준과 박성재, 엘리베이터 앞으로 와서 올라가는 버튼 누른다.
(INSERT〉하행 엘리베이터 안의 매니저. 층수 내려가는 걸 보면)
내려오는 엘리베이터를 쳐다보던 강기준과 박성재,
그때 옆 쪽 엘리베이터 문이 먼저 열린다.

박성재　　이쪽 꺼 타시죠. (먼저 가서 엘리베이터 문 잡는다)

강기준	(같이 그쪽 엘리베이터로 가서 올라타면)

거의 동시에 강기준이 기다렸던 엘리베이터 문이 열리면서
안에서 내려서는 매니저,
강기준과 박성재가 탄 엘리베이터 앞으로 지나쳐 간다.
문이 막 닫히기 시작하는 순간 강기준,
닫히는 문 너머로 지나가는 매니저를 보면서

강기준	(순간) 백동현!!!!
매니저	(멈칫.. 돌아본다. 강기준과 시선 마주친 순간 후다닥 뛴다)
강기준	잡아!!!! (하면서 재빨리 거의 닫힌 엘리베이터 문을 잡는다)
박성재	(옆에서 타타타타타타 열림 버튼 누르면)

뒤늦게 다시 열리는 엘리베이터 문
비집고 밖으로 뛰어나오는 강기준과 박성재,
매니저가 달리는 쪽으로 같이 달리기 시작하면서.
시작되는 추격전.

S#17. 추격전. N

1. 병원 일각. N
   쏜살같이 도망치는 매니저와 그 뒤를 쫓는 강기준, 박성재
2. 병원 뒷문과 연결되는 골목1. N
   병원에서 빠져나온 매니저, 질주하듯 어둠 속으로 뛰어 들어간다.
   그 뒤를 쫓아 나오는 강기준, 박성재,
   확실히 젊은 박성재는 탄력 있게 매니저를 뒤쫓는데
   강기준, 점점 뒤로 처진다. 멈춰 서서
   매니저가 가는 방향 감 잡더니 재빨리 옆길로 달리기 시작한다.
3. 골목2. N

매니저, 박성재의 추격을 받으며 한쪽으로 접어드는데 순간 멈칫!
저 앞으로 질러온 강기준과 맞닥트린다.
멈춰 서서 돌아보면 뒤에서 쫓아오던 박성재도 멈춰 서서 본다.
뒤에는 박성재, 앞에는 강기준..
매니저, 걸음을 멈춘 채 양쪽을 번갈아 보면

강기준   야, (헉헉거리며) 잠깐만, 얘기 좀 하자, 어?

매니저   나는 암것도 몰라요!

강기준   암것도 모르는데 왜 도망쳐!! (아우 죽겠다!)

박성재   (뒤에서 점점 거리를 좁혀온다)

매니저   (박성재 쪽 신경 쓰이는)

강기준   일단 어디 가서 앉아서 얘기 좀 하자 어? (보며) 저녁은 먹었냐?

매니저   ? (강기준 본다)

박성재   (띵! 갑자기 저녁은 왜..?)

강기준   일단 우리, 어디 가서 따뜻하게 국밥이나 먹으면서.. (하는데)

매니저   (후다닥 한쪽으로 튄다. - 담장을 뛰어넘어도 좋고 -)

강기준   어? (벙... 쪄서 본다)

박성재   (에이 진짜! 후다닥 뒤쫓으면)

4. 골목3. N
      후다닥 달려오는 매니저, 잠시 어느 쪽으로 갈까 망설이다
      저 뒤에서 쫓아오는 소리에 다급하게 한쪽 모퉁이를 돌아서는 순간
      나타나는 누군가의 주먹이 퍽!!! 매니저의 얼굴을 강타한다.
      그대로 쿵!!! 바닥에 나뒹구는 매니저,
      정신을 잃은 그를 질질 끌고 건물 뒤로 사라지면,
      간발의 차로 뒤쫓아 오던 박성재, 이리저리 돌아본다.

박성재   어디 갔지? (한쪽으로 달려가 봤다가 다시 되돌아온다)
      아, 쒸..! (놓쳤다는 걸 직감으로 안다, 시선에서)

5. 일각〉

한쪽에서 박성재가 다른 쪽으로 멀어지는 걸 확인하는 그림자,
하명우다. 지켜보다가 쓱 건물 뒤로 사라지면.

S#18. 골목2. N

살짝 힘든 표정으로 한쪽에 앉아 있는 강기준,
그 옆으로 터덜터덜 걸어오는 박성재.

강기준	놓쳤냐?
박성재	(보더니) 국밥이 뭡니까? 올드하게 진짜..!
	요즘 애들한테 그런 거 안 먹혀요 이젠
강기준	무시하지 마라, 내가 그걸로 받아낸 진술이 몇 갠 줄이나 알아?
박성재	당분간 병원에는 안 나타날 거 같은데 어떡할까요?
강기준	어떡하긴, 집 앞에 가서 뻗치구 있어야지,
	(툭툭 털고 가면서) 젊은 놈이 운동 좀 해라, 그걸 놓쳐 그래?
	니 나이 때 나는 날라다녔어, 으이그. (가면)
박성재	(허..! 어이없는 표정으로 보다가, 참나! 따라가는 데서)

S#19. 혜란의 집 거실. N

집으로 들어오는 혜란, 불을 탁! 켠다.
서재 쪽 돌아보면 아직 태욱은 돌아오지 않은 모양.
혜란 핸드폰 꺼내 태욱이 보낸 문자 본다.
〈나 서은주 씨 집에서 저녁 먹고 들어가〉
혜란, 통화버튼 누르고 귀에 댄다. 신호 가는 소리가 들리고.

S#20. 은주의 집 거실 일각. N

진동하는 태욱의 핸드폰이 보인다.
그 옆으로 단정히 놓여져 있는 태욱의 외투와 가방..
저 너머 서재 쪽으로 불이 켜진 채 비스듬히 문이 열려 있고.
(INSERT〉 혜란, 받지 않는 핸드폰을 한 번 쳐다본다. 뭐지..?
시선에서)

S#21. 은주의 집 서재 안. N

책상이며 한쪽 책장 안을 다 뒤진 듯한 흔적,
이미 이런저런 서류들을 꺼내놓고 뒤적거리는 중인 은주,

은 주　이상하네.. 분명히 여기 있을 줄 알았는데,
　　　죄송해요, 그이가 계약서 같은 서류는 다 이쪽에 뒀거든요,
　　　어딨지? (하면서 계속 뒤적뒤적거리며 계약서를 찾는다)
태 욱　괜찮습니다. 천천히 하세요.
　　　(그러면서 슬쩍 서재 안을 한번 휘 둘러본다)

　　　트로피며 은주와 함께 찍은 사진들,
　　　나름 행복해 보이는 재영과 은주의 모습들, 그중 사진 하나를 보면,

은 주　PGA 투어 때, 호눌룰루에서 찍은 거예요,
　　　그 사진 찍을 때만 해도 이런 날이 올 거라곤 상상도 못했는데..
태 욱　(멈칫.. 은주를 돌아보면)
은 주　(눈과 손은 계속 계약서를 찾으면서)
　　　전.. 아직두 실감이 잘 안나요,
　　　그이가 잠깐 경기 땜에 잠시 집을 비운 거 같구..
　　　지금 당장이라도 문 열고 들어와 은주야! 그럴 거 같구, 그래요..

태 욱	(그 말에 은주를 바라보는데)
은 주	(괜히 홀쩍! 한 번 한 뒤) 어, 여깄다.. 이거 맞는 거 같은데요,
	(서류 찾아서 태욱 쪽으로 오며) 이거 맞죠?
태 욱	(들여다보며) 네, 그러네요, 계약금을 꽤 많이 받으셨네요.
은 주	그래요? (무심한 척.. 태욱 옆에 바싹 붙어서 같이 들여다보며)
	전 얼마에 계약했는지 잘 몰라서..
	돈두 개인이 아니라 법인통장으로 다 들어가 있거든요.
	근데 법인 돈은 함부로 뺄 수도 없다면서요,
태 욱	아직 대표자 이름을 바꾸지 않았습니까?
은 주	그이 장례 치루고 어쩌느라 경황이 없어서..
	어떻게 바꿔야 하는지 절차도 잘 모르구요.
태 욱	(어쩐다.. 하다가) 법인 관련된 서류들도 좀 볼 수 있을까요?
은 주	아, 잠깐만요. (한쪽으로 가서 다시 찾는 모습에서)

S#22. 혜란의 집 거실 안. N

아직 옷도 갈아입지 않은 채 소파에 앉아 있는 혜란,
뭐지? 왜 아직도 안 들어오지? 자꾸 전화하는 것도 좀 그렇고..
완전 신경 쓰이는 표정으로 계속 핸드폰만 들여다보는 그녀,
DIS.
INSERT〉 은주네 집 서재〉
태욱, 이젠 셔츠 소매까지 접어 올린 채 법인 서류들을 보고 있다.
그 옆으로 마실 것을 조용히 내려놔주는 은주,
태욱, 감사 눈빛 한 번 보낸 뒤 한 모금 마신다.
은주, 핸드폰에 있는 곡을 하나 PLAY하면, 무선스피커로
흘러나오는 음악, E. (Knockin' On Heaven's Door)

태 욱	(멈칫.. 처다보면)
은 주	아.. (돌아보며) 혹시 방해되세요?

태 욱	아뇨, 괜찮습니다.
은 주	실은 이 노래, 혜란이가 고등학교 때 굉장히 좋아하던 노래거든요,
	저두 따라 듣다 좋아하게 됐구요.
태 욱	아.. 네. (듣는다. 좋군.. 짐짓 미소로 계속 서류 들여다보면)
은 주	(한쪽에 자리 잡고 앉아 차를 마시며 그런 태욱을 본다)

관찰하듯.. 조용히 태욱을 응시하는 은주의 눈빛에서,
DIS.
다시 혜란의 집 거실〉
(위의 음악 연결되면서)
점점 눈빛 쎄해지는 혜란의 모습.. 밤은 깊어가는 데서.

S#23. 태욱부의 서재.

<u>쪼르르르</u> 차를 따르는 태욱모의 손.

태욱모	오랜만에 뵙네요,
강율 대표	자주 찾아뵙지 못해서 죄송합니다.
태욱모	그런 뜻으루 한 말 아닙니다, 오랜만에 봬서 반갑단 뜻이에요,
태욱부	(나직이 흐흠. 그러면서 찻잔을 집어 들어 한 모금 마신다)
태욱모	(알아들었다) 얘기들 나누세요, (나가면)
태욱부	그 애는 만나봤나?
강율 대표	네, 화면에서 보다 훨씬 당차 보이던데요.
태욱부	확실히 맹랑한 구석이 있는 아이지.
	(달칵.. 찻잔 내려놓으며) 그래서 태욱이는 뭐래?
강율 대표	실은 그것 때문에 찾아왔습니다.
	제가 어디까지 움직여야 할지 여쭙고 싶어서요.
태욱부	(조용히 강율 대표를 본다. 시선에서)

S#24. 혜란의 집 주방.

간단한 커피와 빵 같은 걸로 아침식사 중인 혜란과 태욱.
태욱은 계속 태블릿PC를 들여다보며 식사 중이고.
혜란은 그런 태욱을 살피듯 보며, 아무렇지 않은 척 툭,

혜 란   어젠 많이 늦었나봐?
태 욱   (시선 계속 태블릿에 준 채 커피 마시며 건성으로)
         어. 저녁식사만 얻어먹고 오기가 좀 뭣해서..
         환일철강 계약 건이랑, 법인 관련 서류들까지 좀 봐주느라고.
혜 란   그랬구나. 잘했네. (애써 아무렇지 않은 척 하며)
         그래도 담부터 늦을 땐 전화라두.. (하는데)
태 욱   (핸드폰이 진동으로 울린다.. 멈칫하는 표정) 잠깐만..
         (얼른 핸드폰 집어 들고 서재 쪽으로 간다. 받으며) 여보세요,
혜 란   (뭐지..? 살짝 기분 나빠질라 그런다, 그러다 멈칫..)
         나 지금 뭐하는 거니?
         (어이없는 듯 혼자서 실소 픽..! 그러더니 탁! 냅킨 테이블에
         올려놓으며 일어서는 데서)

S#25. 태욱의 서재 안.

태 욱   어떻게 됐습니다. 사진 속의 그 사람.. 확보했습니까?

S#26. 어느 밀폐된 어두운 장소.

한쪽으로 아침 햇살 살짝 비집고 들어오는 그 아래로
청테이프로 손과 발, 입까지 꽁꽁 묶인 채 의자에 앉아 있는 매니저
겁먹은 눈빛으로 쳐다보면

하명우	아뇨, 케빈 리라는 골프선수의 매니저라는 것까지만 확인했습니다.
태 욱	(INSERT) 멈칫.. 케빈 리 매니저라구요?
하명우	경찰에서도 그 사람을 쫓고 있는 거 같던데..
	혹시 내가 알아야 하는 상황이 더 있는 건가 해서 말입니다.

S#27. 다시 태욱의 서재.

태 욱	(경찰이? 갑자기 머리가 복잡해진다. 뭐지..? 그 매니저가 뭔가 사건의
	단서라도 갖고 있는 걸까..? 하는데 그때)

E. 똑똑, 노크 소리와 함께 문 벌컥 열리면서,

혜 란	나 먼저 출근해 여보.
태 욱	(멈칫.. 돌아본다)
하명우	(INSERT) 멈칫.. 혜란의 목소리를 듣는다)
태 욱	(핸드폰에 대고) 잠시만요. (돌아보며) 그래, 운전 조심하구.
혜 란	은주랑 환일철강엔 언제 들어가?
태 욱	오후에 들어가기로 했어.
혜 란	(그렇군) 난 오늘 좀 많이 늦을 거야,
태 욱	토요일이잖아,
혜 란	뉴스 말고 다른 일정이 좀 있어서. 간다. (나간다. 문 닫히면)
하명우	(INSERT) 혜란의 일상적인 아침이구나. 듣는 표정에서)
태 욱	(잠시 생각을 정리하더니 다시 핸드폰에 대고)
	그 매니저가 뭔가 갖고 있을지도 모르겠네요.
	중요한 증거 자료나 단서 같은 거 말입니다.
	그걸 빌미로 협박을 하고 있을 수도 있고...
	어쩌면 그것 때문에 경찰이 쫓고 있는 걸 수도 있구요.
	일단, 그 사람이 갖고 있는 게 뭔지부터 알아내주세요.
하명우	(INSERT) 끄덕이며) 알겠습니다, 그렇게 하죠. (끊는다)

태 욱   (끊는다. 경찰이 쫓고 있다...? 뭐지? 시선에서)

S#28. 어느 밀폐된 어두운 장소.

하명우, 철 의자를 일부러 위압적인 소리를 내며 끌고 와
매니저 앞에 탁! 놓고 맞은편에 앉는다.

하명우   자.. 그럼 지금부터 니가 갖고 있는 패부터 까볼까?
매니저   (두려운 눈빛으로 본다. 시선에서)

S#29. 반지하방 안. (매니저의 방안)

옷이며 집기며 죄다 여기저기 흩어진 채
이미 누군가 들어와 훑고 지나간 흔적 역력한 방안.
그 안에서 이리저리 둘러보는 강기준과 박성재.

박성재   우리보다 먼저 왔다 가신 분이 있었네요.
강기준   (괜히 이것저것 들춰보며) 아주 싹싹도 훑었구만,
박성재   아무래도 백동현 이놈아, 뭔가 갖고 있긴 한 거 같은데요.
          근데 왜 우릴 보고 도망친 걸까요?
강기준   이 놈 사채 빚까지 있다 그랬지? 누나는 투석 중이고..
          돈이 엄청 필요할 거야.
박성재   (??? 꿈뻑꿈뻑 쳐다보다가) 설마요,
강기준   지난 일주일 동안 병원 씨씨티비 확보해,
          우리가 아는 얼굴 중에 하나라도 있으면 당장 보고하고,
박성재   네, 알겠습니다. (뛰어나간다)
강기준   (돌아보며) 재밌네 이거.. (시선에서)

S#30. 은행 앞.

묵직한 종이백 하나를 들고 나오는 혜란, 차에 올라탄다.
시동 걸고 출발하는 위로.

박성재F 아는 얼굴을 찾았습니다.

S#31. 달리는 자동차 안.

강기준 (블루투스로) 누군데?

S#32. 병원 CCTV 관리실.

박성재 고혜란이요, 뉴스나인의 그 고혜란 앵커..
(CCTV 화면에 또각또각... 매니저의 누나 병실로
들어가는 고혜란의 모습이 두세 군데의 CCTV로 찍혀 있다)
바로 어제 오후에 다녀갔는데요,
강기준 (INSERT〉차 안) 고혜란이 지금 어딨는지부터 찾아봐,

S#33. 달리는 혜란의 자동차 안.

조수석에 놓여 있는 종이백..
(5만 원 권으로 1억이 현찰로 들어 있는 듯한 정도의 부피)
운전 중인 혜란, 약속 장소인 문영파크로 들어서고 있다.

S#34. 문영파크 광장 일각.

한쪽에서 자신의 백과 종이봉투를 든 채 또각또각 걸어오는 혜란,
최대한 스카프로 얼굴을 반쯤 가린 채 수많은 인파들 사이로
또각또각 걸어온다. 주위를 둘러보면서 매니저를 찾고 있는 혜란,
그렇게 또각또각 걸어와서 광장 한쪽에 자리를 잡고 돌아본다.
그중 젊은 몇몇이 "고혜란 아냐?" 어쩌구 하면서 핸드폰으로 사진을 찍
기도 하고.
혜란, 그들이 부담스러운 듯.. 한쪽으로 다시 걸음을 옮기면.

S#35. 병원 앞.

와서 멈춰 서는 강기준의 차, 올라타는 박성재

박성재	알아냈습니다. 문영파크라고 얼마 전 새로 생긴 쇼핑몰이에요,
강기준	어떻게 그렇게 빨리 알아냈어?
박성재	(핸드폰 탁! 들어보이며) SNS요.
	10분 전에 거기서 고혜란을 찍은 사람이 올려놓은 겁니다.
	실은 제가 고혜란 해시태그 걸어놓고 계속 팔로우하고 있었거든요.
강기준	(해시태그? 건 또 뭐지? 빤히 보면)
박성재	아, 그런 게 있습니다! 일단 출발부터 하시죠,
강기준	(쩝...! 출발하는 데서)

S#36. 환일철강 로비.

문을 열고 들어서는 태욱,
로비 한쪽에 단정하게 서 있는 은주, 미소로 인사한다.

S#37. 환일철강 법무팀 회의실. (3부 22씬 같은 장소)

법무팀장, 법무실장, 이하 마케팅 1,2까지 주르륵 거만하게
앉아 있고. 그 앞에 태욱과 은주 자리하고 있다.
그들 앞에 계약 관련 서류들, 법률 서류들 놓여 있다.

태 욱	형체 없는 소문일 뿐입니다. 추측에 의한 주장이구요.
법무실장	당사자한테 직접 들은 얘기가 있다면요?
태 욱	(그 시선 따라 마케팅1, 2 보는 데서)

플래시백〉 환일철강 엘리베이터 안 (3부 25씬)

재 영	(씨익...미소로) 멋진 여자죠. 앵커로서뿐만 아니라 여자로도.
마케팅1,2	(비릿한 미소로) 올~~~ 여자아~~ (킥킥대는데)

S#38. 환일철강 법무부 회의실.

은 주	(표정 굳은 채 다 듣고 있는 위로)
마케팅1	저희가 한 말이 아니라 케빈 리 씨가 직접 하신 말씀입니다.
마케팅2	그런 말을 아무렇지 않게 한다는 것만으로도 두 사람이 상당히 친밀한 관계였다는 거 아니겠습니까?
태 욱	공교롭게 그 자리에 저도 있었습니다만, 좀 궁색한 증언 같은데요, 그걸로 소송까지 가실 수 있겠습니까?
은 주	(뭔가 잔뜩 불편한 표정 위로 계속)
법무실장	이거 참, 당사자 두 분 앞에서 이런 말씀 그렇지만, 케빈 리하고 고혜란 앵커에 대한 추문은 이미 퍼질 만큼 다 퍼졌어요, 눈 가리고 아웅 한다고 될 문제는 아니라는 거죠,
은 주	(더 이상 안 되겠는지) 저기..
일 동	(보면)

은 주	(태욱에게) 저는 밖에서 기다릴게요. (일어나 나간다)
태 욱	(은주가 나가는 걸 본다. 살짝 안 된 눈빛으로 보면)
법무실장	(판례들 모아놓은 파일 하나 테이블 위에 툭)
	보시면 아시겠지만 비슷한 사례들에 대한 대법원 판결들입니다.
	(어느 한 페이지 펼쳐 보이며) 여기 보이시죠?
	(또박또박) "어떤 이유로든"! 광고모델이 이미지를 손상했다면
	광고주에게 손해배상 책임의 의무가 있다. (태욱 보며) 맞죠?
태 욱	그렇다면 위약금 소송 진행하시죠,
	우리는 명예훼손으로 맞고소 하겠습니다.
법무실장	저기요. 강태욱 변호사님.
	캄 사건 승소하시고 자신감이 막 넘치시는 모양인데
	이런 일은 서로 간에 조용히 처리하는 게 좋지 않겠습니까?
	밖으로 터뜨려봤자 고혜란 앵커한테 좋을 게 없을 텐데요,
	어차피 우리가 이깁니다 이번 껀은,
태 욱	케빈 리 스캔들 터트려서 캄 사건 물 타기 해보겠다는 뜻인 거 같은데,
	그때 캄 사건 보도를 했던 고혜란까지 엮으면 일타 쌍피고,
	(법무팀장 쪽 보면서) 아닙니까?
법무팀장	(여유) 그렇게 악의적으로 해석하실 필요까진 없습니다만,
태 욱	위약금 소송 꼭 진행하십쇼,
	그래야 저희가 명예훼손으로 걸 수 있으니까요? (탁, 나가는데)

S#39. 환일철강 법무부 회의실 앞 복도.

벌컥 열리는 회의실 문. 나오는 태욱.

보면, 복도 일각에 서 있는 은주. 혈색 없이 해쓱하다.

태 욱	가시죠? (앞장서는데)

툭, 바닥에 가방이 떨어지는 소리.

태욱,? 순간 뒤돌아보면 복도 벽에 등을 댄 채

힘없이 스르르..... 쓰러지는 은주.

복통이 밀려오는 듯 손은 배에. 고통스러운 듯 몰아쉬는 숨.

태 욱 (놀라) 서은주 씨!!

S#40. 문영파크 쇼핑몰 일각.

광장이 보이는 노천카페 한쪽에 앉아 있는 혜란,

기온이 스산한 듯.. 외투를 꼭 끌어안은 채 따뜻한 커피를 들이킨다.

그러면서 시선은 계속 지나가는 많은 사람들을 향해 있다.

매니저를 찾는 듯.

그 일각〉

그 한쪽으로 급하게 나타나는 강기준과 박성재,

혜란을 찾는 듯 두리번거리며 걸어오다가 강기준, 먼저 발견

재빨리 박성재를 한쪽으로 잡아당긴다.

박성재 왜요?

강기준 가만 있어봐 글쎄,

박성재 (? 고개를 빼고 고혜란 쪽 본다)

강기준 (쓰윽 고혜란 쪽을 쳐다보면)

다시 카페〉

혜란, 시계를 보면 2시가 벌써 십 몇 분이나 지난 상황,

어떻게 된 거지? 핸드폰을 들여다보면 문자나 전화도 없다.

살짝 초조해지는 눈빛.. 그러면서 주위를 둘러본다.

그 일각〉

기둥 뒤로 싹! 다시 기둥 뒤로 숨는 강기준과 박성재.

박성재	누굴 기다리고 있는 거 같은데요?
강기준	그러게, 대체 누굴 기다리고 있는 걸까? 이렇게 사람 많은데서.
박성재	(??? 보다가 헉!) 설마.. 백동현이요?
강기준	만약 그렇다면 진짜 재밌겠지? 그치?
박성재	이거 완전 외통순데요? 아닙니까?
강기준	(돌아본다. 날카로운 눈빛으로 혜란을 보는데 그때! 그 옆으로)

쓰윽 검은색 야구모자를 눌러쓴 하명우가 지나쳐온다.
(강기준의 시야로는 자신을 지나쳐 가는 하명우의 뒷모습만 보이는)
다시 노천카페〉
다시 시계를 들여다보고 있는 혜란,
(INSERT〉 뚜벅뚜벅.. 혜란을 향해 걸어가는 하명우의 발)
혜란, 이 자식 어떻게 된 거지? 싶어 지나가는 사람들을 돌아본다.
(INSERT〉 뚜벅뚜벅.. 혜란을 향해 걸어가는 하명우의 뒷모습)
무심코 고개 돌렸다가 멈칫.. 순간 혜란의 표정이 굳어지면서,
저 맞은편으로 다가오는 누군가를 다시 쳐다본다.
뚜벅뚜벅.. 사람들 틈에 섞여 혜란을 향해 다가오는 그,
순간 주위의 모든 소음이 싹 사라지고,
주위의 모든 움직임이 완전 느릿.. 해지는 가운데
혜란의 눈에 다가오는 하명우만 보인다.

| 혜 란 | (명우... 라고 입술이 움쩍.. 한다. 순간) |

하명우, 혜란이 서 있는 테이블을 쓱! 스쳐 지나가면서
(툭.. 아주 빠르게 테이블 위에 뭔가를 놓는다)

| 혜 란 | ...?! (명우가 놓고 간 칩 같은 거에 시선 고정) |

두근두근하는 혜란의 심장, 돌아봐야 하는 걸까.. 어떻게 해야 하지?
그러면서 천천히 손을 뻗어 칩을 주워 든다.

(INSERT〉강기준의 시야, 하필 그때 사람들이 지나쳐 가서
혜란의 정확한 손동작이 보이지 않는다...)
혜란, 손에 쥔 칩을 들여다보다가 용기내서 뒤쪽을 돌아보면
수많은 인파 속 그러나 하명우의 모습은 보이지 않고,
혜란, 뭔가 울컥.. 하는 눈빛으로 명우를 찾는다. 시선에서.
그 일각〉
강기준과 박성재, 혜란을 계속 주시하는 중인데,
혜란, 갑자기 그대로 가방을 들고 일어나 한쪽으로 가버린다.

박성재　　어? 그냥 가는데요?
강기준　　(그냥 가? 쳐다보면)

S#41. 문영파크 쇼핑몰 주차장.

차에 올라타는 혜란, 그대로 시동 걸고 부웅! 출발한다.
그 뒤로 쫓아오던 강기준과 박성재,

박성재　　차 가져오겠습니다. (급히 가려는데)
강기준　　(탁! 잡는다)
박성재　　(? 돌아보면)
강기준　　아까 고혜란 앉아 있던 쪽 씨씨티비부터 확보해.
박성재　　씨씨티비는 또 왜요? 아무 일도 없었잖아요,
　　　　　　직접 우리 눈으로 지켜봤는데 또 뭘,
강기준　　아니. 분명히 우리가 놓친 게 있을 거야.
박성재　　(? 본다. 시선에서)

S#42. 보도국.

　　　성큼성큼 안으로 들어오는 혜란, 자리에 거칠게 가방 내려놓고
　　　(한쪽에 있던 한지원, 흘끗 쳐다보면)
　　　혜란, 본인 태블릿PC를 챙겨 다시 한쪽으로 나간다.
　　　(한지원, 왜 저러지? 쳐다보면)

S#43. 방송국 화장실 안.

　　　쿵! 문 열고 들어오는 혜란,
　　　가장 안쪽의 칸막이 문을 열고 들어간다.
　　　문 걸어 잠그고 뚜껑 닫고 위에 앉으며 태블릿PC 켜는,
　　　거기에 하명우가 놓고 간 칩을 연결한다. 순간 멈칫..!
　　　화면에 펼쳐지는 태국 사진들...
　　　익숙하게 그녀가 봤던, 협박받았던 사진들이다.
　　　원본이구나.. 한 번에 알아채는 혜란, 순간 울컥..! 하는 눈빛,

교도관F　　수용번호 17864. 하명우.
　　　　　　네. 한 달 전에 출감하셨습니다.

S#44. 방송국 복도 일각.

　　　핸드폰을 귀에 대고 있던 혜란, 조용히 핸드폰을 내린다.
　　　명우 너, 출소했구나... 싶은 표정 위로,

교도관E　　좋아하는 사람한테 이 꼴을 보이고 싶겠냐?

S#45. 혜란의 회상 몽타주.

1. 교도소 면회신청실. (19년 전)
   교복 입은 어린 혜란, 고개 푹.... 숙이는 위로 계속.

교도관1   어려도 마, 남자야. 좋아하는 여자한테 그런 꼴 안 보이구 싶지.
      이다음에 커서, 그때 다시 보러 와, 어?

어린 혜란   (떨어지지 않는 발걸음으로 돌아보면)

2. 그 교도소 면회신청실 앞. 10년 전
   낡은 운동화 한 켤레, 초조하게 왔다갔다, 기다리는 중이다.
   보면, 신입 기자 시절의 혜란이다.
   그때 교도관2 나오고

교도관2   면회 안 됩니다. 재소자가 거부하셨습니다.
혜 란   오늘도 싫대요?
교도관2   아무리 계속 찾아오셔도 안 만나줄 겁니다. 이제 오지 마세요.
혜 란   저기 그럼.. 이거라두 전해주시겠어요? (봉투 하나를 내민다)

3. 교도소 안.
   하명우, 교도관이 건네준 봉투를 열어보면.. 청첩장이다. 멈칫...

혜란E   명우야.. 나 결혼해.

4. 교도소 앞.
   혜란, 물끄러미 교도소를 올려다보다가 뒤돌아가는 위로

혜란E   그래도 나.. 너 잊지 않을 거야.
      (나 그렇게 벌 받을게.. 하는 데서)

5. 다시 교도소 안.

　　쌉쌀한 미소로.. 청첩장 보는 명우의 시선에서.

S#46. 다시 방송국 화장실 안. N

　　툭. 변기 안으로 떨어지는 칩.
　　혜란, 물기 어린 눈빛으로 잠시 본다. 보다가 물 내린다.
　　물과 함께 사라지는 칩.
　　혜란, 조용히 고개 들어 생각에 잠기는 데서.

S#47. 산부인과 진료실 앞 대기실.

　　배가 부른 산모들과 남편으로 보이는 보호자들이
　　둘씩 짝지어 나란히 앉아 있는 대기실.
　　그 한쪽에서 기다리고 있는 태욱, 시계를 들여다보면

S#48. 산부인과 진료실 안.

　　은주, 의사 앞에 가서 앉으면

의 사　　(차트 보면서) 주수에 맞게 잘 크고 있구요,
　　　　심장소리도 아주 건강하네요.
은 주　　네.
의 사　　근데 복통이 있었다구 들었는데..
은 주　　(멈칫) 아니에요, 잠깐 그러다 말았어요.
의 사　　전혀 이상 없으니까 지금처럼만 관리하시면 될 겁니다.
　　　　태아 골격이 생기는 시기니까 칼슘 섭취 많이 하시구요.

(무심히) 보호자랑 같이 오셨죠?

은 주　　(? 본다. 보다가) 네. (미소에서)

S#49. 산부인과 진료실 앞 대기실.

밖으로 나오는 은주, 기다리고 있는 태욱을 본다.
은주의 시선으로 보이는 태욱, 어느 순간 재영으로 바뀐다.
재영, 은주를 향해 환하게 웃으면서 일어나 다가선다.
은주, 다가서는 재영을 바라보는 두 눈에 그렁.. 눈물이 맺힌다.

재 영　　의사가 뭐래?

은 주　　(빤히 쳐다본다, 시선 위로)

태욱E　　아이는 괜찮습니까?

은 주　　(순간 태욱의 목소리에 훅! 현실로 돌아오면)

태 욱　　(어느새 은주 앞에 다가서서 걱정스럽게 쳐다보고 있다) 괜찮데요?

은 주　　(본다. 짐짓 미소로) 네, 심장소리도 건강하고 이상 없대요.

태 욱　　다행이네요. (미소로 본다)

은 주　　(그런 태욱을 보는 데서)

S#50. 태욱의 차 안 & 도로.

운전석의 태욱, 운전 중이다. 그 옆으로 앉아 있는 은주..

은 주　　(침묵을 깨듯 툭..) 빈손으로 미국엘 갔어요.
　　　　아는 사람도 없구 돈두 없었지만 괜찮았어요.
　　　　나는 혼자가 아니구 내 옆엔 남편이 있었으니까요.

태 욱　　(묵묵히 운전만)

은 주　　(나직한 한숨으로) 이제는.. 뭘 해야 할지도 모르겠어요.

어떻게 살아야 할지도 모르겠구...

태 욱 (뭐라 위로를 해야 할지 모르겠다)

살짝 어색한 침묵이 흐르다가,
태욱, 음악을 튼다. Knockin' On Heaven's Door ...가
흐르기 시작하고

은 주 (멈칫.. 플레이어를 본다, 쎄해지는 눈빛...)

태 욱 (은주의 눈빛 모른 채 운전만 계속하는 데서)

은 주 혜란이.. 많이 사랑하세요?

태 욱 (멈칫.. 은주를 한 번 쳐다보면)

은 주 (끄덕이며) 그러시겠죠, 혜란이는 그럴 만하니까..
       이쁘고 똑똑하고 자기 생각 분명하고... 고등학교 때부터 그랬어요,
       당연히 남학생들한테도 인기가 엄청났었죠.

태 욱 (짐짓 미소.. 고등학생 혜란이가 상상이 간다)

은 주 그래서 아무도 알지 못했어요.
       혜란이가 얼마나 애쓰면서 살고 있었는지..

태 욱 (그 말에 은주를 한 번 흘끗 쳐다보면) 그랬습니까?

은 주 혜란이가 지 과거 얘기 안 하던가요?

태 욱 네, 별로..

은 주 (쓴웃음..) 그렇군요.. 혜란이답네요.

태 욱 (뭔가 뉘앙스가 살짝 이상하다.. 흘끗 은주를 보면)

은 주 (뉘앙스만 묘하게 흘린 채 눈감은 채 창 쪽으로 고개 돌린다)

태 욱 (살짝 뭔가 찜찜한 듯한 여운.. 일단 앞만 보며 운전 계속하고)

차 안에 가득 퍼지는 노래와, 달리는 차 전경에서.

S#51. 방송국 전경 - 보도국 국장실.

생각에 잠긴 혜란의 얼굴로 이어지면서.
국장실 안. 장 국장 웅 팀장 혜란 지원 외 몇몇 더 보이는 가운데
보도국 1팀 주간 회의 중이다. 테이블 위엔 아이템 자료들.

지 원   (아이템 브리핑하는 중)
          어제두 체육관 하나 공사 중에 무너져서 인부들 매몰됐잖아요.
          작년에두 부산에서 아파트 완공 앞두고 무너진 거 기억나시죠?
          근데 그 아파트 건설사가 체육관 건설사더라구요.

웅 팀장   그 건설사는 짓는 게 주업이 아니라 부수는 게 주업이래냐?

지 원   근데요, 그때 납품한 업체가 이번에도 납품업체였대요.

웅 팀장   뻔하지 뭐. 뒷돈으로 하청 받고 그 돈 메우느라 자재 빼돌리고.
          이것들 그냥 확 까? 야. 거기 어다냐?

지 원   (페이퍼 넘기면서) 강해건설이랑,

웅 팀장   (강해? 탁, 장 국장 보면)

지 원   일건토건. 그리고 철강은 환일철강이요,

혜 란   (환일철강? 탁 시선 드는데)

웅 팀장   강해는 환일철강에서 만든 건설사잖아.

혜 란   이걸로 가죠. 이번 주 기획기사.

지 원   (멈칫.. 혜란을 본다)

웅 팀장   니가 웬일이냐? 한지원이 껄 기획기사루 잡게?

장 국장   건설사 부실 시공. 하청업체 비리. 고질적인 병폐야.
          십수 년째 우려먹는 아이템 새로울 것도 없고 재미도 없어.(하는데)

웅 팀장   (장 국장 눈치 슬쩍 보고) 국장님 말씀이 맞아. 새로울 건 없지.

혜 란   물론 새로울 거 없죠.
          근데 뉴스가 신상품 소개하는 코너도, 트렌드를 선도하는
          방송도 아니고. 십수 년째 안 고쳐지는 고질적인 병폐라면
          당연히 짚어 봐야 하지 않겠어요?
          (장 국장 똑바로 보며) 뉴스가 재미로 하는 건 아니잖아요?

장국장	하나 마나한 원인 점검에 대책 마련. 그거 다 공염불인 거 몰라?
혜 란	(지원에게) 들었지? 공염불 안 되려면 어떻게 해야겠니?
	지금까지와는 다른 관점에서 이슈를 파고들어야 하는 거야,
	이번 이슈로 뭘 보여주고 싶은지, 제대로 파봐.
지 원	제가..요?
장국장	(혜란을 본다)
혜 란	잘해라. 어? (탁! 덮는다)
일 동	(한지원에게 기획기사를 준다고? 혜란 보면)

S#52. 보도국 휴게실.

혜란, 커피 따르는데 지원, 옆으로 다가온다.

지 원	무슨 의미예요, 이거?
혜 란	기자한테 취재하라는데 무슨 의미겠어? 니 일 하라는 거지.
지 원	갑자기 이렇게 큰 기획꼭지를 주시는 의도가 뭐냐구요.
혜 란	내 자리 앉고 싶다며? 그럼 실력으로 증명해.
	실력은 책상이 아니라 현장에서 쌓아야 한다는 거 알고 있지?
지 원	그건 아끼는 후배한테 해주는 얘기고,
	(보며) 선배한테 전 아니잖아요? 저 미워하셨잖아요.
혜 란	미웠지, 머리도 좋고 근성도 있는 녀석이 이상한 데 꽂혀
	헛짓하는데, 안 밉겠니 그럼?
지 원	(보면)
혜 란	이번 기획기사 잘 해와봐.
	공정하고 공명하게, 기자로서 자존심을 걸구,
지 원	갑자기 스페어한테 왜 이러세요? 부담스럽게..
혜 란	니 말대로 그 자리 영원하란 법 없는 거구.
	내 대신 니가 앉았는데 나보다 못하면 정말 열 받을 거 같으니까.
지 원	...! (본다. 이 여자 진심인 거야? 보는데 그때)

곽 기자	(뒤에서) 선배.
혜 란	어! 가!
	(들고 있던 커피, 지원 손에 탁 쥐어주고) 수고해라? (나가면)
지 원	(본다. 보다가 피식..! 손에 들린 커피잔 보는데)

S#53. 편집실 안.

곽 기자	그때 부탁하셨던 거. (USB를 내밀면)
혜 란	땡큐. (잡는데)
곽 기자	(딱! 잡고 놓지 않은 채로) 그 전에 용도부터 알려주세요.
혜 란	말했잖아. 좋은데 쓸 거라구.
곽 기자	공정하고 공명하게, 기자로서 자존심 걸구 하시는 말씀인 거죠?
혜 란	애들 앞에서 찬물도 못 마시겠네 증말.
	(탁! 가져온다) 공정하고 공명하게, 당연하지.
	쓸데없는 걱정 그만하시고, 가서 본인 볼일 보세요.
	(돌아서다가) 참.. 어제 공장 폐수 기획기사! 좋았어,
곽 기자	(웃으며, 선선하게) 감사함다!
혜 란	(웃으며 간다)
곽 기자	(칭찬 들었다! 예쓰! 하는 데서)

S#54. 고급 일식집 앞. N

혜란, 문 열고 안으로 들어선다. 손에 들고 있는 USB.
시선에서.

플래시백〉 윤송이의 사무실.

윤송이	(핸드폰 통화 중) 월요일에 사표 제출한다고 이미 공표했대.
	오늘 구두 확정 받고 강남 모 일식집에서 도원결의 하실 모양이야.

아쉽지만 눈물을 머금고 다음 기회를 도모하는 게 현명할 거 같다.

혜란E (일식집 안으로 쭉 걸어 들어오는 위로)

아니. 나한테 다음 같은 건 없어.

S#55. 일식당 남자 화장실 안. N

쏴... 물 내리며 거울 앞으로 와서 수도꼭지 트는 정현성,

그 옆으로 또각또각 걸어 들어와 나란히 서서 수도꼭지 트는 혜란,

정현성 (무심코 돌아봤다가 멈칫) 어?! 너?

혜 란 (손 닦으며) 최형식 비서관 만나러 오셨나봐요?

정현성 야, 너 여기! (하는데)

혜 란 (탁 수도 꼭지 잠그고 페이퍼타월 탁탁 꺼내 손 닦으면서)

청와대 대변인으로 내정되셨다구요?

정현성 (당황했지만 얼른 여유 되찾고) 용건이 뭐야 대체?

혜 란 최형식도 알고 있어요? 14년부터 16년까지 쭉,

높으신 고위공무원 자제분과 재벌 3세 모임에 같이 어울려 다니며

도박 원정에 성매매 혐의까지 받았던 거?

정현성 야! 그거 내사 종결된 게 언젠데 이제 와서 떠들어?

혜 란 (뉴스 브리핑하듯) 16년 9월, 검찰이 마카오 원정 도박 수사 중

현직 방송사 중견앵커 J 씨도 포함되어 있다는 첩보를 입수.

정현성 (탁! 종이타월 꺼내 닦으며) 첩보는 신뢰성이 없지.

혜 란 (쓱 USB를 들어올리며) 녹취본, 카지노 씨씨티비에 찍힌 동영상까지

이 안에 다 들어 있는데,

정현성 (딱 굳어 보면)

혜 란 개망신 당하고 마이크까지 노실래요,

품격 있게 청와댄 내 깜냥이 아닙니다.. 자진 반납하고

그냥 고이 명예퇴직하실래요?

정현성 내가 고사하면, 니꺼 될 거 같긴 하구?

	니 앞가림이나 잘해. 검찰에서 니 사건 주시하고 있다면서?
혜 란	전 현재 진행형이구요. 수사결과 아직 안 나왔습니다.
정현성	야, 고혜란
혜 란	도박 여자, 다 좋아요. 좋은데 적어도 당색은 좀 맞추는 성의를
	보여야 되는 거 아니에요? 정권 바뀌자마자 옷 색깔만 바꿔 입고
	이쪽인 척 하는 거. 그건 좀 아니지 않나?
	진심으로 현 정부의 국정운영 원칙에 동의하고 있긴 한 거예요?
정현성	이게 진짜 사람을 뭘로 보구!
혜 란	뭘로 보긴. 지가 보순지 진본지도 모르고 이편저편 왔다갔다,
	위에서 대변인 자리 하나 내준다니까,
	그동안 나팔수 하던 정당 나 몰라라 안면몰수하고
	새 권력에 줄타기 하려는 얍삽한 기회주의자로 보고 있지.
정현성	그러는 넌? 그렇게 완벽해?
혜 란	적어도 뉴스를 내보낼 때만큼은.. 그렇지.
정현성	뭐야?
혜 란	대변인 확정 발표 나는 날,
	뉴스나인에서는 원정 도박 껀에 대해 풀 겁니다.
	헤드로 내보낼 테니까 단단히 준비하시는 게 좋아요.
	(그리고는 탁! USB 내려놓고, 까딱! 인사한 뒤 나가면)
정현성	(아우씨..! 열 받는 눈빛에서)

S#56. 일식당 룸 안. N

최형식, 반듯한 자세로 앉아 누군가를 기다리고 있다.
왜 안 오지? 하는 시선으로 닫힌 문 보는 데서.

S#57. 혜란의 차 안. N

굳은 얼굴로 운전 중인 혜란.
웅,..... 조수석에 놓인 혜란의 전화기가 울린다.
혜란, 흘끗 보면 '최형식 비서관'

최형식　　(INSERT〉 일식집 룸 안. 비어 있는 앞자리. 수화기 든 채 묵묵히)

혜란, 무시한 채 받지 않는다, 혜란, 엑셀 깊게 밟는 데서.

S#58. 경찰서 일각. N

강기준, 쇼핑몰에서 확보한 CCTV를 들여다보는 중,
아무리 돌려봐도 별다른 점을 발견 못 한다.
(하명우가 묘하게도 지나가는 사람들에게 겹쳐져서,
그가 정확히 뭘 어떻게 했는지가 안 보이는 가운데) 그때,

박성재　　선배님..
강기준　　(화면만 들여다보면서) 왜,
박성재　　(노크하듯 손으로 책상을 치며) 선배님.
강기준　　아, 왜! (돌아보다가 멈칫.. 박성재가 가리키는 쪽 쳐다보면)

입구 쪽에 쭈뼛거리며 서 있는 매니저.

강기준　　...? (본다. 시선에서)

S#59. 중앙지검 변우현 사무실. N

변우현   (통화 중, 멈칫하는 표정으로) 매니저가 제 발로 찾아왔다구요?

강기준   (INSERT〉경찰서) 네, 그런데 문제가 좀 있습니다.

변우현   (문제..?)

S#60. 회의실 (취조실까지는 아니고). N

강기준과 매니저. 팽팽한 공기

강기준   왜 도망갔어?

매니저   고혜란이 신고한 줄 알았어요..

제가 고혜란을 협박하고 있었거든요.

강기준   (협박?) 고혜란을 왜 협박했는데? 너, 뭐 갖고 있는 거야?

매니저   (잠시 머뭇)

강기준   백동현!

매니저   (보더니. 외운 듯 줄줄) 그런 거 없습니다.

그냥 돈이 필요해서.. 사람들이 고혜란을 피의자라 그러니까

내가 뭐라도 있는 것처럼 겁을 주면 돈이 될 거 같아서요..

강기준   (뭐? 보면)

S#61. 플래시백〉어느 장소. N

하명우. 무표정한 얼굴로 의자에 앉아 있고

그 아래, 무릎 꿇고 앉아 있는 매니저.

매니저   (영혼 없이 외운 듯 줄줄) 그냥 돈이 필요했습니다.

하명우   (의자에 앉은 채. 동요 없이. 낮은. 그래서 더 거부할 수 없는)

다시.

매니저　(처음부터 다시 읊는) 그냥 돈이 필요했습니다.

하명우　다시.

매니저　(죽겠다. 울먹울먹) 그냥 돈이 필요했습니다.

S#62. 경찰서 조사실. N

매니저　믿어주세요. 진짜 돈이 필요했습니다.

강기준　(거짓말이다. 지그시.... 본다)

매니저　(두려운 눈빛) 무고한 고혜란을 협박했어요. 죄송합니다....
　　　　　벌은... 달게 받겠습니다.

강기준　(보다가) 백동현, 너 협박받고 있냐?

매니저　(멈칫.. 강기준을 본다)

하명우F　걱정 안 하셔도 됩니다.

S#63. 태욱의 서재. N

하명우　(INSERT〉) 다른 얘기는 절대 할 수 없게 조치해놨습니다.

태 욱　(듣더니 핸드폰을 툭.. 끊는다. 살짝 괴로운 한숨.. 시선에서)

S#64. 종합병원 병실 안. N

하명우, 핸드폰 끊으면서 쓱 돌아보면
똑똑 떨어지는 수액. 옆으로 침대 위에 잠들어 있는 매니저 누나,
그런 누나를 지그시 바라보는 하명우의 시선에서.

S#1. 다시 경찰서 조사실. N

강기준   그렇지? 너 지금 협박받고 있지? 누구야? 고혜란이야?

매니저   (본다. 보다가 시선 떨구며) 죄송합니다.

          그냥 돈이 필요했습니다.

강기준   (답답한 한숨으로 본다. 시선에서)

S#65. 방송국 보도국. N

외투 걸쳐 입으며 걸어 나오던 장 국장, 나오다가 한쪽 돌아보면
혜란, 자기 자리에 앉아 방송 중인 주말뉴스를 보고 있다.

장 국장   (잠시 그런 혜란을 본다. 뚜벅뚜벅 다가서서) 퇴근 안 했어?

혜 란   박 기자 쟨, 아직두 발음이 저렇게 새서 어떡해요?

장 국장   (같이 화면 쳐다보더니) 조금 전에 정현성이 전화왔었어.

          후배 교육 잘 시키라구 고래고래 난리두 아니더라.

혜 란   (시선은 여전히 뉴스 화면에)

장 국장   너, 아직 그 자리에 미련 있는 거야?

혜 란   없다면 거짓말이죠. 근데 제가 못 가더라도 그 자리,

          갈 만한 사람이 가게는 해야 하잖아요.

          정현성은 절대루 깜이 아니에요.

장 국장   나랑 약속한 건?

혜 란   (짐짓.. 시선 주면)

장 국장   뉴스나인 지켜주는 대신 대변인 자리 포기하겠다구 했었잖아.

혜 란   그러더니 곧바로 한지원이 스페어로 데려다 놓으셨죠.

          (보며) 그건 언제든 제 목을 칠 수도 있단 뜻이구요, 그쵸?

장 국장   그래서. 기회가 오면 가겠다고?

혜 란   안 가면. 여긴 희망이 있어요?

선배들은 뉴스나인 앵커 맡고 보통 1년차 때 국장 달았어요.
근데 저는 지금 7년차예요. 여전히 직급은 부장이구요.
왜? 여자니까.

장 국장   나더러 이제 그만 뒷선으로 물러나달란 소리루 들리는데.

혜 란   그런 뜻 아닌 거 아시잖아요.
           방송국이 남녀성차별 지수가 다른 데보다 낮다고는 하지만..
           위로 올라갈수록 남자 임원이 압도적으로 많다는 건 인정하셔야죠.
           밑에선 무섭게 치구 올라오지. 위에선 여자라구 막지.
           그럼 저도 돌파구를 찾아야 하지 않겠어요?

장 국장   거기라고 별다를 거 같애?
           정치판에 가면, 어디까지 올라갈 거 같은데?

혜 란   모르죠. 가보질 않았으니. (보며) 그래서 가보려구요.

장 국장   (보면)

혜 란   (일어나 가방과 외투 챙기면서)
           박 기자한테 볼펜 물고 연습 좀 더 하라 그러세요,
           발음 영 못쓰겠네. 먼저 가요. (또각또각 걸어가면)

장 국장   (본다. 나가는 그녀의 뒷모습 보다가 나직한 한숨에서)

S#66. 혜란의 집 거실. N

오늘도 힘겨운 전투를 끝낸 기분으로 들어오는 혜란,
냉장고에서 물을 꺼내 마시는데 그때
욕실 쪽에서 수건으로 머리를 말리며 나오는 태욱이 보인다.

혜 란   (흠짓.. 놀라서) 들어와 있었어?

태 욱   어, 방금 전에,

혜 란   저녁은?

태 욱   서은주 씨랑 먹었어.

혜 란   (은주랑?) 또.. 그 집에 갔었니?

태 욱	(아무렇지도 않은 듯 테이블 위에 놓인 우편물들 확인하며)
	몸이 안 좋다 그래서 병원 갔다가 집까지 바래다줬거든.
혜 란	병원? 설마.. 산부인과? (거길 갔었다구? 살짝 기막히려 하는데)
태 욱	다행이 산모도 아이도 별 이상 없다 그러더라.
	아무래도 장례식이다, 환일철강 건이다 스트레스 때문인 거 같아.
혜 란	(너 지금 그거 내 앞에서 일부러 하는 소리니? 그렇게 들리는데)
태 욱	내일은 케빈 리 에이전시 쪽하구 미팅이 있을 거야,
	소송까지 염두에 두고 대책회의를 하자 그래서,
혜 란	어, 그래..
태 욱	(우편물 들고 서재로 들어간다)

혜란, 서재로 들어가는 태욱을 본다. 시선에서
혜란의 짧은 상상〉
산부인과에서 그녀를 에스코트 해주는 태욱,
은주의 집에서, 맛있는 밥상을 차려주고 태욱과 마주 앉은 은주,
은주 사뭇 다정하고 환하게 웃어주는 얼굴들... 스치다가,
다시 현재〉

혜 란	(떨쳐내듯) 나 지금 무슨 상상하고 있는 거니 또..
	(짜증난다! 돌아서서 방 쪽으로 가는데 그때 멈칫..)

태욱의 서재 쪽에서 흘러나오는 음악,
E. (Knockin' On Heaven's Door)
혜란, 순간 귀에 익은 멜로디에 멈칫.
그러다 서서히 쿠웅....! 굳어 서재 쪽 돌아본다. 시선에서.

S#67. INSERT〉 은주의 집 거실. N

은주, 소파에 느긋하게 앉아 음악을 듣는 위로 이어지는 노래,

E. (Knockin' On Heaven's Door)

S#68. 태욱의 서재. N

혜 란   (문 열고 반쯤 들여다보며) 그 음악... 뭐야...?
태 욱   (? 돌아보더니) 어, 이거 당신이 좋아하던 노래라며?
         서은주 씨가 그러던데,
혜 란   (순간 몸이 굳는 표정에서)

S#69. 짧은 플래시백〉 19년 전. 어둔 실내 (어딘지 모르게). N

         E. (Knockin' On Heaven's Door) 노래 계속 연결되는 위로.
         촤륵! 셔터가 내려지고. 순식간에 어둠에 잠기는 실내.
         공포에 질려 뒷걸음질 치는 교복 스커트를 입은 하얀 종아리.
         다가오는 구둣발 하나. 가 툭툭 지나간다.
         (정확한 상황은 모르게. 그러나 위험하고 절박한 분위기에서)

S#70. 태욱의 서재 앞. N

         안으로 들어와 탁!!! 음악을 꺼버리는 혜란의 손.

태 욱   (? 혜란을 본다) 혜란아...
혜 란   은주가 뭘 잘못 알고 있었던 모양이네,
         나는 이 음악.. 안 좋아해. (보며) 집에서 틀지 마.
         (그리고는 리모컨 툭 던지듯 내려놓고 밖으로 나간다)
태 욱   ...? (본다. 뭐지? 시선에서)

S#71. 혜란의 방. N

한쪽으로 들어오는 혜란, 탁..! 한쪽에 걸터앉는다.
뭐지? 은주가 왜 그 음악을...? 눈빛 복잡해지는 가운데

S#72. 은주의 집 거실. N

음악 볼륨 높고. 은주, 흥얼거리며 그 음악 듣고 있다.
그러다 쓰윽....배 한 번 쓰다듬으며 미소 짓는 은주.
그녀의 서늘하고, 어딘가 위험해 보이는 미소에서
E. (Knockin' On Heaven's Door)

S#73. 경찰서 일각 & 변우현의 사무실.

강기준   (핸드폰 귀에 댄 채) 어떡할까요? 이 상태로 계속 진행합니까?
변우현   (손가락으로 톡톡.. 책상을 두어 번 치다가)
        그 사건.. 검찰로 넘기세요.
강기준   (멈칫.. 시선 드는 데서)

        E. (Knockin' On Heaven's Door) 음악 쭉 연결되는 위로
        INSERT1〉 태욱의 서재〉 생각에 잠긴 태욱의 시선,
        INSERT2〉 거리 일각〉 밤을 내다보고 있는 하명우의 눈빛.
        INSERT2〉 은주의 집〉 묘한 미소를 짓고 있는 은주의 표정,
        INSERT3〉 혜란의 방〉 돌아보는 혜란의 시선,

        그렇게 19년 전 과거의 문이 열리면서 쿵!

제 8 부

단죄

斷罪

S#1. 19년 전 그 장소.

음악이 흘러나오는 씨디플레이어.
나오는 노래 E. (Knockin' On Heaven's Door)
어두컴컴한 가운데 덜덜덜덜 떨고 있는 어린 혜란,
그 한편에서 멍한 표정으로 서 있는 어린 명우,

어린 명우 (돌아보며) 가! 혜란아.. 어서 가!

어린 혜란 명우야.

어린 명우 넌 이 일 하고 아무 상관도 없는 거야! 빨리 가!

어린 혜란 (덜덜덜 떨면서 눈물범벅으로) 명우야..

어린 명우 빨리 가라니까!

어린 혜란 (덜덜덜 떨고 있는 위로 눈물이 투두둑..!
그대로 명우를 와락 끌어안는다, 꾹 다문 입술 위로 떨어지는 눈물)

어린 명우 (울컥! 하는 눈빛.. 그러더니 혜란의 어깨를 잡는다. 떼어내면서)
오늘 일은 다 잊어, 어떤 누구한테도 말하지 마.
넌 오늘 이 자리에 없었으니까, 알았지?

어린 혜란 (그저 우는)

어린 명우 제발.. 가! 혜란아.

어린 혜란 (시선 들어 어린 명우를 본다, 눈물 가득)

어린 명우 (역시, 눈물 그렁그렁한 채로 보면)

어린 혜란 (그대로 돌아서서 뒷문으로 빠져나간다)

어린 명우 (본다. 보다가 그대로 털썩.. 주저앉는다. 뒤를 돌아보면)

피를 흘린 채 누워 있는 어느 어른의 팔과 몸통 (얼굴은 안 보여주고)
그 옆으로 떨어진 피 묻은 칼..
어린 명우, 그 피 묻은 칼을 쳐다보는 시선 위로.
E. (Knockin' On Heaven's Door)

S#2. 뒷골목. (몽환적으로)

밖으로 도망치듯 뛰어나오는 어린 혜란, 순간 멈칫..
그 맞은편에서 모자를 깊숙이 눌러쓴 하명우가 서 있다.
하명우의 시선으로 맞은편에 서 있는 그녀는 지금의 혜란이다.
하명우, 혜란을 향해 저벅저벅 다가서기 시작한다.
혜란, 짐짓... 놀란 눈빛으로 다가서는 명우를 본다.
하명우, 점점 더 가깝게 혜란을 향해 다가선다.
혜란, 두려운 눈빛으로 하명우를 보는 순간
탁..!!! 바로 옆에 있는 나무 상자 같은 거 위로 놓고 가는 무엇,
혜란, 멈칫..! 놀라서 쳐다보는 순간 경악으로 변한다.
피 묻은 칼이 거기에 놓여 있다. 혜란 숨이 멎을 듯한 충격 위로

태욱E 혜란아... 혜란아? 혜란아!

S#3. 혜란의 집 침실. (아침)

꿈에 시달리다 순간 헉!!! 잠에서 깨는 혜란..
눈을 떴는데도 잠시 꿈과 현실 사이에서 혼란스러운 듯..
고개 돌려 쳐다보면 태욱이 침대 한쪽에 앉아 그녀를 걱정스럽게
쳐다보고 있다.
혜란.. 그제야 꿈이라는 걸 알고 나직이 안도의 한숨.
부스스 일어나 앉는다.

태 욱	꿈꿨니?
혜 란	어.. 그랬나봐.
태 욱	안 좋은 꿈?
혜 란	그냥 좀, (흩어진 머리 쓸어 넘기며) 근데 무슨 일이야?
태 욱	(잠시 간격을 두고) 조금 전에 사무장님한테서 전화가 왔었어,
혜 란	(직감적으로 뭔가 안 좋은 일이란 걸 알고 표정 굳어지면)
태 욱	방금 전에 케빈 리 사건 검찰로 송치된 거 같아.
혜 란	...! (빤히 쳐다본다. 시선에서)

S#4. 격조 있는 카페.

강율 대표	어쩌려고 그래?
변우현	(반대편에서 차를 마시다 말고 멈칫.. 쳐다보면)
강율 대표	케빈 리 사건 맡게 해달라고 부장검사까지 찾아갔었다며?
변우현	의심 가는 정황들이 보이고 있습니다.
강율 대표	정황만 가지고 기소가 되나 이 사람아.
변우현	본격적으로 수사하면 뭐 하나 안 건져지겠습니까?
	물론 이 모든 게.. 제가 사건을 배당받았을 때 얘기지만요,
강율 대표	(보며) 그렇게까지 이 사건에 공을 들이는 이유가 뭐야?
변우현	강태욱이 맡은 사건이잖습니까,
강율 대표	(뭐? 보면)
변우현	이번 사건으로 대표님께 제 실력을 좀 보여드리려구요.
강율 대표	(흐음.. 속을 알 수 없는 눈빛으로 보는 데서)

S#5. 은주의 집 거실.

은 주	그렇군요,
강기준	이렇게 된 이상 검찰에 가서 다시 조사를 받으셔야 할 겁니다.

여러 가지로 번거로우시겠지만, (하는데)

은 주   아닙니다. 전혀 번거롭지 않아요.

강기준   (? 본다)

은 주   (잠시 복잡한 감정들 교차되더니 살짝 목이 멘 듯..)
          오히려 감사드립니다.
          그이 사건.. 끝까지 포기하지 않아주셔서.

강기준   (이건 또 무슨 소리지...?)

은 주   (눈물을 참는 듯한 표정으로 겨우)
          차 좀 가져올게요, 잠시만요.. (일어나 주방 쪽으로 간다)

강기준   (뭐지? 이 반응은...?)

S#6. 경찰서.

박성재   이상하네요? 시끄러워지는 거 싫다구,
          사건 이대로 덮겠다고 할 땐 언제구 왜 갑자기 달라진 걸까요?

강기준   글쎄.. 이유가 뭘까나... (이상하게 걸린다. 시선에서)

S#7. 은주의 집 거실.

          창가에 기대선 채 무감한 표정으로 밖을 내다보는 은주의 시선에서

S#8. 혜란의 방.

          거울 앞에 서는 혜란, 부스스한 머리로 거울을 본다.

혜 란   괜찮아. 다 잘 될 거야,
          지금까지도 그랬고.. 앞으로도 난 잘 될 거야. (자기 암시!)

후우.. 심호흡 한 번 하더니 화장을 시작한다. 바르는 데서,
INSERT〉 은주의 집 거실.
쓰윽.. 손안에 든 블랙박스 칩을 들여다본다. 보더니,

은 주   그런데 혜란아, 어느 쪽이 더 타격이 클까?
         살인죄..? 아니면.. 니 과거? (시선에서)

         거울을 보는 혜란과, 다시 창밖을 향해 시선 드는 은주,
         두 여자의 얼굴이 화면 양쪽으로 양분돼서 마주 보는 데서,

         쿵! 블랙 화면,
         자막, 〈제8부 단죄(斷罪)〉

S#9. 방송국 보도국.

         혜란, 책상 앞에 서서 기사들 들춰보고 있는데

지 원   선배!
혜 란   (? 돌아보면)
지 원   (다가서며) 저 이번에 제대로 건진 거 같아요, 강해건설이요,
혜 란   (그래? 하는 눈빛에서)

S#10. 보도국 회의실 안.

         장 국장 이하 웅 팀장, 혜란, 지원, 곽 기자 등 한창 회의 중이다.

곽 기자   건물 붕괴된 현장에 가보니까 완전히 주저앉아 있더라구요.
         거의 폐허 수준이던데요?

지 원	웃긴 게, 아직 사고 수습도 안됐는데 강해건설이랑
	환일철강은 또 입찰에 들어갔답니다.
혜 란	어딘데?
지 원	위탄지구 신도시에 들어가는 복합유통단지 벨리시티요.
혜 란	그거 원래 미래시공이 맡기로 한 거 아니었나?
	(자료 파일 들춰보면)
지 원	갑자기 미래시공이 파산 신청을 했대요.
	그래서 다시 입찰이 시작됐는데 워낙 조건이 까다로워서
	다들 입찰을 포기했거든요. 근데 강해가 입찰에 들어오자마자
	입찰 조건들이 완화됐어요. 입찰 기업은 강해 하나구요.
	당연히 프리패스~! 환일철강도 납품계약 성공! 예상 시나리오예요.
장 국장	입찰 조건 바꿔준 담당자 누군지 확인했어?
지 원	아뇨. 아직, (하는데)
장 국장	그럼 이거 못 나가.
지원/곽 기자	예? (본다)
웅 팀장	(슬쩍 눈치 보면)
장 국장	팩트 확인 안 됐잖아. (페이터 휙 넘기면서) 다음 아이템.
지 원	국장님, (하는데)
혜 란	국장님 말씀이 맞아. 팩트 확인 안 된 거 못 나가지.
지 원	(허! 뭐야? 하고 고혜란을 쳐다보며)
	일이 터질 때마다 환일철강 대표. 강해건설 대표.
	거기에 이름만 대면 아는 아주 높은 전직 고위공무원까지 껴서
	골프 회동을 가졌어요. 이 기막힌 우연 어떻게 생각하세요?
혜 란	증거 있어?
지 원	현장에 같이 있던 사람한테 녹취했어요.
혜 란	그 사람 말을 어떻게 믿어?
	방송의 힘을 악의적으로 이용하는 사람들도 있어.
지 원	한 사람이 아니고 세 사람한테 인터뷰 땄어요.
	세 사람 모두 연관성도, 친분도 없는 사람들이구요.
혜 란	방송에 내보내도 상관없대?

지 원	동의 받았어요. 목소리 변조. 초상권 보호해주면 협조하겠대요.
혜 란	(제법이네? 장 국장 보며) 그렇다는데요 국장님?
장 국장	증언을 뒷받침할 근거는?
지 원	(근거? 멈칫) 그게... (끝까지) 있어요. 있는데,
장 국장	못 구했어? 그럼 못 나가.
	(혜란에게) 다른 아이템 찾아서 올려. (탁 일어나 나가면)

S#11. 보도국 일각.

쭉 걸어 나오는 혜란, 그 옆으로 뒤따라 나오는 지원,

지 원	엊그제 체육관 붕괴 터졌을 때도 골프회동 있었대요,
	골프장 안 식당 직원이 셀카 찍다가 얻어걸린 거 봤어요.
	그날 모인 사람들 얼굴도 다 나왔다구요.
혜 란	(딱 멈춘다) 확실해? 그 사진 갖고 올 수 있어?
지 원	(멈칫..) 얼굴.. 공개하시게요?
혜 란	그 정도 파괴력 아니면 이 사건 못 다뤄.
	지난 몇 년 동안 강해하고 환일철강 쪽 몇 번이나 기획기사 짰었는 줄
	알아? 그때마다 번번이 막판에 뒤집어졌어.
지 원	사진 가져오면요? 그럼 내보낼 수 있어요?
혜 란	심층취재 비워둘게,
지 원	8분 정도면 될 거 같아요,
혜 란	6분 안으로 끝내. 원고까지 써오고.
지 원	알겠습니다! (오케이! 후다닥 뛰어가면)
혜 란	(그런 지원을 본다. 이번엔 좀 하네? 하는 눈빛으로 픽 웃는 데서)
홍보수석E	니네 와이프, 대단하긴 하더라.

S#12. 한정식집.

한상 거하게 차려진 한정식집. 태욱과 홍보수석 단둘만 자리했다.

홍보수석   (태욱 잔에 채워주며) CBC 정현성이 금마도 호락호락한 인물은
아닌데 찍소리 한번 못 하고 물러난 모양이야
태 욱   그랬습니까?
홍보수석   (받으며) 지검 드나들 때부터 우리끼리 그랬잖아.
고혜란 저거 완전 꼴통에 무데뽀라 10년 안에 대형사고를 치든
인물이 돼 있든. 둘 중 하난 할 거라구.
태 욱   (그때 일 생각난 듯 피식...)
꼴통에 무데뽀... 그래서 자리에 연연하느라 적당히 타협하고
할 소릴 못 하고. 그러진 않을 겁니다.
홍보수석   (그렇지..) 케빈 리 사건은 어떻게 될 거 같애?
니 와이프. (태욱 지그시) 같이 가도 탈 없겠냐?
태 욱   (그 말에 홍보수석을 본다. 시선에서)

S#13. 아침 회상〉 격조 있는 카페.

강율 대표   변우현이가 단단히 벼르고 있는 모양이야.
태 욱   (한쪽에 놓여진 찻잔을 본다. 방금 전 변우현이 마셨던 찻잔인 듯)
그래서.. (강율 대표를 보며) 어렵겠습니까?
강율 대표   (본다. 보더니)
별일 없는 한.. 태욱이 니가 그리는 그림대로 가게 될 거야,
그렇게 하기로 이미 얘기 끝내났다. (시선에서)

S#14. 다시 한정식집.

홍보수석 같이 가도 괜찮겠어?

태 욱 집사람은.. 강율로펌이 마크하기로 했어요,

홍보수석 강율? (허.. 그렇구나) 그럼 뭐 더 볼 것도 없겠네. 알았다.
(술잔을 들어 올리며, 무언의 축하!)

태 욱 (본다)

S#15. 다시 회상〉격조 있는 카페.

강율 대표 강율로 다시 돌아온 걸 환영한다.

태 욱 (시선 들어 강율 대표를 쳐다보는 데서)

S#16. 태욱의 사무실.

정기찬 예에...? 사무실을 정리하신다구요? 갑자기 왜..

태 욱 다음 달부터 강율로 출근하기로 했습니다.

정기찬 (순간 표정 쎄하게 굳으며)
아.. 그렇습니까? 완전히.. 결정하신 겁니까?

태 욱 네, 그렇게 됐어요. (보며) 사무장님도 같이 가주셨으면 하는데..

정기찬 (일순, 표정 확 펴지며) 예? 저.. 저두 말씀이십니까?
저기, 진짜루우.. 제가 같이 가도 되는 겁니까?

태 욱 네. 사무장님만 괜찮으시다면,

정기찬 (본다. 잠시 밀려오는 감동 어쩔 줄 모른 채 서 있다가, 훅! 다가와
덥석 태욱을 한 번 끌어안아주는) 고맙습니다!
나 진짜.. 언젠가는 변호사님한테 이럴 날 올 줄 알았습니다!
(하는데 목이 메는 듯..) 잠시만요.. (하면서 밖으로 나간다)

태 욱 (쳐다보는 그 위로)

정기찬E	(밖에서) 여보, 나야!!! 나 이제부터 강율에서 일하게 됐어!
	그래, 강율로펌!!!! 이야! 진짜 이런 날이 다 오네!!!
	(으하하하하하!!! 좋아하는 환호성...!! 와우! 예!!!)
태 욱	(씁쓸한 미소.. 강율이 그렇게 좋은 거였나? 나직한 한숨 내뱉는데)
정기찬	(벌컥! 다시 문 열고 들어와, 의욕에 찬 얼굴로)
	변호사님! 환일철강 들어가셔야죠, 오후 3시 약속입니다!
	강율 들어가기 전에 아주 싹 다 깨끗하게 정리해버립시다, 예?
	(패기 있게 씩 웃으면)
태 욱	(본다. 피식 웃으며 준비하는 데서)

S#17. 환일철강 로비.

완전 발걸음부터 경쾌한,
자세부터 확! 달라진 정기찬과 함께 로비로 들어서는 태욱,
쭉 걸어 들어오다가 멈칫.. 멈춰 서면
은주, 정갈한 모습 그대로 거기 서서 태욱을 기다리고 있다.

태 욱	(살짝 의외라는 듯) 오늘은 안 나오셔도 되는 자린데..
은 주	(보며) 그래도 집에만 있을 수 없어서요.
정기찬	(흘끗 보더니) 엘리베이터 잡아놓고 있겠습니다. (가면)
태 욱	쉽게 결정이 날 것 같지 않아요,
	회의 끝나는 대로 연락드릴 테니까 댁으로 돌아가 계세요.
은 주	(태욱을 보며) 같이.. 있겠습니다.
태 욱	(은주를 보면)
정기찬	(저쪽에서) 변호사님! (엘리베이터가 도착한 모양이다)
태 욱	(할 수 없다는 듯) 가시죠.. (은주 에스코트하며 그쪽으로 가면)

S#18. 환일철강 엘리베이터 안.

태욱과 은주, 정기찬 구석 쪽에 서 있고,
그 앞으로 환일철강 여러 직원들 가득한 데서..

여직원1 근데 이번에 케빈 리 광고계약금 반환소송하는 거,
         그거 담당변호사가 고혜란 남편이라면서?

정기찬   (띵! 쳐다본다)

남직원1 골 때리지, 그치? 이번엔 케빈 리 와이프랑 고혜란 남편이랑..
         그렇구 그런 사이 되는 거야?

정기찬   (헉..! 얼른 태욱과 은주 쪽 쳐다보면)

태욱/은주 (그저 표정 없이 듣는 위로 계속)

남직원2 서은주 그 여자가 골 때리는 거죠,
         아니 지 남편이랑 바람난 여자 남편한테 소송을 맡기고 싶냐고요,
         내 상식으론 이해가 안 돼.

여직원1 그런다고 소송을 맡는 고혜란 남편도 이상하고,

태욱/은주 ....

정기찬   (옆에서 허흠! 허흠! 괜한 헛기침하며 어떻게든 막아보려는데)

남직원2 그나저나 누가 먼저 들이댄 거래요? 고혜란? 케빈 리?

여자1   고혜란이 미쳤니? 당연히 케빈 리지.

은 주   (어금니 꾹 물고)

남직원1 나두 케빈 리에 한 표, 돈 있겠다, 성공했겠다, 상대는 고혜란이다!
         한 번 도전해보고 싶었겠지,

여직원1 고혜란이 안 됐지, 그동안 진짜 괜찮았는데,
         한방에 이미지 훅 갔죠 뭐,

태 욱   ...

정기찬   (미쳐버리겠네! 하는데)

엘리베이터 문 열리고 우르르 빠져나가는 그들,
정기찬, 그제야 안도의 한숨 내쉬는데 순간 갑자기

서은주, 참지 못하는 눈빛으로 그들을 따라 엘리베이터에서 성큼! 내려버린다.

태 욱   (멈칫.. 쳐다본다)

정기찬   어? (같이 쳐다보다, 닫히려는 엘리베이터 문 탁!! 잡는 데서)

S#19. 환일철강 엘리베이터 앞 복도.

은 주   (따라나오며) 이봐요!!! 거기 잠깐만요!

직원들   (앞서가던 여직원1, 남직원1, 2, 동시에 돌아보면)

은 주   당신들.. 봤어요?

직원들   (뭐야.. 저 여자? 쳐다보면)

태욱/기찬   (뒤따라 나와 서은주 쪽 쳐다보면)

은 주   케빈 리가 고혜란하구 바람폈다는 증거! 있냐구!

여직원1   누구세요?

은 주   나 서은주예요, 케빈 리 아내 되는 사람!

직원들   (일제히 헉..! 당황하는 눈빛 스치는 가운데)

태 욱   서은주 씨, 그만하시죠. (잡는데)

은 주   (뿌리치며) 대체 무슨 근거로 없는 그렇게 사실처럼 떠들어요?
          당신들 직접 눈으로 봤어요? 아니면 직접 들은 거 있어요?
          내 남편이 고혜란하구 바람 피는 거..!
          당신들 중에 직접 보거나 들은 사람 있냐니까!!!

남직원1   아니.. 인터넷이구 어디구 다 그러니까..

은 주   (순간 버럭!!!) 그러니까!!! 증거 있냐구!!!!

태 욱   서은주 씨!!! (잡는데)

은 주   근거도 없고! 실체도 없고! 그러다 아니면 말고!!!!
          그런 추문 때문에 당사자들은 얼마나 괴롭고 힘든지..
          당신들 한 번이라도 생각해본 적 있어?
          그 당사자들이 만약 당신들이나 당신들 아내였어두!!!

	그래도 그렇게 재밌게 떠들 수 있어? 그래??!!! (악다구니를 쓰면)
남직원2	죄송합니다.. (난감한 듯) 그냥 하는 말이었는데..
은 주	내 남편이 죽었다구우우!!!! (흐흐흑!! 참았던 눈물이 터지고)
	뱃속엔 아직 아빠 얼굴도 못 본 아이가 있는데..!!!
	당신들이 재미삼아 떠들어낸 얘기들이 인터넷에 떠돌면서 평생...
	아직 태어나지도 않은 내 아이한텐 평생..!!! 낙인이 될 거라구!
	그게 얼마나 끔찍한 일인지, 당신들.. 알기나 해?
	생각해본 적 있냐구우우우!!!!!! (숨이 끊어질 듯 흐느끼다가)
	으아아아아아!!!!! (터지는 오열과 함께, 그만 휘청...!!!)
태 욱	서은주 씨이이!!!! (끌어안듯 얼른 부축하면)
은 주	(서럽게 태욱의 품에 안겨 통곡한다)
정기찬	어이구.. (어쩔 줄 몰라 하는 표정)
직원들	(역시 어쩔 줄 몰라 한 채 난감한 모습들에서)

그렇게 태욱의 품에 안겨, 참았던 눈물 섧게 터뜨리는 은주..
길게 주다가.

교도관E	하명우 씨요?

S#20. 보도국 복도 일각.

혜란, 혼자 떨어져 나와 통화 중이다.

혜 란	네, 수감번호가 17864인 걸로 알고 있는데요.
교도관	(INSERT〉 교도소 사무실. 일지 넘겨보면서)
	한 달 전에 출소하셨습니다.
혜 란	현재 거주지가 어딘지, 혹시 알 수 있을까요?
교도관	(INSERT〉 교도소) 만기출소자라 고지 의무는 없습니다.
	어디로 가셨는지는 저희도 모릅니다.

혜란	그렇군요. 알겠습니다. (끊는다)

혜란, 갑자기 나타나 자기에게 칩을 남겨둔 채 사라진 명우를
떠올린다. 대체 명우는 어디에 있는 걸까..
어떻게 알고 그 칩을 자신에게 넘긴 걸까...? 생각에 잠기는데
그때 울리는 핸드폰, 받는다.

혜 란	어, 윤 기자.
윤송이	(INSERT〉사무실) 축하해.
혜 란	(? 시선 들면)
윤송이	(INSERT〉사무실)
	방금 전 꽤 정확한 소식통에 의하면 자기 그 자리에 내정된 듯.
	청와대 대변인 말이야.
혜 란	설마.. 오늘 아침 케빈 리 사건 검찰로 송치됐는데.
윤송이	(INSERT〉사무실) 글쎄 나두 그 얘기 듣고,
	그 자리 이제 물 건너갔구나 그랬는데..
	오후에 들어온 소식통에 의하면 그쪽에선 거의 확정이라던데?
	대체 누가 어떤 마술을 부렸는지 모르지만, 암튼 그렇대.
혜 란	...! (두근...! 불씨가 살아난 느낌으로 눈빛 반짝하는 데서)

S#21. 태욱의 사무실.

태욱, 컵에 물을 따라와 은주에게 내준다.

태 욱	좀 괜찮아지셨어요?
은 주	(많이 진정됐지만 아직도 눈물이 난다)
	죄송해요. 그냥 넘겼어야 했는데 저도 모르게 그만...
	(하는데 또 울컥..! 눈물이 나려고 한다)
태 욱	알아요. 어떤 마음이신지.. 짐작합니다.

은 주   아뇨, 짐작 못하실 거예요.
        사실은 저.. 지금 제 남편이 너무 미워요, (태욱을 본다)
        왜 그렇게 죽어버려서, (울컥!) 왜 하필 혜란이하구...
        (더 이상 목이 메어 말이 안 나온다)
태 욱   (묵묵히 손수건 건네면)
은 주   (그 손수건 받는다. 눈물 찍어낸 뒤 태욱을 보며)
        태욱 씨는... 괜찮으세요..?
        저런 소리 들을 때마다 혜란이 밉지 않아요..?
태 욱   (담담하게 툭 털어놓듯) 저는 별루 좋은 남편이 아니었어요.
은 주   (? 보면)
태 욱   그 사람 힘들게 한 적두 많았고,
        그 사람 혼자 내버려둔 적도 많아요.
        만약에 사람들 말이 사실이라면.. 아마 그건 저 때문일 거예요.
        제가 부족해서 그런 일이 생긴 거라고 생각해요.
        그런데 만약 사실이 아니라면 그것도 제 잘못이에요.
        처음부터 이런 말이 떠돌지 못 하도록 막아주지 못 했으니까요.
        그래서 저는 그 사람한테 미안한 게 많아요.
은 주   (빤히 쳐다본다)
태 욱   그런데 제가 진짜 미안한 건, 저도 그 사람들 말이 사실이 아닐까..
        흔들렸던 적이 있었다는 거예요.
        (은주를 보며) 저는 그게 제일 미안합니다.

        은주, 태욱 본다.
        태욱의 속 깊은 그 말이 은주를 더 힘들게 한다.
        원망과 분노, 미움이 한데 뒤엉킨 채 결국 참지 못하고.

은 주   사실이면 어쩔 건데요?
태 욱   네?
은 주   진짜루 우리 그이하구 혜란이... 두 사람 관계 사실이라면,
        그 증거가 어딘가에 존재하고 있다면요?

(태욱을 응시하며 도발하듯)

그래도 태욱 씨.. 지금처럼 그렇게 속편하게 말할 수 있겠어요?

태 욱 (무슨.. 말이지? 미간 살짝 미묘하게 움직이며 쳐다본다)

은 주 네? (뭔가 따져묻 듯 태욱을 쳐다본다)

태 욱 (그 말에 속을 알수 없는 눈빛으로 은주를 본다.

묘하게 팽팽한 긴장감이 흐르다가, 이윽고)

혜란이는 아니라고 했어요.

그리고 저는.. 혜란이 말을 끝까지 믿을 겁니다.

은 주 ! (그 말에 잠시 빤히 쳐다본다)

태 욱 (조용한 눈빛으로 마주보면)

은 주 (자신도 모르게 나오는 헛웃음.. 그러다 이내 정색하더니)

그렇군요.. 알겠어요. 그만 가봐야겠네요. (일어서면)

태 욱 택시 불러드릴까요?

은 주 아뇨, 저 혼자 갈수 있습니다.

(그러더니 이내 쎄해진 표정으로 또각또각 문 쪽으로 나간다.

문을 열기 전 잠시 멈춰서더니, 다시 돌아보며)

태욱 씨 그거 알아요?

태 욱 (은주를 본다)

은 주 혜란이한텐 누구한테도 말하기 힘든 괴로운 과거가 있어요.

태 욱 대충.. 압니다.

은 주 아뇨, 당신은 모르고 있어요.

절대로 알 리가 없죠, 그 일에 대해서.

(그러더니 그대로 문 열고 나간다. 쿵! 문 닫히면)

태 욱 (본다. 그 일...? 뭘 말하는 거지? 눈빛에서)

S#22. 태욱의 사무실 앞.

밖으로 나오는 은주, 택시!!! 불러서 잡아타고 간다.

택시 안〉 완전히 독이 오른 듯 앞을 쳐다보는 은주 눈빛에서.

그 길 건너편〉
조용히 은주가 택시 타고 가는 방향을 쳐다보고 있는 하명우,
(하명우의 귀에는 이어폰 하나가 꽂혀 있다)
시선 들어 태욱의 사무실 쪽을 올려다본다.

S#23. 태욱의 사무실 안.

방금 전.. 은주의 얘기가 사뭇 걸리는 표정의 태욱,
떨쳐내려는 듯 한숨 돌리며 책상 쪽으로 가면,
화면, 천천히 회의용 탁자 밑으로 움직이면 그 한쪽에
붙어 있는 아주 작은 도청용 기계가 보인다. 그 도청기에서.

S#24. 다시 태욱의 사무실 앞.

앞 씬의 기계를 통해 안의 내용을 전부 듣고 있었던 듯한 하명우,
조용히, 이어폰을 귀에서 뺀 뒤 다시 은주가 간 쪽을 돌아보면.

S#25. 카페 일각.

최형식 공식 발표 시점은, 한 달 후가 될 겁니다.
혜 란 케빈 리 사건 송치된 건 알고 계십니까?
최형식 강율에서 커버하고 있다고 들었습니다,
혜 란 절 믿어서가 아니라.. 강율을 믿고 계신 거군요 그러니까.
최형식 뉴스나인은 언제까지 진행하실 예정입니까?
혜 란 (잠시 간격.. 막상 그 질문을 들으니 기분이 묘하다)
최형식 뉴스나인 그만두자마자 바로 디졸브 되는 건
         여러 가지로 안 좋게 보일 가능성이 있어요,

이번 주중으로 뉴스나인 정리해주시고

공식 발표 시점까지 주변정리 해두시면 될 것 같습니다만,

혜 란   한 가지만 물어봐도 되겠습니까?

최형식   (본다)

혜 란   분명히 논란의 소지가 있는 사건에 연루돼 있는데도..

그럼에도 불구하고 저를 대변인으로 내정하신 이유를 듣고 싶네요

최형식   논란의 소지가 있음에도 불구하고 여전히,

고혜란 앵커에 대한 사람들의 신뢰도가 높다는 조사결과가

나왔습니다. 가십보단 당신의 말을 더 믿고 있다는 뜻으로

위에서는 생각하는 모양입니다,

그나마 당신만한 인재가 없다는 뜻이기두 하구요.

혜 란   (보면)

최형식   솔직히 저는 고혜란 앵커에 대해 여전히 반신반의하고 있습니다.

저뿐만 아니라 결정을 내린 분도 역시 마찬가질 겁니다.

그 반의를 불식시킬 수 있는 건 결국 고혜란 씨 진정성 아니겠습니까?

당신의 결백, 당신의 가치 역시 그걸로 증명해 보이는 수밖에

없다고 생각하는데요.

혜 란   (본다. 끄덕이더니) 뉴스나인은 이번 주까지 마무리하겠습니다.

불필요한 뒷말들 나오지 않도록 정리하도록 하죠.

최형식   (끄덕이더니) 그럼.. (먼저 일어나 나간다)

혜 란   (나가는 최형식을 본다. 보다가)

순간 한순간에 탁.. 풀어지는 긴장... 결국, 됐구나.

이렇게..! 되는 거구나! 밀려오는 회한과 함께,

태욱F   축하해.

S#26. 거리 일각.

사람들 사이로 태욱의 축하를 받으며 뚜벅뚜벅 걸어오는 혜란,

혜 란   실감이 안 나네, 나.. 정말 축하받아도 되는 거야?
태 욱   (INSERT〉 태욱의 사무실)
        누구보다 열심히 했잖아. 당신, 누구보다 힘들게 달려왔구..
        당연히 축하받아야지.
혜 란   (멈춰 서서 그 말을 듣는다. 문득 고개 들어 앞에 보이는
        JBC방송국을 올려다본다, 상념 어린 눈빛 위로)
혜란E   9시 뉴스 앵커 오디션이었어.

S#27. 혜란의 회상〉 7년 전.

1. 고급 와인바 (3부 3씬)

혜 란   아이는 또 가질 수 있지만, 오디션은 단 한 번 뿐이야.
태 욱   (경멸의 눈빛..)
혜 란   (피하듯, 시선 브로치로 향한다)
        이건.. 앵커 된 기념으로 받을게, 축하의 의미로... (하는데)
태 욱   (더 이상 듣고 있을 수 없는 듯 벌떡 일어서면서)
        그때.. 널 기다리는 게 아니었어. (돌아서서 나가면)
혜 란   (혼자 남겨진 채 놓인 브로치를 바라본다. 눈빛에서)

2. 방송국 구내식당 N (추가씬)
   브로치를 가슴에 단 혜란, 홀로 테이블 앞에 앉아 있다.
   먹먹한 눈으로 테이블을 내려다보면 식판에 담긴 미역국.

의사E   아이를 낳은 거나 마찬가집니다. 몸조리 잘 하셔야 해요.

혜란, 수저 든다. 그리고 한입 떠서 입에 넣는다.
목이 멘다. 억지로, 억지로 미역국을 삼키는 모습에서.

S#28. 다시 거리 일각. (26씬에서 연결)

혜 란   고마워..
태 욱   (INSERT〉꽃집) ...?
혜 란   실은 나.. 누구보다두 당신한테서 그 말이 듣고 싶었나봐..
         축하한다는 말..
태 욱   (INSERT〉짐짓.. 혜란의 기분이 같이 느껴지는.. 한 번 더)
         축하해. 진심으로.
혜 란   (짐짓 미소로.. 핸드폰을 끊는다)

         시선 들어 방송국을 한 번 본다.
         남다른 각오로 또각또각 걸어 들어가면.

S#29. 꽃집.

         끊어진 핸드폰 내려놓는 태욱, 그러나 뭔가 걸리는 눈빛 위로

은주E   사실이면 어쩔 건데요?
은 주   (플래시백) 21씬)
         진짜루 우리 그이하구 혜란이... 두 사람 관계 사실이라면,
         그 증거가 어딘가에 존재하고 있다면요..?
태 욱   (현재) 존재하면 안 된다, 그런 증거 같은 거.. 눈빛인데)
꽃주인   여기요, (포장된 꽃다발을 내민다)
태 욱   (멈칫.. 돌아본다. 꽃다발을 받는다. 보는 시선에서)

S#30. 은주의 집 서재 안.

책상 앞에 앉아 노트북에 흐르는 블랙박스 영상을 보고 있다.
이젠 하도 많이 봐서 반쯤은 무감한 눈빛..
(화면 위로 혜란의 집에서 나오는 혜란, 바삐 차에 올라타는 위로)

태욱E	혜란이는 아니라고 했어요.
태 욱	(플래시백〉21씬) 그리고 저는.. 혜란이 말을 끝까지 믿을 겁니다.
은 주	(현재〉순간 자기도 모르는 실소가 픽 터지며)
	그래? 이걸 봐도 정말 그렇게 말할 수 있을까, 강태욱 씨?
	(하는데 표정 일순 쎄해진다, 그러더니 핸드폰 집어 든다. 본다)

INSERT〉태욱의 차 안.
운전 중인 태욱, 뭔가 생각 중이다가 핸드폰을 쳐다본다.
은주의 집 거실〉

은 주	(핸드폰의 번호를 꾹 누른다, 귀에 댄다)
태 욱	(INSERT〉태욱의 차 안, 핸드폰을 누른다. 블루투스로 신호 가고)
은 주	(신호가 가는 걸 기다리다가)
	안녕하세요, 강 형사님... 저, 서은준데요.
	드릴 말씀이 있어서요.
태 욱	(INSERT〉지금은 전화를 받을 수가 없어.. 라는 안내멘트)
은 주	사실은 그때.. 말씀드리지 못 했던 게 있어요. (시선에서)

INSERT〉태욱의 달리는 차 안.
계속해서 핸드폰은 수신이 안 되고 있고,
태욱, 아무래도 감이 안 좋다. 그대로 유턴지점에서 핸들을
꺾는다. 오던 길 되돌아가는 데서,

다시 은주의 집 서재〉

은 주   네.. 이따 다섯 시까지 그쪽에서 뵙죠.

　　　　(핸드폰을 끊는다. 그리고 자리에서 일어나 나가면)

　　　　노트북에서 흐르고 있는 혜란과 태욱의 아침 모습에서..

S#31. 보도국 국장실.

장 국장   (혜란을 빤히 쳐다본다)
혜 란   (조용한 눈빛으로 마주 본다. 팽팽히 흐르는 긴장감..)
장 국장   무슨 말을 해주까? 축하를 해주까, 아니면 욕을 해줄까?
혜 란   하고 싶은 거 하세요, 둘 다 하시든가.
장 국장   (허..!) 이런 꼴통자식.. 너 기어이 거길 가겠다는 거야?
혜 란   내정 통보 받았어요.
　　　　뉴스나인은.. 이번 주까지 마무리하기로 했습니다.
　　　　사표는 다음 주쯤 내는 걸루 할게요.
장 국장   거기 간다구 갑자기 신세계라도 열릴 거 같아?
　　　　거기야 말로 니 편 내 편 없어, 살아남는 놈이 이기는 놈 되는 데야.
　　　　살벌하기로 따지면 여기보다 더한 곳이라구 거기가!
혜 란   후임으로는 한지원을 추천하겠습니다.
장 국장   다시 생각해.
혜 란   남은 기간 동안 서포트 하면서 잘 가르쳐놀게요.
장 국장   혜란아!
혜 란   (멈칫.. 본다)
장 국장   너 처음 신입기자 딱지 달고 들어와 지금까지
　　　　내가 계속 너 지켜봐왔고, 지금의 너로 키워놓기까지 했어.
　　　　그래서 잘 아는데 니가 있어야 할 자린 여기야.
　　　　너한테 가장 잘 어울리는 곳도 여기고!
혜 란   그렇게 저를 생각해주시는 분이
　　　　그렇게 뉴스나인에서 끌어내리지 못 해 안달이셨어요?

장 국장	뉴스나인 아니더라도, 니가 여기서 할 역할은 많아!
혜 란	어떤 역할요?
	뒤로 물러서서 팔짱끼고 후배들한테 잔소리 좀 하다가
	점점 뒤로 밀려나는 거요? 아침뉴스나 저녁뉴스 하나 맡아
	월급 따박따박 받아가면서, 그렇게 서서히 잊혀져가는 거요?
장 국장	(보면)
혜 란	저는.. 그렇게 못 살아요, 잘 아시잖아요.
장 국장	(보더니, 한숨..) 너.. 분명히 후회할 거야.
혜 란	가보지도 않고 후회하는 쪽보단 나아요, 언제나 그랬어요.
장 국장	(본다)
혜 란	(장 국장을 본다)

두 사람, 그렇게 서로 마주 본 채 긴장감 있는 침묵 이어지는데
그때 똑똑! 다급한 노크소리와 함께 뛰어 들어오는 웅 팀장.

웅 팀장	국장님, 한지원이 저거 강해 계속 파겠다고 그러는데 어쩌죠?
	아, 저거 뭐 믿구 저렇게 고집부리지?
혜 란	내가 하라 그랬어요, (하는데)
웅 팀장	뭐? 고혜란이 니가?
장 국장	스톱 시켜.
혜 란	국장님!
장 국장	책임지지도 못할 거 대책 없이 터트려놓고 너만 빠져나가겠다는 거야?
	뉴스나인에 최소한의 책임이라는 게 있다면 떠나는 마당에
	분란 일으키지 말고 얌전히 가.
웅 팀장	예? 떠나요? 누가요? (고혜란 보며) 너 어디 가냐?
혜 란	(장 국장 보며) 한지원이 증거 자료 가져오면 내보낼 겁니다.
장 국장	그럼 청와대 포기하고 끝까지 남아서 책임지든가!
웅 팀장	(청와대...? 헉! 설마? 하고 혜란을 보면)
혜 란	가족 중에 환일철강이나 강해 종사자 있어요?
	아니면 그쪽하고 무슨 커넥션이라도 있는 거예요?

	왜 번번이 환일철강하고 강해건설만 나오면 이렇게 예민하세요?
장 국장	너는 왜 그렇게 환일철강이라면 못 잡아먹어서 안달이야?
	저번에 캄 사건 때도 그렇고 지금도 그렇고!
혜 란	환일철강이어서가 아니라 문제가 생기는 곳마다 환일철강이
	끼어 있잖아요! 그게 제 잘못이에요?
장 국장	너 올라가고 싶다며?
	출세하기로 작정했음 괜한 문제 건드려 분란 만들지 말고
	몸 사리면서 니 뱃속 채우라구! 무슨 말인지 알아들어?
혜 란	! (본다)
장 국장	(노려본다)
웅 팀장	(헐! 눈빛으로 혜란과 장 국장 번갈아 보면)
혜 란	(차분히) 뉴스로 내보낼지 말지는
	한지원이 가져오는 최종 자료 보고 결정하겠습니다.
	(그리고는 쌩! 하니 나가버린다)
장 국장	(저 자식 저거, 진짜..! 본다)
웅 팀장	국장님, 고혜란.. 청와대 갑니까? 예?
장 국장	(한숨으로 탁! 기사 원고 내던진 채 돌아서서 창밖 내다본다)
웅 팀장	(대박...! 시선에서)

S#32. 보도국 일각.

이연정, 고 선배, 곽 기자까지 일제히 놀라는 분위기로,

이연정	정말이야? 사실이야? 진짜루... 청와대 간대?
웅 팀장	그런 거 같더라구, 고혜란 조금 전에 국장실에 통보하고
	장 국장 그것 땜에 완전 패닉 온 거 같고...
곽 기자	(그렇구나... 묘하게 서운한 느낌)
고 선배	허..! (기가 막혀) 허허..! 역시 고혜란이네!
	와! 청와대? 거기까지 올라갈 줄은 또 몰랐네, 와..! 와아!

이연정   허.. (역시 뒷통수 맞은 기분으로 시선 돌리면)

S#33. 변우현의 사무실.

변우현   (핸드폰) 결정난 거.. 확실해?

이연정   (INSERT〉 보도국 복도 일각) 그런 거 같어 분위기가.

          (어이없는 듯) 강율이 이 정도로 대단한 로펌이었어 여보?

          아니, 주요 참고인 정도가 아니라 용의선상에 올라 있는 사건이

          지금 검찰로 송치됐는데.. 청와대 대변인 내정이라니,

          이게 말이 되는 거냐구!

변우현   (덮을 생각이 확실한 거구나.. 젠장! 하는 표정으로 탁! 끊는다)

          허..! 강태욱 끗발 한 번 대단하네, 어? (열 받는 시선에서)

S#34. 은주의 집 앞.

        스르르 와서 멈춰 서는 태욱의 차.

        한쪽에 길주차한 차들 사이에 숨듯이 주차한 뒤 은주의 집 쪽을

        쳐다본다. 은주의 차는 아직 집 앞에 주차된 채 그대로.

        태욱, 조용한 눈빛으로 쳐다보는데 그때

        집에서 나오는 은주의 모습이 보인다.

        은주, 누굴 만나러 가는지 제법 아주 잘 차려입은 모습이다.

        차에 올라탄 뒤 집을 출발한다.

        태욱, 은주의 차가 멀어지는 걸 확인한 뒤 차에서 내린다.

        은주의 집 앞으로 다가서는 태욱,

        (짧은 플래시백〉 7부 8씬,

        태욱에게 식사하고 가라며 내리길 기다리던 은주,

        태욱, 마지못해 차에서 내리면 은주, 문 비밀번호 누른다.

        태욱, 흘끗 그 비밀번호 무심코 쳐다보는 시선에서)

태욱, 은주가 했던 대로 비밀번호를 눌러본다.
달칵.. 문이 열린다.
태욱, 살짝 긴장하는 눈빛으로 문을 열고 안으로 들어선다.

S#35. 은주의 집 안.

이미 와본 집이라 구조가 낯설지 않다.
신발 벗고 쭈욱 집안을 한 번 둘러보는데 그때
어디선가 낯익은 목소리가 들린다.
혜란이 목소리다.
태욱, 천천히 소리가 들리는 서재 쪽을 향한다. 그쪽으로 가면
노트북이 열려져 있고 그쪽에서

혜란E   너 지금 어디야? (그날 밤.. 재영과 통화하던 목소리..)
태 욱   (뭐지? 싶은 표정으로 그 앞으로 다가서서 쳐다보면)

블랙박스 화면에 보이는 혜란, 무슨 사진 같은 걸 보다가
그대로 차를 운전해 주차장을 빠져나가고 있는 모습이 보인다.
순간 태욱, 놀란다.
이건, 혜란의 블랙박스다.

태 욱   ...! (본다)

모니터〉 운전해서 어딘가로 향하고 있는 혜란 (사고 당일)

혜 란   (차디차게 굳은 표정으로) 나쁜 새끼! 이재영.. 이 나쁜 새끼..!
태 욱   ! (시선에서)

S#36. 보도국 일각.

혜 란   누구?

직원1   서은주 씨라구요, 지금 회의실에서 기다리고 계세요.

혜 란   은주가...? (하면서 회의실 쪽 본다. 시선에서)

S#37. 보도국 회의실.

무언가 결심한 듯한 눈빛으로 앉아 있는 은주,

혜란, 그 안으로 들어오면서

혜 란   은주야 갑자기 무슨 일이야? 연락두 없이..

은 주   (쓰윽 시선 들어 혜란을 본다)

혜 란   뭐 마실 것 좀 갖다 줄까? 잠깐만 있어, (다시 나가려는데)

은 주   니 남편.. 정말 좋은 사람이더라.

혜 란   (멈칫.. 은주를 돌아본다)

은 주   내가 초라하게 느껴질 만큼..

           (보며) 너두 알구 있었니? 니 남편 좋은 사람인 거?

혜 란   갑자기 그런 얘긴 왜..

은 주   나라면 그런 남편 옆에 두구

           이재영 같은 자식 눈에 들어오지두 않을 거 같은데..

혜 란   (순간 피가 싸늘해지는 기분으로 은주를 본다)

은 주   십 년 만에 다시 만나니 그렇게 좋았니?

           니 남편이랑 나.. 세트로 바보 만들어놓을 만큼..

           그렇게 좋았어 늬들?

혜 란   너.. 지금 무슨 말이야?

은 주   블랙박스 칩... 그거 나한테 있어 혜란아. (목소리 부들부들)

혜 란   (쿵...)

은 주   그날 밤, 니가 내 남편하구 같이 차 안에서...

무슨 말을 했는지, 무슨 짓을 했는지.. (치밀어 오르는 걸 꾹 누르며)
하나도 남김없이 다 봤어.

혜 란   (순간 눈앞이 하얘진다. 자기도 모르게 의자등받이를 꾹 짚는다)

은 주   나는 너 때문에 남편만 잃은 게 아니야,
그 사람한테 바친 십 년 세월도 전부 다 잃어버렸어.
그 남자를 위해 헌신했던 그 시간들 전부..!
아무것도 아닌 게 돼버렸다구, 알아?
근데 넌 어때? 너는 여전히 모든 걸 다 갖고 있잖아.
그렇게 훌륭한 남편두 여전히 니 옆에 있구,
심지어 용의자가 됐는데두 너는! 여전히 뉴스나인 앵커 자릴
지키구 있잖아. (울컥!) 이건.. 너무 불공평한 거 아니니?

혜 란   그래서. 어쩌고 싶은 건데? (최대한 차분하게)

은 주   어떻게 해줄까?

혜 란   협박하는 거니?

은 주   선택하라는 거야. 어떻게 해줄까?
그 칩을 니 남편한테 주면, 너는 남편을 잃게 될 거고.
그 칩을 없애버리면 너는 계속 살인용의자로 남겠지.

혜 란   (순간 현기증이 띵..! 이는)

은 주   어떻게 해줄까?
블랙박스 공개해서 불륜녀 될래? 숨긴 채로 살인용의자 될래?
어느 쪽이 니가 더 괴롭고 고통스러울까? 어? (노려보면)

혜 란   (잠시 숨을 고른다. 잠시 그렇게 있더니 다시 은주를 본다)
어느 쪽도 다 고통스러울 거야, 나는...

은 주   (? 본다)

혜 란   내가 무릎 꿇고 지금 여기서 사과를 한다고 니 마음이
풀릴 리도 없고, 오히려 가증스럽게 보이겠지.
살고 싶으니까 별짓을 다 한다구.. (보며) 그렇지?

은 주   (꼿꼿하게 노려보면서) 아마도.

혜 란   그러니까 내가 선택할 수 있는 건 아무 것도 없는 거네.
내가 여기서 무슨 말을 하든, 무슨 짓을 하든 너는..

결국 니 마음대로 할 거니까. 그렇지?

은 주   그래서.. 나한테 사과 같은 거 안 하겠다?

혜 란   내가 잘못한 게 있다면 그날 내 손으로 이재영을 죽이지 않은 거야

또 내가 후회하는 게 있다면

그날 내 손으로 이재영을 죽이지 않은 거야!

은 주   ! (보면)

혜 란   살고 싶어서, 살아남고 싶어서

그날 밤 이재영한테 마음에도 없는 말로 회유했었어.

그 기억이 수치심처럼 지금까지 계속 날 아프게 찔러대는데..

내가 여기서 또 살겠다고 너한테 무릎까지 꿇는다면,

나는 죽을 때까지 이 순간이 창피해서 죽고 싶어질 거야,

은 주   그러니까 끝까지 나한테 미안하단 말하기 싫다, 그거잖아 너!

혜 란   너한테 미안하다는 말을 해야 한다면 지금은 아니야,

나중에.. 좀 더 이 모든 지저분한 상황들이 가라앉은 다음에,

그때 가서도 정말로 내가 잘못한 게 보이면,

그때.. 너한테 가서 사과할게.

은 주   (허..!) 이 상황에서조차.. 우아하게 격조를 지키시겠다?

혜 란   격조라니.. 나 그런 거 없어 은주야.

그저.. 이렇게라도 지키고 싶은 미천한 자존심일 뿐이야.

은 주   ! (보면)

혜 란   (그대로 쎄하게 일별한 뒤 돌아서서 나간다)

S#38. 보도국 복도 일각.

한쪽으로 또각또각 걸어 나오는 혜란,

당당하고 꼿꼿한 자세로 쭉 걸어오다가 복도 모퉁이를 돌아선 순간

자기도 모르게 온몸에 힘이 쭉 빠지면서, 한쪽 벽을 짚고 선다.

아! 미칠 것 같다! 이대로 땅으로 꺼져버리고 싶은 기분!

S#39. 보도국 회의실.

은 주   (허..!!! 기가 막힌다. 너무나 화가 나서 말조차 안 나오는..
          그저 눈물만 투두둑... 떨어진다. 손등으로 훔쳐 닦으면서
          혜란이 나간 문을 노려보는 데서)

S#40. 은주의 집 서재. N

          지지지지지직... 모든 영상이 끝난 뒤의 화면..
          그 지직거림을 멍하니.. 쳐다보고 있는 태욱의 공허한 눈빛.
          이대로 땅이 꺼질 것 같은 깊은 한숨으로 고개를 숙인다.
          모든 게 다 무너져 내리는 기분...
          멘붕 상태로 잠시.. 그렇게 눈빛 깊어지는 데서.

S#41. 보도국 일각. N

          뉴스나인을 앞두고 분주해진 가운데,
          그 사이로 다다다 뛰어 들어오는 한지원

지 원   선배!! 선배!!! (하는데 고혜란은 안 보이고, 직원1에게)
          고혜란 선배 어딨어요? 벌써 스튜디오 들어갔어요?
직원1   아뇨, 아까 손님 오셔서 회의실 쪽으로 가셨는데,
지 원   알았어요. (하고 돌아서다가 멈칫!)
장국장   (막아서서 한지원을 본다, 그녀 손에 들려져 있는 서류봉투 보면)
지 원   (쓰윽.. 서류봉투 뒤로 감춘다)
장국장   (다시 한지원을 보며) 뭐야? 그거.
지 원   아닙니다, 아무것두...
장국장   이리 내.

지 원	국장님..
장 국장	이리 내라니까!
지 원	(아, 젠장..! 미치겠다! 할 수 없이 서류봉투 내미는데)
장 국장	(받아 채려는 순간)

탁!!! 그 서류를 낚아채는 손,
장 국장, 지원, 동시에 멈칫해서 쳐다보면

혜 란	(서류봉투 열어서 안의 내용 확인한다)
지 원	확실하죠? (혜란을 보면)
혜 란	(탁! 도로 한지원한테 내밀며) 곽 기자한테 갖다 줘,
지 원	네, 알겠습니다! (후다닥 달려나가면)
장 국장	뭐하는 짓이야?
혜 란	뭐가요? (책상 앞으로 가면)
장 국장	설마 내 허락 없이 니 맘대루 뉴스 내보낼 생각이라면
혜 란	(OL) 그럴 생각이라면 어쩌실 건데요?
장 국장	(본다. 보다가 혜란 옆으로 다가선다. 차분한 느낌으로)
	그냥 조용히 가.
혜 란	(멈칫.. 장 국장을 본다)
장 국장	진심으로 청와대 대변인, 그 자리 원하는 거라면..
	환일철강 건들지 말구 그냥 가라구, 어?
혜 란	충고예요, 걱정이에요?
장 국장	내 말 들어.
혜 란	(보더니) 내가 왜 자꾸 위로 올라가고 싶어 하는지 아세요?
장 국장	(보면)
혜 란	바로 이런 것 땜에 그래요.
	내보내야 할 진실을 막고, 커트 당하기 싫어서.
	그렇게 번번이 가로막는 인간들한테 지기 싫어서! 그래서요!
장 국장	(보면)
혜 란	알아요, 나 못됐구 독하구 이기적이에요,

목표 달성, 목적 달성을 위해 수단 방법 안 가려요,
영혼이라도 팔라면 팔 수 있어요, 그런데! (본다. 보며)
내 뉴스는 진짜였어요.
단 한 번도 권력 앞에서, 돈 앞에서 타협한 적 없었구.
덮고 은폐하고 은닉하려는 것들 앞에서 언제나 단호했었어요,
그렇게 뉴스나인 지켜온 거라구요 나!

장 국장   알아.

혜 란   그런데.. 마지막 순간에 그걸 꺾으면 안 되는 거잖아.
그럼 내가 해온 모든 게 다 거짓말이 되는 거잖아요,
정현성까지 끌어내리면서 그 자리 가겠다구 한 내 명분조차..
우스워지는 거잖아. 아니에요?

장 국장   잘못하면 너.. 올라가지도 못하고 다칠 수 있어.
그래도 상관없겠어?

혜 란   (흔들리는 눈빛... 다잡더니)
여기서 지면, 위에 올라가서도 이길 수 없어요.

장 국장   (흠...! 본다)

혜 란   선배 말대로 어쩌면 내 마지막 뉴스가 될지도 몰라요..
막지 말아줘요 선배.

장 국장   ...! (본다. 진심을 읽은 듯... 혜란을 보는 데서)

S#42. 어느 장소. (카페도 좋고) N

문을 밀고 들어서는 강기준, 한쪽을 쳐다보면
한쪽에 앉아 있는 은주의 모습이 보인다.
그 앞으로 가서 앉는 강기준.

강기준   갑자기 연락주셔서 좀 놀랐습니다.

은 주   ...

강기준   서은주 씨? (하는데)

은 주	그날 밤.. 그이한테 전화가 왔었어요.
강기준	(? 본다)
은 주	그 전화 받고 나가서.. 그리고 사고를 당했구요.
강기준	누구 전화였는지 혹시 아십니까?
은 주	여자요.
강기준	(여자...? 본다)
은 주	(눈물 가득 고인 채 시선 들어 강기준을 본다)
	아무래도 고혜란이었던거 같아요. (툭..! 떨어지는 눈물)
강기준	...! (쿵! 본다. 시선에서)
부사장F	어떻게 됐습니까?

S#43. 방송국 부사장실. N

| 부사장 | (내선 수화기에 대고) 고혜란이 오늘 뉴스.. 확실히 정리됐습니까? |

S#44. 보도국 국장실. N

| 장 국장 | (내선 수화기 귀에 댄 채, 시선 돌려 스튜디오 내려다본다) |

장 국장의 시선으로 분주하게 준비 중인 스튜디오.
그 아래로 데스크에 앉는 고혜란이 보인다.

부사장	(INSERT〉 부사장실) 장 국장..?
장 국장	(조용히) 제가 아는 선에서는 다 커트 시켜됐습니다.
부사장	(INSERT〉 부사장실) 걱정 안 해도 되는 겁니까?
장 국장	네.. 걱정 안 하셔도 될 거 같습니다.

S#45. 방송국 부사장실. N

부사장   (고개를 끄덕이며) 수고했어요 장 국장.
        (내선전화기 내려놓고 앞에 앉아 있는 누군가에게 미소로)
        잘 해결된 거 같습니다.
        고혜란이도 큰일 목전에 두고 괜한 문제 일으킬 거 같지 않구요,

        소파에 앉아 있는 누군가..는 바로 골드문에서
        태욱이 잠시 인사했던 바로 그 사람이다. 정대한의 얼굴에서.

S#46. 다시 보도국 국장실.

        달칵.. 내선 전화기 내려놓는 장 국장의 손,
        장 국장, 심히 걱정되는 눈빛으로 다시 스튜디오의 혜란을 본다.
        혜란, 인이어 끼면서 원고 들여다보고 있고
        (옆에서 미주가 혜란의 얼굴 위로 톡톡톡.. 마지막 정리 중)
        혜란, 중얼중얼 입으로 연습하다가 문득.. 국장실 쪽 쳐다본다.
        장 국장과 시선 마주치자,

장 국장   (무언의 격려...)
혜 란   (무언의 감사, 미소로 다시 원고 들여다본다)
장 국장   (나직한 한숨은 어느새 걱정이 된다. 시선에서)

S#47. 주차장. N

강기준   (핸드폰을 귀에 댄 채 급하게 차 쪽으로 오며)
        강기준입니다. 방금 전에 새로운 증언이 들어왔는데요.
        케빈 리가 사고를 당한날 밤에 마지막으로 통화한 게

아무래도 고혜란 같습니다.

변우현　(INSERT〉 검찰청 복도, 전화를 받으며 걸어 나오다 말고 멈춰선다)
　　　　누가 증언한 겁니까?

강기준　서은주 씨요, 케빈 리 와이프.
　　　　이번 사건에 대해 제대로 수사해달라고 정식으로 요청해왔습니다.
　　　　일단 압수수색영장부터 좀 내주시면 안 되겠습니까?

S#48. 검찰청 복도. N

변우현, 걸음을 딱 멈추고 돌아본다.
부장검사의 방이 바로 저 눈앞에 있다. 어쩐다...? 시선에서.

소리T　스탠바이!!! 방송 5분 전!!!!

S#49. 뉴스나인 부조 안. N

다들 묘한 긴장감으로 주시하는 가운데,
(곽 기자도 한쪽에 자리 잡은 채 서 있고)

기술팀장　이야, 고혜란이 오늘따라 빛이 난다야,
　　　　　부대변인도 안 거치고 대변인으로 바로 가는 거면
　　　　　청와대도 능력 인정했단 거겠지? 그치 웅 팀장?
웅 팀장　아 몰라. 내가 청와대야? 그걸 왜 나한테 물어?
기술팀장　직속 후밴데 꽃가루 뿌려줘라. 뭘 그렇게 하루 종일 부루퉁 해갖군.
곽 기자　(한쪽에서 모니터에 가득 찬 고혜란의 얼굴을 본다)
한쪽에서　광고 두 개 남았습니다~!
웅 팀장　카메라 투, 스탠바이!

S#50. 뉴스나인 스튜디오 안. N

9시를 알리는 뉴스 시보가 시작되면서
데스크 앞에 후우..! 나직이 심호흡 하는 혜란,
시선 들어 카메라 뒤에 서 있는 한지원을 본다.
한지원, 역시 사뭇 긴장한 눈빛으로 혜란에게 고개를 끄덕인다.

혜란E   지금 이 순간 내가 선택할 수 있는 건 오직 하나뿐이다.
내 뉴스를 내보내는 거.

시보음 끝남과 동시에 화면 가득, 혜란의 얼굴 들어오면서.

혜 란   (정면 향해 오프닝) 시청자 여러분 안녕하십니까?
발로 뛰는 뉴스 빠른 뉴스
고혜란의 뉴스나인, 지금부터 시작하겠습니다. (시선에서)

S#51. 은주의 집 서재.

깊은 물 속에 있다 순간 수면 위로 올라온 사람처럼
후우!!! 심호흡 하며 고개를 드는 태욱,
잠시 그대로 앉아 있다가 자리에서 일어서는 데서.

S#52. 은주의 집 앞. N

집 앞으로 와서 차를 멈추는 은주, 시동을 끄고 차에서 내린다.
현관문 앞으로 다가서서 문을 연다.

S#53. 은주의 집 거실.

안으로 들어와 불을 켜는 은주,
신발을 벗고 안으로 들어와 실내 불을 켜려다가 멈칫..
서재 쪽에 스탠드불이 켜져 있는 걸 본다. 천천히 그 앞으로 다가가
스르르.. 서재 문을 열고 안을 들여다보는 순간..
대기화면 중인 노트북과 함께 채도 낮은 스탠드 하나가 켜져 있다.
(자기가 그렇게 해놓고 나간 게 생각난다)
안으로 들어오는 은주, 노트북 상태부터 일단 본다.
블랙박스 칩은 끼워져 있는 채 그대로....
은주, 잠시 보더니 블랙박스 칩을 탁! 노트북에서 꺼내 손에 쥔다.
마지막으로 스탠드불 탁! 끄면서 어둠에 휩싸임과 동시에,

S#54. 뉴스나인 스튜디오.

웅 팀장E   (인이어) 카메라 쓰리, 스탠바이! 하이 커트!
혜 란   뉴스나인에서 전하는 심층기획.
        오늘은 지난 5일에 발생했던 체육관 붕괴 사고.
        그리고 작년 10월에 발생한 아파트 붕괴 사고에 대해
        짚어볼까 합니다. 한지원 기자가 다녀오셨다구요?
웅 팀장E   (인이어) 카메라 투, 컷트!
지 원   네, 작년에 이어 올해도 부실시공으로 보이는 붕괴 사고가
        연달아 일어났습니다!

S#55. INSERT〉방송국 부사장실.

순간 부사장, 표정이 굳는다. 흘끗 정대한 의원 쪽을 쳐다보면
정대한 표정을 알 수 없는 눈빛으로 화면 응시하는 위로 계속,

S#56. 다시 뉴스나인 스튜디오.

혜 란 그러니까, 두 건물을 시공한 건설사와 자재 납품업자가 같다는 건가요?

지 원 그렇습니다. 심지어 해당 건설사인 강해는 최근 신도시에 건설 예정인 복합 유통단지 입찰 지원에 단독으로 사업지원서를 제출했다고 합니다.

혜 란 아직 붕괴 원인 진단도 내려지지 않은 상탠데 또 건설을 맡겠다고 지원했다..? 현재로서 입찰자가 단독 진행된 거라면 또다시 그 건설사가 시공을 맡게 될 확률이 아주 유력하겠군요.

지 원 네 그렇습니다. 그리고 이번에도 역시 같은 회사가 자재 납품을 맡을 예정이라고 합니다.

혜 란 환일철강을 말씀하시는 겁니까?

지 원 네, 그렇습니다!

S#57. 달리는 세단.

강율 대표 네, 강인한입니다. 어쩐 일이십니까? (듣다가 조용히 앞좌석 모니터를 켠다)

화면 안으로 고혜란과 한지원이 환일철강과 강해에 대한 보도 중인 게 시선에 잡힌다.

강율 대표 네, 지금 보고 있습니다.. (살짝 표정 쎄해지면)

S#58. 도로 일각. N

빨간 신호등 앞에 서 있는 태욱의 차.

태욱, 운전대를 잡은 채 멍한 눈빛으로 앞을 응시 중..
그때 진동으로 핸드폰이 울리고 있다.
태욱, 흘끗 쳐다보면 〈강율 대표〉라는 발신자가 뜨고 있다.
(그 핸드폰 옆으로 화려한 꽃다발 하나가 놓여져 있고...)

태 욱   (무감한 표정으로 쳐다보는데 그때)

뒤에서 빵!! 하는 소리에 쳐다보면 어느새 파란 신호등.
태욱, 일단 차를 출발한다.
받지 않은 태욱의 핸드폰 계속 울리는 데서,

S#59. 다시 뉴스나인 스튜디오.

혜 란   그런데 취재 도중에 새로운 사실을 알게 된 게 있다고 들었는데요,
            어떤 내용입니까?
지 원   네, 우연히 사진 한 장을 입수하게 됐는데요, 일단 보시죠.
웅 팀장E   (인이어) 투 원 하이 컷트!
곽 기자   (INSERT〉 부조에서 보면)

            모니터. 가득 잡힌 사진 한 장

혜 란   사진으로 봐선 일반적인 골프 동호회 모임 같은데
            이번 사건과 어떤 연관성이 있는 겁니까?
지 원   사진 속 이 세분은 공교롭게도 강해건설사가 시공한
            건물이 무너지는 날이거나, 새로 입찰을 받는 날 등
            매번 이슈가 있을 때마다 회동이 이뤄졌다고 합니다.
혜 란   그거만 가지고는 의혹이 있다, 라고 규정하기엔 좀 무리가 있어
            보이는데 이 세 분이 어떤 분들이신지 직접 말씀해주시죠?
지 원   여기 왼쪽부터 환일철강 대표. 강해건설 대표. 그리고 맨 끝에

보이는 사람이 정대한 의원입니다.

대법관 출신에 전직 민정수석까지 지낸 분으로 알려져 있죠,

S#60. INSERT〉방송국 부사장실.

부사장   (완전 낯빛 굳은 채 흘끗 정대한을 본다)

정대한   (시종일관 표정하나 변하지 않은 채 모니터 속 사진을 보고 있는)

강율 대표 (INSERT〉달리는 차 안, 모니터 안의 사진을 본다. 후우...!
            골치 아픈 한숨 내쉬는 위로 계속)

지 원   아직은 확정지어 말씀드릴 순 없지만
            부실 시공에 따른 건물 붕괴와 여기 세분의 골프회동 날이 겹쳐졌다는
            게 우연으로만 보기에는 많은 의문점이 드는 상황입니다.
            특히나 전직 민정수석이셨던 정대한 의원께서는
            정치 입문 하기 전.. 그러니까 법복을 벗기 전 환일철강의
            비자금 로비 사건을 최종 기각했던 판사로도 유명한 분이십니다.
            대체 환일철강 강해건설과는 어떤 상관관계가 있는지
            매우 궁금해지는 대목입니다.

혜 란   이번 입찰 예정인 복합 유통단지의 입찰 과정에 대해서도
            자세히 알아보면 좋을 것 같은데요,
            가능하다면 내일 이 시간에 자세한 후속 취재 부탁드립니다.

지 원   네. 알겠습니다.

혜 란   수고했어요 한지원 기자. (지원을 보면)

지 원   (처음으로 칭찬받았다. 미소로 답하는 가운데)

혜 란   (정면 보며) 날씨 소식 전해드리겠습니다.

S#61. 보도국 국장실. N

날씨 시그널이 울리는 가운데,

국장실에서 혜란을 내려다보고 있는 장 국장, 그 뒤로
내선전화가 시끄럽게 울리기 시작한다.
장 국장, 나직한 한숨.. 돌아보며 저걸 받아 말아? 하는 시선에서.

S#62. 외부 주차장. N

변우현   (세워진 차 앞으로 오면서, 핸드폰 받으며) 네, 접니다.
          (듣는다.. 순간 놀라더니 이내)
          진짭니까? 네! 알겠습니다 부장검사님! 열심히 하겠습니다!
          (탁! 끊더니, 다시 전화를 하며 왔던 길 빠르게 되돌아간다)
          강기준 형사님? 저 변우현입니다.
          케빈 리 사건.. 드디어 제가 배당받았습니다!!! 네! (시선에서)

S#63. 경찰서. N

박성재   (컵라면 먹다 말고, 핸드폰 받는 중) 예? 진짭니까?
          지금요? (손목시계 보더니) 예.. 예...
          (엉덩이는 벌써 일어나고 있다) 예, 알겠습니다. 지금 갑니다.
          (끊고, 후루룩 국물과 함께 들이킨 뒤 후다닥 달려 나가면서)
          아으 진짜!!!! (멀어지면)

S#64. 뉴스나인 스튜디오. N

혜 란   시청해주신 시청자 여러분 감사합니다.
          이상 고혜란의 뉴스나인을 마치겠습니다!

엔딩 시그널 흐르면서, 스튜디오 안은 정리 분위기로 돌아서.
헤란, 자기도 모르게 국장실 쪽을 본다.
그러나 장 국장의 모습은 보이지 않고.. 시선에서.
스탭들, 서둘러 정리하고. 나가고.

S#65. 방송국이 보이는 일각. N

차를 세워둔 채, 방송국을 올려다보는 태욱..
(조수석에 놓여진 꽃다발...)
태욱, 그러나 쉽게 움직여지지 않는 듯, 앉아 있는 데서.

S#66. 보도국 스튜디오 안.

모두가 빠져나간 스튜디오에 헤란, 담담한 얼굴로 돌아본다.
7년을 몸 담았던 곳. 구석구석 감회가 새롭다.
헤란, 의자 똑바로 놓고. 원고도 챙기고. 데스크도 쓰다듬고.
천천히 마지막으로 걸어 나오면서
스튜디오의 불을 하나씩 끈다.
그리고 마지막에 탁, 불이 꺼지면서

S#67. 보도국 복도 일각 - 보도국까지 연결. N

혼자, 아무도 없는 복도를 뚜벅뚜벅 걸어 나오는 헤란,

혜 란   잘했어.. 오늘도 아주 잘했다 고혜란..
(피식.. 쓸쓸한 미소가 스치는 위로)

은주의 얼굴, 태욱의 얼굴, 최형식의 얼굴, 장 국장의 얼굴
차례로 스쳐 지나가는 가운데,

혜 란   됐어.. 이걸로.

그러면서 혜란, 마지막 길을 걷는 것처럼 텅 빈 복도를 지나
막 보도국 사무실 안으로 접어드는데, 순간.
E. 펑! 샴페인 터지는 소리와 함께 "축하합니다!!!"
혜란, 놀라보면 보도국 직원들, 일제히 축하의 말들 쏟아진다.
"혜란 씨 축하해" "그동안 수고했어요!"
"오늘 뉴스 최고였습니다!!!" 등등등...

혜 란   (살짝 얼떨떨해진 기분으로 보면)
웅 팀장   (혜란 잔에 샴페인 따라주면서. 농담) 야 이거 비싼 거다.
         내가 이렇게 비싼 걸 사온 건. 너 다신 오지 마라.
         우리 이제 영영 헤어지자, 이 뜻이거덩?
         그니까 우리 이번엔 진짜 헤어지자?
         너만 없음 나 발 뻗구 자고 막 살이 찔 거 같애. 자, 건배! (쨍!)
혜 란   (잔을 든 채, 돌아본다)

그렇게 지지고 볶았던 그들과의 세월,
그러나 지금 이 순간만큼은 모두가 진심으로 혜란의 마지막을
아쉬워하는 느낌들이다.
그들 중에 곽 기자도 보이고 한지원도 보인다.

혜 란   고맙네 다들.. (웅 팀장 보며) 고마워요,
         근데, 나 아직 다 안 끝났어, 이번 주까지는 뉴스나인 진행할 거구,
         (한지원 보며) 환일철강건.. 이번 주까기 기획기사 밀어붙일 거야,
지 원   알겠습니다!
혜 란   (곽 기자 보면)

곽 기자	어쨌든 축하합니다 선배님!
혜 란	(본다, 보다가) 나두.. 나두 고맙다. 어쨌든...
웅 팀장	자자자! 다들 건배건배!!! 어? 건배애애애!!!!
다같이	(건배하는 분위기 가운데)
혜 란	(그들을 보며 한 모금 마시려는데 그때)

그때, 쿵....들어서는 구둣발 하나.
사람들, 하나둘 고개 돌려 쳐다본다.
웅 팀장도 한지원, 곽 기자도... 그리고 마지막 혜란이까지,
뒤쪽을 돌아보면 거기 서 있는 강기준과 박성재.

| 강기준 | (신분증 보이는) 서초서 강력계 강기준 형삽니다. |

지원. 웅 팀장. 곽 기자 등
형사? 빠르게 교환하는 시선들. 불길한 눈빛들이 쿵쿵쿵!

혜 란	(딱 굳어 잔 내려놓으며) 무슨 일이시죠?
강기준	고혜란 씨를 케빈 리 살인사건의 용의자로 긴급체포합니다.
혜 란	(뭐? 쿵....!! 보는데)
강기준	고혜란 씨 당신은 묵비권을 행사할 권리가 있고,
	지금부터 하는 모든 발언은 법정에서 불리하게 적용될 수 있으며
	변호사를 선임할 권리도 있습니다.
	(그러면서 철컥! 혜란의 손목에 수갑을 채운다)
혜 란	! (본다)

한지원, 곽 기자, 웅 팀장을 비롯한 사람들 놀라는 가운데
INSERT1〉 은주의 집 거실.
나오는 노래 E. (Knockin' On Heaven's Door)
은주, 나른한 표정으로 소파에 반쯤 기대 누운 채 노래를 듣고 있고
INSERT2〉 방송국이 보이는 일각. N

태욱, 다시 시동을 걸고 차를 출발한다.
혜란이 있는 방송국을 향해 차를 몰아가는 데서.
다시 보도국〉
쎄한 눈빛으로 수갑을 그리고 강기준을 쳐다보는 혜란의 얼굴,

강기준   같이 가시죠.
혜 란   ! (본다. 완전히 충격 먹은 눈빛에서)

미스티

대본집 1

1판 1쇄 인쇄 2018년 4월 5일
1판 1쇄 발행 2018년 4월 13일

크리에이터 글Line, 강은경
극본 제인

발행인 양원석
본부장 김순미
편집장 최두은
디자인 RHK 디자인팀 남미현, 조윤주, 김미선
해외저작권 황지현
제작 문태일
영업마케팅 최창규, 김용환, 정주호, 양정길, 이은혜, 신우섭, 유가형,
　　　　　　이규진, 김보영, 김양석, 임도진, 우정아

펴낸 곳 ㈜알에이치코리아
주소 서울시 금천구 가산디지털2로 53, 20층 (가산동, 한라시그마밸리)
편집문의 02-6443-8844　　**구입문의** 02-6443-8838
홈페이지 http://rhk.co.kr
등록 2004년 1월 15일 제2-3726호

ISBN 978-89-255-6354-1 (04810)
　　　978-89-255-6358-9 (세트)